Go Steinfeld
Von Masuren zum Dorf
am Himmel

Go Steinfeld

Von Masuren zum Dorf am Himmel

Roman

Gustav Lübbe Verlag

Schutzumschlag: Roberto Patelli, Köln
Satz: ICS Communikations-Service GmbH,
Bergisch Gladbach
Druck und Bindung: Ebner Ulm

ISBN: 3-7857-0514-X

Um das Dorf an der Jeetzel wehte der Herbstwind. Max Kuchelka zog die Haustür zu. Rechts den Koffer, links eine Reisetasche, auf dem Kopf die Prinz-Heinrich-Mütze, so eilte er zum Wagen. Sein Sohn wartete. »Papa, steig ein, wir müssen los.« Er legte den Gurt um, blickte nochmals zum Haus und zum Garten. Niemand winkte, wünschte ihm eine »gute Reise« oder »erholsame Kur«. Die Tochter lebte in der Stadt, seine alte Mutter wohnte ein paar Häuser weiter bei seiner Schwester.

Seine Frau, die Lisa, war im Hause, sagte ihm in der Küche flüchtig »Auf Wiedersehen«, gleich würde sie zur Arbeit in die Kreisstadt fahren. »Zur Arbeit, Arbeit, Arbeit«, brummte er. Viele, viele Jahre ging es nun schon so, zuerst hatte es Krach gegeben, doch nun hatte er sich damit abgefunden: Sie arbeitete im Büro ihres Freundes.

Wie oft wollte er sich scheiden lassen, aber er brachte es nicht fertig, zu einem Anwalt zu gehen. Die Folgen, die Scheidungsfolgen. Sein Häuschen, für das er lebenslang gespart hatte, käme unter den Hammer, vielleicht müßte er von seinem kleinen Gehalt noch seine Frau unterhalten. Er war nicht mehr der Jüngste, nur noch ein paar Jahre an der Grenze, dann würde er die Pension erhalten und seinem Hobby nachgehen.

Das Auto rollte aus dem Dorf zur Bundesstraße, nochmals sah er sich um, sein Heimatdorf war verschwunden. Der Sohn lenkte den Wagen linksherum, durchfuhr Wald und einsame Dörfer. Zuerst ein Naturschutzgebiet, dann eine Kleinstadt; die Jeetzel, die Elbe, Gorleben, das Wendland blieben zurück. Gleichmäßig summte der Motor über die Bundesstraße. Der Elbe-Seitenkanal lag vor ihnen, rechts von der Kanalbrücke der Hafen mit dem Industriegebiet, links die hohen Böschungen am Heide-Suez. Still ruhte das Wasser, kein Boot, kein Schiff, kein Frachter. Bei der Ostumgehung erreichten sie den Stadtrand. Rechts hinter dem ehemaligen Flugplatz riesige Kasernenbauten und links im weiten Tal am ansteigenden Hang das Neubaugebiet mit den Hochhäusern und dem grauen Schornstein des Heizwerkes.

»Papa, dort wohnen . . .«, der Sohn schüttelte seinen Kopf, »nein, niemals, lieber jeden Morgen von der Jeetzel zur Arbeit fahren.«

Sie kamen in die Stadt, bogen rechts ab und hielten vor dem Bahnhof. Der Sohn griff zur Parkscheibe, öffnete den Kofferraum, hob das Gepäck heraus. »Bis zum Bahnsteig bringe ich dich, dann muß ich los, will pünktlich zur Arbeit.«

Sie standen auf dem Bahnsteig. »Schöne Tage im Schwarzwald!« Der Sohn drückte seinem Vater die Hand. »Tschüs«, er eilte zum Wagen.

Max Kuchelka sah sich um, selten kam er zum Bahnhof der Heidestadt, von der die Touristen so schwärmten. Er kannte nur die Fußgängerzone mit den guten Einkaufsmöglichkeiten. Zu weit weg lebte er im Dorf an der Jeetzel.

»Vorsicht am Bahnsteig!« klang es aus dem Lautsprecher, er trat zurück, der Zug aus Hamburg lief ein. »Kurswagen Hamburg–Seebrugg« las er, hob seine Tasche und den Koffer in ein Nichtraucherabteil und suchte einen Fensterplatz. Fertig, der Zug setzte sich in Bewegung.

Max hängte seine Strickjacke an den Haken, legte die Prinz-Heinrich-Mütze auf den Koffer und stellte sich ans Fenster. Der Güterbahnhof, der Stadtrand, einige Fischteiche, dann Wälder, Wiesen und Dörfer, der Zug sauste gen Süden. Nur wenig Reisende im Kurswagen, einige kamen noch dazu, spät abends war er da, ein Taxi holte ihn ab und brachte ihn hoch in die Berge. Wie hieß doch sein Kurort, er suchte in der Brieftasche, das Dorf am Himmel, der höchstgelegene Kurort der Bundesrepublik. Höchenschwand, Kurheim *Tannenhof*, Höchenschwand im südlichen Schwarzwald. In dieser Gegend war er noch nicht gewesen. Wie scherzten seine Kinder: Aus den Wendlandsümpfen in die Schweizer Alpen. »Laß deine Gummistiefel hier, kaufe dir eine Bergsteigerausrüstung.«

Lange hatte er keine Kur beantragt, die letzte an der Nordsee war ihm noch immer in unangenehmer Erinnerung. Nun fuhr er in den Hochschwarzwald. Die Höhenluft sollte seiner Kopfverletzung guttun. Höhenluft im Südschwarzwald, er streckte seine Beine lang und lehnte sich in den Sessel, fuhr mit der Hand über sein Gesicht. Die Nasenplastik war gerötet, die Lippen und Wangen vernarbt, das rechte Ohr verkrüppelt. Er hob einen Arm, bewegte das rechte Bein, beide hatten etwas abbekommen. Verdammt noch mal, so kurz vor dem Kriegsende mußte es ihn erwischen. Mist, doch es hätte schlimmer kommen können. Er überlebte, er galt als nur leichtbeschädigt, um vierzig Prozent war seine Erwerbsfähigkeit gemindert. Leichtversehrt, nie hatte er gejammert und gestöhnt. Sein Leben lang nur geschuftet, seine Schmerzen unterdrückt, einfach geschwiegen, wollte sie nicht wahrnehmen.

☆

Seine erste Kur lag weit, weit zurück. Damals war die Bundeswehr im Aufbau. Altgediente Offiziere auf neuen Posten. Das Kurheim war vollständig mit Kriegsversehrten belegt. Beim Versorgungsamt fragte man ihn nach seinem Dienstgrad bei der ehemaligen Wehrmacht, seiner jetzigen Tätigkeit und Lebensstellung. Er kam in ein Dreibettzimmer.

»Wir waren und bleiben die Muschkoten«, lästerte sein Stubenkollege. Er hatte es nur bis zum Obergefreiten gebracht.

»Bei welcher Einheit dientest du, wie war euer Divisionszeichen, wie hieß die Feldpostnummer?« fragten die Stubenkameraden.

Max fand keine Antwort.

»Warst du des Führers letzte Hoffnung, Heimat-Flak, Volkssturm oder gar bei den Werwölfen?« stichelten sie.

Es sprach sich herum, er war der jüngste der Kriegsversehrten. Seine Kameraden, lauter Helden, nur Dienstgrade mit höchsten Auszeichnungen, hatten im Osten, Westen, Norden und Süden gekämpft, hatten allein ganze Frontabschnitte gehalten.

Wie konnten wir bei so viel Heldentum den Krieg verlieren? Max zog sich zurück, konnte nicht mitreden, schlich in seiner Freizeit allein durch die Gegend. Am schlimmsten war es beim Frühstück, Mittag- und Abendessen, die Helden prahlten, schimpften über die Versorgungsämter, über die ihnen zugesprochenen kleinen Renten, stöhnten und jammerten über ihre Leiden, vermißten den Dank des Vaterlandes. Sie redeten wie ihr Propaganda-Minister.

»Der Dank des Vaterlandes sei Euch gewiß«, schallte es über die Flure und durch den Eßraum.

»Alles Kommißköpfe«, flüsterte das junge Mädchen im Labor. Sie blätterte in seinen Akten, las sein Geburtsdatum.

»Herr Kuchelka, bei Ihrer Verwundung waren Sie gerade siebzehn Jahre alt, siebzehn«, wiederholte die Laborantin, blickte in sein vernarbtes Gesicht, auf die gerötete Nasenplastik.

Verlegen nickte, stotterte er: »Auf der Flucht im Januar 1945 holten sie mich vom Pferdewagen, rissen mich aus Mutters Armen, ich erhielt eine Uniform, mußte kämpfen, sollte den Führer aus Berlin befreien.«

»Verbrecher!« Die Laborantin ballte ihre Fäuste, leise, als sollte es niemand hören, schimpfte sie vor sich hin.

Das war seine erste Kur! Wieder zu Hause schwor er sich, nie wieder vier Wochen unter Kommißköpfen und Helden zu verbringen.

☆

Es vergingen fast zehn Jahre, bis er erneut eine Badekur bewilligt erhielt. Diesmal kam er in den Schwarzwald. Das Sanatorium stand am Hang unter hohen Tannen.

In einem Doppelzimmer war er untergebracht. Eine Ärztin kümmerte sich rührend um ihn, wieder war er der Jüngste. Täglich erhielt er Anwendungen, machte Sport in der Halle, die Verpflegung und Betreuung war gut. Das Haus gefiel ihm. Im Nebengebäude gab es Einzelzimmer, sogar im Ärztehof wohnten einige seiner Kameraden. Es bildeten sich Gruppen und Cliquen. Auf der Terrasse saßen sie zusammen, tranken Wein, sprachen von Ehre und Treue.

Max lauschte, ehemalige Kommandeure, jetzt in hohen Stellungen in Wirtschaft und Politik. Der große Blonde, dem das rechte Bein fehlte, der auf Krücken an ihm vorbeihumpelte, war ein ehemaliger SS-Offizier. Vielleicht war er der Mann, der ihn damals auf der Flucht vom Pferdewagen holte, Schlappschwanz zu ihm sagte, als er Mutter und die kleinen Geschwister nicht im Stich lassen wollte. Ja, so sah der SS-Offizier aus, der alle Jungen und Männer, Greise und Kinder zur Front trieb. Max ging nachdenklich durch das Sanatorium. Es war die Zeit des Aufschwungs und Wirtschaftswunders. Auch diese Kur ging zu Ende.

☆

Die Jahre vergingen. Er landete beim nächsten Mal in einer Klinik an der Nordsee. Das ehemalige Offizierserholungsheim gehörte nun der Arbeiterwohlfahrt. Die Häuser waren mit AOK-Patienten aller Altersgruppen besetzt. Die Zahl der Kriegsversehrten war gering, man beachtete sie nicht, belächelte sie. »Kriegsverbrecher«, sagte ein langhaariger Jüngling zu einem Doppel-Amputierten, als dieser von Gehorsam, Pflichterfüllung, Ehre und Treue sprach. Max mochte den jungen Mann, gemeinsam spazierten sie am Strand entlang. Max schilderte sein Schicksal, erzählte von Heimat, Flucht und seiner Verwundung kurz vor Kriegsende.

»Warum haben Sie nicht Widerstand geleistet?«

»Widerstand leisten, verweigern, abhauen, darauf stand der Tod.« Er sah in die weite Nordsee hinaus. »Man stellte sie an die Wand, hängte sie als Feiglinge an die Straßenbäume.« Er blickte dem jungen Mann ins Gesicht. »Ich wollte leben, leben wollte ich, nicht sterben, aufgehängt werden, den Krieg überstehen, dafür mußte ich schießen und kämpfen.«

Sie schlossen Freundschaft, wanderten öfter am Strand entlang, diskutierten. Krieg und Frieden waren ihre Themen. Die Kur gefiel Max, er fühlte sich mit der jungen Generation verbunden, auch wenn seine Kameraden ihn den Linken, den Fahnenflüchtigen nannten.

»Unverbesserlich, die haben nichts dazugelernt, reden nur von Soldatentum und Krieg. Nazis sind sie geblieben«, hörte er die jungen Patienten reden.

Er verstand seine ehemaligen Kameraden nicht mehr. Waren sie überhaupt seine Kameraden? Er überlegte, dachte lange nach. Nein, nein, er war kein Soldat, Kameraden konnte er nicht sagen, hatte nicht gedient, war nur Kriegsteilnehmer. Offiziere, Unteroffiziere hatten ihm eine Panzerfaust in die Hände gedrückt und die Handhabung erklärt. Er sollte auf russische Panzer schießen, sie vernichten, den Führer aus der Reichshauptstadt befreien.

Nach dieser Kur brauchte er lange Zeit, um mit sich ins reine zu kommen. Gehörte er zu den Kameraden, den Helden des ehemaligen Krieges?

☆

Jahre um Jahre vergingen, er beantragte eine neue Badekur, zur Erhaltung seiner Arbeitsfähigkeit. Sie wurde bewilligt, Wieder kam er an die Nordsee, in ein Privatkurheim. Enttäuscht saß er in seinem Zimmer, mit Blick gegen eine Mauer, die Kameraden murrten und schimpften, das Kurheim gefiel ihnen nicht. Er wollte aufgeben, heimreisen, auf die Kur verzichten, da gesellte sich Karl zu ihm. Karl, ein älterer Versehrter, wurde sein Freund, gemeinsam gingen sie zu den Anwendungen, versuchten, die Freizeit gemütlich zu gestalten. Bei den Mahlzeiten saßen sie an einem Ecktisch zusammen, vor und neben sich die übrigen Versehrten. Ein paar wenige mit ihren Frauen. Das waren grausame Stunden. Hier ballte sich das Soldatentum zusammen. Altgediente Männer mit Gehorsam und Pflichterfüllung bis zum Tod, Helden von allen Fronten, mit schlimmsten Kriegsleiden, von Ärzten und Versorgungsbeamten mißverstanden, oft schikaniert und tyrannisiert, bei kleinsten Renten. Vom Dank des Vaterlandes schallte es von Tisch zu Tisch.

»Komm, komm, ich kann es nicht mehr hören«, Karl ließ seinen Teller stehen, sie gingen in die Gastwirtschaft gegenüber, wollten andere Gesichter sehen.

»Hast du den Wollek, den Adolf und die beiden Rogowskis am Nebentisch wieder reden hören?« fragte Karl.

Max lächelte, machte eine wegwerfende Handbewegung. Wollek, das Ehepaar Rogowski und Adolf waren eine Tischgemeinschaft. Bereits beim Frühstück richteten sich alle Blicke auf sie. Einige zollten ihren Reden Beifall. Wollek hielt es nicht lange auf seinem Platz, auf Krücken bewegte er sich zwischen den übrigen Tischen, schleifte beide Füße über den Boden, erzählte, was er in einem Gefangenenlager nach dem Kriege ertragen mußte. An der Front war er nie gewesen. Kugeln und Granaten hatte er nicht pfeifen hören. Er war Volksdeutscher, mußte nach seinen vorsichtigen Erzählungen einen Posten im besetzten Osten gehabt haben. Nach dem Zusammenbruch kam er mit anderen Zivilisten in ein Lager. Und hier mußte er Furchtbares erlebt und ertragen haben. Sein Kreuz war gebrochen, seine Knie kaputt, so hatten ihn die Bewacher zerschlagen, und davon konnte er täglich mit zynischem Lächeln erzählen.

Manchmal ging er zu weit, er sprach von Rache, wußte genau, wie er es seinen Peinigern zurückzahlen wollte. Einige Tische mied er, doch bei den Rogowskis und dem Adolf fand er volle Zustimmung. Man hörte es an der Sprache, der Wollek, die Rogowskis und der Adolf stammten aus dem deutschen Osten. Wenn andere Zeiten kämen, wollte es Wollek seinen Peinigern heimzahlen! Mit Knüppel, Strick und Runkelsuppe! »Mit dem Siebenzagel und Gummiknüppel immer feste draufhauen und in eine Tonne ducken«, ermunterte ihn Frau Rogowski, sie bückte sich über den Tisch, drehte ihren Kopf nach links und rechts. »Man müßte den Plawuchten Bomben in die Fressen werfen?«

Wollek grinste, Adolf hob seinen einzigen Arm.

»Stuka, Bombenzielwurf, Feuer frei, bumm in die Fresse«, bekräftigte er.

Frau Rogowski stieß ihren Mann an.

»Warum sagst du nuscht?«

»Anika, Anika«, der große, aufrechtsitzende Rudolf Rogowski streichelte mit der rechten Hand seiner Frau über den Rücken. »Du sagst es, so ist es, du hast recht.«

Der linke Jackenärmel steckte in seiner Rocktasche, der Arm fehlte, sein rechtes Bein streckte er steif von sich. Rudolf Rogowski war schwerbehindert, die Frau seine Begleitperson. Er war auf ihre Hilfe angewiesen. Der Wollek, Frau Rogowski und der Adolf sorgten täglich für Unruhe, Aufregung und Belustigung, fanden Zuspruch, doch auch harte Ablehnung. Sie wußten zu allen politischen und wirtschaftlichen Problemen die richtigen Lösungen. Als sie von der verwahrlosten rauschgiftsüchtigen Jugend sprachen, fühlte sich Wollek sofort berufen, den einzigen Weg zu kennen, das Problem schnellstens und billig zu lösen. Er drückte sich auf den Krücken hoch, die Kameraden sollten ihn wahrnehmen.

»Alle Rauschgiftsüchtigen auf eine einsame Insel bringen, sie unversorgt lassen, mit einem Hubschrauber die Insel überfliegen, an einem Strick eine Zuckerrübe herunterlassen. Immer die Leute an der Rübe lecken lassen, wieder hochziehen, nochmals runter und lecken lassen, bis ihnen der Drang nach Hasch und Heroin vergangen ist!«

»Und auf den blanken Hintern mit dem Siebenzagel raufhauen«, unterstützte ihn Frau Rogowski.

Ihr Mann nickte zustimmend, Rudolf widersprach seiner Frau nicht. Wollek, die Rogowskis und der Adolf beherrschten das Gesprächsthema. »Jurist«, riefen die Kameraden, wenn sie von Adolf etwas Neues hören wollten.

Was er wirklich von Beruf war, wußten nur wenige. Doch er wußte in der Gerichtsbarkeit Bescheid und gab seine Erlebnisse humorvoll weiter. Meist erzählte er von versehrten Staatsanwälten und Richtern. Nun hätten sich die meisten zur Ruhe begeben, bei hohen Pensionen und Versorgungsrenten. Für einen kleinen Kratzer am Hintern hätte einer vierzigprozentige Erwerbsunfähigkeit zugesprochen bekommen, weil bei einer Feldgerichtsverhandlung ein Holzsplitter in seinen Arsch drang. Ein anderer wäre ohne jede Nachuntersuchung höher eingestuft worden. Nein, auf Prozesse wollte sich das zuständige Versorgungsamt nicht einlassen. Ehemalige Richter und hohe Offiziere würden großzügig behandelt.

»Nur die Muschkoten«, Adolf zeigte auf die anwesenden Kameraden, »werden von Arzt zu Arzt geschickt, bis ein abweisendes Gutachten vorliegt.« Von seinem ehemaligen Vize-Präsidenten sprach Adolf mit Hochachtung. Im Kriege war er ein hohes Tier und später auf Zack und Draht. Alle Feldgerichtsurteile, an denen er beteiligt war, packte er bei Kriegsende in Munitionskästen und ließ sie in sein Haus bringen. Er wurde bevorzugt wieder eingestellt. Nach seinem Tode verbrannten seine Kinder die Akten im Obstgarten, warfen seine Offiziersstiefel und die Mütze ins Feuer.

»Ist das wahr? Du spinnst, der Jurist erzählt Märchen«, riefen aufgeregt die Kameraden.

Adolf stand auf, stand stramm, legte seine Linke an den Kopf. »Mein Vize hatte seine vollständige Uniform im Hause. Jedes Jahr am 20. April zog er sie an, stellte sich vor den Spiegel, schlug die Hacken zusammen, hob die rechte Hand an die Mütze und sprach von Ehre und Treue.«

»Ein tüchtiger Offizier«, lobte Frau Rogowski.

»Du hast recht«, nickte ihr Mann.

Die Kameraden zögerten, zweifelten, erzählte der »Jurist« die Wahrheit oder schnitt er auf?

Sein Kollege Karl fand keine Ruhe. »So etwas gibt es doch nicht!«

Im Hallenbad sprach er Adolf an.
»Hast du studiert? Bist du Anwalt oder Richter?«
Der Jurist wiegte seinen Kopf hin und her.
»So etwas Ähnliches«, entnahm man daraus.
»Rechtspfleger?« fragte er weiter.
Wieder gab Adolf eine ausweichende Antwort.
»Rechtspfleger oder Justizbeamter«, vermutete Karl. Bei einem Spaziergang in den weißen Dünen bei stürmischer Nordsee gesellte sich ein Kamerad zu ihnen.
»Der ›Jurist‹, der Adolf, der Aufschneider, der Angeber, der ist Bote in einem Gerichtsgebäude, schleppt mit dem einen Arm die Akten und Gittermappen von Zimmer zu Zimmer, schiebt eine Aktenkarre über die Flure, transportiert mit dem Fahrstuhl Aktenordner durch das ganze Haus«, höhnte er.
»Botengänger, Aktenschlepper«, sie grinsten.
Der schlaue »Jurist« war durchschaut.
»Karl«, Max Kuchelka zog seinen Kollegen am Ärmel, »die beiden Rogowskis kenne ich, die wohnen bei uns im Wendland. Meine alte Mutter erzählte, daß Frau Rogowski aus unserem Dorf stammt. Anna heißt sie richtig, soll schon immer ein Biest gewesen sein. ›Verrückte Anna aus Osranken!‹ riefen ihr die Kinder nach.«
Sie wanderten von den weißen Dünen zur Stadt, und Max erzählte:
»Mein Heimatdorf in Masuren hieß früher Osranken, im Ersten Weltkrieg und Jahre danach herrschte Not und Elend. Mein Großvater sollte Getreide und Kartoffeln abliefern, dabei reichte die Ernte nicht mal für seine große Familie. Der Gendarmeriewachtmeister aus Monethen kontrollierte Ställe, Scheunen und Dachböden. Die Bauern murrten und fluchten! Dazu erhielt er einen Hilfspolizisten, einen ehemaligen Soldaten der Husaren, das war Rudolf Rogowski. Der große, forsche Soldat trug einen langen Degen zu seiner Uniform, stocherte damit in Stroh und Heu nach verstecktem Getreide und Kartoffeln. Die Bauersfrauen schimpften auf den Polizisten und den Soldaten, doch die Dorfmädchen waren hinter dem jungen, flotten Kerl her.
Bei einer Kontrolle auf dem Abbau beim Bauern Kraska lernte Rudolf seine Anna kennen. Sie war viel jünger als er,

noch lange nicht volljährig, wollte von zu Hause fort, etwas Besseres, eine Beamtenfrau, werden. Der Bauer und seine Frau waren gegen die Verbindung, einen Bauernsohn sollte die jüngste Tochter heiraten. Sie schimpften, sperrten ihre Tochter in den Kuhstall, doch Anna rannte fort, immer dem Rudolf Rogowski nach. Plötzlich war sie mit dem Soldaten verschwunden. Nicht einmal der Gendarmeriewachtmeister wußte, wo sie geblieben waren.

Mit Genehmigung des Vormundschaftsgerichts heiratete der Rudolf seine Anna, erhielt eine Polizistenstelle in der Gegend bei Allenstein. Die alten Kraskas fanden sich damit ab. Anna sollte mit ihrem Polizisten glücklich werden. Doch sie ließ keine Ruhe, sie forderte Geld, verklagte ihre Eltern auf Aussteuer, führte so lange Prozesse, bis sie ihr Geld hatte. Danach brach sie jede Verbindung zum Elternhaus ab. ›Dammlige Masuren‹ nannte sie ihre Verwandten, sie sollten ihr gestohlen bleiben.

Anna war Beamtenfrau, lebte in besseren Kreisen. Ihr Mann mußte sämtliche Verbindungen zu seinen Verwandten abbrechen, sie waren nicht standesgemäß. Anna herrschte, sie kommandierte, war streitsüchtig, setzte sich brutal gegen ihren Mann durch. Von ihrem Elternhaus wollte sie nichts mehr wissen, besuchte ihr Heimatdorf erst nach zwanzig Jahren, und zwar im Kriege, als ihr Mann als Preiskontrolleur ein Auto besaß. Die Eltern und Verwandten, das ganze Dorf sollten ihren Wohlstand sehen. Und sie nannte sich nicht mehr Anna, »Anika« sagte ihr Mann jetzt. Die Verwandten schwiegen, gewöhnten sich an Anika.

Gendarmeriemeister Rudolf Rogowski war ein ruhiger, besonnener Polizist, der niemandem weh tun wollte, die Dorfbewohner mochten ihn. Seine Frau aber mieden sie. Sie trieb ihren Mann an, den dammligen Masuren seine Macht zu zeigen. Im Kriege mußten die Fremdarbeiterinnen und die Kriegsgefangenen nach ihrer Nase tanzen. Sie griff zum Gummiknüppel, schlug zu, wenn sie ihren Mund aufmachten. Anika herrschte als Polizistenfrau über mehrere Dörfer, stachelte ihren Mann an, er sollte aufsteigen, etwas Besseres, höherer Beamter, werden. Rudolf war zufrieden. Er war Preiskontrolleur mit eigenem Auto, was wollte er mehr. Anika aber ließ keine Ruhe.

»Du könntest längst befördert sein, mindestens Inspektor! Du Plawucht, sieh deine Kameraden, die sind höhere Offiziere, du wirst ein Polizistchen bleiben«, tobte und hetzte sie.

»Mit der Frau ist kein Zusammenleben«, sagte Rudolf zu seinem Vorgesetzten, meldete sich freiwillig in die besetzten Ostgebiete. Er wurde nach Polen abkommandiert, blieb Gendarmeriemeister, doch im Osten erlitt er eine schwere Verwundung, erlebte das Kriegsende in einem Lazarett in Königsberg und schwere Monate in russischer Gefangenschaft.

Nach Kriegsende wollte Anika von ihrem schwerverletzten Mann nichts wissen, er wäre arm, habe nichts, andere hätten ihr Vermögen behalten. Immer wieder erzählte seine alte Mutter von der dammligen Anna aus Osranken, die nun mit ihrem Mann nur zwei Dörfer weiter im Wendland wohnte.

Fern im Osten, in Masuren war Max aufgewachsen. Steinfelde, ein kleines Dorf auf kargem Boden, dicht bei der Johannisburger Heide. Sie waren eine große Familie, zwei Halbgeschwister, die Gerda und der Horst, seine Schwestern, die Elli und die Heta, und sein jüngerer Bruder, der Otto, Ottek riefen sie ihn. Der Opa und Tante Martha aus Berlin. Vater Ludwig, den die Leute im Dorf nur Ludschu nannten, der beim Volkssturm gefallen war. Seine Mutter lebt heute im Nachbardorf bei seiner Schwester Elli.

Was hatte erst kürzlich die Mama gesagt: »Einmal die Klara wiedersehen und dann zum lieben Gott gehen.«

Klara, klein und schwarzhaarig, wann war das, wie kam das Mädchen zu ihnen nach Steinfelde? Es war mitten im Krieg, da brachte Tante Martha das Mädchen aus Berlin zu ihnen. Damals ging er noch zur Dorfschule, war im Jungvolk, trug an den Wochenenden eine braune Uniform. Herrgott, ein Mädchen kann doch nicht einfach wegfahren, nicht wiederkommen, für das ganze Leben verschwinden?

☆

Briefträger Luck lächelte, zeigte seine Goldzähne und schwenkte einen Brief in seiner Rechten.

»Augustchen, Augustchen, Post für dich.«

Frau Kuchelka stellte den Wassereimer an die Pumpe und rannte zum Tor.

»Persönlich«, sagte Luck, grinste, schob den Brief der Bäuerin in den Blusenausschnitt, schwang sich aufs Rad und strampelte ins Dorf.

Frau Kuchelka griff an ihren Busen, sah dem Briefträger nach.

»Na wart, du Fijohler«, sie hob ihre geballte Linke.

Ein Brief von ihrer jüngsten Schwester, der Martha aus Berlin, an sie persönlich. Vielleicht sollte ihr Mann, der Ludschu, nichts davon erfahren. Sie blickte sich um, auf das Haus, den Hof mit Stall, Scheune und Schule. Der kleine Ottek, ihr jüngster Sohn, saß an der Hundebude und streichelte Sentas Junge. Sie packte den Wassereimer und eilte durch den hinteren Anbau direkt in die Küche, stellte ihn auf eine Holzbank und setzte sich an den Tisch.

»Frau Auguste Kuchelka, persönlich«, las sie langsam, riß mit einem Brotmesser den Umschlag auf, hielt einen karierten, beschriebenen Briefbogen in den Händen. Ja, das war die Schrift ihrer Schwester Martha. Mehrmals las sie den Brief, schüttelte ihren Kopf. Was die Martha da schrieb, verstand sie nicht. Nein, na so was, nein, nein, was gibt es nicht alles auf der Welt. Ihre Schwester Martha hat ein Kind, beinah so groß wie ihre Tochter Elli, und davon hatte sie bisher nichts gewußt. Und morgen am Abend würde sie mit dem Zug in Brennen ankommen. Sie sollten sie abholen, das Kind sollte bei ihnen bleiben. Martha müßte sofort zurück, sie sei dienstverpflichtet bei der Reichsbahn. Dann schrieb ihre Schwester: »Ihr seid doch Christen, Ihr müßt mir helfen. Und einen herzlichen Gruß an Deinen Ludwig.«

»Einen herzlichen Gruß an Deinen Ludwig«, wiederholte Auguste, »wie fein kann das Mädchen jetzt schreiben und was lästerte sie damals, als ich den Ludschu heiratete, er hätte einen ausgeschlagenen Dups, trampelte über den großen Onkel, wäre ein Padder und träte mit seinen Flurschadenbrettern alle Hasen am grünen Grund tot«.

Wie fromm tat sie nun, Ihr seid doch Christen. Das Luder war nie nach Baitkowen in die Kirche gegangen, auch nicht zur christlichen Gemeinschaft zur Bibelstunde beim Prediger.

»Ich bin doch nicht dammlich«, sagte sie und tippte mit dem Finger gegen ihre Stirn.

Ja, ihre Schwester Martha, das Marthchen, das war ein freches Luder. Martha, Marthchen, ihre jüngste Schwester war in einer schlechten Zeit aufgewachsen, sie kam aus der Schule, arbeitete gelegentlich auf dem Gut in Andreaswald, verdiente sich paar Groschen. Sie wollte feine Kleider und Schuhe, brannte sich Locken ins Haar. Das Dorf war ihr zu klein. Es waren magere Jahre, Schweine und Gänse brachten kein Geld, der Roggen auf den Piaskis vertrocknete, der Gastwirt verkaufte billig amerikanisches Schmalz, Affenschmalz sagten die armen Leute, doch die Bratkartoffeln schmeckten prima. Die Bauernsöhne waren arbeitslos, zogen in Kolonnen durch das Dorf, in die Sümpfe und Wälder und säuberten Gräben und Kanäle, bauten in der Johannisburger Heide Wege. Das war weit vor 1933, damals kannte man die

Braunen noch nicht. Es war Frieden. Und ihre Schwester, das Marthchen, machte sich fein, lief den Notstandsarbeitern nach. Richtig mannstoll war sie. »Kaddig-Jule«, riefen die Dorfkinder.

Der Ludschu und sie schämten sich, Mutter und Vater schimpften über das Marthchen. Ach, was waren sie alle froh, als Lotte, die Tochter der alten Frau Kopatz, aus Berlin zu Besuch kam, im Dorf ein Kindermädchen für ihre Herrschaften suchte und Martha mitgehen wollte.

»Geh, geh«, sagten die Eltern, »unser Dorf, die Johannisburger Heide, ganz Masuren ist dir zu klein!«

Und Marthchen packte einen Pappkarton, so verschwand das junge Luder aus dem Dorf. Zuerst war sie Kindermädchen, später Hausgehilfin, dann Köchin, zuletzt nannte sie sich Wirtschafterin. Vor dem Kriege kam sie öfters zu Besuch, spielte die vornehme Dame, packte nichts an, keinen Finger machte sie auf dem Hof krumm, saß jeden Abend in der Gastwirtschaft und trank Schnaps mit den Bauern. Marthchen rauchte Zigaretten in einer langen Spitze, sie qualmte den ganzen Tag. Kein Mann im Dorf war ihr vornehm genug. »Dung-Trampler, Patschetreter«, so amüsierte sie sich über die Bauernsöhne.

Sie war immer bei vornehmen Herrschaften, Kaufleuten, Ärzten, Regierungsräten und Doktoren. Von ihren Herrschaften schickte sie gute, feine Sachen. Kleider, Anzüge, Schuhe, manchmal Damenhüte. Da kicherte die ganze Familie. Lila sahen die aus, waren groß wie eine Waschschüssel. Solche Dinge gab es nur selten zu sehen, denn im Dorf gab es nur Bauern und ein paar arme Pracher.

In Drygallen wohnte ein älterer Händler. Der kaufte im Winter dem Ludschu die Iltisfellchen ab. Nach Johannisburg, in ihre Kreisstadt kam sie selten. Der Weg war viel zu weit.

In den letzten Jahren hatte sich vieles verändert. »Heil!« schrien die Leute, riefen nach Arbeit und Brot, marschierten mit Musik und Fahnen durch das Dorf. Und tatsächlich, es kamen bessere Zeiten, der Roggen, die Kartoffeln, Milch, Schweine und Gänse brachten mehr Geld. Sie bauten sich eine neue Scheune und einen Stall, die Kinder bekamen Schuhe und Kleider. Warum blieb es nicht so, warum? Wieso mußte der Krieg kommen? Und genau vor einem Jahr, da zogen die Soldaten in den Osten. Tag und Nacht brummten die Flugzeuge und flogen nach Rußland. Nun dauerte der Krieg schon drei Jahre. Im Dorf trauerten Mütter um ihre Söhne, und das Elend nahm kein Ende. Zwei Kinder hatte sie aus erster Ehe, ihr Sohn Horst stand an der Front, Gerda war Führerin beim Reichsarbeitsdienst. Gott sei Dank waren die anderen Kinder noch klein, doch sie mußten arbeiten, jeden Tag auf dem Felde helfen. Sieben Personen waren sie im Hause, und nun, was schrieb ihre Schwester Martha, sie wollte ihre Tochter hierlassen.

»Martha, Marthchen«, die Bäuerin erschrak, sprang am Küchentisch hoch, ihr Mann stand bei ihr.

»Noch kein Mittagessen«, er zeigte auf den Herd. »Sobald die Kinder aus der Schule kommen, fahren wir aufs Feld, die Sommergerste muß eingefahren werden.«

Auguste umarmte ihren Mann. »Komm, setz dich zu mir, eine Neuigkeit. Hier, lies den Brief von der Martha«.

Ludschu zögerte.

»Komm, komm, du mußt ihn lesen, das Marthchen hat eine Tochter.«

Ludwig Kuchelka, der Kleinbauer aus dem masurischen Dorf am Rande der Johannisburger Heide, hielt den Brief in beiden Händen. Seine Augen wanderten über die Zeilen, wortlos legte er ihn auf den Tisch, schlug mit der rechten Hand darauf.

»Da haben wir die Bescherung«, er sah zur Tür, richtete die Augen auf seine Frau.

»Die Martha ein Kind, das glaube ich nicht. Die ist doch nicht dumm, da muß etwas dahinterstecken.«

»Na, was?«

Seine Frau wartete auf eine Antwort, doch Ludschu schwieg, sein Gesicht blieb ernst.

»Vielleicht ein Fehltritt, ein uneheliches Mädchen vom Sohn der Herrschaft, vielleicht ist ihr Verlobter an der Front oder gefallen.«

Frau Kuchelka stand noch immer neugierig vor ihrem Mann.

»Eine uneheliche Marjell, ein Fehltritt«, Ludschu lächelte.

Der älteste Sohn warf seine Schultasche auf den Tisch.

»Mama, was ist ein Fehltritt?« fragte er.

»Hast du gelauscht? Frage nicht so dammlich, stecke deine Nase in die Fibel und mache sofort die Schularbeiten, nach dem Essen geht's aufs Feld.«

Der Vater legte einen Arm um seinen Sohn. »Tante Martha besucht uns morgen. Max, nachmittags müssen wir die Gerste einfahren«.

Heiß brannte die Sonne, als Ludschu die Gerstenbunde auf den Leiterwagen hochreichte. Oben faßte seine Frau zu, und immer höher wuchs das Fuder. Max hielt die Pferde fest an der Leine, lenkte den Leiterwagen über das Feld. Ludwig Kuchelka wischte sich den Schweiß aus dem Gesicht, sah hoch zu seiner Frau, dann auf den Sohn. Auf ihre Hilfe war er angewiesen. Max kam im nächsten Frühjahr aus der Schule, sollte auf dem Hof zupacken. Seine Frau übersah das Getreidefeld.

Im Tal hinter den Wiesen vor dem grünen Grund weideten die Kühe. Senta umkreiste sie, der Opa schwenkte die Peitsche. Auf dem grünen Grund saßen Elli und Heta bei den Gänsen, Ottek spielte mit den beiden jungen Hunden.

»Alles in Ordnung?« rief sie, Ludschu nickte und Max lenkte den Leiterwagen weiter.

Es donnerte bereits, als der letzte Wagen auf den Hof rollte. »Abladen, dann ist Feierabend«, rief der Vater.

»Feierabend?« Seine Frau wusch ihr Gesicht an der Pumpe ab. »Zuerst muß ich das Abendbrot machen, dann werden die Kühe gemolken, Gänse, Enten, Hühner und Puten in den Stall gejagt, die Kinder ins Bett gebracht.«

Es war dunkle Nacht, als Auguste und Ludschu auf der Bank vor dem Haus saßen.

»Es geht nicht anders. Max und ich müssen morgen mit den Pferden aufs Feld. Auguste, du holst das Pferd vom alten Jablonski, spannst es in die Einspännerkutsche und fährst nach Brennen zum Bahnhof.«

Seine Frau nickte, erhob sich. »Komm, wir müssen zu Bett, die Nacht ist schnell vorbei.«

☆

Ludwig Kuchelka stand als erster auf, ging in den Stall und fütterte die Pferde. Dann half er seiner Frau beim Melken, schleppte eine Milchkanne zur Dorfstraße. Mehr Milch gaben die vier Kühe nicht. Etwas behielt er für seine Kinder. Da konnte der Ortsbauernführer schimpfen und fluchen, die Kinder brauchten Kuhmilch. Die Parteigenossen, nichts als Ärger bereiteten sie ihm. Immer wieder mußte er Pferdefuhrwerke stellen, Fuhren für die Gemeinde durchführen und auf anderen Höfen bei der Ernte helfen.

»Du bist zu Hause, andere Bauern sind an der Front«, hörte er bei jeder Gelegenheit, schwieg, folgte den Anweisungen. Nur gut, daß er den Max hatte, der Junge war eine echte Hilfe.

Auguste Kuchelka ging durch die Wiesen und Sümpfe, dann entlang dem Kanal bis zum anderen Ende des Dorfes. Gleich hinter dem Sandweg, der in die Johannisburger Heide führte, wohnte der alte Jablonski. Eine Kuh, ein Pferd, ein Schaf, paar Gänse und Enten, dazu etwas Land ums Haus, so lebte Opa Jablonski mit seiner Frau. Er lieh Auguste seinen alten Wallach, denn Ludschu Kuchelka und seine Kinder halfen ihm, das Heu und die Kartoffeln zu ernten.

»Der Max bringt das Pferd abends zurück«, so verabschiedete sich die Bäuerin.

☆

Am späten Nachmittag spannte sie das Pferd in die Einspännerkutsche und fuhr zum Dorf hinaus. Neben ihren Füßen stand eine Aktentasche mit Stullen und einer Flasche Milch. Martha und ihre Tochter hatten Hunger, denn in Berlin gab es Brot und Milch nur auf Marken. Die Kutsche rollte auf der Chaussee in Richtung Monethen.

»Hopp, hopp, hopp«, trieb Auguste den Wallach an, er zog den Berg hoch, sie fuhren über die Gleise der Eisenbahnstrecke Allenstein–Lyck. Dann ging es bergab in das Dorf Monethen. Dort, gleich rechtsherum, auf einem Feldweg bis zur Chaussee nach Dringelsdorf. Soldatenautos fuhren vorbei. Straßenstaub wirbelte hoch. Wieder bog sie rechts ab, kam in das Dorf Brennen und lenkte die Kutsche zum Bahnhof.

»Ich bin zu früh hier.« Frau Kuchelka hielt vor dem leeren Bahnhofsgebäude. Sie saß auf der Kutsche und wartete, der Zug wollte und wollte nicht kommen.

»Frau Kuchelka«, rief der Beamte in der roten Mütze, »wollen Sie den Ludschu abholen?«

»Nein, nein, meine Schwester Martha soll aus Berlin kommen«, antwortete sie.

Die Lokomotive dampfte, der Zug hielt.

»Brennen! Brennen!« rief eine Schaffnerin im breiten ostpreußischen Dialekt. Auguste saß auf der Kutsche und reckte ihren Hals. Ein paar Soldaten, zwei Hitlerjungen in Uniform, da, ganz hinten, kam Martha in Reichsbahnuniform, daneben lief ein Kind. Die Martha und ihre Tochter. Schwarzes, ganz pechschwarzes Haar hatte das Mädchen.

»Martha, Marthchen«, Auguste umarmte ihre Schwester, zog mit der linken Hand das Mädchen an sich.

»Oh, Gottchen, oh, Gottchen, ganz verhungert, misserig siehst du aus. Kommt, steigt ein, bis wir nach Hause kommen, wird es dunkel.« Sie zog an der Leine, das Pferd schritt zu, die Kutsche polterte über das Steinpflaster. Rechts die Martha, dazwischen das Kind, so fuhren sie durch Brennen zur Chaussee. Schweigend blickte Auguste auf ihre Schwester, musterte das Mädchen, hob die Aktentasche auf ihre Knie, »komm, iß Brot und trink Milch, du hast Hunger.«

»Ich kann nicht mehr«, flüsterte das Mädchen.

Martha steckte sich eine Zigarette an, stieß den Rauch zur Seite. »Wir fuhren im Dienstabteil, die Kollegen gaben uns Brot und Wurst. Auguste, laß sie, sie hat keinen Hunger.«

Die Bäuerin machte die Aktentasche wieder zu. »Aber morgen mußt du tüchtig essen, du siehst ja so misserig aus. Wie heißt du?« Die Bäuerin sah auf das Mädchen.

»Sarah«, klang es ganz leise.

»Sarah, Sarah«, Auguste schüttelte ihren Kopf, »so heißt kein Mädchen in unserem Dorf.«

Frau Kuchelka sah ihrer Schwester fest in die Augen. »Sie ist das Kind meiner ehemaligen Herrschaften, ich sollte sie ins Ausland bringen. Auguste, ich schaffte es nicht. Schichtdienst bei der Reichsbahn, der alte Opa in der Kellerwohnung, das Kind versteckt im Kohlenkeller. Auguste, ich kann nicht mehr. Schwester, ihr müßt sie behalten!«

Sie blickte über die Felder zum Wald. Hinter den Wiesen und Erlensümpfen sah sie den grünen Grund. Eine friedliche Landschaft lag vor ihr. Martha zog an ihrer Zigarette, erzählte, was in Berlin geschah.

»Martha, Marthchen, Erbarmung. Ist das wahr? Werden wirklich Menschen verschleppt, eingesperrt und abgemurkst? Oh Gottchen, oh Gottchen, wenn das der Ludschu hört.«

Auguste legte ihren Arm um das kleine Mädchen. »Brauchst keine Angst zu haben, bleibst bei uns, ein Bett wird sich finden, zu Essen haben wir genug. Mach dich noch kleiner, duck dich, wir sind gleich zu Hause.«

Sie fuhren an den ersten Häusern des Dorfes vorbei. Rechts ab bog die Kutsche durch das Tor auf den Hof. Zwischen dem Dunghaufen und der Scheune hielt das Pferd.

»Max, Max«, rief die Mutter, »spann aus und bringe den Wallach zum alten Jablonski zurück!«

Martha begrüßte ihren Schwager, blickte sich um. In der Küche reichten die beiden Mädchen und der Ottek ihrer Tante die Hand. Neugierig schauten sie auf das fremde Mädchen.

»Geht ins Wohnzimmer, Essen gibt es heute etwas später«, die Mutter machte die Tür auf, die beiden Töchter und der jüngste Sohn gingen hinaus. Der Bauer zeigte auf das Mädchen. »Soll es bleiben oder zu den Kindern gehen?«

»Sarah bleibt bei mir, sie weiß alles, hat furchtbare Monate erlebt, sie kann und soll unsere Aussprache hören.«

Martha saß auf einem Küchenstuhl, ihre Eisenbahnermütze lag auf dem Tisch. Aufgeregt zog sie an der Zigarette. Ängstlich klammerte sich das Mädchen mit den pechschwarzen Haaren an ihren Arm. »Ihre Eltern, meine ehemaligen Herrschaften, mußten über Nacht ins Ausland fliehen. Sarah war an der Nordsee in einem Internat. Ich holte sie ab, sollte das Mädchen in die Schweiz bringen. Es gelang mir nicht, ich schaffte es nicht. Ich hatte solche Angst! Auguste, Ludwig«, sie wischte mit dem Taschentuch über ihre Augen. »Nach Berlin kann Sarah nicht zurück, sie wird abgeholt, das bedeutet Tod, sie muß sterben. Und ich, ich komme in ein KZ, die Gestapo wartet darauf, mir etwas nachzuweisen. Lieber gehen wir zusammen in den Dupkersee. Dienstverpflichtet haben sie mich zur Reichsbahn, weil ich den alten Großvater in seiner Kellerwohnung betreute, ihm etwas zu Essen brachte. Er ist alt, wird sterben, krepieren, sie werden ihn verscharren.« Marthas Stimme zitterte, ihre Hände verkrampften sich. »Sarah, das unschuldige Kind, muß leben. Sie ist ja noch so jung. Auguste, Schwester, lieber Schwager, sie muß bei euch bleiben, ich fahre sofort zurück, soll übermorgen zum Frühdienst. Auguste, Ludwig, ich bin fertig, ich kann nicht mehr«, flehte sie.

Ludschu, der kräftige, breitschultrige Bauer, sah auf seine Frau, zuckte mit den Schultern. »Du bleibst bei uns, wir werden dich verstecken, armes Kindchen, was wollen die Menschen nur von dir?«

Auguste erhob sich. »Sarah, Sarah, warum gerade Sarah? So heißt kein Kind im Dorf. Klara, Klara, rufen die Leute die masurischen Marjellen.«

»Hat sie Papiere?« fragte der Schwager.

Martha kramte in ihrer Tasche, zeigte eine Geburtsurkunde. Leise, ganz langsam, las Ludschu Wort für Wort. Nochmals übersah er das Papier, stand auf, ging zum Küchenherd, hob einen Wassertopf vom Feuer, warf die Urkunde in die Glut, stellte den Topf zurück. Ludwig Kuchelka reckte sich, schmunzelte, als habe er etwas Besonderes vollbracht. »Das Mädchen heißt Klara Saruski, ist deine Tochter«, mehrmals zeigte er mit der Hand auf seine Schwägerin.

»Klara Saruski, die Tochter meiner Schwester aus Berlin, Na was, na was, na prima!«

Auguste zog das Mädchen an sich. »Weine nicht, Kindchen, weine nicht, kriegst Brot und Milch, wirst auf dem Felde die Gänse hüten, dich vor den bösen Menschen auf dem grünen Grund verstecken. Und die Elli und die Heta werden dich beschützen. Wenn die Lorbasse was von dir wollen, dann rufst du den Max, der bedonnert sie!«

Das Mädchen schmiegte sich an die fremde Frau, als suche es Schutz.

»Und was wird mit der Schule?« Ludwig Kuchelka sah von seiner Frau zur Schwägerin.

»Nächste Woche gibt es Sommerferien, später rede ich mit dem Lehrer«, antwortete Auguste.

»Gott, der Allmächtige, wird euch danken.« Martha steckte das Taschentuch ein, drückte ihrem Schwager beide Hände.

»Elli, Heta, kommt schnell, stellt die Tassen auf den Tisch, wir wollen essen«, rief die Mutter. Sofort herrschte reger Betrieb, sogar der kleine Ottek drängte sich zwischen Küchenschrank und Herd. Am Tisch faltete Ludschu die Hände und betete, die Kinder blickten zu Boden, schwiegen. Dann klapperten Teller und Tassen. Martha kaute an einer Wurststulle, Klara trank Milch, Brot und Milchsuppe mochte sie nicht. Ludschu sah fragend auf seine Frau.

»Sag du es den Kindern«, gab sie ihm zu verstehen.

»Hört mal zu«, sprach der Vater, »die Tante Martha fährt morgen nach Berlin zurück, sie muß zur Arbeit bei der Reichsbahn, doch ihre Tochter Klara bleibt bei uns, wir haben genug zum Essen, zum Schlafen rücken wir zusammen. Max und ich liegen im Sommer im Stroh über dem Pferdestall, im Herbst werden wir weitersehen.«

»Oh, Gott, der Opa, den haben wir ganz vergessen«, rief die Bäuerin, als plötzlich der Alte in der Küche stand.

»Die Martha hat eine Tochter«, Opa Saruski stieß seinen Stock auf die Dielen. Die Enkel rannten aus der Küche.

»Ich habe alles gehört, weiß Bescheid, kapiere. Die Braunen wollen das Kind grapschen. Ja, ja, die Goldfasanen, so weit hat uns der Herr Gefreite gebracht. Krieg, Tod, Not, Elend, und ein Ende ist nicht in Sicht. Gott sei Dank, wir sind weit weg, die Johannisburger Heide ist riesengroß, zum Himmel ist es hoch, der Hitler wohnt in Berlin.« Er streichelte Klara. »Bleib hier, Marjellchen, wirst über die Wiesen und Felder rennen, mit dem Opa die Gänse hüten, ein Kind mehr auf dem Hof, im Dorf, das merkt keiner!«

»Elli, Heta, Otto, sofort in die Küche, waschen und ins Bett gehen«, rief die Mutter.

»Wo ist die Klara?« fragte Ottek.

»Sie schläft schon, morgen könnt ihr mit ihr spielen, aber nur hinter der Scheune und den Schnabel halten, habt ihr das verstanden?« mahnte die Mutter.

»Ja, ja«, die Kinder nickten und verschwanden.

Es war spät abends, als Ludschu seiner Frau gute Nacht sagte, über den Hof ging und auf den Stallboden stieg. Im

Stroh über dem Pferdestall wickelte er sich in eine Decke, legte sich neben seinen Sohn Max.

Berlin, Berlin, der Bauer fand keine Ruhe. Partei, Kreisleitung, Polizei, Gestapo, die armen Menschen. Mein Gott, was haben sie dem Hitler getan? Das Mädchen blieb hier, eine Tochter seiner Schwägerin Martha aus Berlin. Was konnte da passieren, wer sollte das Kind fassen? Vielleicht der Gendarmeriemeister aus Monethen. Dem Feldmann war nicht zu trauen. Hinter den Fremdarbeiterinnen und den Kriegsgefangenen war er her, doch von der kleinen Klara würde er nichts erfahren.

Die Kinder waren in der Schule. Ludwig Kuchelka auf dem Felde. Der kleine Ottek und Klara saßen an der Hundebude und streichelten die Jungen.

»Prima, der Otto und die Klara«, zufrieden gingen die beiden Schwestern über den Hof.

»Na, siehste, na, siehste, Marthchen, wie schnell sich die Kinder aneinander gewöhnen«, freute sich Auguste.

Ihre Schwester nickte. Sie half die Schweine füttern, trug Eimer mit Magermilch in den Kuhstall, tränkte die beiden Kälbchen. Und Martha redete ununterbrochen, vom alten Großvater, der in einer Kellerwohnung lebte und auf den Tod wartete. Vom Schichtdienst bei der Reichsbahn sprach sie, und wie sie monatelang das kleine Mädchen im Keller versteckt hatte. »Auguste, ich konnte nicht weiter, wir wollten uns vor einen Zug werfen. Mein Elternhaus, unser kleines Dorf fiel mir ein. ›Sarah‹, sagte ich, ›wir fahren nach Masuren in die Johannisburger Heide, würdest du bei meiner Schwester bleiben?‹ Ja, Auguste, ja, sie war sofort einverstanden.«

Auguste Kuchelka schwieg. Ihre Schwester erzählte Dinge, von denen sie noch nie etwas gehört hatte. Es war Krieg, Trauer herrschte im Dorf, auf den Höfen wurde schwer gearbeitet. Getreide, Kartoffeln und Milch mußten abgeliefert werden, doch sonst war Ruhe im Dorf. Der Polizist aus Monethen hatte genug mit den polnischen Frauen und den französischen Kriegsgefangenen zu tun. Nur den Schnabel mußte man halten. Der Ortsbauernführer schimpfte auf die alte Kraska. Sie sollte nur Deutsch reden, nicht guten Tag sagen, sondern die Hand hochheben und laut Heil Hitler rufen. Und was machte Oma Kraska? Hinter der Scheune palaverte sie weiter, trank sogar Schnaps mit den polnischen Mädchen. Alle im Dorf wußten es, keiner verpetzte sie.

»Auguste, du kannst Steinfelde nicht mit der Großstadt Berlin vergleichen. In Berlin sitzt der Reichssicherheitsdienst, die Gestapo, auf Berlin fallen Bomben«, Martha zog an ihrer Zigarette, »wer weiß, was uns noch alles blüht.«

☆

Am Nachmittag spannte Max die alte Stute Lotte vor die Einspännerkutsche. Lange hielt Martha das Mädchen in den Armen, sie weinte, schluchzte laut. Ihre Schwester faßte zu, trug Klara in das Haus, Max schwang die Peitsche, die Kutsche fuhr zum Dorf hinaus.

Auf der Schlafbank saß die Bäuerin, drückte das Mädchen fest an sich. »Weine nicht, weine nicht, du wirst es gut bei uns haben. Klarachen, ich werde für dich sorgen wie für meine eigene Tochter.«

Max trieb die Stute an, sie wollten frühzeitig am Bahnhof sein. Tante Martha sah stumm vor sich hin. Hier war sie aufgewachsen. Die Felder, Wiesen, Roßgärten und Sümpfe hatten sich nicht verändert. Am Waldesrand lag der grüne Grund. Durch Kaddigen, Kiefern, Tannen, Himbeeren und Blaubeerkraut kam man zum Dupkersee, von dort direkt in das Nachbardorf. Und dahinter, weit über den Sandbergen, wo die einzelne Birke stand, da begann die Johannisburger Heide. Heimat, eine einsame, verlassene Gegend.

»Max, bist du bei der Hitlerjugend, vielleicht sogar als Führer?« unterbrach Tante Martha die Stille.

»Im Jungvolk. Wenn ich im Frühjahr aus der Schule komme, muß ich in die Hitlerjugend«, antwortete er.

»Du mußt, gehst nicht gern, wie?« Die Tante stieß ihn an.

»Keine Lust, der Lehrersohn aus dem Nachbardorf kommandiert, jagt uns durch die Kaddigen und Kiefern. Ich gehe lieber mit dem Papa aufs Feld.«

»Mann, Max, hast du Mut, in Berlin wärst du in der Pflicht-Hitlerjugend«, Tante Martha erzählte aus der Hauptstadt und fragte Max nach dem Leben der Leute in Steinfelde.

Die Zeit verging, sie fuhren ins Dorf ein. Auf dem Bahnhof in Brennen faßte Martha Max an die Schulter. »Junge, stehe Klara bei, sie hat keine Eltern, ist allein auf der Welt.« Sie trat dicht an ihren Neffen. »Max, sie ist meine Tochter, kein anderes Wort in der Schule.«

Fest umarmte sie ihn, die Lokomotive pfiff, der Zug fuhr an, der Junge ballte beide Fäuste. »Tante, das verspreche ich dir. Das Mädchen heißt Klara Saruski. Klara Saruski, die Tochter meiner Tante Martha aus Berlin.«

Er wiederholte mehrmals: »Klara Saruski aus Berlin«, trieb das Pferd an, über Monethen rollte die Kutsche nach Steinfelde.

Abends saß die ganze Familie in der Küche zusammen. »Elli, Heta, Max«, des Vaters Stimme klang hart und ernst, »kein Wort über Klara in der Schule. In paar Tagen gibt es Sommerferien, später rede ich mit dem Lehrer!« Die Kinder nickten.

Die Mutter wandte sich an die beiden Mädchen. »Wenn ihr mit der Klara aufs Feld geht, dann durch das Schilf hinter der Scheune, den trockenen Graben entlang bis zur Chaussee, schnell durch die Kaddigen in den Wald. Nichts, gar nichts der alten Sawatzki erzählen. Wenn sie was fragt, schnell wegrennen. Die Klara nie allein lassen, immer in eure Mitte nehmen, links die Heta, rechts die Elli. So seht ihr wie Geschwister aus.«

»Mama, ihre Haare sind so schwarz«, meldete sich die Älteste.

»Die Haare«, der Vater saß nachdenklich am Küchentisch. »Die kommen ab, ganz kurz werden sie geschnitten.«

»Prima, Ludschu, prima, morgen schneide ich Klara einen Bubikopf, dann sieht sie wie unsere Mädchen aus.«

Am nächsten Morgen saß Klara auf einem Küchenstuhl, die Bäuerin schnitt ihr die Haare kurz. »Fein, fein siehst du aus. Klarachen, Klarachen, wie ein Marjellchen aus unserem Dorf.« Die Bäuerin strich mit der Hand über ihren Kopf.

Ottek wartete vor der Tür. »Klara, komm, komm, wir wollen spielen«, stotterte er.

☆

Die Sommerferien begannen, es war Erntezeit, die Kinder rannten umher, hüteten zusammen mit dem Opa die Kühe und Gänse. Zwischen Elli, Heta und dem Opa hopste Klara, lief, sprang über Wiesen und Felder. Auguste und Ludschu staunten. Klara rannte sogar barfuß über das Stoppelfeld. Gern spielte sie mit Heta, nur mit Elli verstand sie sich nicht. »Elli, was ist los?« fragte die Mutter.

Die älteste Tochter heulte. »Wir liegen zusammen in der Schlafbank. Klara zieht mir das Zudeck weg, ich habe keinen Platz mehr im Bett, sie soll abhauen!«

Frau Kuchelka sprach mit ihrem Mann. »Klara muß ein eigenes Bett haben!«

»Woher nehmen und nicht stehlen?« Auguste überlegte. Vielleicht konnten die Jablonskis helfen. Abends machte sie sich auf den Weg, einsam wohnten die beiden Alten, verbittert vom harten Schicksal, ihr einziger Sohn war vor einem Jahr beim Einmarsch in Rußland gefallen.

»Augustchen, sie haben unseren Sohn umgebracht. An der Front geht es rückwärts. Augustchen, die Bonzen wollen die ganze Welt besiegen, am Ende werden wir den Krieg verlieren!«

Oma Jablonski zeigte auf das Kofferradio. Ein Andenken an ihren Sohn. Sie hörte täglich Nachrichten. Auguste Kuchelka schwieg. Deutschland den Krieg verlieren? Nein, daran glaubte sie nicht. Offen redete sie mit den beiden Alten, erzählte vom Kind ihrer Schwester Martha, das in Berlin beinahe verhungert wäre. Und die Jablonskis halfen. Am nächsten Tag fuhr der Alte bei den Kuchelkas vor, brachte ein eisernes Bettgestell, einen Strohsack und eine Pferdedecke. Dazu Nesselbettwäsche, in einem schwarzen Kopftuch fest zugebunden. Er suchte das Mädchen.

»Sie ist auf dem Felde«, gab ihm Frau Kuchelka zu verstehen.

»Alles von meinem Sohn, doch der kommt nie wieder«, der Alte wischte mit seinem Jackenärmel über die feuchten Augen, senkte seinen Kopf zu Boden, ging langsam zum Pferdewagen zurück.

Nun hatte Klara ein eigenes Bett. Sofort hörte der Streit mit der ältesten Tochter auf.

»So geht es ganz gut, doch was soll im Winter werden, wenn du und der Max vom Stallboden zurück ins Haus mußt?« Bedrückt sah Auguste ihren Mann an.

»Es wird sich ein Weg finden«, der Bauer öffnete die Tür zum Altenzimmer, wo neben einem Schrank Opas Bett stand. »Die Kammer ist schmal und lang. Im Herbst ziehen wir eine Bretterwand, stellen in die Ecken die Schlafbank von Elli und das Bett von Klara.«

»Meinst du, das geht?« Auguste schritt im Altenzimmer hin und her. Ja, die beiden Betten paßten hinein. »Zum Herbst müssen die Mädchen in die Kammer, wohin sonst«, bemerkte der Bauer.

Wieder stand der Ortsbauernführer auf dem Kuchelka-Hof. »Ludwig, am Sonnabend mußt du ein Fuhrwerk stellen, in die Johannisburger Heide fahren, Holz für die Schule holen.«

Jetzt, mitten in der Ernte?« versuchte sich Ludschu herauszureden.

Seine Frau kam über den Hof. »Heil Hitler«, sie hob die rechte Hand. »Immer wir, die kleinen Pracher. Was soll der Ludwig nicht alles machen. Auf dem Abbau den Roggen mähen, die Milchkannen zur Chaussee fahren, für andere Torf stechen, jetzt Holz aus Grondowken holen. Ist der Ludschu der einzige Mann im ganzen Dorf?« Sie stemmte beide Hände in die Hüften. »Oh, Gott, Erbarmung, immer nur wir, wir, die armen kleinen Bauern. Unsere Pferde sind kaputt, fallen bald über die eigenen Beine.«

Der Ortsbauernführer schmunzelte.

»Hafer, Hafer müssen eure Pferde haben«. Dann wurde er ernst. »Am Sonnabend früh Abfahrt vom Schulhof, ein Mann und ein Fuhrwerk.« Er legte seine Rechte an die Mütze. »Wir arbeiten für Deutschland, für den Führer, jeder auf seinem Posten!« Eilig ging er zum Hoftor hinaus.

»So ein Mist, paßt mir gar nicht, doch ich muß fahren, der Lehrer braucht Holz für den Winter.«

»Ludschu«, seine Frau faßte ihn am Ärmel, »wenn du am Sonnabend mit dem Lehrer allein bist, dann frage ihn, ob die Klara nach den Ferien zur Schule kommen soll.«

»Klara zur Schule?« Ludschu kratzte in seinen Haaren. »Ja, ja, ich muß mit dem Herrn Masuch reden.«

Am Sonnabend früh hielten drei Fuhrwerke vor der Dorfschule, der Lehrer übergab einem Bauern den Holzschein, dann rollten die Wagen über die Dorfstraße, links ab zum Kanal, wo die Kate der Jablonskis stand. Den Hang hoch, an der einzelnen Birke vorbei, in die Johannisburger Heide. An der nächsten Straßenkreuzung wartete der Forstwart. Er führte die Fuhrwerke in einen Waldweg, zeigte auf einen Holzstapel. Sie sollten die Kloben aufladen.

»Guten Tag, wie geht's?« Ludschu reichte dem Forstwart die Hand, die Männer kannten sich. Seine Frau war in erster Ehe mit dem Bruder des Forstwartes verheiratet gewesen. Daraus stammten zwei Kinder, die Gerda und der Horst. Sie sprachen über Waldarbeit, den Förster und den furchtbaren Krieg in Rußland. Als die Fuhrwerke beladen waren, drückte der Forstwart dem Bauern die Hand. »Grüß die Auguste. Was machen die beiden Kinder?« wollte er wissen.

»Die Gerda ist Führerin beim Reichsarbeitsdienst, der Horst bei der Waffen-SS, der Junge steht an der Front in Rußland.«

»Scheiß-Krieg«, fluchte der Forstwart und schwang sich auf sein Fahrrad.

Heiß brannte die Mittagssonne, als die Fuhrwerke zurück ins Dorf rollten. Auf dem Schulhof wartete der Lehrer, ließ die Kloben direkt vor dem Sägebock abladen. Die Jungen der Oberstufe sollten in den Schulstunden Kleinholz machen.

Ludwig Kuchelka nahm seine Mütze ab. »Herr Lehrer, bitte, ich muß mit Ihnen reden.« Hinter dem Holzstapel sprachen sie lange miteinander. Eine Bescheinigung wollte der Lehrer haben, er müßte Klara in das Schulbuch eintragen. »Herr Kuchelka, die beste Lösung wäre«, schlug er vor, »Sie lassen sich zum Vormund für das Mädchen bestellen.«

Nachdenklich fuhr der Bauer heim.

»Was ist? Hast du mit dem Lehrer gesprochen?« Seine Frau stand bei ihm.

»Klara muß zur Schule, doch der Lehrer braucht ein Papier, eine Bescheinigung, Name und Wohnung der Mutter«, er stutzte, »ich soll Vormund für Klara werden.«

»Oh, je, oh, je, wer soll uns das bescheinigen?« jammerte Auguste.

»Vielleicht kann uns die Gerda helfen?«

»Die Gerda, wo? Wie kann das Mädchen für die Klara etwas tun?« Frau Kuchelka sah ihrem Mann fest in die Augen.

Ludschu zögerte. »Na, ja, so über ihren Verlobten, sein Vater ist doch beim Landratsamt.«

»Na, siehste, na, siehste, jetzt können wir den gebildeten Beamten brauchen, aber im letzten Jahr, als ich zu Weihnachten eine Gans nach Johannisburg schickte, da warst du böse. Rudis Eltern sind anständige Menschen. Seine Mutter hat mir so einen feinen Brief geschrieben, hat sich für die Gans bedankt. Auch Rudi ist anständig und akkurat. Er hat viel zu sagen, kommandiert die Jugend im Kreis Johannisburg, wurde als Offizier schwer verwundet, ist jetzt hier, arbeitet in der Heimat für den Sieg!«

»Für den Sieg, den Führer, für Großdeutschland, hoffentlich geht das gut.« Der Bauer setzte seine Mütze auf und ging auf den Hof.

»Max«, die Mutter war mit ihrem ältesten Sohn allein, »Junge, ich muß die Gerda haben. Morgen fährst du zum Dienst nach Drigelsdorf. Wenn du die Gerda siehst, dann sage ihr, die Mama will sie sofort sprechen.« Der Sohn nickte, suchte seine Uniform zusammen, putzte sich die schwarzen Schuhe.

Auf dem Schulhof sammelte sich das Jungvolk, per Rad fuhren die Jungen nach Drigelsdorf. Vor der Reichsarbeitsdienstbaracke am Sportplatz traten die Mädchen und Jungen an, Kommandos erklangen, die einzelnen Führer meldeten, dann schritt der Bannführer die Front ab. Max staunte, neben ihm marschierte seine Halbschwester, die Gerda Janzik, in der Uniform einer Reichsarbeitsdienstführerin. Schick sah die Gerda aus.

»War das der Bannführer?« fragte Max.

»K-Bann-Führer, Kriegsbannführer«, belehrte ihn sein Fähnleinführer.

Bei den Wettkämpfen schlich Max zu den Baracken, stand vor dem Führerzelt. Drinnen an einem Holztisch saß seine Halbschwester.

»Verschwinde, ziehe Leine, du Mündungsschoner«, schrie ihn ein HJ-Führer an. Max stand stramm, legte die Hände an die Hosen, er blickte ins Zelt.

Plötzlich erhob sich die Reichsarbeitsdienstführerin. »Laß ihn«, sie winkte, der HJ-Führer verschwand.

»Gerda, die Mama braucht dich dringend«, stotterte er.

»Ich komme in den nächsten Tagen vorbei. Grüße Mutter«, sie tippte Max auf die Schulter.

Abends sprach Max voller Begeisterung von seiner Halbschwester. »Mama, Mama, du hättest die Gerda sehen sollen. Schick, elegant, zackig, schneidig schritt sie neben dem Bannführer die Front ab. Und die Maiden marschierten nach ihrem Kommando.«

Stolz reckte sich die Mutter. »Die Gerda und der Horst, das waren die richtigen Janziks. Wie ihr Vater, groß, schlank und blond!«

Was sagte doch der Ortsbauernführer. »Deine Gerda hat Führereigenschaften, wird mal was Großes, solche Mädchen braucht unser Führer!«

Nur schade, daß der Robert es nicht mehr erlebte. Mußte er damals schwitzig von der Arbeit in den See springen?

☆

An einem Vormittag hielt ein Auto vor dem Kuchelka-Hof. Gerda stieg aus. »Bis nachmittags«, rief sie, der Kraftfahrer fuhr ab.

»Gerda, Tochter«, die Mutter freute sich. »Warum kommst du so selten nach Hause?«

»Mutter, Mama«, sie zog an ihrem Uniformrock, »Dienst, immer Dienst, wir arbeiten für den Führer, für den Endsieg, ich habe keine Zeit! Wie geht's, wo steckt der Horst?«

Plötzlich standen drei Mädchen im Zimmer. Elli und Heta begrüßten ihre große Schwester, Klara blickte zu Boden.

»Klarachen, das ist Gerda, meine Tochter.«

Verlegen sprach die Mutter, war erleichtert, als die Mädchen nach draußen rannten.

»Die Tochter von Tante Martha aus Berlin«, Gerda wiegte ihren Kopf hin und her, »sieht wie eine Ausländerin aus. Mama, ist das Mädchen arischer Abstammung?«

Erschrocken sah die Mutter auf ihre Tochter. »Sie heißt Klara Saruski, ist elf Jahre alt, die Martha ist dienstverpflichtet bei der Reichsbahn, fährt mit dem Zug durch die ganze

Welt, bis weit nach Rußland, bringt für die Soldaten Essen und Munition an die Front. Die Martha arbeitet Tag und Nacht für den Sieg. In Berlin konnte das Mädchen nicht bleiben. Gerda«, die Mutter rückte mit ihrem Küchenstuhl dicht an die Tochter, »der liebe Gott im Himmel sieht alles, wir sind doch Christen, haben Klara zu uns genommen, wir haben Platz, sie rennt mit den Kindern über die Felder und hütet die Gänse. Gerda, was ist arisch, sind Fremde keine Menschen?«

»Mama, Mutter, laß das keinen hören.« Entsetzt sah sich die Tochter um, sie waren allein.

»Mutter, Mama, wie könnt ihr euch auf so was einlassen? Gib das Kind der Martha zurück!«

Frau Kuchelka faltete ihre Hände, schloß die Augen.

»Klara nach Berlin zurück?« Lange saß sie still am Tisch. »Nein, nein, Gerda, das geht nicht. Martha wohnt nicht mehr in Berlin, lebt bei der Reichsbahn in einem Waggon, ist immer unterwegs.«

Die Mutter flehte und bettelte, legte einen Bogen Papier und einen Federhalter auf den Tisch. Die Tochter notierte: Klara Saruski aus Berlin, Vater gefallen. Mutter Martha Saruski, dienstverpflichtet bei der Reichsbahn, Vormund Ludwig Kuchelka in Steinfelde, Kreis Johannisburg.

»Gut, Mama, ich rede mit meinem Verlobten. Wenn sein Vater beim Landratsamt so eine Bescheinigung ausstellen kann, sollst du sie haben.«

»Prima, fein, Gerda, du bist eine Janzik, immer ehrlich, anständig und hilfsbereit wie dein Vater. Schade, schade, daß der Robert das nicht mehr erleben kann. Gerda, wenn du mir den Zettel bringst, dann schlachte ich zwei Hähnchen für den Rudi und seine Eltern. Zu Weihnachten schicke ich eine große Gans nach Johannisburg, die Adresse habe ich noch.«

Gerda saß mit der ganzen Familie am Mittagstisch, unterhielt sich mit ihrem Stiefvater. Immer wieder sah sie auf das zarte, schwarzhaarige Mädchen. Klara wich ihren Blicken aus, senkte den Kopf. Am Nachmittag hielt das Auto direkt vor der Haustür. Gerda winkte, der Wagen fuhr ab.

Nach einigen Tagen hielt ein Auto am Hoftor. Der Kraftfahrer in SA-Uniform ging ins Haus. »Einen Brief für Auguste Kuchelka.« Die Bäuerin griff danach, wollte fragen, mit dem Mann reden. Er hatte es eilig, das Auto brummte, weg war es zur Chaussee nach Monethen. Auguste rannte über den Hof zur Scheune.

»Ludschu, Ludschu, die Bescheinigung ist da, jetzt kannst du die Klara zur Schule anmelden.«

»Hast du etwas mitgegeben?«

»Nein, nuscht, das ging so schnell, der Mann sprang sofort in sein Auto und brauste ab. Sobald es kälter wird, schlachte ich zwei Hähnchen, zu Weihnachten kriegen sie eine Gans, das habe ich Gerda versprochen.«

Vor Schulbeginn ging Frau Kuchelka mit ihren drei Mädchen zum Lehrer. »Macht einen tiefen Knicks vor der Frau Lehrerin und dem Herrn Lehrer.«

Elli, Heta und Klara gehorchten.

»Ich habe alle drei mitgebracht, da fällt es nicht auf, die Leute denken, das ist der kleine Ottek.« Sie zeigte auf das schwarzhaarige Mädchen.

Lehrer Masuch besah das Schriftstück, es trug einen Stempel mit Unterschrift, er war zufrieden. »Wie heißt du?« fragte er.

»Klara Saruski aus Berlin«, klang es leise.

Er sprach mit seiner Frau, wandte sich an die Bäuerin. Frau Kuchelka sollte die drei Mädchen immer gemeinsam zur Schule schicken.

»Herzlichen Dank, Herr Lehrer.« Auguste und die drei Mädchen standen im Flur, stiegen über die Zementtreppen auf den Schulhof.

»Frau Kuchelka«, rief der Lehrer, »unsere Kartoffeln sind soweit, sagen sie Ihrem Mann, er soll sich einen Tag Zeit nehmen.«

»Macht er, macht er, wir werden alle helfen und Ihre Kartoffeln ausgraben!«

Auguste Kuchelka war zufrieden, die Klara ging mit den beiden Mädchen zur Schule, saß in einer Reihe zwischen Elli und Heta. Abends machten sie gemeinsam ihre Schularbeiten.

Die Jungens in der Schule stichelten: »Die piekfeine Klara aus Berlin«, versuchten, das feine Hochdeutsch des Mädchens nachzuahmen. Es fiel ihnen schwer bei ihrer breiten ostpreußischen Mundart. Klara hielt sich zurück, antwortete nur, wenn sie gefragt wurde. Lehrer Masuch merkte, das Mädchen kam aus besseren Kreisen. Martha Saruski sollte ihre Mutter sein? Er glaubte nicht daran, sprach mit seiner Frau darüber. »Der Ludwig Kuchelka meinte, das Mädchen sei in einem Internat an der Nordsee aufgewachsen. Ihre Eltern mußten ins Ausland fliehen.«

Er forschte nicht weiter, die Bescheinigung lag in seinem Schulbuch, beim Bürgermeister war das Mädchen polizeilich gemeldet. Es war Krieg, jede Familie hatte ihr Leid zu tragen, obwohl längst im Pensionsalter mußte er weiter unterrichten, sollte im nächsten Jahr sogar die Kinder aus dem Nachbardorf dazubekommen. Die Kuchelkas waren einfache, arbeitsame Leute, sie halfen ihm bei der Kartoffelernte.

☆

Der Herbst ging vorbei, der Winter stand vor der Tür, der Schulrat würde in diesem Jahr nicht mehr kommen. Als der Bauer vom Felde kam, fand er seine Frau weinend am Küchentisch. In den Händen hielt sie einen Brief von ihrem Sohn Horst. Briefträger Luck hatte ihn durch die Türritze in den Flur geworfen. »Was schreibt der Horst?«

Laut las Ludwig vor: »Ich bin in Danzig in einem Lazarett, bin befördert worden, habe mehrere Auszeichnungen erhalten, mein linker Arm ist verletzt, Heimatschuß, vielleicht komme ich bald in Urlaub.« »Auguste, weine nicht, er ist in der Heimat, hier kann ihm nichts passieren«, so tröstete Ludschu seine Frau.

»Mein Gott, wenn der Horst kommt, wo soll er schlafen? Du mußt durch Opas Kammer eine Wand ziehen«, Frau Kuchelka bat mehrmals, bis ihr Mann an die Arbeit ging.

Nun standen hinter der Bretterwand Ellis Schlafbank und gegenüber das eiserne Bett von Klara. Das Jungenzimmer war nun für Max und Horst frei.

Dann stand Horst am Mittagstisch vor der ganzen Familie. Er legte die rechte Hand an seine Mütze und meldete:

»Scharführer Janzik in Genesungsurlaub.«

Seine linke Hand hing in einem schwarzen Dreieckstuch.

»SS-Scharführer Janzik«, die Mutter warf ihre Arme um den Sohn, der Stiefvater drückte seine gesunde Hand, die

Kinder fragten nach Schokolade. Max interessierte sich sofort für seine Auszeichnungen.

»Wie bist du hergekommen? Vielleicht zu Fuß aus Baitenberg oder Brennen?« fragte die Mutter.

Horst lachte. »In Brennen war ich aus dem Zug gestiegen, bin zum Sägewerk und zur Mühle gegangen, war in den Kastenwagen von Großbauer Worgul gestiegen, wurde direkt vor unserem Haus abgeladen. Mama, ich bin heute abend eingeladen, der alte Worgul hat drei hübsche Töchter.«

Es herrschte Freude bei den Kuchelkas, Horst war eine Frohnatur, sprach von einem Heimatschuß, bald wäre er wieder gesund, und geschossen wird mit der rechten Hand.

»Wer ist das Mädchen?« Er zeigte auf Klara.

»Marthas Tochter aus Berlin«, antwortete die Mutter.

»Tante Martha hat eine Tochter, hat einen Fehltritt begangen?« Horst lachte, schüttelte seinen Kopf.

»Mama, na so was, davon habe ich nichts gewußt.«

Der Horst Janzik ist in Urlaub, bald wußte es das ganze Dorf. Horst bekam Besuch von alten Kameraden, die Bauerntöchter umschwärmten ihn.

»Er ist ein Soldat wie aus dem Ei gepellt«, lobte der Ortsbauernführer.

Auch Schwester Gerda und ihr Verlobter fuhren im Auto vor, Horst stieg ein, ab ging es nach Gehlenburg.

»Was macht der Junge solange in Bialla, warum kommt er nicht nach Hause?« Mürrisch ging die Mutter durch Haus und Hof.

»Laß ihn, er ist jung, anderes Städtchen, andere Mädchen«, versuchte der Bauer seine Frau aufzumuntern.

»Mama, wieder sagst du Bialla, das heißt Gehlenburg«, sprach Max dazwischen.

»Lindensee, Drigelsdorf, Gehlenburg, früher sagten wir Dupken, Drygallen, Bialla«, ein wenig böse erklangen die Worte der Mutter.

Endlich kam Horst wieder. Sogar Gerda und ihr Verlobter saßen im Wohnzimmer, unterhielten sich mit der Mutter und dem Stiefvater. »Mama, habt ihr Cognac-Gläser?« Gerda stellte eine Flasche auf den Tisch, sie stieß mit ihrem Bruder, der Mutter und dem Stiefvater an. Auch der Verlobte hob sein Glas, doch er trank Limonade, zeigte auf das Auto.

Gerda und Horst waren angeheitert, auch dem Stiefvater glühte das Gesicht, die Mutter lauschte. Was ihr Sohn vom Krieg in Rußland erzählte, das fand sie grausam.

»Im weiten Land werden wir untergehen, der nächste Winter wird grausam, wir werden alle verrecken!«

Gerda faßte ihren Verlobten an den Arm. »Rudi, wenn du wieder zur Front mußt, dann werde ich Krankenschwester, melde mich freiwillig nach Rußland!«

Die Unterhaltung verstummte, direkt vor dem Stubenfenster standen Ottek und Klara, sie spielten mit den beiden jungen Hunden. Gerda zeigte auf das Mädchen.

»Klara sieht aus wie eine Ausländerin, nicht arisch. Wenn das die Tochter meiner Tante Martha ist, dann fresse ich meine Knobelbecher.«

Horst hob das Schnapsglas. »Prost, ob Heid oder Christ, wir stecken im Mist!« Gerdas Verlobter nickte.

Die Mutter lief zur Tür. »Ottek, Klara, ihr sollt nicht an der Straße spielen. Los, sofort, geht hinter die Scheune!«

»Wo steckt die Tante Martha?« fragte Gerda.

Die Mutter zuckte die Schultern. »Weiß nicht, überall und nirgends, sie ist mit dem Zug unterwegs, hat schon ein halbes Jahr nicht geschrieben.«

Gerda und ihr Verlobter flüsterten, erhoben sich, drückten Horst die Hände. »Mutter, sei vorsichtig«, mahnte die Tochter, wies auf das Mädchen an der Scheune.

»Auf Wiedersehen, Schwiegermutter«, der Verlobte zeigte auf Klara, legte seinen Finger auf die Lippen.

»Wir halten den Schnabel«, sagte Frau Kuchelka.

»Ludschu, Ludschu, ist der Verlobte nicht ein vernünftiger, anständiger Mensch, der muß alles über Klara wissen, was sagt er, Schnabel halten, Schnabel halten«, wiederholte sie.

Horst war selten zu Hause, am Tage fuhr er per Rad nach Lyck, traf dort seine ehemaligen Hitlerjugendkameraden. Abends zog es ihn zu den Bauernsöhnen, mit anderen Urlaubern ging er in die Nachbardörfer, er hatte Schlag, die Mädchen mochten den großen, blonden SS-Mann. War er mal auf dem Hof, so ging er durch Stall und Scheune, sprach mit den Pferden, tobte mit Senta und ihren Jungen. Max, die beiden Mädchen und Ottek waren stets bei ihm, nur Klara hielt Abstand. Sobald Horst in seiner Uniform auftauchte, rannte sie hinter die Scheune, versteckte sich in den Weidenbüschen. Frau Kuchelka mußte sie aus dem Schilf holen. »Klarachen, der Horst ist mein Sohn, er ist Soldat. Komm, Klarachen, komm, habe keine Angst, er tut dir nichts!« Das Mädchen faßte mit beiden Händen in den schwarzen Rock, drückte sich an die Bäuerin, ihre Augen blickten scheu nach allen Seiten, als suchten sie den Uniformierten.

Die Urlaubstage vergingen, Horst marschierte mit ernstem Gesicht durch Haus und Hof, manchmal sang er, es waren traurige Lieder, »Und kehren wir nicht wieder, wir taten unsere Pflicht, leb wohl, mein kleines Madel, vergiß mich nicht.« »Auf Rußlands Fluren, da fand man seine Leiche, auf Rußlands Fluren starb er den Heldentod.«

»Junge, mußt du wieder an die Front?« fragte der Stiefvater.

Horst reckte sich, setzte seine Mütze auf, legte die rechte Hand an den Schirm.

»Unsere Ehre heißt Treue«, antwortete er, versuchte zu lächeln, doch Ludschu merkte, er wollte nicht mehr nach Rußland. Abends verabschiedete sich Horst von seinen Geschwistern, er reichte Klara die Hand. »Mädchen, bleib im Dorf, hier kannst du den Krieg überleben!«

☆

Horst stieg frühmorgens in die Einspännerkutsche, seine Mutter brachte ihn zum Bahnhof. Als sie auf die Chaussee nach Monethen kamen, erhob er sich, sah über die Felder, Wiesen und Sümpfe zum grünen Grund, das war sein Dorf, seine Heimat, hier war er aufgewachsen, kannte jeden Stein, Strauch und Baum. Schweigend saß er neben seiner Mutter. Erst hinter Monethen, auf dem Feldweg zur Chaussee nach Drigelsdorf, begann er zu reden.

»Das Mädchen ist die Tochter von Marthas ehemaligen Herrschaften. Die Eltern hat man verhaftet, das Kind hat Tante Martha versteckt, zu euch gebracht. Nicht schlecht von dem Marthchen.« Horst schwieg eine Weile, dann fragte er plötzlich: »Sie heißt doch nicht Klara?«

»Sarah, Sarah«, flüsterte die Mutter.

Horst lachte laut auf. »Hat der Ludschu sich ausgedacht, seine Stieftochter die RAD-Führerin und ihr Verlobter, der K-Bann-Führer, haben dabei geholfen.«

»Geholfen? Die Gerda hat uns nur eine Bescheinigung besorgt.«

»Mutter«, der Sohn schlug mit der Hand auf seine Schenkel.

»Wenn das die Partei, die Kreisleitung erfährt, dann«, er sprach nicht weiter, »Mutter, Mama, auf was habt ihr euch da eingelassen?«

Die Kutsche rollte über das Steinpflaster zum Bahnhof nach Brennen, der Zug hielt, Horst drückte seine Mutter, hielt sie fest umschlungen.

»Wir werden in Rußland verrecken, der Krieg geht verloren«, flüsterte er, drehte sich um und stieg in den Zug.

Die Mutter stand noch lange am Bahnsteig und sah dem Zug nach. Auf der Rückfahrt weinte sie. Krieg, dieser verdammte Krieg! Was sagte ihr Sohn, wir werden in Rußland verrecken, der Krieg geht verloren. »Junge, Horst, wie konntest du so etwas sagen. O Gott, Herrgott, wenn wir den Krieg verlieren, dann kommt der Russe wieder in unser Dorf, wie im Ersten Weltkrieg!«

Wieder zurück auf dem Hof, schlich Frau Kuchelka traurig durch das Haus, lustlos ging sie aufs Feld, die Worte ihres Sohnes konnte sie nicht vergessen. Abends redete sie mit ihrem Mann darüber, Ludschu war sprachlos. Was hatte doch der Horst zu Klara gesagt. »Kindchen, bleibe im Dorf, hier kannst du den Krieg überleben«, doch welche Meinung hatte er über den Endsieg. »Wir werden in Rußland verrekken, der Krieg geht verloren!«

☆

Als die ersten Fröste einsetzten, Schneeflocken auf den hartgefrorenen Boden fielen, hielt ein Lastwagen vor dem Kuchelka-Hof. Eine Frau in Reichsbahnuniform, dahinter ein Soldat, eilten ins Haus.

»Martha, die Tante Martha kommt«, rief Max.

Klara stürzte in den Flur, sprang in Marthas Arme, lange, lange hielten sie sich umschlungen.

»Kommt rein, geht in die Stube«, rief die Mutter.

Der Soldat stellte einen Karton auf den Tisch. »Marketenderware, ich stehe mit einem Transport auf dem Lycker Bahnhof, wir müssen sofort zurück!«

Martha ging in der Küche hin und her. Frau Kuchelka stellte Kaffee und Brot auf den Tisch. »Kornfrank«, die Tante lächelte. »Auguste, wir trinken nur Bohnenkaffee.«

Der Kraftfahrer aß und trank, Martha, Auguste und Ludschu zogen sich in die Küche zurück.

»Der Opa ist verstorben, von den Eltern habe ich keine Nachricht, bitte schreibt nicht an meine Anschrift nach Berlin. Ich komme gelegentlich wieder vorbei. Und was ist mit Klara, habt ihr Ärger?«

»Die Gerda und ihr Verlobter haben uns geholfen, der Lehrer weiß Bescheid, hält den Mund, behandelt die Klara wie eine Marjell aus dem Dorf. Horst war in Urlaub, meinte zur Klara, bleibe in Steinfelde, hier kannst du den Krieg überleben.«

Tante Martha faltete ihre Hände. »Hoffentlich bleibt es so, der liebe Gott möge euch alle behüten.«

Der Soldat stand auf. Martha hielt Klara in ihren Armen. »Der Opa ist verstorben, doch deine Eltern sollen leben, ich komme bald wieder.«

Ruckartig wandte sich Martha ab, rannte zur Straße, der Lastwagen brummte, fuhr durch das Dorf in Richtung Kotten nach Lyck.

In der Küche standen die Kinder um das Paket: Schokolade, Kekse, Zigaretten, ein Päckchen Tabak und eine Flasche Sekt. »Ehrlich teilen«, der Vater zählte, jeder bekam etwas. Die Zigaretten, den Tabak und die Flasche Sekt versteckte die Mutter.

»Für die Gerda und den Horst, wenn sie wieder zu uns kommen.«

☆

Der Winter war da, der Schnee bedeckte die Felder und Wiesen. Mühsam stapfte der Briefträger Luck von Haus zu Haus, brachte einen Brief von Horst. »Liebe Mutter, ich bin gesund, wir sind auf dem Wege in den Osten, ich werde Dich nicht vergessen, Dir schreiben, sobald eine Möglichkeit besteht. Grüße alle von mir, auch den Opa und den Vater!« Unten in eine Ecke schrieb er: »Klara drücke ich die Daumen, Steinfelde, das Dorf der Hoffnung, meine Heimat, Masurenland.« Immer wieder las Frau Kuchelka die wenigen Zeilen. »Der arme Horst muß wieder an die Front, der Schnee liegt hoch, vor Kälte knacken die Zäune. Herrje, herrje, Erbarmung, der Junge soll gesund heimkommen.«

Ein zweiter Brief kam ins Haus, die Mutter erkannte die Schrift, er stammte von ihrer Tochter Gerda. Zuerst las sie den Absender. »Ludschu, Ludschu«, rief sie, »was soll das Mädchen in einem Lazarett in Königsberg?«

Gerda schrieb einen langen Brief. Ihr Verlobter sei als Offizier wieder eingezogen, als Infanteriekompanieführer käme er an die Front. »Mutter, was soll ich ohne Rudi, ich habe mich als Krankenschwester ausbilden lassen, gehe nun in ein Feldlazarett. Mama, liebe Mutter, ich will dem Führer und unserem Volk dienen, den Soldaten an der Front beistehen, für den Endsieg kämpfen. Sobald ich einen festen Standort habe, melde ich mich. Ich grüße Euch alle, Eure Gerda.«

Die Mutter fand keine Worte. Zuerst mußte der Horst an die Front, nun meldete sich die Gerda freiwillig in ein Feldlazarett. »Freiwillig meldet sich das Mädchen nach Rußland, Ludschu, verstehst du das?«

Der Bauer drehte den Brief in seinen Händen. »Die Gerda kennt nichts anderes. Jungmädchen, BDM, RAD, die Partei und den Führer. Ein deutsches Mädchen, sie opfert sich. Deutschland soll leben, und wenn wir dafür sterben müssen!«

Auguste wischte sich mit der Schürze über ihre feuchten Augen. »Gerda, Horst, warum müßt ihr gerade zum Winter nach Rußland!«

☆

Weihnachten stand vor der Tür, die Kinder waren in der Schule, nur Klara blieb zu Hause, sie war etwas erkältet. Ludwig Kuchelka und der Opa fuhren mit dem Schlitten zum grünen Grund, sie wollten Erlenholz holen. Auguste holte beide Briefe heraus, setzte sich an den Küchentisch, las und weinte. Plötzlich saß Klara auf ihrem Schoß. »Mama, bitte nicht weinen.«

»Mama?«, die Bäuerin drückte Klara an ihre Brust. »Mama, Mama hast du zu mir gesagt. Klarachen, Klarachen, ich werde immer für dich sorgen, solange mich der liebe Gott leben läßt.«

Klara lag an ihrer Brust, beide weinten, schluchzten laut durch die Küche.

»Klarachen«, Frau Kuchelka zeigte auf die Briefe, »der eine von der Gerda, der andere von Horst. Du kennst sie doch, sie waren beide zu Besuch. Klarachen, der Horst ist auf der Fahrt nach Rußland, muß bei Frost, Schnee und Eis an die Front. Die Gerda fährt freiwillig in ein Feldlazarett. Es ist Krieg, wir haben alle zu leiden. Klarachen, wenn nur bald Frieden käme, der Horst und die Gerda gesund zurückkehren und du«, sie streichelte ihr Haar, »zu deiner Mama und zu deinem Papa nach Berlin zurück kannst. Klarachen, der Opa ist verstorben, er war schon alt, aber deine Mama und dein Papa leben, das hat die Martha gesagt.«

Das Mädchen drückte sich fest an die Bäuerin. »Mama, ich habe Angst, die Gerda und der Horst tragen Uniform.«

Klarachen, Klarachen, vor denen brauchst du dich nicht zu fürchten, das sind meine Kinder, beide anständig und aufrichtig. Der Horst ist Soldat, die Gerda Krankenschwester. Nein, nein, Kindchen, vor denen brauchst du keine Angst zu haben, die halten den Mund. Der Max hat auch eine Uniform, muß jeden Sonnabend zum Jungvolkdienst, vor dem rennst du doch nicht weg.«

»Der Max ist nett, geht nicht gern zum Dienst, will lieber aufs Feld, die Uniform mag er nicht«, antwortete das Mädchen. Sie erhob sich, faßte den kleinen Ottek und ging mit ihm zur Hundebude.

»Mama«, sagte das Mädchen zu Frau Kuchelka, die Kinder fanden nichts dabei, der Vater schmunzelte.

In einer selbstgestrickten Schafswolljacke, an den Füßen dicke Strümpfe, auf dem Kopf eine Stoffkapuze, so ging Klara durch den Schnee zur Schule, gemeinsam mit den beiden Mädchen. Opa Saruski hatte ihr ein paar Stiefeletten mit Weidenholzsohlen gefertigt. Klara stolperte, stampfte über die Dorfstraße, doch ihre Füße blieben trocken.

Im Schulzimmer saß sie zwischen Elli und Heta, sie beteiligte sich rege am Unterricht. Eines Tages holte der Lehrer eine Geige aus dem Schrank hervor, da meinte sie etwas vorlaut, sie könne darauf spielen. Klara mußte vortreten, spielte vor der Mittel- und Oberstufe ein Weihnachtslied. Da flüsterte ein Junge aus der Oberstufe: »Die Zigeunersche an der Geige.«

»Spiel, Zigeunerin, spiel«, lästerte ein Mädchen.

Lehrer Masuch erschrak, das hätte er nicht tun sollen. »Setz dich«, sagte er, nahm die Geige an sich, spielte, als wollte er nicht aufhören.

Elli merkte, daß etwas schiefgegangen war. Bei Schulschluß half sie Klara ihre Jacke anzuziehen, stieß Heta an. »Komm, wir müssen schnell nach Hause.«

Vorweg die Hedwig, dahinter die Klara, zum Schluß Elli, so rannten sie auf der Dorfstraße heim. Zwei Jungen verfolgten sie, warfen mit Schnee, schrien, lästerten: »Zigeunersche, spiel, Zigeunersche, spiele! Klaraka, das Zigeunermädchen!«

Frau Kuchelka lief vor die Tür. »Ihr frechen Bengels, laßt die Mädchen in Ruhe!« schimpfte sie.

Als Max dazukam und die Jungen in den hohen Schnee schubste, verzogen sie sich.

Elli erzählte, was in der Schule geschehen war.

Max nahm Klara in Schutz: »Der Herr Lehrer schickte sie nach vorn, gab ihr die Geige, sie mußte spielen.«

»Klarachen, faß das Ding nicht mehr an. Paar Tage bleibst du zu Hause, bist krank, die Sache muß vergessen werden. Die frechen Lorbasse, Max, du mußt sie verjagen!«

Ludwig Kuchelka schlug mit den Händen gegen seine Pelzjacke. »Verdammt kalt, wieder so ein früher, harter Winter!«

Die Soldaten standen bei schweren Abwehrkämpfen im eisigen Rußland. Ludschu fütterte die Pferde und Kühe, zog sich zur Küche zurück, wärmte seine erstarrten Hände. Frau Worgul, die Bäuerin von der anderen Seite der Dorfstraße, saß im Wohnzimmer und weinte, ihr ältester Sohn war in Rußland gefallen. Auguste versuchte sie zu trösten, Ludschu schwieg, wieder war einer aus seinem Dorf tot, und der Krieg nahm kein Ende. An Klara dachte er, jetzt im Winter fiel sie nicht auf, wenn es nur in der Schule ruhig bliebe. Er sprach mit dem Lehrer, so von Mann zu Mann unter vier Augen. Der Masuch war zwar Parteigenosse, doch man konnte offen mit ihm reden. Klara wäre die Tochter von Martha Saruski aus Berlin, mehr wollte Masuch nicht wissen. Schließlich gab es eine Kinderlandverschickung, im Nachbardorf gingen mehrere Mädchen und Jungen aus Berlin zur Dorfschule. Kinderlandverschickung, das Wort wollte er sich merken. Man wußte ja nie, was zum Frühjahr und zum Sommer noch passieren konnte.

☆

Opa Saruski holte aus dem Wald am grünen Grund einen Tannenbaum, die Mutter rührte einen Fladen an, backte etwas Pfefferkuchen. Mehr gab es nicht zu Weihnachten. Am Heiligen Abend saß die Familie im Wohnzimmer vor dem Tannenbaum. Die Fenster waren verhängt, auf dem Tisch brannte eine Petroleumlampe, daneben lag die Bibel. Der Vater las die Weihnachtsgeschichte vor, zusammen sangen sie »Stille Nacht, Heilige Nacht«, Frau Kuchelka verteilte Pfefferkuchen, legte jedem ein Stückchen Schokolade auf den Tisch, sie stammte aus Marthas Paket. Keine Bonbons, keine Äpfel, keine Nüsse, nein, woher sollte die Kleinbauernfamilie die Sachen bekommen.

»Kinderchen, wir haben zum essen, sind alle gesund, es ist Krieg, der liebe Gott möge uns beistehen«, sprach die Mutter. Sie faltete die Hände und betete. Die Kinder blickten zu Boden, warteten, bis der Opa laut amen sagte.

Die Mutter stellte einen Karton auf den Tisch. »Von Oma und Opa Jablonski«, verkündete sie. Strümpfe und Socken aus Schafswolle, dazu Handschuhe und Mädchenmützen. Für den Max eine Mütze aus Hasenfell, dazu eine große Tüte, Elli griff hinein, Bonbons, selbstgebrannte Stangen aus Zucker und Fett.

»Die Jablonskis sind arm, haben gespart, wollten unseren Kindern eine kleine Freude machen.«

Frau Kuchelka verteilte die Zuckerstangen, drehte sich ihrem Mann zu. »Gleich nach Weihnachten gehst du und der Max zu den Jablonskis, vielleicht brauchen sie Holz und Torf, haben nichts zum Heizen, der Winter ist sehr kalt!«

Der Vater nickte, blickte auf seinen Ältesten, nach dem Fest wollten sie mit dem Pferdeschlitten hinfahren. Das war das erste Weihnachtsfest mit der Klara in seinem Heimatdorf.

Max Kuchelka erhob sich, der Zug ratterte, es war später Nachmittag. Klara, das Mädchen aus Berlin, wo mag sie geblieben sein? Nach Kriegsende stieg sie in einen Soldaten-Jeep. »Ich komme bald wieder«, rief sie Elli zu, und bis heute keine Nachricht, kein Lebenszeichen. Ein Mädchen, eine Frau kann doch nicht einfach verschwinden!

Der Zug sauste südwärts, hielt nur in den Großstädten, in Offenburg wurden die Kurswagen abgehängt. Mit dem Personenzug ging es nun in Richtung Freiburg, Titisee zur Endstation am Schluchsee. Max staunte, Wald, Berge, ein Tunnel nach dem anderen. »Seebrugg, Endstation«, rief der Schaffner. Er packte seinen Koffer und die Reisetasche, setzte seine Mütze auf, zog die Steppjacke über. Er sah sich um, folgte Frauen und Männern, kam zu einer Großraumtaxe.

»Nach Höchenschwand?« fragte er.

Der Kraftfahrer sah auf seine Mütze und die warme Jacke. »Kalt an der Nordsee?« griente er.

»Verdammt kalt im hohen Norden«, antwortete Max, schob sein Gepäck in die Taxe, stieg vorn mit ein. Um ihn leichtgekleidete Frauen und Männer mit lustigen Gesichtern, schwätzten und scherzten im süddeutschen Dialekt. Schnell nahm er seine Mütze vom Kopf, wollte nicht auffallen. »Höchenschwand, *Sonnenhof, Tannenhof*«, vernahm er.

Die Männer und Frauen schienen gern dorthin zu reisen. Eine lustige Gesellschaft bereits im Taxi, ob er Anschluß finden würde? Eine kurvenreiche Strecke, der Schluchsee verschwand, Wald, Berge, einzelne Gasthäuser und Bauernhöfe, Häusern, das Dorf vor St. Blasien. Max staunte, vor ihm ein weites, offenes Tal mit schmucken Häuschen und riesigen Gasthöfen. Eine wunderbare Schwarzwaldgegend. Rechts nach St. Blasien zeigte das Straßenschild. Das Großraumtaxi fuhr um Häuser herum, etwas langsamer die Bundesstraße entlang, es ging bergauf. Links ab verließ das Fahrzeug die Bundesstraße.

»Herzlich willkommen im Dorf am Himmel, dem höchstgelegenen Kurort Deutschlands«, verkündete eine Tafel. Neubauten, nichts als Neubauten, ein Haus hübscher als das andere. Die riesigen Sanatorien, eine schmale Straße führte weiterhin bergauf. Rechts neben der Kirche Parkplätze, dahinter das Gästehaus *Kaiser* mit einer Blumenpracht vor den Fenstern und Balkons, ein überwältigender Anblick. Eine Schranke öffnete sich, das Taxi hielt, Frauen und Männer stiegen aus. »Hallo, hallo«, schallte es aus dem Eingang, alte Bekannte begrüßten sich.

»Zum *Tannenhof*?« fragte Max, fand sich allein gelassen.

»Hier sind Sie richtig«, lächelte der Taxifahrer, schlug die Tür zu, wendete und verschwand.

»Die Zugänge bitte sofort zum Essen«, ein junger Mann trat in der Eingangshalle auf ihn zu. »Gepäck bitte liegen lassen, gehen Sie in den Eßsaal, später kriegen Sie nichts mehr!«

Max Kuchelka warf seine Jacke und Mütze auf das Gepäck, eilte in den Eßsaal. Er stutzte, riesige Räumlichkeiten, an den Tischen Frauen und Männer beim Abendessen.

»Herr Kuchelka«, ein junges, schwarzhaariges Mädchen führte ihn an einen Tisch, »das ist Ihr Platz, die drei Herren sind Ihre Kollegen.«

Er klopfte auf den Tisch, verbeugte sich.

»Max Kuchelka«, kam es leise von seinen Lippen.

»Hol dir was vom Buffet«, sagte sein Gegenüber, Max verstand ihn kaum, er sprach einen Schweizer Dialekt. Der Kollege von rechts beugte sich zu ihm. »Sie sind Norddeutscher, ich komme aus Bremen«, so machte er sich bekannt.

Endlich einer aus dem Norden, den er verstand. Max atmete auf, holte sich Brot, Wurst und Käse, trank Tee, stärkte sich. Neugierig blickte er um sich. Frauen, überwiegend Frauen, eine fröhliche, muntere Gesellschaft. Wo waren seine Kameraden, die Kriegsbeschädigten? Da, in einer Ecke standen Krücken an der Wand, an den Tischen saßen ältere Frauen und Männer. Die Kameraden mit ihren Frauen oder Begleitpersonen. Ja, das waren sie, ihre vergrämten Gesichter kannte er, sie fielen in der fröhlichen Gesellschaft auf.

»Sind Sie zum ersten Male hier?« fragte der Bremer.

Er nickte.

»Dann haben Sie einiges versäumt. Eine vorzügliche Einrichtung mit hübschen Einzelappartements. Ich bringe Sie zum *Tannenhof*, zeige Ihnen das Haus«, versprach er.

Max suchte sein Gepäck, die Jacke und Mütze. »Sind

bestimmt schon auf dem Zimmer«, beruhigte ihn der Kollege. An der Küche, den Aufenthaltsräumen vorbei, führte er ihn durch Gänge über Treppen und Flure zum Fahrstuhl. Sie kamen in das Nebengebäude, dem *Tannenhof*, hier wohnten nur Kriegsbeschädigte. In seinem Appartement im dritten Stock fand er sein Gepäck. »Ich wohne einen Stock tiefer, morgen zeige ich Ihnen den Wanderweg zur Waldkapelle. Heinz heiße ich«, so verabschiedete sich der Bremer.

Max öffnete die Balkontür und trat hinaus. Frische Abendluft schlug ihm entgegen, Höchenschwand, das Dorf am Himmel, lag erleuchtet vor ihm, er sah direkt auf die goldene Kirchturmkuppel. Vier Wochen sollte er hierbleiben. Er hängte seine Kleider in den Schrank, inspizierte das Bett, das Bad mit Dusche und Toilette. »Prima, prima, besser als erwartet«, Max war angenehm überrascht. Sofort wollte er zu Hause anrufen. Zu Hause? Seine Frau war bestimmt nicht da, doch sein Sohn würde sich melden.

Langsam schritt er die Marmortreppen hinunter, merkte sich Flure und Gänge, trat durch den Seiteneingang auf den Hof, stand auf der Straße bei der Schranke. Wo fand er eine Telefonzelle?

»Bist du neu hier, suchst du ein Telefonhäuschen, willst schnell deine Frau anrufen«, drei Frauen umstanden ihn, die kleine Lustige zeigte ihm den Weg.

Zwischen den Frauen schritt er an der Kirche vorbei zu den Telefonzellen im Tal.

»Heute rufst du deine Frau an, morgen gehst du mit uns tanzen«, scherzten die Damen.

»Komm, Resi, wir gehen zum Tanzen«, hörte er hinter seinem Rücken.

Max sprach mit seinem Sohn, war vom Dorf am Himmel begeistert, berichtete vom schönsten Herbstwetter mit strahlendem Sonnenschein. »Mama ist nicht da«, vernahm er, verabschiedete sich, ging langsam zum *Tannenhof* zurück.

Das war sein erster Tag in Höchenschwand.

☆

Zeitig stand Max auf, ein sonniger Herbsttag begann. Zum Frühstück holte er sich die besten Stücke vom Buffet, sah sich um, Frauen, überwiegend Frauen, aller Altersstufen. Wo waren seine Kameraden? Ein Stock, ein paar Krücken lehnten gegen einen Stuhl, bekannte Gesichter entdeckte er nicht. Es waren die gleichen Gänge wie in den übrigen Kurheimen. Zuerst zum Arzt, dann ins Labor, zur Bäder- und Massageabteilung. Zum Sport- und Gymnastiklehrer. Termine, nichts als Termine für die ersten sieben Tage. Die Verwaltung vergaß er nicht.

»Max Kuchelka aus dem kalten Norden«, freundlich lächelten die Damen. Ein junger Mann trat aus dem Nebenzimmer, der Herr Direktor. Max verbeugte sich. »Kuchelka aus Norddeutschland von der Elbe, aus dem Wendland bei Gorleben«, ein wenig übermütig, in Urlaubsstimmung, sprach er drauflos. »Gorleben ist überall«, klang es aus dem Hintergrund. Die Damen und Herren lachten, der Direktor verließ schmunzelnd das Büro. Eine freundliche Verwaltung mit dem jungen Direktor. Noch am Vormittag erhielt er die erste Anwendung, für den nächsten Tag war er ausgebucht.

»Ich hole dich nach einer kurzen Mittagspause ab und zeige dir die Umgebung«, versprach Heinz beim Mittagessen. Max war zufrieden. Sein Appartement, der *Tannenhof*, das Dorf am Himmel gefielen ihm.

»Auf«, der Kollege holte ihn ab. Sie gingen um St. Michael, dann links über die halbrunde Straßenbrücke. Max blieb stehen. Ein weites Höhenplateau lag vor ihnen. Rechts am abfallenden Hang, direkt vor dem Wald, die Tennisplätze, links im Hintergrund die Spitze der Waldkapelle. Sie spazierten auf dem schmalen Asphaltweg, kamen zum Waldesrand mit Parkplatz, Kinderspielplatz und einer Hütte.

»Die Loipe, hier beginnen im Winter die Ski-Wanderungen. Komm, wir trinken ein Bier!«

Sie saßen in der Sonne vor der Hütte, stießen mit den Bierflaschen an. »Prost, Heinz!« »Prost, Max!« Zwei Norddeutsche im Schwarzwald, im Dorf am Himmel. Heinz erzählte, Max lauschte gespannt. Sein Kollege gehörte zu den Kopf- und Gesichtsverletzten, hatte bereits viele Kuren in Höchenschwand verbracht, kannte die Entwicklungsgeschichte des kleinen Dorfes zu einem führenden Kurbad.

»Die Frauen, die vielen Damen vom *Sonnenhof*, was tun die hier?«

Neugierig schaute Max auf Heinz.

»Augenleiden, einige sind fast blind, die Höhenluft bringt ihnen Linderung! Du«, Heinz stieß ihn an, »ich kenne eine nette Clique, alles hübsche Puppen aus dem Norden, Westen und Süden. Heute abend gehe ich mit ihnen zum Tanzen, du kommst doch mit.«

Max hob seine Bierflasche. »Tanzen, Mann, beim letzten Schützenfest habe ich es wieder versucht. Gerade einen Tag hier, ich weiß nicht.«

»Sei kein Frosch, du kommst mit, sofort mußt du einsteigen, Anschluß suchen, sonst bleibst du allein, wie der Willy von unserem Tisch. Kein Geld für Bier, kein freundliches Wort zu den Damen und Kollegen, nun rennt er allein durch die Gegend.«

Sie wanderten weiter, kamen zur Lichtung. »Ein herrlicher Ausblick.«

Unten im Tal hinter dem Fluß und der Straße ein Dörflein. Max zeigte auf das kleine Gebäude. »Unsere Waldkapelle«, antwortete Heinz.

»Evangelisch?« Heinz nickte. Die beiden Norddeutschen traten hinein, falteten ihre Hände, sahen stumm in den lichten Kerzenwald. Sie verbeugten sich und gingen wieder hinaus.

»Die Waldkapelle, ein Prachtstück, vom Eigentümer der Kliniken erbaut«, Heinz erzählte, Max hörte wieder zu.

Sie wanderten am Vorderhang entlang und blickten ins weite Tal.

»Da, die Berge, dahinter, fern am Horizont die Alpen«, er fand keine Worte. Höchenschwand, das Dorf am Himmel. Warum hatte ihn das Versorgungsamt nicht früher hierher geschickt? Das Dorf am Himmel, ein herrliches Stück Land im südlichen Hochschwarzwald.

»Hallo, Heinz«, ein Kollege inmitten einer Gruppe Damen gesellte sich zu ihnen.

»Mein Tischnachbar Max, Neuzugang«, so stellte ihn Heinz vor.

»Die Annerose, die Resi, die Elke«, immer mehr Vornamen gingen im Gelächter unter.

»Der Max, das Nordlicht«, die kleine lustige Resi aus dem Bayerischen Wald hängte sich an seinen Arm.

»Heute abend kommst du zum Tanzen!«

»Resi, halte Abstand, dein Mann steht mit dem Fernglas auf der Brücke«, Heinz trat dazwischen, umarmte Resi, küßte ihre Wange.

Resi legte in ihrem Dialekt los, Max lauschte, nichts, gar nichts verstand er. Die Frauen und Männer feixten und grienten.

»Nichts für Norddeutsche.«

Max schaute verlegen zur Seite.

Jetzt sprach Resi Hochdeutsch. »Küssen, küssen, das könnt ihr Sturen aus dem Norden.«

Annerose gesellte sich dazu, sie kam aus dem Harz. Elke war aus der Lüneburger Heide, wohnte am Wilseder Berg.

»Keine Nordlichterversammlung«, Resi stellte sich dazu. Eine lustige Frau mit Temperament und Witz. Plaudernd wanderte die Gesellschaft dem Dorf zu. Bald gab es Abendbrot.

»Heute abend gemeinsam zum Tanzen, ja, ja, wir kommen«, vernahm man vor dem *Sonnenhof*. Über die Treppen, mit Fahrstühlen, durch Flure und Korridore eilten Frauen und Männer zum Abendbrot.

»Gut, sehr wohlschmeckend«, befand Max das Essen. Heinz zu seiner Rechten gefiel ihm, doch die beiden Kameraden von gegenüber, Willy, der Schwarzhaarige mit den kräftigen Armen und Händen, wie ein Ringer sah er aus. Daneben der Kleine mit dem einen Arm, Prokurist sagten sie zu ihm, doch danach sah er nicht aus. Sie sprachen zu ihm, fragten, erwarteten Antworten, er lächelte, nickte, doch er verstand sie nicht. »Sei pünktlich vor dem *Sonnenhof*«, Heinz ging in sein Appartement.

Max stieg eine Treppe höher, in sein Zimmer, am Morgen wollte er nach Hause schreiben. »Gut, sehr gut, ausgezeichnet, Unterkunft und Verpflegung, eine unbeschreiblich schöne Gegend.«

Er zog seinen Anzug an, einen Schlips? Nein, mit offenem Hemdkragen schritt er die Treppe hinunter. Links die Bäderabteilung, rechts das Hallenbad, einen Stock tiefer die Kegelbahnen und die Turnhalle. Er stand vor dem *Sonnenhof*, Heinz winkte bei der Schranke.

»Du allein?« Max sah sich um.

»Sie sind längst dort, halten uns die Plätze frei«, Heinz zeigte unter die Bäume. Frauen und Männer auf Holzbänken, vor Tischen mit Zigaretten in Mund und Händen. »Hallo, Umweltsünder, Dampfmacher«, Heinz hob seine Rechte zum Gruß. »Nordlichter gehen zum Tanzen«, mehr verstand Max nicht.

Wieder schwätzten, lärmten junge Frauen in ihrem Dialekt. Hinter der Kirche schallte ihnen Tanzmusik entgegen. »Heute müssen wir weiter, an der Schmiede vorbei, die Straße hinunter, nicht weit, wir sind gleich da.«

Er schritt neben Heinz her. Auf der linken Straßenseite erblickte er ein erleuchtetes Lokal. Tanzmusik klang ihnen entgegen. Heinz suchte, winkte, drängte, an einem Ecktisch saßen Resi, Annerose, Elke und andere Frauen. »Hallo, Heinz, hallo, Max, Nordlichter«, rief Resi, schaffte beiden Platz.

»Damenwahl«, Resi zog Max am Ärmel, er verbeugte sich, führte sie zur Tanzfläche. »Walzer, rechtsherum«, Max drehte sich. »Prima«, er kam hin. Jetzt linksherum. Resi legte ihren Kopf zurück und glitt über das Parkett, sah zu ihrem Partner hoch.

Max merkte, daß sie sein Gesicht musterte. »Eine Verletzung aus dem Kriege, mich erwischte es noch vor dem Zusammenbruch.«

»Aha, daher im *Tannenhof*«, sie schwebte über das Parkett, Max staunte, eine flotte Tänzerin. Einen Tanz mit Annerose, den nächsten mit der Elke. Max war in Stimmung. »Herr Ober, eine Tischrunde«, sie hoben die Gläser, prosteten sich zu.

Annerose aus dem Harz drückte seinen Arm. »Sei vorsichtig mit dem Geld, deine Kur hat erst begonnen, nächste Woche bist du blank.«

»Er ist kreditwürdig«, fuhr Heinz dazwischen.

»Was treibst du, was bist du von Beruf?« fragte ein Kollege von gegenüber.

Max stutzte, überlegte, hob sein Glas. »Bauer aus dem Wendland, Landwirt, Subventionsbauer.«

Die Frauen und Männer kicherten. Heinz erhob sich. »Auf eine gesunde Landwirtschaft, auf unseren Erbhofbauern aus der Lüneburger Heide.«

»Du bist Landwirt?« Resi schien zu zweifeln.

»Bauer an der Jeetzel, Landwirt im Wendland«, Max blieb dabei.

Noch ein Glas Wein, einen Tanz, eilig erhob sich die Gesellschaft, die Tanzfläche leerte sich. »Schnell, wir müssen heim«, rechts im Arm die Resi, links eine große Blonde, daneben Heinz mit Annerose und Elke. Max war zufrieden. Wie ein lustiger Kegelclub schlenderten sie den Berg hoch. »Tschüs, bis morgen«, vor dem *Sonnenhof* gingen sie auseinander. Max und Heinz standen in der Eingangshalle.

»Tschüs, Resi, tschüs, Annerose, tschüs, Elke«, Max drückte Resi an sich. »Nicht hier«, sie stieß ihn zurück, machte eine Kopfbewegung, drehte sich auf der Treppe kurz um, »die Strickerinnen im Aufenthaltsraum.« Schnell rannten die Frauen die Treppe zum *Sonnenhof* hoch.

»Die wollüstigen Strickerinnen«, Heinz verbeugte sich. Direkt an der Stirnseite, mit den Gesichtern zur Treppe, saßen Frauen aller Altersklassen, strickten, häkelten, stickten und beobachteten. Wer kam mit wem abends in den *Sonnenhof*? Wer hatte einen Kurschatten? »Gute Nacht, Strickerinnen.«

Max, Heinz und ihre Kollegen gingen entlang der Eßräume zum Fahrstuhl. Still ruhte der *Tannenhof*, der Fahrstuhl hielt. »Tschüs, Heinz, bis morgen.«

Max schmunzelte, gerade einen Tag hier und schon beim Tanzen. Morgen früh mußte er zum Schwimmen, vormittags zur Massage, nachmittags wollte er sich der Wandergruppe anschließen.

☆

Die Glocken von St. Michael weckten ihn, kalte Morgenluft schlug ihm auf dem Balkon entgegen, leichter Nebel umgab das Dorf am Himmel. Er stieg eine Treppe tiefer zum Hallenschwimmbad. »Morgen, morgen«, vernahm er von allen Seiten. Im Wasser tummelten sich Resi, Heinz und Annerose.

Max sprang ins Wasser, zog seine Kreise zwischen Resi und Elke, blickte zum Beckenrand, sah Hannes mit der Bademeisterin poussieren.

Nach dem Frühstück mußte er zur Massage. Die junge

Masseurin knetete seinen Rücken, den verletzten Arm und das Bein.

»Kriegsbeschädigt sind Sie«, sie blickte auf seine Terminkarte, auf das Geburtsdatum. »Sie kommen mir so jung vor!«

»Jung? Ich bin ein alter Mann mit erwachsenen Kindern, wurde vor Kriegsende verwundet, sollte als junger Bengel den Führer aus Berlin befreien.«

»Mußten Sie das, warum sind Sie nicht abgehauen?«

»Hingehen, abhauen«, Max sah in das junge, freundliche Gesicht. »Es war grausam, was damals geschah«, mehr brachte er nicht heraus.

☆

»Gehst du zum Wandern?« fragte Heinz beim Mittagessen, Max nickte, wollte etwas ruhen, dann sich der Wandergruppe anschließen. Vor dem *Tannenhof*, direkt beim Gästehaus *Kaiser*, standen sie zum Abmarsch bereit. Ein buntes Völkchen aus Frauen und Männern. Er suchte Bekannte. Resi, Annerose und Elke waren nicht dabei. Max stellte sich an die Garagen, wartete, schloß sich als Letzter der Gruppe an. Die Wanderer zogen an der Kirche vorbei, inmitten der schwätzenden Gesellschaft der große, schlanke, ältere Sportlehrer. Die Damen mochten den freundlichen Mann, der in allen Dialekten schwätzen konnte. Am *Haus des Gastes*, an der Tankstelle vorbei, unter der Bundesstraße den Waldesrand entlang zu den Tennisplätzen, dann zum *Loipenhaus*, wieder aus dem Wald heraus, zur Kapelle.

»Pause«, rief ein Kriegsversehrter, setzte sich auf eine Bank. Der Sportlehrer wanderte weiter, sie folgten ihm. Unten am halben Hang, von hohen Tannen verdeckt, lag die obere Albtalschanze. Darunter floß die Alb neben der Fahrstraße. Max sah ins Tal, bewunderte das kleine Dörflein mit dem wuchtigen Kirchturm. Um den Sportlehrer kicherten und lärmten die Damen. Max stutzte, neben ihm die kleine zarte Frau mit dem lockigen Haar, sie zog ein Fernglas aus ihrer Tasche. »Wollen Sie mal gucken?«

Er packte zu, das ganze Albtal lag vor seinen Augen. »Super, ein tolles Glas«, er war begeistert.

Die Dame lächelte. »Nichts sagen, habe ich vom Arzt verschrieben bekommen.« Sie sprach Hochdeutsch.

»Norddeutsche?« fragte er.

»Aus Münster, wo die sturen Westfalen herkommen«, antwortete sie.

Max atmete auf, endlich sprach jemand mit ihm Norddeutsch. Sie wanderten nebeneinander, und sie erzählte. Seit vielen, vielen Jahren kam sie regelmäßig zur Kur wegen ihrer Augen. Cortison, immer erhielt sie Cortison. Und, sie senkte ihre Augen zu Boden, drückte die Brille ins Gesicht, es wurde nicht besser, nein, die Sehkraft ließ nach, bald würde sie Frührentnerin. Sie folgten der Gruppe, sie sprach vor sich hin, kritisierte Ärzte und Behandlungsmethoden, berichtete von der nahen Universitätsstadt, dort hätte sie sich mehrmals vorgestellt, doch geholfen hätten sie ihr nicht. Sie hob ihren Lockenkopf, blickte rundum, suchte am Horizont die Alpen, sprach von der Höhenluft, die ihrem Augenleiden Linderung brachte. Andere Frauen gesellten sich zu ihnen. Cortison, immer wieder hörte er von Cortison, war das die einzige Hoffnung?

Eine lustige Gesellschaft um ihn, er lachte, scherzte, Frührentnerinnen? Nein, das wollte er nicht glauben.

»Sie sind neu hier, erstmals«, die Münsteranerin stieß ihn an, »morgen wandern wir nach Häusern, das *Chämihüsle* und das Schwarzwald-Hotel *Adler* müssen Sie sehen. Kommen Sie doch mit, wir sind eine nette, lustige Clique.« Er sagte zu.

Am nächsten Morgen schwamm Max im Hallenbad, danach machte er Gymnastik in der Sporthalle, vor dem Essen erhielt er ein Wannenbad. Er fühlte sich müde, wollte mittags ruhen. »Vergessen Sie uns nicht, in einer Stunde ist Abmarsch«, die kleine, junge Frau mit dem lockigen Haar stand an seinem Tisch.

»Ich komme, wandere mit, möchte die Gegend kennenlernen«, versprach er.

Bei der Schranke versammelte sich die Wandergruppe. Die Raucher unter den Bäumen wünschten viel Spaß, als die Münsteranerin »Abmarsch« rief. Ein paar Zögernde hängten sich an, um St. Michael herum, am *Haus des Gastes* vorbei, unter der Bundesstraße zum Ski-Lift wanderten sie.

Ein sonniger, warmer Herbsttag mit klarer Sicht, als stände der Herrgott dem Dorf am Himmel nah. Max blickte den abfallenden Hang hinunter, über die Baumreihe an der Bundesstraße, durch die Tannen zum Schwimmbad am Labacher Holz. Dahinter, weit unterhalb von Häusern, lag das Schwarzabruck-Staubecken. Bergab wanderten sie fröhlich und ausgelassen, der Wald lichtete sich, sie standen am Ski-Lift zum Fuchsfelsen, hatten schöne Aussicht auf Häusern. Wie bunte Kästen einer Puppenstube lagen die schmucken Häuschen vor ihren Augen. Die Kolonne hielt, saubere Straßen mit bewundernswerten Häuschen, dann, Max war sprachlos, das Schwarzwald-Hotel *Adler*. Der *Adler* in Häusern, sie fanden keine Worte.

»Weiter, wir wollen in *Chämi* Kaffee trinken«, vorweg die Kleine mit dem lockigen Haar, dahinter Frauen und Männer. Sie standen vor dem *Chämihüsle*.

»Hinein, das muß man sehen, Kaffee trinken am offenen Kamin.« Die Plätze um den Rundbau füllten sich. Max stand noch immer vor der Theke, überwältigt, fassungslos, so einen Kaminbau hatte er noch nicht gesehen.

»Na, Bauer von der Elbe, Besenbinder, Buschklepper, anders als an der Jeetzel, wie?« stichelte Heinz. Max rührte in seinem Kaffee, vergaß die Torte, seine Augen hingen an dem Kamin. Als Letzter wanderte er der Gruppe nach, rannte um den Scheibenfelsen zum Waldschwimmbad, wollte pünktlich zum Abendessen sein.

»Hallo, Max.« Resi, Annerose und Elke inmitten einer lustigen Gesellschaft.

»Woher, wohin?« Sie lärmten und kicherten, kamen aus dem Schwarzatal. Es ging bergauf, der Rückmarsch war beschwerlich. Die Münsteranerin sang und wanderte, das spornte an.

»Heute abend zum Tanzen«, Resi und Annerose standen bei ihm.

»Wir kommen«, er sagte zu.

In der Kellerbar beim *Hirschen* saßen sie zusammen. Die Elke, die Annerose, die Resi, und bei ihnen, der Heinz, der Erich und der Max. »Heidjer-Bauer, auf dein Wohl«, sie prosteten sich zu, kamen in Stimmung. Beim Tango drückte er Resi einen Kuß auf die Lippen. »Laß das, Nordlicht«, zischte sie, zog ihren Busen zurück, doch ihre Brustwarzen blieben gespannt. Übermütig drückte er beim nächsten Tanz

Elke an sich, spürte ihre Schenkel, küßte ihren Mund. Wohlgelaunt spendierte er eine Flasche Sekt, erzählte angeheitert aus seinem Leben.

Annerose, die einfache, bescheidene, ein wenig zurückhaltende Frau, reizte ihn. Er zog sie beim Tango fest an sich, spitzte seine Lippen, hob sie ihr zum Kuß entgegen. Sie hielt Abstand, preßte ihren Mund fest zusammen. Küssen, einen Kuß, nein, den schenkte sie ihm nicht. In der Tanzpause legte er einen Arm um ihre Schultern. »Annerose, schenkst du mir einen Kuß?« bat er laut, alle sollten es hören.

Sie antwortete nicht, sah ihn entsetzt an. Nochmals bat, flehte er um einen Kuß. Sie schob ihn zurück. »Ich einen fremden Mann küssen? Nie! Habe zu Hause meinen Liebsten und vier Kinder.«

Die Clique feixte: »Der Max, der norddeutsche Bauer und die schüchterne Annerose aus dem Harz.«

Er ließ sich Zeit, das Spiel machte ihm Spaß. Die Kollegen amüsierten sich.

»Gib ihm doch ein Busserl, dann ist er befriedigt«, Resi hielt lachend ihren Busen und Elke warnte: »Annerose, sei vorsichtig, der Max beißt dir das halbe Ohr ab!«

Heinz und Erich johlten, der Sekt wirkte. Wieder legte Max seinen Arm um Annerose. »Schenkst du mir einen Kuß?« Entsetzt, fast böse stieß sie ihn zurück. »Ich küsse nur meinen Mann. Warum, wieso soll ich dir einen Kuß geben?«

»Warum, wieso sollst du ihn küssen?« Heinz schlug auf seine Schenkel und drückte Resi seine Lippen auf die Wangen. Eine ausgelassene Korona in der Kellerbar. Auf dem Heimweg ging Max zwischen Resi und Elke. Vor dem *Sonnenhof* küßte ihn die Bayerin!

»Damit du beruhigt schlafen kannst, morgen flehst du Annerose nochmals um ein Busserl an.«

☆

Die Sonne warf ihre Strahlen auf den Turm von St. Michael. Hinter der *Schmiede* versteckt sah Max das Dach der kleinen Johanniskirche. Am Sonntag wollte er zum Gottesdienst. Er warf sich aufs Bett, wollte ruhen, entspannen, doch nicht lange. Die Herbstsonne lockte ihn.

Im Sporthemd, den Pullover über den Rücken geworfen, stand er vor dem *Tannenhof*. Niemand war zu sehen, nicht einmal die Raucher saßen unter den Bäumen. Er kam zu spät, gelassen wanderte er um St. Michael, stand auf der Bogenbrücke über der Bundesstraße. Entlang einer Baumreihe schritt er zum Waldesrand, setzte sich auf eine Bank, sah den Tennisspielern zu. Am Waldesrand entlang wanderte er zum *Loipenhaus*, wollte ein Bier trinken, es war geschlossen. Weiter führte sein Weg, er stand vor der Waldkapelle, trat hinein, faltete seine Hände, ein einmaliger Anblick, Sonnenstrahlen über den leuchtenden Kerzen, er konnte nicht vorbeigehen. Wohin? Er sah hangabwärts ein paar Kurgäste auf den Wanderwegen. Er stutzte, wer kam ihm entgegen, die rote Jacke fiel ihm auf.

»Annerose«, er drückte ihre Hand, »allein?«

»Ich mußte zum Arzt, die restliche Zeit reicht für einen kleinen Spaziergang.«

Gemeinsam wanderten sie den Hang hinunter, schritten über die Bundesstraße zurück ins Dorf.

»Wohin?« Annerose schaute ihn an.

»Zu *Steffi*, ich lade dich ein«, antwortete er.

Bei Kaffee und Kuchen bewunderten sie die rustikale Einrichtung. Gemütlich fanden sie das *Berg-Cafe*. Ein netter Nachmittag. Annerose faßte Max an die Hand, schweigend schritten sie die Straße hoch, an der *Schmiede* vorbei zum *Sonnenhof*. »Heute abend beim Tanzen?«

Max nickte: »Tschüs, Annerose«. Eine freundliche, nette Frau, doch etwas belastete sie. Warum machte sie so ein trübes Gesicht, hatte so traurige Augen? Max dachte an seine Ehe.

Das Tanzlokal war überfüllt, sie saßen im Nebenraum, die Stimmung blieb gelassen. »Ich muß morgen nach Freiburg in die Universitätsklinik, und am Sonntag kommt mein Mann«, Resi war lustlos. Elke wirkte noch trauriger, ihre Zeit ging zu Ende, in einigen Tagen mußte sie abreisen. Von Halbzeit sprach Heinz, auch Annerose zählte ihre letzten Tage.

☆

Morgens im Hallenbad blickte Max in Anneroses traurige Augen. »Kommst du nachmittags mit? Ich möchte zum *Albseeblick.*« Sie sagte zu.

Vor dem Gästehaus *Kaiser* stand Annerose in ihrer roten Jacke. »Auf«, sie wanderten los. Am Waldesrand schritten sie bergab, kamen zur Lichtung. Max scherzte, war frohgelaunt, drückte Annerose an sich, doch sie hielt Abstand. Sie wanderten eine Weile und setzten sich in den *Albseeblick*. Von einem Fensterplatz sahen sie auf den Albsee. Unten im tiefen Tal schimmerte das Stauwasser in der Nachmittagssonne. Erdbeerboden mit Sahne und ein Kännchen Kaffee. Sie saßen und tranken, blickten auf den Albsee, hoben ihre Weingläser, erzählten von zu Hause. Es wurde spät, er half Annerose in die Jacke, nun ging es bergauf.

»Max, du bist so großzügig, ich danke dir«, sie drückte seine Hand, er spitzte seinen Mund, sie wandte sich ab.

Es dämmerte bereits, als sie sich beim Ski-Lift vor der Bundesstraße auf eine Bank setzten, er sie fest an sich zog, lange, lange ihren Mund küßte. Ihr Körper zitterte.

»Max, ich habe noch nie einen fremden Mann geküßt, ich darf nicht. Mein Gott, wenn das mein Mann erfährt, er schlägt mich tot.«

»Komm heute abend zu mir«, Max streichelte ihren Busen, küßte ihre Stirn, ihre Ohren.

»Nein, nein, niemals, vergiß mich, das darf nicht sein.«

Sie lag in seinen Armen.

»Und deine Frau?« fragte Annerose.

Er zögerte, überlegte, sollte er reden, die Wahrheit sagen?

»Meine Frau hat seit Jahren einen Freund, arbeitet in seinem Büro, wir schlafen nie zusammen, aber eine Scheidung möchte ich nicht. Unser kleines Häuschen, für das ich geschuftet und gespart habe, käme unter den Hammer.«

»Max«, sie küßte seine Stirn. »Wir sind arm, mein Mann verdient nicht viel, ich habe vier Kinder, er trinkt und schlägt mich. Ich habe Angst, heimzufahren.«

Nochmals küßten sie sich, dann wanderten sie schweigend ins Dorf.

☆

Abends beim Tanzen sah man neue Gesichter an den Tischen. Heinz und Annerose sprachen von Heimfahrt. Max hatte noch einige Zeit vor sich.

»Annerose, es sind deine letzten Tage, beeil dich, schenke Max ein Busserl, sonst wird es zu spät!« sagte Resi.

»Einen Kuß? Heute nacht schläft sie bei ihm«, sprach Heinz.

Annerose wurde böse. »Wieso, warum soll ich ihm einen Kuß geben und bei ihm schlafen? Ich bin verheiratet, habe einen Mann, mehr brauche ich nicht!«

☆

Am Frühstücksbuffet drängten sich Frauen und Männer. Max ließ sich Zeit, dachte an Annerose, heute war ihr letzter Tag. Abends wollten sie Abschied beim Tanzen feiern, doch Resi hatte eine Idee.

»Gleich nach dem Abendessen kommen wir zu dir ein Gläschen Sekt trinken.«

Max zögerte, er mußte zur Verwaltung, zum Herrn Direktor, meinte, Annerose würde sein Appartement nicht betreten.

»Laß mal, Max, das mache ich schon«, beruhigte ihn Resi.

Er hielt einen Teller in der Hand, suchte sich Wurst, Käse, Honig und griff zum Knäckebrot. Fast ließ er den Teller fallen. Er wackelte ihm auf Krücken entgegen, der Wollek, dahinter die Anika Rogowski. Er machte Platz, zog sich zurück. Der Wollek und die alte Rogowski. Gestern abend waren die Neuzugänge angekommen, noch erkannten sie ihn nicht. Seine Augen wanderten über die Tische, suchten hinter Pfeilern und in den Ecken. Da, gar nicht weit von seinem Tisch, genau hinter seinem Rücken, saß Rudolf Rogowski.

»Mann, Heinz«, Max zeigte heimlich auf den Tisch. »Wollek und die beiden Rogowskis, die kenne ich, war mit ihnen zusammen bei einer Kur an der Nordsee. Du, die haben uns noch gefehlt, scheinen Zusammenbruch und Kriegsfolgen nicht zu begreifen, Wollek schwört Rache, die alte Rogowski ist ein Biest!«

»Laß sie sausen, wir kennen sie nicht, einfach nicht hinsehen«, meinte Heinz.

Max frühstückte, eilte zum Arzt, dann zur Massage, der Vormittag war um, doch Wollek und die beiden Rogowskis vergaß er nicht. Beim Abendessen winkte ihm Resi zu. »Wir kommen, hast du den Sekt bereitgestellt?«

»Alles klar, ein Gläschen Sekt bei mir trinken, anschließend zum Tanzen.«

An der Spitze die Resi mit Heinz, dahinter zwei Kollegen, am Ende Annerose und Max, so schlenderten sie fröhlich durch den Keller zum Fahrstuhl, als wohnten sie im *Tannenhof* im dritten Stock. »Still, ruhig, rechts und links die Kollegen«, mahnte er.

Sie hoben ihre Gläser, der Sekt mundete. Resi und Heinz warfen sich Blicke zu, plötzlich erhob sich die Gesellschaft. »Tschüs, Annerose, tschüs, Max, bis nachher zum Tanzen.« Weg, fort, sie waren verschwunden.

»Die Resi«, Annerose blickte zu Boden, wollte die Gläser abräumen.

»Laß sie stehen, das hat Zeit«, Max warf seine Arme um Annerose, sie schob ihn zurück. »Wenn das mein Mann sehen würde.«

»Dein Mann und meine Frau«, wieder umarmte er sie.

»Max, Max, ich war noch nie mit einem fremden Mann zusammen.«

Er streichelte ihren Busen, drückte sie auf sein Bett. Sie wies ihn ab. »Ich darf nicht, ich kann nicht, laß mir etwas Zeit, Liebe kenne ich nicht.«

Reglos, die Arme vor die Brust gepreßt, saß sie auf seinem Bett. Er küßte ihre Stirn, den Nacken, dann lag sie in seinen Armen. »Annerose«, immer wieder glitten seine Hände über ihren Körper. »Annerose, Annerose«, er hielt sie fest umschlungen. Lange lagen sie zusammen. »Max, du bist zart und lieb«, fest drückte sie ihre Lippen auf seinen Mund, küßte ihn stürmisch.

Sie saßen auf seinem Bett, tranken Sekt. »Meine letzte Nacht in Höchenschwand, und was kommt dann?«

Annerose warf sich auf ihn, als suchte sie Liebe und Geborgenheit. Als Max ihren Rücken streichelte, begann sie zu reden, zu erzählen. Arm waren sie zu Hause, ihr Mann verdiente nicht viel als Bauarbeiter, vier Kinder versorgte sie, er trank, kommandierte, herrschte, schlug sie, sie fügte sich, sah keinen Ausweg. Keine Zärtlichkeit, keine Liebe. Er erzählte von seiner Ehe, vom Freund seiner Frau, bei dem sie jedes Wochenende verbrachte.

»Sollen wir uns scheiden lassen?« Max hielt sie umschlungen.

»Scheiden lassen in unserer Kleinstadt? Die Kirche, der Pastor, die Nachbarn«, Annerose zitterte am ganzen Körper.

»Scheiden lassen«, wiederholte Max, »mein kleines Häuschen käme unter den Hammer, ich stehe kurz vor meiner Pensionierung, für was habe ich mein Leben lang gearbeitet, Annerose?«, er reichte ihr Sekt, sie setzte sich auf seinen Schoß.

»Bist du wirklich Bauer?« fragte sie.

»Nein, ach wo, das habe ich nur aus Übermut am Tisch geflunkert, der Heinz hat es sofort aufgegriffen. Ich bin kleiner Beamter an der Elbe-Grenze.«

»Beamter, so habe ich dich eingeschätzt.«

»Und du?« Er fuhr über ihre Wangen. »Ich habe sofort gemerkt, daß dich etwas bedrückt. Weißt du noch, Annerose, schenke mir einen Kuß«, flüsterte er.

Sie preßte ihre Lippen auf seinen Mund, nahm ihm die Luft.

»Annerose, Annerose«, flüsterte er, wieder lag sie in seinen Armen.

»Deine Frau hat einen Freund und du lebst weiter mit ihr zusammen?« Sie streichelte seine Brust.

»Ich bin oft versetzt worden, mußte getrennt leben, meine Frau blieb im Dorf, wollte ihre Heimat nicht verlassen, suchte sich eine Arbeit, so leben wir.«

»Max«, Annerose erhob sich, »wir müssen zum Tanzen.«

Langsam schritten sie die Treppen hinunter, traten auf den Hof vor dem Gästehaus. Max griff unter ihren Arm. »Eine Runde um St. Michael, wir brauchen Luft.«

Sie wanderten um die Kirche, blickten ins Tal beim *Haus des Gastes*. Sie schmiegte sich an ihn.

»Max, bitte nicht schreiben, nicht telefonieren, vergiß mich, morgen früh fahre ich ab!«

»Vergessen, aus meinem Gedächtnis streichen, Annerose«, er küßte ihren Mund, »wir beide sind alt, erfahren, gebunden, leben in Sielen, in Fesseln, man müßte Schluß machen, alles abbrechen, ein neues Leben beginnen!«

Er sah zum Kirchturm, sein Herz wurde weich, er suchte sein Taschentuch, weinte, »Annerose, ich kann nicht anders!«

Sie kamen zur Kreuzung.

»Hallo, Annerose, hallo, Max.« Die Clique um Resi und Heinz stand vor ihnen.

»Hast du Max ein Busserl gegeben?« Resi musterte die beiden.

»Ihr habt wohl bei der Waldkapelle eure Sünden gebeichtet«, stichelte Heinz.

In der Eingangshalle verabschiedeten sie sich von Annerose. »Du schreibst uns bald«, mahnte Resi.

»Bis morgen früh«, Max drückte Annerose einen Kuß auf die Lippen, sah zu den Strickerinnen, ihre Finger arbeiteten emsig, doch ihre Augen lagen auf den Treppen zum *Sonnenhof*.

Lange lag Max wach, dachte an Annerose, an sein Familienleben zu Hause. Die Putzfrau polterte auf dem Flur, er erhob sich, sah ins Tal, Nebel lag über den Hängen und Wäldern.

Er wartete in der Eingangshalle, der rote Anorak, Annerose stand bei ihm. Ihr Gepäck lag in der Taxe, eine Umarmung, ein Kuß. »Vergiß mich, bitte nicht schreiben, nicht telefonieren«, sie sprang in das Taxi.

Er winkte, der Wagen verschwand bei der Kirche. Er wandte sich ab, das war Annerose. Elke war weg, Heinz war der nächste, und in einer Woche war er an der Reihe. Nur Resi blieb hier, sie hatte Verlängerung. Traurig, in Gedanken versunken, saß er beim Frühstück. Heinz ermunterte ihn: »Heute abend gehen wir solo aus.«

Der Prokurist foppte, eine Freundin wäre abgefahren, doch andere warteten an der Schranke. Der kräftige große Kollege, der Ringer, der Catcher von der Schwäbischen Alb, legte seine Stirn in Falten, sprach von Liebe und Treue.

Max ging zur ärztlichen Untersuchung, danach zur Massage und unterhielt sich mit der Putzfrau. Sie stammte aus Norddeutschland, war durch Heirat nach St. Blasien verschlagen. Er schaute auf die Uhr, noch war es zum Essen zu früh. Er überlegte, ein kleiner Spaziergang würde ihm guttun. Er setzte seine Prinz-Heinrich-Mütze auf, zog die Jacke an, griff in eine Tasche, ein Kästchen hielt er in seinen Händen. Einen Schlüsselanhänger mit dem heiligen Christopherus. »Trag ihn immer bei dir, er soll dir Glück bringen, Annerose«, las er. »Annerose, das war nicht notwendig, dafür hast du dein letztes Geld geopfert.«

Die Hand in der Tasche, den Christopherus fest zwischen den Fingern, wanderte er um St. Michael, am *Haus des Gastes* vorbei zog es ihn zum Sonnenweg beim Ski-Lift. Bei der Tankstelle wurde gebaut, über die Brücke rasten Autos. Er stand auf dem Hangweg, hielt sein Gesicht in die Sonne. Wieder ein herrlicher Oktobertag. Das Dorf am Himmel, an der ewigen Sonne, sollte man es nennen.

Die Hand am Christopherus, in Gedanken bei Annerose, sie saß im Zug, bald war sie daheim. »Guten Morgen«, rief er, verbeugte sich zu einer Bank am Waldesrand, hob seine Rechte an die Mütze. Die schwarzhaarige, ältere Dame nickte und lächelte. Gelassen wanderte er weiter, der Wald verdeckte die Sicht auf Häusern. Schritte vernahm er hinter seinem Rücken, sie kamen immer näher, die Dame von der Bank war neben ihm.

»Morgen«, grüßte Max verlegen, wieder hob er seine Hand an die Mütze.

»Preuße von der Nordsee?« Die kleine, schwarzhaarige Frau blickte ihn an.

Überrascht suchte er nach Worten, ihre Sprache klang seltsam, sie kam aus dem Ausland. Vielleicht aus England oder Amerika.

»Von der Elbe, aus dem Wendland, aus der Lüneburger Heide, ein Nordlicht«, Max tippte gegen seine Mütze.

»Preuße, Soldat«, sie lächelte.

»Nein, nur ein Kriegsteilnehmer«, verbesserte er. Max hob seinen Kopf, fuhr mit der Hand über Nase, Lippen, Wangen, zum rechten Ohr. Kurz vor Kriegsende hatte es ihn erwischt, an Bein, Arm und im Gesicht.

»Sie sind zur Kur hier?« Langsam sprach sie, als suche sie nach Worten. Eine Ausländerin und reich war sie, er sah auf ihre Halskette und die Goldreifen an den Händen.

»Als Kriegsbeschädigter zur Badekur im *Tannenhof.*« Max hielt an, der Wegweiser am Baum zeigte zur Wodanstanne.

»Ich muß zurück, bei uns gibt es Mittag.«

»Ich auch«, sie wanderte neben ihm den Hang hoch zur Bundesstraße.

»Sind Sie zur Kur hier oder im Urlaub?« fragte er.

»Kur, Urlaub, beides«, flüsterte sie, sah in sein Gesicht, musterte seine Verletzungen. »Nazi-Soldat, Hitlerjunge, zur Kur im Dorf am Himmel.«

Max erschrak, richtete sich auf. Was hörte er da?

»Verzeihung, Entschuldigung, war nicht so gemeint«, die Frau sah zu Boden und ging schweigend neben ihm her.

»Ich war noch sehr, sehr jung, fast ein Kind, mußte schießen und kämpfen, wollte überleben, da hat mich der Iwan erwischt. Ich war kein Held, kein Nazi«, aufgeregt, laut sprach Max.

Sie antwortete nicht, wortlos kamen sie zum *Haus des Gastes.*

»Darf ich Sie heimbegleiten?« stotterte er.

»No, no«, sie hob abweisend beide Hände. »Wollen wir uns wiedersehen?« fragte sie.

Er nickte.

»Bis morgen, zehn Uhr«, sie zeigte auf die Unterführung.

Max verbeugte sich, bog in die schmale Gasse bei St. Michael, stellte sich an die Hecke, wohin ging sie? Zuerst schritt sie zum Minigolfplatz, dann links ab zur Bundesstraße, dort in den Appartementhäusern mußte sie wohnen.

Beim Mittagessen drückte er sich an Heinz. »Den Christopherus hat mir Annerose in die Tasche gesteckt.« Dann erzählte er, was er beim Ski-Lift erlebte.

»Max, Heidjer, still, ruhig!« Heinz sah sich um. Ganz leise sprach er, Max lauschte. Davon hatte er noch nichts gehört.

»Still, ruhig«, hörte er immer wieder, »sie erholen sich hier, sind auf uns nicht gut zu sprechen, fahren wieder ins Ausland zurück.«

»Mann, Heinz, das habe ich nicht gewußt.« Er dachte nach. Morgen wollte er mit der Frau über Krieg und Frieden reden.

In Bademänteln, mit Handtüchern in den Händen, gingen Heinz und Max die Treppen hinunter, sie mußten zur Massage. Die Stühle und Bänke auf dem Flur waren besetzt. Sie blickten durch das Fenster in die Turnhalle, der junge, schneidige Diplom-Sportlehrer spielte Volleyball mit seiner Patientengruppe.

Max stieß seinen Kollegen an. »Hinter uns, der Wollek.« Auf Krücken wackelte er hin und her, auf der Bank daneben saßen die beiden Rogowskis. Haß und Rache verkündete seine Stimme, seine Leidensgeschichte trug er den Wartenden vor. Rudolf Rogowski nickte. Anika, seine Frau, schwang wieder den Siebenzagel, sprach von Draufhauen und Rüberreißen. »Man müßte sie verjagen, wir wollen in unsere Heimat zurück!«

»Das sind unsere Kameraden«, Heinz drehte sich um.

»Wir haben alles verloren, Heimat verloren, Portemonnaie verloren, Gesinnung verloren, Führer nie gekannt, die Papiere sind auf der Flucht verbrannt«, laut sprach er breit ostpreußisch.

»Wir kommen aus dem Osten, suchen einen neuen Posten«, feixte Max. Ein Gelächter schallte über den Flur, sogar der Herr Fried schmunzelte in seinem Büro hinter der Fensterscheibe.

»Der dammlige Masur«, Wollek hob eine Krücke, zeigte auf Max.

»Der heimatlose Nestbeschmutzer«, rief Frau Rogowski. Wollek und die Anika Rogowski erkannten ihn.

»Der Masur, der Plawucht, der heimatlose Fijohler«, knurrte Anika.

Max wurde böse. »Du dumme Anna aus Osranken«, flüsterte er beim Vorbeigehen.

Heinz sang: »Du mußt vergessen, was du hast besessen, Anika.«

Eilig verschwanden sie in den Massageräumen. Max ruhte auf seinem Bett. Der Wollek und Anika Rogowski. Als verfolgten sie ihn. Und was erzählte seine alte Mutter nicht alles über die Anna Kraska.

Beamtenfrau war sie geworden, wohnte weit weg von zu Hause. Im Kriege herrschte und kommandierte das Luder. Ihr Rudolf sollte etwas Besseres werden, mindestens ein Herr Inspektor. Sie setzte ihm zu, trieb ihn an, freiwillig meldete sich der ältere Polizist nach Polen, hoffte auf eine Beförderung. Sie blieb ihm versagt, er wurde schwer verwundet, landete in einem Lazarett in Königsberg. Grausame Dinge erlebte er in russischer Gefangenschaft, fand seine Frau bei einem Kleinbauern in Mecklenburg. Anika führte dem Witwer den Haushalt, litt keine Not.

»Du bist nichts, du hast nichts, andere haben alles behalten, du Zebrak, warum hast du dich freiwillig nach Polen gemeldet?« Anika setzte ihm täglich zu, er solle verschwinden, zu seiner Schwester über die Elbe weiterziehen. Rudolf Rogowski schnürte sein Bündel, schleppte sich mühsam über die Grenze, fand bei seiner Schwester im Wendland Unterkunft. »Mit der Frau ist kein Zusammenleben«, schimpfte er, erzählte, wie sie ihn in die besetzten Ostgebiete trieb, er sollte Inspektor werden. Nun brauchte sie ihn nicht mehr.

Bescheiden, arm lebte Rudolf in einer verkommenen Schießstandbaracke. Sie schenkten ihm Brot, zu Weihnachten brachte ihm Mutter ein paar Stückchen Kuchen. »Herr Rogowski, warum lassen Sie sich nicht scheiden?« fragten die Dorfbewohner. »Ich als alter Mann mich scheiden lassen, wer weiß, wie lange noch?« Rudolf hatte den Lebensmut verloren. Mutter und die Leute im Dorf halfen, er erholte sich, die Zeiten wurden besser. Rudolf erhielt eine Kriegsrente.

Anika erfuhr es, ihr Mann war versorgt, sofort packte sie ihre Sachen und stand vor Rudolf in der Baracke. Er nahm sie auf. Das Biest ist wieder da, verkündeten die Verwandten, und tatsächlich, sie herrschte, kommandierte, wie in der Heimat, kassierte Rudolfs Rente, stritt mit den Nachbarn und Verwandten, verbreitete Haß und Zwietracht. »Sie ist zum Streiten geboren, mit ihr ist kein Zusammenleben«, schimpfte Rudolf, erduldete ihre Tyrannei, unternahm nichts dagegen. Die Bekannten und Verwandten zogen sich zurück. Wie Einsiedler lebten Anika und Rudolf. Und beide erreichten, was man eigentlich ein gesegnetes Alter nennen würde. Hier bei der Kur traf er sie wieder, die dammlige Anna aus seinem Heimatort Steinfelde.

Max eilte zur Unterführung, an der Tankstelle wartete die kleine, schwarzhaarige Frau.

»Guten Morgen«, er verbeugte sich, sie reichte ihm ihre Hand. Sie spazierten nebeneinander durch die Unterführung zum Ski-Lift. Sie bog links ab, ging auf dem Waldweg zu den Tennisplätzen.

»Hier scheint täglich die Mittagssonne«, sie zeigte auf die Bänke am Weg und die Tennisplätze im Tal. Sie hielt an, sah Max ins Gesicht.

»Ihre Kur geht bald zu Ende, hat die Höhenluft Ihnen gutgetan, hat es Ihnen gefallen?« fragte sie.

»Gut, ausgezeichnet, meine schönste Kur seit vielen, vielen Jahren.«

»Kriegsbeschädigter zur Badekur in Höchenschwand«, wieder musterte sie sein vernarbtes Gesicht.

Er sah in ihre dunklen Augen, wurde unsicher. Die Augen, die dunklen Augen, wo hatte er die Frau nur schon gesehen? Verunsichert, sie heimlich von der Seite anschauend, nach Worten suchend, so wanderte er neben ihr.

»Sie sind Ausländerin? Entschuldigen Sie meine Neugier.«

Wieder suchte er ihre Augen.

»Ich komme aus Amerika, bin in Deutschland geboren, in Berlin aufgewachsen. Wir mußten fliehen, uns wollte man vernichten.«

Max überlegte.

»Es tut mir leid, das durfte nicht passieren. Ich begreife es nicht, was damals im Krieg in unserem Land geschah. Nein, das kapiere ich nicht. Wie konnte man den Menschen so etwas antun? Und ich«, er stutzte, »meine Eltern, meine Geschwister, wir wußten nichts davon!«

»Soldat, Hitlerjunge, Sie wußten nichts? Das sagen heute viele der damaligen Generation. Alle schrien sie Heil, Sieg Heil, marschierten und brüllten, haben es heute vergessen.«

Sie bewegte ihre Arme, die Goldreifen klirrten, er sah bestürzt zu Boden. Langsam schritten sie schweigend durch den Wald, kamen zum *Loipenhaus*, gingen weiter zur Waldkapelle.

»Herrje, herrje! O Gottchen, o Gottchen, warum mußten wir damals Krieg führen«, unterbrach er die Stille.

»O Gottchen, o Gottchen«, sie sprach breit ostpreußisch nach, mit einem Lächeln um ihre Mundwinkel.

Max erschrak, wo hatte er die Frau schon mal gesehen?

»Sie sind aus dem Osten«, sie drückte ihre Fäuste in die Hüften, schaute zu Max hoch.

Er zögerte.

»Mein Vater kam aus dem Krieg nicht zurück, meine Mutter flüchtete mit einem Treckwagen bis ins Wendland, an der Jeetzel fanden wir eine neue Heimat, ich stamme aus Ostpreußen.«

Wieder starrte sie in sein Gesicht.

»Ostpreußen, Ostpreußen, Masuren, ein einsames, schönes Land, mit guten Menschen, ich war im Kriege in Ostpreußen, besser gesagt in Masuren. Habe Vertreibung und Flucht miterlebt«, flüsterte sie.

Sie standen bei der Waldkapelle und blickten ins Albtal. Max sah fest in ihre Augen.

»Sie waren im Kriege in Masuren, in meiner Heimat? Wo haben Sie gelebt?«

Die kleine, schwarzhaarige Frau fuhr mit dem Taschentuch über ihre Augen, biß auf ihre Lippen. »In Steinfelde, Kreis Johannisburg, Ostpreußen, bei Mama Auguste!«

Die Fremde nannte sein Heimatdorf, den Vornamen seiner Mutter. Er sah von der Waldkapelle ins Albtal, blickte der Frau ins Gesicht. »In Steinfelde, Kreis Johannisburg, waren Sie im Kriege? Bei uns, bei meiner Mutter, Auguste Kuchelka. Herrgott, Herrgott, Erbarmung, dann sind Sie Klara, ich heiße Max!«

»Makul, Makul, der Makul«, vernahm er verschwommen, krampfhaft hielt er die Frau umschlungen.

Makul, das war sein Spitzname, den kannte nur Klara. Sie setzten sich auf die Bank neben der Waldkapelle, er umarmte sie, ließ sie los, zog sie wieder an sich, sie suchte nach ihrem Taschentuch. Tränen, immer wieder Tränen, perlten über ihre Wangen.

»Der Max Kuchelka, den Makul, muß ich im Dorf am Himmel treffen. Den Max Kuchelka aus Steinfelde, Kreis Johannisburg.«

»Klara, Klara, wenn das meine Mutter erfährt«, stammelte Max.

»Nicht Klara, sondern Sarah, Sarah Goldberg«, verbesserte sie ihn. »Deine Mutter, Mama Auguste, lebt sie noch?«

»Klar, Mutter ist sehr alt, sie wohnt bei meiner Schwester, der Elli, nur ein Haus weiter in unserem Dorf an der Jeetzel. Sarah, heute abend rufe ich Elli an, sie soll es Mutter erzählen!«

Sie saßen bei der Waldkapelle, er hielt sie umschlungen.

»Max, die schwerste Zeit war das zweite Jahr, zuerst der Schulrat, ich mußte zur Försterei, dann dieses Mädchen, die Briefträgerin, warum gehst du nicht zu den Jungmädchen, bist du arischer Abstammung, fragte sie mich. Ich hatte furchtbare Angst, ich wollte nicht sterben!«

Das zweite Jahr in Max' Heimat Masuren, das war im Kriege. Hohe Schneeberge und Frost zu Weihnachten, grausame Kälte und Schneestürme im neuen Jahr. Das Dorf war von Schnee zugedeckt, ein schmaler Pfad führte über die Dorfstraße. Max, seine beiden Schwestern und Klara stapften mühsam zur Dorfschule. Die Mädchen behielten ihre Strickjacken und Mützen an, Lehrer Masuch ging in hohen Stiefeln durch das Schulzimmer, schlug die Arme über seiner Brust zusammen. Max packte Holz und Torf in den Kachelofen, doch das Zimmer wurde nicht warm. Unsere Soldaten stehen an der Ostfront, das Wort Stalingrad erwähnte Lehrer Masuch. Er schickte die Kinder zeitig heim, warnte vor Erfrierungen, sie sollten ihre Wollschals um die Nasen wikkeln. Auguste Kuchelka bangte, der Sohn Horst stand an der Front. »Herrgott, Erbarmung, der Junge wird erfrieren.«

Ludschu fütterte die Pferde und Kühe, zog sich in die warme Küche zurück. Klara, Elli, Heta und der kleine Ottek hauchten gegen die Wohnzimmerscheiben, sahen durch die runden Löcher über den Hof und die Dorfstraße. Die Zäune knackten vor Frost, der Opa schleppte Torf und Holz in sein Zimmer, der kleine Kanonenofen glühte.

Abends saß die Familie in der Küche, die Petroleumlampe an der Wand erhellte nur spärlich den Raum. Der Vater las aus der Bibel, die Mutter betete, bat den lieben Gott um Frieden. Die Kinder falteten ihre Hände und sahen still zu Boden. Die Mutter hob Ottek von ihrem Schoß, nahm Heta und Elli in ihre Arme, zog Klara zu sich, streichelte ihre Haare.

»Klarachen, es wird alles gut, jetzt im Winter haben wir unsere Ruhe, keine braune Uniform, nicht einmal der Polizist kommt ins Dorf. Zum Frühjahr kommt die Tante Martha, wird dir von deinen Eltern erzählen. Klarachen, wir sind einfache Leute, haben keine Äpfel, keine Birnen, nur Wruken im Keller. Ottek«, Frau Kuchelka stieß ihren jüngsten Sohn an, »Ottek, hol eine Wruke, gib Klara eine Scheibe.«

Der Junge gehorchte, der Vater schnitt die Wruke in Stücke, die Kinder, auch Klara, griffen zu und aßen. Wenn es mittags etwas wärmer wurde, trampelten sie durch den Schnee, rodelten in der Kieskaule hinter dem Haus, schlitterten auf dem Eis des kleinen Teiches hinter der Scheune. Wieder so ein strenger Winter wie im letzten Jahr.

»Max, wir müssen mit dem Pferdeschlitten zum grünen Grund, Brennholz holen«, meinte der Vater.

»Wartet ab, wartet ab, es wird bald wärmer«, mahnte die Mutter, »ihr friert euch die Ohren an.«

Es wurde wärmer, die Mittagssonne schmolz den Schnee, auf den Kiesbergen, zwischen Kaddigen und Kiefern, zeigte sich das erste Grün. Endlich, nun wird es Frühling, freute sich der Opa. Gegen Mittag fuhr eine Kutsche auf den Kuchelka-Hof. Mit ernsten Gesichtern entstiegen ihr der Gendarmeriemeister Feldmann und der Ortsbauernführer.

»Was ist? Ist etwas passiert?« Auguste schrie auf, hob ihre Schürze vor die Augen, »Herrgott, der Horst, mein Sohn.«

Sie weinte, schrie, war nicht zu beruhigen. In der Küche drückten die Männer Ludwig Kuchelka die Hand. Auf dem Felde der Ehre gefallen, vernahm Auguste, rannte ins Schlafzimmer, warf sich aufs Bett und heulte.

Der Ortsbauernführer drehte seine braune Mütze in den Händen. Der Polizist stand aufrecht. »Für Führer, Volk und Vaterland«, sprach er, dann eilten beide mit gesenkten Köpfen zur Kutsche.

Die Mutter zog einen langen, schwarzen Rock und eine dunkle Strickjacke an, schimpfte in Haus und Garten. »Meinen lieben Sohn, der gute Horst, sie haben ihn umgebracht, sie werden uns alle ins Verderben bringen.«

Max und der Vater zogen aufs Feld. Ludschu konnte es nicht mehr anhören, es war Krieg, in ihrem kleinen Dorf trauerten viele Familien. Die Mädchen und der kleine Otto standen bei ihrer Mutter.

»Mama, wird der Horst nicht wiederkommen?« fragte Ottek.

Die Mutter streichelte seinen Kopf, faßte Klara an einen Arm. »Horst war ein anständiger, guter Junge. Klarachen, er wußte, daß er nicht wiederkommt. Was sagte er beim letzten Urlaub? ›Wir werden in Rußland verrecken, aber Klara, die Kleine, kann hier im Dorf überleben. Mama, passe auf sie auf.‹ Sie haben ihn umgebracht!« Die Mutter schimpfte auf den Führer, die braunen Bonzen, war nicht zu beruhigen.

☆

Es war Frühling geworden, und die Tage wurden länger, auch der schmale Trampelpfad durch die Wiesen und Sümpfe war wieder begehbar, da schlich Auguste in der Dämmerung über die Dorfstraße in den Birkenwald, eilte den Kanal entlang bis zum Sandweg, klopfte an die Tür bei den Jablonskis. »Komm rein, Augustchen!« Oma Jablonski führte sie in die Küche, wo gegenüber dem Herd in einer Ecke der große Kachelofen stand. Opa Jablonski saß auf der Ofenbank, drückte seinen Rücken gegen den Kachelofen, stützte beide Hände auf seinen Stock. Seine Frau schenkte Schnaps ein.

»Trink, Augustchen, mußt einfach hinunterspülen, das Leben geht weiter, unser Sohn, dein Horst, viele Jungen aus dem Dorf kommen nicht zurück.«

Der Opa ballte beide Fäuste, die Arme und sein Kopf zitterten. Krieg gegen die ganze Welt, der Hitler ist im Kopf bedammelt, an der Front geht es zurück, er wird uns alle ins Grab bringen. Die Frauen weinten, tranken noch einen, dann stellte Oma Jablonski das Kofferradio ihres gefallenen Sohnes auf den Tisch, rüttelte an der verschlossenen Tür, drückte die Pferdedecke gegen die Fensterscheiben. Die Tür war verriegelt, das Fenster verdunkelt, sie drehte am Radio, ein Stimmengewirr, Auguste lauschte, verstand nichts. Dann hörte sie klar und deutlich:

»Hitler muß verschwinden, der Krieg geht verloren, an der Ostfront laufen die Soldaten zurück, im Westen marschieren Franzosen, Engländer und Amerikaner zum Rhein. Auf Berlin und Hamburg sind Bomben gefallen, die deutsche Rüstungsindustrie wird in Schutt und Asche liegen.« Musik erklang, wieder meldete sich die gleiche Stimme: »Hitler-Deutschland verliert den Krieg«, hörte sie, dann stellte Frau Jablonski das Radio aus, die Batterie sollte geschont werden.

Frau Kuchelka atmete tief, Stille herrschte am Tisch vor der Petroleumlampe. »Wer war das, welcher Sender? Wer redet so?« fragte sie.

Die Alten schwiegen. Oma Jablonski legte ihre Hand auf Augustes Schulter. »Du hast nichts gehört, wir haben kein Radio. Augustchen, kein Wort von deinen Lippen, sonst . . .«, sie zeigte mit ihrer flachen Hand vor den Hals.

Opa Jablonski stieß seinen Stock zu Boden. »Auguste, nichts dem Ludschu und den Kindern sagen.«

Frau Kuchelka blickte zur Seite. »Ja, ja, nuscht werde ich erzählen.«

»Was macht das Mädchen von der Martha?« wollte Oma Jablonski wissen.

Auguste zögerte, überlegte, dann erzählte sie, wußte, daß die Jablonskis das Geheimnis kannten. »Im Winter war Ruhe, hoffentlich bleibt es so, das arme Kind hat sich an uns gewöhnt, sagt Mama zu mir.«

Es war dunkle Nacht, als Oma Jablonski Frau Kuchelka zum Sandweg führte. »Ich gehe durch das Dorf, abends sieht mich keiner«, so verabschiedete sich die Bäuerin.

Auguste schritt zu, fast rannte sie, die Häuser lagen im Dunkeln, kein Licht schimmerte aus den Fenstern. An der Schule vorbei eilte sie zum anderen Dorfende. In ihren Ohren klang die Stimme aus dem Kofferradio: »Der Krieg geht verloren, die Soldaten fliehen im Osten, im Westen marschieren die Amerikaner zum Rhein.«

Durch den hinteren Eingang trat sie in die Küche, ihr Mann saß am Tisch, blätterte im Masuren-Boten.

»Wie geht's den Jablonskis?« Er sah auf, seine Frau setzte sich zu ihm.

»Habt ihr was getrunken?« Ludschu grinste.

»Na bißchen, etwas, ein kleines Schnäpschen.« Dicht drückte Auguste sich an Ludschu heran. »Sie haben ein Kofferradio, hören die neuesten Nachrichten. Du, Ludschu, da redet eine Stimme ganz fein Deutsch, na, so Hochdeutsch wie aus Berlin. Und was sagte dieser Mann? Vielleicht war das auch eine Frau. ›Hitler-Deutschland verliert den Krieg, im Westen marschierten die Amerikaner zum Rhein und im Osten rennen die deutschen Soldaten rückwärts. Bomber legen unsere Industrie in Schutt und Asche.‹«

»Genug«, Ludschu schob sie zurück. »Bist du benuschelt, weißt du nicht mehr, was du redest? Das war ein Feindsender. Um Gottes willen, das darf keiner wissen, die Jablonskis werden sofort abgeholt und du mit eingesperrt.«

»Ich halte den Schnabel, nur dir habe ich was gesagt, du wirst deine Frau nicht melden. Schluß, aus, in die Federn.« Auguste Kuchelka ging ins Schlafzimmer.

Ludschu warnte: »Du mußt das alles vergessen, morgen fällt kein Wort darüber. Hörst du?«

»Ja, ja«, flüsterte seine Frau.

☆

Max wurde konfirmiert, brauchte ab April nicht mehr zur Schule. Die Eltern freuten sich, nun konnte er auf dem Felde helfen. Der Junge war zufrieden, fuhr mit den Pferden hinaus, pflügte und eggte, melkte zusammen mit der Mutter die Kühe, schleppte eine Milchkanne morgens an die Dorfstraße. Manchmal dachte er an eine Lehre, vielleicht konnte er Schmied oder Stellmacher werden, doch im Dorf, in der Umgebung gab es keine Lehrstelle. »Vielleicht kannst du zum Herbst zu einem Meister nach Drigelsdorf, Gehlenburg oder nach Lyck«, meinte der Vater.

Der Sohn war unschlüssig. Etwas lernen wollte er, doch aus dem Dorf heraus, weit fort, gar nach Lyck, nein, dann lieber täglich auf dem Felde arbeiten. Max mußte vom Jungvolk zur Hitlerjugend, ging jeden Sonnabend abends zum Dienst, viel Lust zeigte er nicht, doch fürchtete Max die Pflicht-HJ. Was brüllte der Kameradschaftsführer auf dem Kiefernberg?! »Wer nicht spurt, kommt in die Pflicht-Hitlerjugend, dem wird der Arsch auf dem Exerzierplatz in Drigelsdorf aufgerissen.«

Ja, der Kameradschaftsführer aus dem Nachbardorf brachte Unruhe und Aufregung zu den Kuchelkas. Sobald er Max besuchte, fragte er nach seinen Schwestern. Die beiden gehen zu den Jungmädchen, er zeigte auf Heta und Elli.

»Doch die Schwarzhaarige, wer ist sie, warum macht sie bei den Jungmädchen nicht mit?«

Max suchte nach Ausreden, sprach von Kinderlandverschickung. Klara käme aus Berlin, führe bald wieder zurück.

Seine Mutter schimpfte, schickte Klara und die Mädchen hinter die Scheune, sie sollten nicht an der Dorfstraße stehen und die Hitlerjungen anglupen. »Versteckt euch im Schilf und Kalmus, rennt hinten herum aufs Feld, an der Straße habt ihr nichts verloren!«

Einmal fuhr der Kameradschaftsführer per Rad bis zum grünen Grund und suchte den Max. Bei den Kühen saßen

Opa Saruski und Klara. »Warum kommst du nicht zum Jungmädchendienst?« motzte er Klara an.

Der Opa stellte sich davor, schwang seine Peitsche. »Hau ab, du Rotznase, krakeele und kommandiere am Kiefernberg. Klara muß die Kühe hüten. Die Milch wird abgeliefert, damit der Führer den Krieg gewinnt!«

Der Opa faßte das Mädchen an der Hand, sie verschwanden in den Erlenbüschen. Er führte sie durch ein Feuchtgebiet, die Patsche spritzte um ihre Füße, über dem schmalen Wassergraben, dem Rowek, lag ein Baumstamm. Im Busch daneben standen zwei Stöcke. So geleitete er Klara auf die andere Seite, zog sie in die Weiden- und Erlenbüsche, setzte sich auf einen Stubben.

»Marjellchen, wenn du dich mal verstecken mußt, dann nur hier, durch die Patsche über den Rowek, hier findet dich keiner, hier auf der Kuppe kannst du im Gras schlafen.« Opa Saruski zeigte über die Büsche zum Roßgartenzaun, dahinter lagen Wiesen, Felder, bis zur Chaussee. Hinter Koslowskis Erlenwald auf den Kiesbergen am Monether Schießstand führte die Eisenbahnlinie Lyck-Allenstein vorbei. »Vom grünen Grund durch die Patsche über den Rowek, Kindchen, hier finden dich nur der Max und die Elli.« Klara rückte dicht an den alten Mann. Unheimlich kam ihr das Versteck vor.

Nicht nur der Kameradschaftsführer, auch die Mädchen und Jungen aus dem Nachbardorf gefielen Auguste und Ludschu gar nicht. Nach Schulende zogen sie über die Dorfstraße und lästerten: Klara, das Zigeunermädchen, schwarzes Teufelchen, schrieen sie beim Kuchelka-Hof.

Ein Mädchen der Oberstufe rief: »Hast du deinen Stammbaum mitgebracht, du Berliner Pflanze?«

»Herrje, herrje, schon wieder die Schulkinder. Schnell, kommt ins Haus. Klara, zeige dich nicht an der Straße, wir reden mit dem Lehrer«, tröstete Frau Kuchelka das Mädchen.

Ludschu sprach mit Herrn Masuch. Der Lehrer war in Nöten, sah keinen Ausweg, er mußte die Kinder aus dem Nachbardorf unterrichten. Da halfen Elli und Heta, insbesondere Elli, die Älteste, groß und kräftig, drohte, versprach den Kindern Haue, wenn sie Klara nicht in Ruhe ließen. Heta hob ihren Federkasten und wollte zuschlagen.

»Klara ist die Tochter von Tante Martha, die ist dienstverpflichtet bei der Reichsbahn, arbeitet für den Führer und den Sieg«, so redeten sie bei jeder Gelegenheit. Einem frechen Jungen versprachen sie Backpfeifen von ihrem Bruder Max. Das half, die Kinder aus dem Nachbardorf lärmten nicht mehr vor dem Kuchelka-Haus.

Und noch etwas geschah zu Klaras Vorteil. Plötzlich war Tante Martha da. Sie hatte Urlaub, wollte paar Tage bei ihrer Schwester verbringen. Martha kam in Eisenbahneruniform, an ihrer Brust hing in einem Knopfloch das Kriegsverdienstkreuz, daneben das Parteiabzeichen. Jeden Mittag ging sie zur Dorfschule, holte ihre Tochter ab. Lehrer Masuch und die Kinder staunten, die Mutter war Parteigenossin, trug eine Auszeichnung an ihrer Brust. Sofort wurden die Kinder still, kein abfälliges Wort fiel mehr über Klara. »Na, siehste, na, siehste«, freute sich Frau Kuchelka, »jetzt ist den Marjellen und den Lorbassen der Schnabel verstopft.«

Tante Martha war beruhigt, Klara ging es gut. Ständig trug sie ihre Uniform, der Ortsbauernführer, der Bürgermeister, auch der Polizist sollten sehen, daß sie für die Partei und die Soldaten tätig war. Sie half auf dem Felde bei der Arbeit, fühlte sich unbeobachtet, sprach offen mit ihrer Schwester und dem Schwager. Das Kriegsverdienstkreuz habe sie erhalten, das Parteiabzeichen sich einfach angehängt, um zu protzen, Eindruck zu schinden, nie und nimmer würde sie in die Partei gehen. Zuviel Unrecht wäre geschehen. Von ihren ehemaligen Herrschaften habe sie keine Nachricht, wahrscheinlich seien sie in einem KZ verschwunden, vielleicht schon umgebracht. Nur nichts dem Mädchen davon sagen, sie soll glauben, ihre Eltern lebten im Ausland. Was Auguste und Ludschu erfuhren, das schien ihnen unfaßbar.

»Ich mache alles, um den Krieg zu überleben, auch wenn ich am Schluß zum Feind überlaufen sollte. Auguste, wir verlieren den Krieg«, laut sagte sie es.

»Kommt der Russe hierher?« fragte die Schwester. Martha zuckte die Achseln.

»Es wird ein furchtbares Ende, zu retten gibt es nichts mehr.«

Am letzten Urlaubstag spazierte sie in Uniform mit ihrer Tochter an der Hand durch das Dorf, begrüßte die beiden

Jablonskis, schritt langsam wieder zurück. »Deine Eltern sind im Ausland, du mußt hierbleiben, der Krieg geht bald zu Ende«, so tröstete sie Klara.

Dann packte Martha ihre schwarze Aktentasche, verabschiedete sich von ihrer Schwester und dem Schwager, ging zu Fuß zum Bahnhof Baitenberg, wollte den Spätzug nach Lyck erreichen. Elli, Heta und Klara begleiteten sie, Martha nahm den kürzesten Weg, über einen Grenzrain kam sie an den Roßgarten von Bauer Kraska. An seinem Haus vorbei zur Eisenbahnlinie, neben den Schwellen ging sie den Radfahrweg entlang, sie erzählte von ihrem Dienst bei der Reichsbahn, die Mädchen hörten aufmerksam zu. Vor dem stillgelegten Steinwerk hielt sie an. »So, nun macht ihr kehrt, geht zurück nach Hause, grüßt die Mama und den Papa, ich komme im Herbst wieder.«

Lange hielt sie Klara umschlungen, wandte sich ruckartig ab, schritt Richtung Baitenberg. Vor der Brücke nach Stettenbach drehte sie sich nochmals um, die Mädchen waren nicht mehr zu sehen. Martha faltete ihre Hände. »Herrgott im Himmel, hilf dem Mädchen, daß Klara den Krieg überleben kann. Herrgott, laß Haß und Unrecht nicht zu.«

☆

Beruhigt gingen die Kuchelkas ihrer Arbeit nach. Die Dorfbewohner hatten Tante Martha gesehen, Klara war ihre Tochter, in der Schule stichelten die Kinder nicht mehr. Wieder fuhren der Polizist und der Ortsbauernführer durch das Dorf, überbrachten traurige Nachrichten, Söhne und Väter waren gefallen. Auch der jüngste Sohn des Lehrers. Masuch war erschüttert, seine Frau ging mit verweinten Augen durch das Dorf, doch von Auguste Kuchelka hielt sie Abstand. Nein, auf den Führer und die Partei schimpfte sie nicht, glaubte an den Endsieg. Wenn Ludschu dem Lehrer Holz und Torf auf den Hof brachte, sprachen die Männer offen miteinander, zweifelten am siegreichen Kriegsende, erwähnten die schweren Verluste bei Stalingrad.

»Der Schulrat kommt, hoffentlich fällt die Klara nicht auf. Warum muß das Mädchen so schwarze Haare haben? Nur keine Unannehmlichkeiten«, meinte Masuch.

»Herr Lehrer«, Ludwig Kuchelka reckte sich, »Sie sind Parteigenosse, tun noch im Alter Ihre Pflicht, ich bin ein armer Bauer, habe das Mädchen aufgenommen, was hätte ich sonst als Christ machen sollen? Sie und ich wollten keinen Krieg oder hat man Sie gefragt?« Er sah Masuch fest in die Augen. »Herr Masuch, es könnte Ihr, vielleicht mein Kind sein. Gott, der Allmächtige, wird uns helfen!«

»Ja, ja, aber meine Frau, Herr Kuchelka, die hat Angst.« Seine Stimme zitterte, der alte Lehrer rannte aufgeregt um den Pferdewagen.

Die Frau des Bürgermeisters kam auf den Kuchelka-Hof. »Auguste, Gerda kommt, ihr sollt sie abholen«, rief sie.

Frau Kuchelka wischte ihre Hände an der Schürze ab, rief über den Hof: »Die Gerda kommt, wir sollen sie vom Bahnhof abholen.«

Ludschu stand bei ihr. »Nach Brennen zum Bahnhof? Auguste, ich muß zum Ortsbauernführer, soll auf dem Abbau einen Grasmäher reparieren, gleichzeitig eine Fuhre Gerste aufladen, damit in die Mühle fahren.«

»Immer nur du, bald wirst du ganz Steinfelde bearbeiten.«

»Max«, rief der Vater, der Sohn kam aus der Scheune, bei ihm war Klara, »steig aufs Rad, fahr zu den Jablonskis, sie möchten dir das Pferd ausleihen. Bitte sie darum, grüße sie von uns, du mußt die Gerda von Brennen abholen.«

Als Klara Gerda hörte, sah sie zu Boden. Vor Gerda und ihrem Verlobten, auch vor Horst hatte sie Angst. Alle trugen Uniformen, doch was sagte Mama? »Brauchst dich nicht zu fürchten, die halten den Mund, haben dir geholfen, der Verlobte hat doch die Bescheinigung für die Schule besorgt.«

Max spannte das Pferd vor die Einspännerkutsche, fuhr über Monethen nach Brennen zum Bahnhof. Elli, Heta und Klara gingen aufs Feld, wollten dem Opa helfen, Kühe, Schafe und Gänse sicher nach Hause zu treiben. Die beiden Schwestern freuten sich: »Die Gerda kommt, vielleicht bringt sie Schokolade und Kekse mit. Klara, Mensch, sei nicht dammlich, glupe nicht, die Gerda petzt nicht. Mama sagt, sie weiß Bescheid, opfert nicht für die Soldaten und den Sieg, aber einen melden, anschwärzen, das würde ihre Tochter Gerda Janzik nie machen. Die Janziks waren immer aufrichtig und ehrlich.«

Klara wurde freundlicher, lachte, lief barfuß über den Feldweg, am Kiefernberg vorbei, zwischen Kaddigen und Heckenrosen, zu den Wiesen vor dem grünen Grund. Sie schubste Heta und Elli, streichelte den Hund, begrüßte Opa Saruski. »Schnell, Marjellchen, schnell, renn durch die Sümpfe zum Wrukenfeld. Die Gänse sind mir ausgerückt!«

Der Hund und die Mädchen sprangen um Büsche und Bäume. Lux umkreiste das Wrukenfeld, trieb die Gänse in die Torfbrüche. Klara zeigte Hedwig und Elli das Versteck hinter dem Rowek. Hier sollte sie verschwinden, wenn der Kameradschaftsführer den Max suchte, sie neugierig ausfragen wollte.

»Hier wachsen bald Erdbeeren, vom Stubben kannst du den Zug und die Chaussee sehen. Auf dem Roßgartenzaun sitzt im Herbst der Fischadler und füttert seine Jungen. Du, Klara, der Ottek und ich sind vor den großen Habichten getürmt. Wir dachten, die packen uns«, erzählte Elli. Heta, die jüngere Schwester, stellte sich auf den Stubben, »hier würde uns keiner finden, nur der Opa und der Max kennen das Versteck.«

Max stand mit der Kutsche am Bahnhof und wartete. Endlich, die Lokomotive pfiff, der Zug stand. Soldaten in grauen Uniformen, daneben einige Arbeitsdienstmaiden und ein paar Zivilisten entstiegen dem Zug. Er erblickte eine einzelne Rotkreuzschwester, ja, richtig, die Gerda war jetzt in einem Lazarett.

»Max, was bist du groß geworden!« Die Halbschwester drückte ihm die Hand, strich über sein Haar. Er stellte Koffer und Tasche vor seine Füße, trieb das Pferd an.

»Wie geht's der Mutter, dem Vater und dem Opa?« fragte Gerda.

»Viel Arbeit, der Papa hilft im ganzen Dorf, ist heute mit unserem Fuhrwerk auf dem Abbau. Mama weint um Horst.«

»Horst, auch mein Verlobter, viele Freunde sind gefallen oder vermißt. Wir müssen bis zum Endsieg durchhalten. Ich gehe freiwillig auf einen Hauptverbandsplatz an die Front, will unseren Soldaten beistehen.«

Max sah auf die Aktentasche, Gerda lächelte, holte ein Päckchen Kekse heraus, der Bruder griff zu. Immer wieder fragte sie, erfuhr einiges über die Dorfjugend. Die Mädchen arbeiteten auf den Höfen, viele Jungen waren verwundet oder gefallen.

»Was macht Klara? War Tante Martha da?« wollte die Schwester wissen.

Max erzählte von Martha in schwarzer Reichsbahnuniform, mit Kriegsverdienstkreuz und Parteiabzeichen. Die Tante Martha als Parteigenossin? Das ging Gerda nicht in den Kopf. Sie sah von der Kutsche über die Wiesen und Weiden.

»Mit der Klara hat sich die Mutter etwas aufgeladen. Hoffentlich bekommt ihr keinen Ärger, keine Schwierigkeiten.«

Max schwieg, was sollte er dazu sagen?

»Gerda«, die Mutter eilte zur Kutsche, umarmte ihre Tochter, weinte. »Dein Bruder ist gefallen, dein Verlobter vermißt und du willst als Krankenschwester an die Front.«

»Mama«, die Tochter löste sich aus der Umarmung, »wir müssen alle Opfer bringen, der Endsieg wird unser!«

Sie begrüßte den Stiefvater, schüttelte dem Opa die Hände. Hedwig und Elli drängten sich vor. »Tag, Gerda«, halfen den Koffer und die Tasche ins Haus tragen. Schüchtern, zu Boden blickend, stand Klara an der Küchentür.

»Komm, Klarachen, komm, gib Gerda die Hand, sie tut dir nichts«, die Mutter führte das Mädchen in die Küche. Klara zögerte, reichte Gerda ihre Hand.

»Du bist gewachsen, die Landluft in Masuren bekommt dir.« Gerdas Augen musterten das Gesicht, das schwarze Haar.

Beim Abendbrot saß die ganze Familie am Küchentisch, es gab Milchsuppe, Bratkartoffeln und Brot. Satschirken, der Ottek schob den Teller zurück, sah zu Gerda, er wollte Kekse. Klara rührte in der Milchsuppe. Auch Heta und Elli griffen Brot, Satschirken mochten sie nicht. Nur der Opa, Ludschu und Max löffelten ihre Teller leer. »Es wird immer schlimmer, wir müssen jeden Tropfen Milch abliefern, bekommen nur Molke zurück, die Butter ist knapp, wir essen jetzt Margarine«, stöhnte die Mutter.

Der Vater betete, dann eilten die Kinder nach draußen.

»Krieg, Krieg, unsere Armeen ziehen sich in Rußland zurück. Was wird aus unserem Vaterland? Krieg, überall

Krieg, und kein Ende.« Mit zitternder Stimme redete der Opa, sah von seiner Tochter zum Schwiegersohn. »Mir geht es immer schlechter, ich schaffe es nicht mehr bis zum grünen Grund.«

»Opa«, Gerda faßte an seinen Oberarm, »Opa, du mußt durchhalten, den Endsieg erleben. Der Führer bringt neue Waffen, der Sieg wird unser sein.«

Der Großvater wiegte seinen Kopf, Ludschu preßte die Lippen zusammen.

»Sieg? Unsere Soldaten ziehen sich im Osten zurück.«

Die Mutter beugte sich über den Küchentisch.

»Im Westen marschieren die Amerikaner zum Rhein, Hitler-Deutschland verliert den Krieg«, flüsterte sie.

»Auguste«, ihr Mann stieß sie zurück.

»Mama, Mutter, woher hast du das?« Gerda stand auf, schritt vom Kachelofen zum Herd. »Das ist Feindpropaganda, wer hört den Feindsender? Wer besitzt im Dorf ein Radio? Mama, Mutter, rede nicht so ein Zeug, die Partei wird die Miesmacher einsperren. Mama«, die Tochter setzte sich zur Mutter an den Küchentisch, »zuerst nimmst du das Mädchen auf, soll die Tochter von Tante Martha sein. Jetzt redest du gegen den Führer. Mutter, bist du von Sinnen? In der Stadt hätte die Gestapo euch alle abgeholt. Schickt das Mädchen zurück nach Berlin! Geh nicht zu den Jablonskis! Du«, Gerda zeigte auf ihren Stiefvater, »du bist UK-gestellt, aber Parteigenosse bist du nicht!«

»Partei, Partei, Scheißkrieg!« schimpfte der Opa und zog sich in sein Zimmer zurück.

Die Bäuerin und der Stiefvater blickten stumm auf ihre Tochter.

»Gerda, willst du uns melden?« Die Mutter wurde rot im Gesicht. »Will das eigene Kind die Mutter verraten, nur weil wir den armen Wurm aufgenommen haben?«

»Ruhe«, Ludschu wurde böse, »du hast nichts gesagt, und du hast nuscht gehört, Feierabend. Morgen muß ich früh aufs Feld.«

Die Tochter blieb ernst, doch die Mutter lachte, als wenn nichts geschehen wäre.

☆

Gerda verbrachte ihren Urlaub zu Hause, mehrmals stieg sie aufs Rad, trampelte nach Drigelsdorf, besuchte ihre ehemaligen Reichsarbeitsdienstmaiden, einmal fuhr sie nach Lyck, meldete sich in der Bann-Geschäftsstelle, begrüßte den K-Bannführer, der mit ihrem Verlobten befreundet war.

»Ich habe mich freiwillig zur Front gemeldet, gehe als Krankenschwester direkt auf einen vordersten Verbandsplatz. Der Endsieg ist unser«, verkündete sie.

Begeistert hörten die jungen HJ-Führer der Krankenschwester zu. Die Dorfbewohner hielten sich vorsichtig zurück. Die braune Gerda ist da, flüsterten ein paar schwarzgekleidete Frauen und Mädchen, sie gingen der Janzik-Tochter aus dem Wege. Lehrer Masuch zog seinen Hut, eilte wortlos weiter, ließ sich auf keine Diskussion ein. Abends umstanden BDM-Mädchen und Hitlerjungen in Uniformen die Krankenschwester, erzählten vom Dienst in Drigelsdorf, hörten neugierig zu, wenn Gerda von ihrer Arbeit in den Lazaretten sprach.

»Unser Führer Adolf Hitler wird uns den Endsieg bringen«, so munterte Gerda die Jugend auf.

Klara bewegte sich scheu und zurückhaltend in Haus und Hof. Sobald sie aus der Schule kam, fuhr sie mit Max aufs Feld, half im Heu, hütete Kühe und Gänse. Ängstlich erkundigte sie sich: »Wann fährt die Gerda wieder ab?«

Max sprach ihr Mut zu, doch Klara rannte mit verweinten Augen zwischen Kühen und Gänsen. Elli und Heta lästerten: »Plinsmuse«, riefen sie ihr nach.

Klara hütete mit dem Opa die Kühe auf der Wiese neben der Chaussee. »Die Gerda fährt ab«, der Alte zeigte ins Dorf, wo auf der Chaussee ein Pferdewagen in Richtung Monethen fuhr. Er faßte Klara bei der Hand, sie versteckten sich hinter einer Kopfweide, sahen Gerda in ihrer Rotkreuztracht vorbeifahren. »Der Herrgott möge sie an der Front behüten«, flüsterte der Alte, hob seine Augen zum Himmel, wartete, bis der Pferdewagen über die Eisenbahnstrecke verschwand. »Komm, Kindchen, komm, Kindchen, sie ist fort.« Er führte Klara zu den Kühen zurück.

Frau Kuchelka wurde böse, die Arbeit war nicht zu schaffen, ihr Mann und Sohn mußten auf anderen Höfen helfen. Die Partei, der Ortsbauernführer befahlen es. »Wir kriegen einen französischen Kriegsgefangenen zur Hilfe«, erzählte Ludschu. Der Ortsbauernführer hatte es ihm versprochen.

Und tatsächlich, der Franzose stand morgens vor der Küche. Rémy, wie Ludschu ihn nannte, sollte in den Ställen und auf dem Felde zupacken. Rémy wohnte mit seinen Kameraden in einer Kate am Dorfrand. Sie wurden von einem Landesschützen bewacht. Verpflegen sollten ihn die Kuchelkas.

»Komm, Rémy, setz dich an den Küchentisch, iß mit uns«, Auguste schob ihm einen Stuhl zu.

Der Franzose setzte sich und frühstückte.

»Mama, das ist verboten«, sagte Elli, »Kriegsgefangene dürfen mit uns Deutschen nicht zusammen essen!«

»Was?« Der Vater und die Mutter waren sprachlos. Max lachte. Soll der Franzmann im Pferdestall frühstücken? Franzmann sagte er, so redeten seine Hitlerjugendkameraden über die französischen Kriegsgefangenen. Ottek plapperte sofort nach, auch Heta und Elli. Klara hielt sich zurück, doch der Kriegsgefangene interessierte sie.

»Steht nicht herum, glupt den Rémy nicht an. Vorsichtig, sagt kein Wort zum Franzosen!« mahnte die Mutter.

Der Kriegsgefangene behielt seine Ruhe, machte das, was ihm der Bauer erklärte. Nach dem Abendbrot ging er in die Kate, er verstand einige Worte Deutsch, doch sprechen tat er nur Französisch. Einmal traf er Klara in der Scheune.

»Du nix Deutsche, ich nix sagen«, er steckte ihr eine Tafel Schokolade zu. Klara nickte und rannte ins Haus. Frau Kuchelka merkte es.

»Vom Rémy hast du die Schokolade, iß sie, soll keiner sehen, nichts den Mädchen und dem Otto sagen«, mahnte sie.

Als Klara allein unter den Tannen auf dem grünen Grund saß, auf Gänse und Kühe aufpaßte, ließ Rémy den Pferdewagen am Roßgarten stehen und setzte sich dazu. Deutsch sprach er mit ihr, erzählte aus seiner Heimat. »Krieg für Hitler-Deutschland verloren. Auguste gutt, du hierbleiben, Dorf einsam, keine Gestapo.« Wieder steckte er ihr Schokolade und Kekse zu, verschwand schnell in den Büschen. Klara teilte die Schokolade mit Heta und Elli, sie sollten Rémy nicht verraten.

☆

Es geschah im Frühsommer, noch vor den großen Ferien. Morgens ging Klara mit Elli und Heta zur Schule, der Ottek lief hinterher. Nichts Besonderes, ein Schultag wie viele andere. Sie hielt sich zurück, antwortete nur, wenn sie gefragt wurde. So legte es ihr die Mama ans Herz. »Kindchen, Kindchen, nur nicht auffallen, rede so wie die anderen, erzähle nichts aus Berlin. Nach der Schule renne schnell nach Hause.«

Es war in der dritten Schulstunde, der Lehrer wollte die Kinder der Unterstufe gerade nach Hause schicken, da klopfte jemand gegen die Tür, ein Uniformierter trat ein. Achtung, der Herr Schulrat, rief der Lehrer. Die Kinder sprangen auf, hoben ihre rechte Hand und »Heil Hitler« schallte es durch die Schulstube.

»Setzen!« Still saßen die Schüler in den Bänken, Klara duckte sich hinter dem Rücken eines kräftigen Jungen. Der Uniformierte marschierte vor den Bänken hin und her, zog den rechten Fuß nach, das Holzbein pochte auf die Dielen. Sein Rücken war militärisch gerade. Lehrer Masuch bot ihm seinen Stuhl an, der Schulrat dankte, sprach vom Krieg und vom heroischen Kampf der deutschen Soldaten. An seiner Brust klapperten Orden.

»Meine Kameraden stehen in vorderster Front, leider kann ich nicht bei ihnen sein«, er klopfte gegen sein Holzbein, »an die Heimatfront hat mich der Führer befohlen, wir alle müssen zum ruhmreichen Ende des Krieges beitragen. Der Führer, der größte Feldherr aller Zeiten, wird uns den Sieg bringen.«

Er fragte die Mädchen und Jungen über ihren Dienst bei den Jungmädchen und beim Jungvolk.

»Herr Schulrat«, meldete sich ein Junge der Oberstufe, »ich bin Jungschaftsführer, wir sammeln Eisen, Knochen und Papier, klettern auf Bäume, pflücken Lindenblüten für unsere verwundeten Soldaten.«

Ein Mädchen erzählte, daß sie jeden Morgen vor der Schule Kühe melke, »die Milch wird vollständig abgeliefert, damit unsere Soldaten Butter und Käse bekommen«.

Ja, die Mädchen und Jungen waren von ihrem jungen Schulrat begeistert, der so viele Auszeichnungen trug, schwer verwundet weiterhin seine Pflicht tat, von seinen Heldentaten an der Front berichtete. Der Lehrer lächelte, er war zufrieden, seine Kinder und der Herr Schulrat verstanden sich. Und der Schulrat fragte weder nach Rechnen, Lesen noch Schreiben, es war Krieg, die Partei, die Soldaten, der Führer waren wichtiger.

»Ich muß weiter, der Kraftfahrer wartet, heute nehme ich noch Monethen mit, in der nächsten Woche komme ich nach Brennen, dann beginnen die Sommerferien.«

»Achtung!« rief der Lehrer, die Kinder sprangen auf. Ein Mädchen der Oberstufe öffnete die Tür.

»Heil Hitler«, grüßte der Schulrat.

»Heil Hitler«, schrien die Kinder und streckten die Hand hoch.

An der Tür blieb der Schulrat plötzlich stehen, sah die Wand entlang zur Eckbank. Klara errötete, sie vergaß, ihre Hand zum Gruß hochzuheben.

»Herr Masuch, wer ist das Mädchen?« der Schulrat zeigte auf Klara.

Der Lehrer blieb ruhig. »Klara Saruski, ein Kind aus der Kinderlandverschickung aus Berlin, ihre Mutter ist dienstverpflichtet bei der Reichsbahn.«

»Und der Vater?« fragte der Uniformierte.

Lehrer Masuch schwieg, ein Junge aus dem Nachbardorf grinste, und vorlaut sagte er: »Sie stammt bestimmt vom fahrenden Volk, das vor Jahrhunderten unsere Heimat durchstreifte.«

Der Schulrat trat einen Schritt zurück. Klara sprang auf, rannte durch die Tür, die Treppe hinunter, über den Schulhof zu den Toiletten.

»Was soll das? Das Kind werde ich mir näher ansehen, wenn ich nächste Woche nach Brennen komme. Eigenartig, ihr Aussehen«, der Schulrat hob seine Hand an die Mütze, ging durch den vorderen Ausgang zur Dorfstraße, stieg in sein Auto.

»Setzen!« sagte der Lehrer. Er sank in den Stuhl, wischte über seine feuchte Stirn. Was nun? Elli hob ihre Hand.

»Darf ich raus?« bat sie, der Lehrer nickte, langsam schritt sie durch die Tür, schnell sprang sie die Treppen hinunter, rannte über den Hof zu den Toiletten.

»Klara, Klara!« rief sie, riß alle Türen auf, leer, Klara war nicht da. Elli lief in die Jungentoilette, ein Brett an der Seitenwand fehlte, durch das Loch sah sie Klara durch Wardas Obstgarten zum Birkenwald laufen. Sie schwang sich hindurch, rannte ihr nach. »Klara, warte, warte!« rief sie, doch das Mädchen verschwand zwischen den Birken.

»Schulschluß, ihr könnt alle nach Hause«, sagte der Lehrer. Er zog Hedwig Kuchelka zur Seite. »Warte im Flur, bis alle weg sind, pack die Taschen von deiner Schwester und Klara, sage deinen Eltern, daß ich heute abend zu euch komme.«

»Was ist, was hat's gegeben?« Seine Frau kam aus der Küche. Der Lehrer setzte sich. Sein Gesicht war bleich, seine Hände zitterten. »Die Klara ist dem Schulrat aufgefallen.«

Heta wartete, bis alle Kinder weg waren, danach schlich sie zum Straßenzaun, aus einem Johannisbeerstrauch meldete sich Ottek.

»Die Elli ist der Klara nachgerannt, durch die Birken, das Schilf, den Sumpf zum Kiefernberg, zum Lindenseer See«, stotterte er.

»Komm, Ottek.« Sie mieden die Dorfstraße, schlichen hinter den Scheunen durch den Roßgarten nach Hause. Am Kuhstall kam ihnen die Mutter entgegen.

»O Gottchen, was ist, wo kommt ihr her?« fragte sie.

»Klara fort, weg«, stotterte der Jüngste. Heta ließ die drei Schultaschen fallen, faßte die Mutter an die Schürze und weinte. Der Vater und Max kamen dazu, Heta berichtete, was in der Schule geschehen war.

»Max, schnell aufs Rad und hinterher! Ihr bleibt zu Hause!« Der Vater zeigte auf seine Frau und die Kinder. »Kein Wort darüber, ich fahre mit dem Pferdewagen zum grünen Grund.«

Ludschu ergriff die Leine, trieb die Pferde an.

»Ist etwas passiert? Zuerst der Max per Rad, jetzt du mit den Pferden«, fragte die alte Sawatzki.

Der Bauer blieb stumm, knallte mit der Peitsche, die Pferde trabten los.

Elli kam in das Birkenwäldchen, sah Klara auf dem Trampelpfad durch die Sümpfe rennen. Wo will sie hin, zum Kanal oder zum See? »Klara, Klara«, schrie sie, sie drehte sich einmal um, rannte weiter. Elli schwitzte und schimpfte.

Was die Klara, das Luder, so rennen kann. Vielleicht springt sie in den Kanal. Elli atmete tief. Na, warte, ich bin kräftiger, ich hole dich ein. Sie rannte, kam näher an Klara heran, jetzt schien sie sie bald zu packen. Klara hielt kurz an der Landstraße, rannte über den Kiefernberg in Sawatzkis Roßgarten. Dahinter kamen das Schilf und der See. »Klara, warte, warte«, wollte Elli rufen, doch sie hatte keine Luft. Nochmals rannte sie hinterher. Direkt vor dem Roßgartenzaun sprang sie vor, packte Klara an einen Fuß, sie lagen im Gras beieinander. Elli krallte ihre Hände in Klaras Rock, drückte sie fest auf den Boden, atmete tief, pustete.

»Bist du verrückt? Was rennst du zum Wasser?«

Klara weinte, heulte, dann saßen sie Rücken an Rücken, Elli hielt ihre Schulter umfaßt. »Komm, wir gehen durch den Wald zum grünen Grund.«

Sie erhob sich, hielt Klara fest am Rock, wortlos schritten sie durch den Roßgarten zum Waldesrand, verließen den See, wanderten über die Kuchelka-Wiesen zum grünen Grund. Still lag das Wasser auf den Brüchern, die gußeiserne Torfpresse glänzte in der Mittagssonne, die Gänse ruhten im Schatten der Erlenbäume, unter einer Tanne schlief der Opa, der Hütehund umsprang die Mädchen, als wäre die Welt in Frieden und Ordnung. Max warf das Fahrrad an den Feldweg, rannte zu Klara und Elli.

»Bleibt hier, der Papa kommt mit dem Kastenwagen, wir fahren zusammen nach Hause. Klara«, er sah die verheulten Gesichter der Mädchen, »warum hattest du Angst, wolltest wegrennen? Die Mama macht sich große Sorgen.«

Der Vater drehte den Wagen vor dem Roßgarten, die Mädchen stiegen ein, duckten sich auf einen Heusack, Max schob das Rad herauf und setzte sich vorn zum Vater. Langsam fuhr die Kuchelka-Familie ins Dorf zurück. Die Mutter, Heta und Ottek warteten am hinteren Hauseingang.

»Kommt rein!« Die Mutter war fassungslos.

»Erbarmung, was kann noch alles passieren!«

Der Vater sprach mit den Kindern, redete auf Klara ein. Sie sollte immer die Mama fragen, nichts, gar nichts, selbst unternehmen.

Heta legte die Schultaschen auf den Tisch. »Die habe ich mitgebracht, heute abend kommt der Lehrer zu uns.«

»Elli und Klara, ihr bleibt zu Hause, abwarten, alles nicht so tragisch nehmen, kommt Zeit, kommt Rat, heute abend reden wir mit unserem Lehrer.« Ludschu behielt die Ruhe, obwohl seine Frau bangte, flehte, den lieben Gott um Hilfe bat.

Abends jagten die Kinder Hühner, Gänse und Puten in den Stall, tobten im Roßgarten hinter der Scheune, plötzlich stand der Lehrer in der Küche.

»Herr Masuch«, Frau Kuchelka erschrak.

»Kommen Sie bitte in das Wohnzimmer«, bat Ludschu.

Der Lehrer winkte ab: »Hier hört uns keiner.«

Im Herd glühte das Holzfeuer, Tassen, Teller und Brot waren auf dem Tisch. In einer Küchenecke stand das Bauernehepaar mit dem Lehrer zusammen.

»Das Mädchen muß fort, weg, aus dem Dorf heraus, auf keinen Fall darf Klara wieder zur Schule. Am besten, sie verschwindet für längere Zeit, bald gibt es Sommerferien, danach muß man weitersehen«, schlug der Lehrer vor.

»O Gott, Erbarmung!« Frau Kuchelka faßte an ihren Kopf. »Wo soll das arme Kindchen hin?«

Ludschu stand in Gedanken versunken vor dem Lehrer. »Weg, fort, irgendwoanders hin, aber wohin? Und was sagen wir den Kindern?«

Der Lehrer schlug vor: »Sie bringen das Mädchen irgendwo aufs Dorf zu Ihren Verwandten, sagen einfach, sie liegt in Johannisburg im Krankenhaus, hat Blinddarm. Die Kreisstadt ist weit weg, wer aus unserem Dorf fährt schon zum Krankenhaus nach Johannisburg? Herr Kuchelka«, der Lehrer legte seine Hand auf Ludschus Schultern, »kurz überlegen, handeln, zur Schule kann sie erst mal nicht, bringen sie das Mädchen aus dem Dorf heraus. Guten Abend«, hörte Auguste, der Lehrer war gegangen.

»Was machen wir?« Sie sah ihren Mann an. »Vielleicht kann sie sich bei den Jablonskis verstecken.«

»Um Gottes willen!« Ludschu hob abweisend seine Hand. »Hast du es nicht gehört? Gestern war der Polizist im Dorf, hat den Jablonskis das Radio beschlagnahmt, es gleich mitgenommen. Die Alten kriegen eine Anzeige wegen Verbreitung von Feindpropaganda, vielleicht holt man die beiden noch ab.«

»O weh, die Jablonskis, ist das wahr?«

Ludschu nickte. Der Ortsbauernführer erwähnte den Fall.

»Im Dunkeln gehe ich zu den Jablonskis, ich muß mit ihnen reden«, Auguste rannte aufgeregt um den Küchentisch.

Beim Abendbrot betete der Vater, bat Gott um Gerechtigkeit und Schutz für alle Menschen. »Bleibt mal alle hier!« Seine Worte klangen ernst und betrübt, »morgen gehen Elli und Klara nicht zur Schule, der Lehrer weiß Bescheid, sie sind entschuldigt. Heta und Otto«, der Vater blickte auf die beiden jüngsten Kinder, »in der Schule wird nicht über die Klara geredet. Nur, wenn euch einer fragt, dann antwortet ihr, sie liegt in Johannisburg im Krankenhaus, hat Blinddarm, ansonsten bitte kein Wort!«

Lange tobten die Kinder auf dem Hof, doch Elli und Max blieben immer in Klaras Nähe, sie paßten auf.

Wieder schlich Frau Kuchelka über die Dorfstraße in das Birkenwäldchen, eilte durch die Wiesen zu den Jablonskis. Traurig saß das Ehepaar vor dem Haus hinter einem Fliederbusch. Ja, der Polizist hatte ihnen das Radio weggenommen.

»Wer hat euch angeschmiert? Was sind das für Menschen, die der Polizei so etwas erzählen? Wer war das?« fragte Frau Kuchelka.

Die beiden Jablonskis blieben still, die Frau zeigte auf ihren Mann. »Auf alte Jahre werden sie uns nicht mehr einsperren, nur Nachrichten, Auguste, die neuesten Nachrichten können wir nicht mehr hören. Eine Zeitung, den Masuren-Boten, halten wir nicht.«

Frau Kuchelka erzählte von Klara, dem Schulrat und was der Lehrer dazu sagte.

»Bringt das Mädchen fort, versteckt die Klara vor den braunen Grapschern, schickt sie zu den Verwandten in die Johannisburger Heide, im Wald findet sie keiner«, sagte tief atmend der Alte.

»In die Johannisburger Heide, Johannisburger Heide«, langsam sprach Frau Kuchelka nach, »vielleicht zu meinem früheren Schwager, dem Forstwart. Ich muß sofort mit dem Ludschu reden.«

Sie verabschiedeten sich, schnell ging sie durch das Dorf nach Hause.

»Ludschu, Ludschu, hörst du schwer? Komm, setz dich in die Küche! Ich bringe die Klara zu meinem ehemaligen Schwager, dem Forstwart, in die Johannisburger Heide, dort findet sie niemand.«

»Zum Julius Janzik, dem Bruder von deinem ersten Mann?«

»Ja, ja, zum Julius, und gleich morgen früh.«

Frau Kuchelka ging beruhigt zu Bett. Ludschu lag lange wach, dachte nach. Vielleicht die beste Lösung. Der Julius Janzik, das war ein aufrichtiger, einfacher Mann, großzügig bei der Holzvergabe, mit dem konnte man reden, doch seine Frau, die Dorothee, die piekfeine Dorothee, die schönste Frau weit und breit, ob sie das Mädchen aufnahm? Es ging den Janziks gut, sie besaßen ein Holzhaus mit Stall und Garten, fütterten Schweine, Hühner, hatten eine Kuh. Die Ehe war kinderlos geblieben. Ludschu drehte sich im Bett auf die andere Seite. Die Dorothee war Führerin bei der Frauenschaft. Ist egal, Auguste soll es versuchen, doch Wagen und Pferd muß sie sich von den Jablonskis leihen, morgen sollte er beim Ortsbauernführer die Gerste mähen.

Früh, sehr früh war Frau Kuchelka bei den Kühen, Max schleppte die Milchkanne an die Dorfstraße. Zum Frühstück saßen Klara und der französische Kriegsgefangene zwischen den Kuchelkas. »Klara ist krank, fährt gleich nach Johannisburg ins Kreiskrankenhaus«, so verabschiedete die Mutter Heta und Ottek zur Schule.

»Ich packe sofort deine Sachen, der Max holt von den Jablonskis den Wagen, wir fahren gleich los.« Der Bauer und der französische Kriegsgefangene gingen auf den Hof.

»So, Klarachen, Kindchen, ich bringe dich zu Schwager Julius Janzik in die Johannisburger Heide, weine nicht, heule nicht, das muß sein, hat der Herr Lehrer gesagt.«

Sie hielt das Mädchen in beiden Armen.

»Der Max und ich kommen dich besuchen«, versuchte Elli Klara zu trösten.

Der Vater stand unerwartet bei ihnen. »Auf Wiedersehen, bleibe gesund, ich komme bald bei den Janziks vorbei.« Er fuhr dem Mädchen über das Haar, schnell drehte er sich um und ging hinaus. Ludschu Kuchelka senkte seinen Kopf zu Boden, der große, kräftige Mann weinte.

Plötzlich stand Rémy am Tisch, legte ein Päckchen auf den Stuhl. »Für Klara«, vernahm Auguste, dann war er verschwunden.

Max stand mit dem Kastenwagen versteckt hinter dem Dunghaufen. Elli trug einen vollgepackten Nesselsack auf den Wagen, rannte schnell ins Haus, drückte Klara beide Hände. »Wir kommen dich besuchen«, versprach sie. »Wiedersehen, Klara«, rief Max, »jetzt muß ich allein zum grünen Grund.«

Sie sah wie ein scheues Reh über den Hof, der Opa und der Hütehund waren auf dem Felde. Unschlüssig blickte sie auf Frau Kuchelka, als wollte sie fragen, sagen: Mama, muß das sein. Sie biß ihre Lippen zusammen, wandelte zum Kastenwagen, setzte sich hinten zwischen zwei Strohbunde, streckte sich auf einem Heusack aus. »Duck dich, zieh die Pferdedecke über den Kopf, an der Schule darf dich keiner sehen.« Frau Kuchelka schwang die Peitsche, das Pferd zog an, der Kastenwagen klapperte auf dem Steinpflaster. Elli heulte, rannte ins Haus.

☆

Die Bäuerin trieb das Pferd an, schnell durch das Dorf, über den Sandweg, in die Heide. An der Schule war es ruhig, auf den Höfen liefen Fremdarbeiter und französische Kriegsgefangene herum. Gänse, Enten und Hühner stolzierten am Straßenrand. Prima, fein, Auguste atmete tief durch. Jetzt fuhren sie bei den Jablonskis vorbei. Nochmals sah sie sich um. »So, Klarachen, jetzt kannst du dich aufrichten, in die Gegend gucken, wir sind gut durch das Dorf gekommen.«

Frau Kuchelka erzählte, berichtete von den umliegenden Feldern und Weiden, die zu Lindensee gehörten. Auf dem Hügel, neben dem Sandweg, stand eine einzelne Birke. Nun ging es bergab, unten im Tal begann der Hochwald. »Klarachen, guck dir das an, das ist die Johannisburger Heide, und mitten im Wald steht das Haus von meinem Schwager. Julius ist der Bruder von meinem ersten Mann.«

»Mama, warst du schon mal verheiratet?« fragte das Mädchen, setzte sich dicht an Frau Kuchelka.

»Ja, ja«, Auguste blickte sich um, zum Lindenseer See. »Mein erster Mann ist im See ertrunken. Nach der Arbeit wollte er ein bißchen baden, schwimmen, dabei bekam er einen Herzschlag. Hopp, hopp, hopp«, trieb sie das Pferd an, die Räder mahlten durch den Sand der Johannisburger Heide. Rechts und links am Wege der Hochwald.

Klara staunte über die riesigen Kiefernbäume. Wieder erzählte Auguste. Den Janziks ginge es gut, sie hätten genug zum Essen, viel Platz im Hause. »Kinder haben sie keine, sie werden dich bestimmt aufnehmen und gut zu dir sein, später, wenn alles vergessen ist, der Schulrat nicht mehr kommt, holen wir dich nach Steinfelde zurück. Ach ja, gegenüber den Janziks, in einem großen Obstgarten, steht die Försterei. Der alte Förster, das ist ein lustiger Mann, der kann auf masurisch so feine Geschichten erzählen. Auch er wurde vom Krieg hart getroffen, sein einziger Sohn ist gefallen. Vor der Tante, da mußt du keine Angst haben, die tut nur so vornehm, manchmal trägt sie eine Uniform, kommandiert die Frauenschaft.«

Das Pferd hielt inmitten einer Weggabelung, der Wegweiser zeigte geradeaus nach Wildfrieden und links ab nach Nittken. Frau Kuchelka lenkte nach links, immer weiter durch den Hochwald. »Wir sind bald da, ich rede mit meinem Schwager«, flüsterte sie.

Der Wald lichtete sich, auf einem Feldweg rollte das Fuhrwerk zu den Waldarbeiterhäusern. Rechts hinter den Wiesen, mitten in einem Obstgarten, stand die Försterei. Im ersten Haus wohnte der Forstwart, das Tor stand offen, Auguste lenkte den Pferdewagen über den Hof zum Holzstall. Klara sah vom Wagen ein kleines Holzhaus mit Stall und Schuppen, dahinter einen Gemüsegarten mit Wiesen und Wald. Und mitten auf dem Hof einen Ziehbrunnen.

Frau Kuchelka wickelte die Leine um eine Runge, stieg vom Wagen, ein großer, schlanker Mann kam aus dem Haus auf sie zu.

»Auguste, du?« Der Forstwart reichte ihr die Hand, sah auf den Kastenwagen.

»Julius, ich muß mit dir reden.«

Sie blickte auf das Haus.

»Komm«, er ging mit ihr entgegengesetzt zum Brunnen, sie setzten sich auf einen Holzstoß.

»Du kennst doch die Dorothee«, hörte Klara, merkte, daß

der Schwager sich abweisend verhielt. Lange redete Frau Kuchelka auf ihn ein, er schüttelte seinen Kopf.

»Das kann ich nicht entscheiden, da muß ich erst mit meiner Frau reden.« Er ließ sie am Brunnen sitzen und ging ins Haus. Mit rotem Gesicht und ausgestreckten Armen kam er zurück. Vor die Haustür trat seine Frau, groß, schlank, das Haar glatt gekämmt, mit einem Knoten versehen.

»Julius, du willst das arme Kind nicht aufnehmen?« Frau Kuchelka sah entsetzt auf den Kastenwagen, Klara zog die Pferdedecke über ihren Kopf.

»Ich, ich . . .«, der Schwager suchte nach Worten, zeigte auf seine Frau.

»Julius, du willst mir nicht helfen, nur ein paar Tage, vielleicht Wochen, das Mädchen bei euch behalten. Julius, wenn das der Robert hört, er dreht sich auf dem Steinfelder Friedhof, dort beim Stawek in seinem Grab um.«

»Auguste, Auguste, die Dorothee will es nicht.«

Die Bäuerin blickte zu Boden, ihr Gesicht färbte sich grau und fahl, die Knie wackelten, Schritt für Schritt setzte sie ihre Füße zum Hauseingang. Nun stand sie vor ihrer Schwägerin, hob den Kopf zum Himmel, faltete die Hände. »Dora, erbarme dich, Dora, der Herrgott im Himmel sieht alles.«

Ein zynisches Lächeln ging über das Gesicht der großen, schlanken Frau. »Wer Kinder hat, soll für sie sorgen, bei uns ist kein Kindererholungsheim, keine Herberge für Banausen.«

»Das arme Mädchen ist die Tochter von meiner Schwester Martha aus Berlin. Martha ist dienstverpflichtet bei der Reichsbahn.« Auguste holte Luft, wollte mehr sagen. »Sie arbeitet für den Führer und für den Endsieg.«

Doch Dorothee fiel ihr ins Wort. »Ob ein Kind von der Frieda, Herta oder Martha, wir haben keinen Platz«, sie stemmte beide Arme in die Hüften. »Warum soll das Mädchen in die Heide, warum kann sie bei euch in Steinfelde nicht bleiben? Vielleicht sollen wir die Marjell verstecken. Die Martha ist doch ledig, wo hat sie sich das Kind aufgegabelt?«

»Herrgott im Himmel, Erbarmung.« Auguste hob die gefalteten Hände hoch. Wie benommen schleppte sie sich zum Fuhrwerk zurück. Sie faßte das Pferd am Kopf, führte es zum Tor, neben ihr trampelte der Schwager, bewegte die Arme, redete vor sich hin, doch sie nahm nichts wahr, abwesend schritt sie neben dem Pferd her. Eine Kutsche lenkte ins Tor, hielt, der Förster stieg herunter.

»Auguste, Augustchen, die Frau vom Robert Janzik.« Er breitete seine Arme aus. »Jetzt Frau Kuchelka«, verbesserte er sich.

»Tag, Julius«, sagte er nebenbei. Der Förster ging paar Schritte zurück, sah zum Hauseingang, hörte die Tür zuschlagen. Seine Augen wanderten über den Kastenwagen zum Forstwart, blieben an Frau Kuchelka hängen. »Ist etwas passiert, habt ihr gezankt, was glupt ihr euch so an?« Der Forstwart zog ihn am Ärmel, sie gingen zum Stall, schritten um den Ziehbrunnen.

Auguste lehnte sich gegen die hintere Wagenklappe, sah hoch. Klara hielt beide Hände vors Gesicht und heulte. »Sie wollen dich nicht, die Dorothee mag uns alle nicht, wir fahren langsam nach Hause, der liebe Gott wird uns beistehen.« Sie löste die Leine von der Runge.

»Hüh, hott«, das Pferd zog an.

»Auguste, Augustchen, nun warte mal!« rief der Förster, ging mit langen Schritten zum Tor, faßte das Pferd am Halfter. »Ich will mal sehen, vielleicht kann meine Frau und die Schwiegertochter die Marjell gebrauchen. Fahre mir nach zur Försterei.«

Zuerst die Kutsche, dahinter der Einspänner-Kastenwagen, so rollten die Fuhrwerke über den Waldweg. Zwischen einem offenen Schuppen, einem hohen, runden Holzstapel hielt die Kutsche.

»Opa, Opa«, tönte es über den Hof. Drei kleine Kinder standen beim Förster.

»Meine Enkel«, lächelte der Alte, wurde auf einmal ernst. »Mein Sohn ist gefallen, Scheiß-Krieg«, brummte er.

Zwei Frauen kamen aus dem Haus, sahen neugierig auf den Kastenwagen. »Meine Frau und meine Schwiegertochter«, sagte der Förster laut, wandte sich zu den Frauen. »Ich habe euch ein Kindermädchen mitgebracht, das Marjellchen wird bei uns bleiben, auf die Bagage aufpassen.«

Auguste richtete sich auf, stieß Klara an. »Mach ein freundliches Gesicht«, flüsterte sie.

Der Förster redete draufzu, sprach von Kinderlandverschickung, Bomben auf Berlin, erzählte von der dienstverpflichteten Mutter bei der Reichsbahn, erwähnte, daß die Kuchelkas keinen Platz hätten.

»Pack deine Sachen, komm, wie heißt du eigentlich?« rief er.

»Klara, Klara Saruski«, erklang es zart, Auguste und das Mädchen gingen ins Haus. Frau Kuchelka trug den Nesselsack.

»Was schleppst du da?« Der Förster hob den Beutel.

»Na, bißchen was zum Anziehen und Essen. Brot und ein geschmortes Hähnchen.«

»Chleba und Kurek«, der Alte legte das Verpflegungspaket auf den Küchentisch.

»Das geht wieder zurück«, bestimmte er.

Sie tranken Kaffee, aßen Brot mit Butter, Auguste berichtete von ihrer Schwester Martha und der Tochter Klara. Als die Förstersfrau nach dem Vater fragte, zuckte sie mit den Schultern. Die junge Frau lächelte verlegen, lenkte ab, das Mädchen könne bleiben, die drei Kinder brauchten eine Aufpasserin.

Die Bäuerin drückte das Mädchen an sich. »Prima, fein, Klarachen, hier hast du deine Ruhe, der Max und die Elli kommen dich besuchen. Ab nächste Woche gibt es Sommerferien.«

»Grüße den Ludschu«, rief der Förster, als Frau Kuchelka durch das Hoftor fuhr.

»Der liebe Gott wird euch danken, ja, er wird euch danken«, sprach leise die Bäuerin. Sie ließ die Leine locker, wußte, das Pferd würde den Rückweg selbst finden. Schwerfällig drehten sich die Wagenräder durch den Sand. An der Kreuzung bog der Wallach nach rechts. Nun ging es heimwärts, direkt nach Steinfelde. Ja, die Martha, einfach das Kind herbringen, abhauen, was waren ihre früheren Herrschaften eigentlich? Zigeuner? Nein, das sind Pracher, Zebraks, arme Menschen. Vielleicht Ausländer? In Drygallen gab es einen zugewanderten Altwarenhändler. Er war nicht reich, aber in Lyck die Juden, die besaßen große Geschäfte. Nun waren sie fort, die SA hatte sie weggejagt. Vielleicht sind die Eltern von Klara Ausländer, Franzosen.

Die Kriegsgefangenen, der Rémy, sind kleine Menschen mit schwarzem Haar und spitzer Nase. Genauso sieht das Mädchen aus.

Beim Förster hat Klara ihre Ruhe, immer was zu tun mit den kleinen Kindern. Gott sei Dank, daß alles so geklappt hat, aber der Dora, der piekfeinen Dorothee, wird der liebe Gott einmal auf den Schnabel hauen, so einen Sternicksel, sie strafen. Vergeltet nichts Böses mit Bösem steht in der Bibel. Auguste wiederholte: Nichts Böses mit Bösem, doch so bißchen, einen kleinen Denkzettel müßte sie kriegen.

☆

Heiß schien die Mittagssonne, gleichmäßig schritt das Pferd voran, der Bäuerin fielen die Augen zu. Was alles hatte sie in ihrem Leben mitmachen, ertragen müssen. Nach dem Ersten Weltkrieg ging sie als junges Mädchen in die Heide zur Kulturarbeit. Dabei lernte sie den Waldarbeiter Robert Janzik kennen. Robert war ein tüchtiger, fröhlicher Mensch, eine Frohnatur, sang Waldeslieder, hell und klar schallte seine Stimme durch die hohen Kiefern. Im Grondowker Forst, am großen Ottersee, stand sein Elternhaus. Naturverbunden war der Robert, schwimmen konnte er wie ein Fischotter. Sie heirateten in den schlechten Nachkriegsjahren, der kranke Vater übergab ihnen die Landwirtschaft in Steinfelde. »Ich werde die Pracherei auf Trab bringen, bei mir gibt es keine polnische Wirtschaft«, frohlockte Robert.

Er rackerte Tag und Nacht, doch die Zeiten wurden nicht besser, nichts konnten sie auf dem Markt verkaufen. Aus Amerika kam der billige Schmalz, Affenschmalz sagten die Leute, doch alle kauften und aßen ihn. Damals war der Hitler noch nicht an der Regierung, der Horst ging zur Schule, die Gerda war gerade aus der Wiege, da passierte das Unglück am Lindenseer See. Wie oft schwamm der Robert kreuz und quer über den See, nie fühlte er sich krank, und dann, mitten im Sommer, fuhr er morgens zum Grasmähen, vor dem Mittagessen führte er die Pferde zum See, ließ sie grasen, sprang in das Wasser, wollte frisch und munter zum Mittagessen sein. Und Robert kam nie wieder. Der Vater und die Mutter suchten ihn im Walde hinter dem grünen Grund, fanden die Pferde auf der Wiese am See, seine Kleider lagen auf der Biberburg mitten im Schilf. Sie rannte um den See, schrie: »Robert! Robert!«, heulte und schrie, doch er meldete sich nicht. Später kam der Fischer aus Klaußen, zog ihn mit seinem Netz aus dem Wasser. Nun liegt er schon viele, viele Jahre auf dem Friedhof, zwischen den Kiefern und Kaddigen, an der Chaussee nach Kotten.

Allein stand sie mit dem Horst und der Gerda, die Schwester Martha ging nach Berlin, ihre älteren Brüder starben im Ersten Weltkrieg. Was nun? Auf dem Abbau arbeitete ein Knecht. »Ludschu!« riefen die Leute im Dorf den jungen, kräftigen Mann. Einmal mähte sie Grünfutter, der Knecht nahm ihr die Sense aus der Hand, warf den Klee auf den Wagen, fuhr mit – die erste Begegnung mit Ludwig Kuchelka. Nun war der Ludschu ihr Mann, vier Kinder hatten sie gemeinsam. Er war und ist arbeitsam, bescheiden, manchmal zu gutmütig. Der Ortsbauernführer, die Parteigenossen nutzen ihn aus, aber so lustig, froh, witzig wie der Robert ist er nicht. Die Martha, das Luder, hat immer über den Ludschu gelästert, er ginge über den großen Onkel, hätte einen ausgeschlagenen Dups, wäre ein Padder, Padderinski, meinte sie. Nun, jetzt, gerade die Martha mußte ihnen das Mädchen ins Haus bringen.

☆

Die Bäuerin öffnete die Augen, der Wagen rollte über den Kanal an den Jablonskis vorbei, sie war wieder in Steinfelde. Die Kinder rannten zum Pferdewagen.

»Mama, wo ist Klara?« fragte Ottek.

»In Johannisburg im Krankenhaus«, die Mutter lächelte verlegen, übergab dem Sohn Max das Pferd und den Wagen.

Beim Mittagessen betete der Vater, bat um Vergebung für alle Menschen. Auch der französische Kriegsgefangene faltete die Hände, blickte zu den Dielen. Als Ottek draußen spielte, erzählte die Mutter, was geschehen war.

»Kein Wort darüber in der Schule«, der Vater drohte mit erhobener Faust.

Die Mädchen, auch Max, versprachen, den Mund zu halten.

»Ihr viel gute Mensch«, sagte Rémy, als er aufstand.

Auguste war mit ihrem Mann allein. Mit Tränen in den Augen berichtete sie, was bei ihrem Schwager geschah, daß die Schwägerin sie nicht einmal ins Haus ließ. »Die Dorothee hat kein Herz, ist hart wie Stein, hoffentlich erzählt sie bei der Frauenschaft nichts davon.«

Ludschu saß nachdenklich am Küchentisch.

»Ist mir egal, scheißegal«, seine Frau war mit den Nerven am Ende. Sie hielt ihren Kopf in beiden Händen, heulte, schluchzte: »Mir ist alles egal, der Horst ist gefallen, einmal müssen wir alle sterben!«

☆

Im Dachgeschoß wohnte Klara bei den drei Kindern, zwei Mädchen, ein Junge, noch nicht schulpflichtig. Unter einer schrägen Wand stand ihr Bett. Sie freute sich über die Matratze und ein buntbezogenes Zudeck. Wie einfach, fast primitiv, war es bei Mama Auguste. Hier gab es in der Küche Wasser, die Toilette war direkt ans Haus gebaut. Im Arbeitszimmer des Försters, auf den Gängen und Fluren, auf der Veranda hingen Vögel, Tiere, Wildköpfe und Geweihe. »Hab keine Angst, Marjellchen, der Fischadler fliegt nicht mehr, das Otterfellchen bewegt sich nicht, der Wolf mit Kopf und Reißern ist mausetot.« Der Förster schlug mit einem Stock gegen den Wolfskopf und lachte.

Der Alte war ein witziger Mann, sprach breit ostpreußisch. Seine Frau war ständig unterwegs, irgend etwas hatte sie immer zu tun. Sie war im Roßgarten bei den Kühen, im Stall fütterte sie ein Schwein, auf dem Hof liefen Gänse, Enten, Puten und Hühner. Klara staunte, die Försterei war ein kleiner Bauernhof. Im Haus, insbesondere in der Küche, regierte die junge Frau. »Traute«, rief das Förster-Ehepaar ihre Schwiegertochter. Und Traute war für alles da, sie ging ans Telefon, vergab Holzscheine an Bauern, gab dem Forstwart und den Waldarbeitern Anweisungen, sie kochte das Mittagessen, machte Frühstück und Abendbrot. Die junge Frau ging in Schwarz gekleidet, trauerte um ihren gefallenen Mann, schien den Schock überwunden zu haben, manchmal sang, summte sie Waldeslieder. Nur wenn die Schwiegereltern nahten, wurde sie still, machte ein trauriges Gesicht.

Klara tobte mit den Kindern im Obstgarten, rannte um die Pumpe und den Holzstall. Der Förster erzählte seiner Frau und der Schwiegertochter, sie wäre ein uneheliches Kind, kam mit der Kinderlandverschickung nach Masuren. Die Auguste Kuchelka hatte eine große Familie, in der Schule stichelten die Kinder, mochten das Mädchen nicht. Die Dorothee nahm es nicht auf, also hätte er sich erbarmt. Und, der Förster sah von seiner Schwiegertochter zur Frau, das Marjellchen ist doch zu gebrauchen. Er schlug mit der Faust gegen seine Brust.

»Wer ihr Vater ist, geht uns nuscht an. Die Mutter soll bei der Reichsbahn dienstverpflichtet sein.«

»Sie muß doch nach den Ferien zur Schule«, sagte die Schwiegertochter.

»Nuscht, nix mit Schule, sie soll schon vierzehn Jahre sein.« Der Förster grinste, seine Frau zeigte durch das Stubenfenster.

»Misserig sieht sie aus, klein, schwarz, wie eine Zigeunerin. Sie könnte ein Ausländerkind sein. Wer weiß, wer der Vater ist. Doch mit den Kleinen kann sie umgehen, eine gute Hilfe«, berichtete die Schwiegertochter.

Klara kümmerte sich um die drei Kinder, ging Tante Traute zur Hand, half in der Küche. Wenn die junge Frau über Berlin sprach, ihr Elternhaus erwähnte, blieb sie stumm. »Ist die Martha Saruski wirklich deine Mutter?« fragte Tante Traute.

Klara schwieg, ging weinend auf den Hof.

»Komm, Marjellchen, hilf mir die Puten in den Stall jagen«, rief die Försterin.

Klara folgte ihr, rannte durch den Obstgarten, die Kinder hinterher. »Klara, Klara!« schallte es um die Försterei.

»Na prima«, der Förster war zufrieden. Die Kinder mochten das Mädchen. Wenn der Forstwart zur Försterei kam, übersah er Klara.

Sie staunte, auf der Försterei war mehr Betrieb als bei der Mama Auguste in Steinfelde. Morgens versammelten sich Fremdarbeiterinnen und französische Kriegsgefangene beim Holzschuppen, gingen zur Kulturarbeit in den Wald. Johann, ein älterer Waldarbeiter, half bei den Pferden und im Garten, fuhr die Kutsche vor das Haus, unterhielt sich mit der

Försterin und der Schwiegertochter. »Du bist eine Berliner Pflanze, haben sie dich nach Masuren verfrachtet, wo nix Kultur fängt an Masur. Kindchen, hier hast du Waldeslust mit Kieferndauft«, lächelte er. Klara fand ihn drollig, gutherzig. Er pflückte die reifsten Kläräpfel von den Bäumen und schenkte sie ihr und den Kindern.

An den Wochenenden kamen meist Uniformierte zu Besuch, Offiziere gingen mit dem Förster zur Jagd, tranken auf der Veranda Bärenfang. Klara lauschte ihren Gesprächen, der grausame Krieg, immer wieder redeten sie von Abwehrschlachten im Osten. Ein junger Offizier fiel ihr auf, er grüßte mit der linken Hand, sein rechter Jackenärmel war leer. »Ein Freund meines gefallenen Mannes«, erzählte Tante Traute.

»Wer ist das Mädchen, wie kommt sie zu euch?« fragte der junge Offizier und zeigte in Richtung Klara.

»Aus Berlin, durch Kinderlandverschickung nach Masuren verfrachtet, der Schwiegervater brachte sie her, in einem Dorf hatte er die Kleine aufgegabelt.«

»Merkwürdig, sie sieht wie ein . . .«, der Offizier sprach nicht weiter, preßte seine Lippen zusammen. Tante Traute sah sich um, die Schwiegereltern waren nicht zu sehen, drückte dem Offizier einen Kuß auf die Wangen.

Einmal fuhr das Förster-Ehepaar mit der Kutsche nach Drigelsdorf, da stand der Offizier plötzlich auf dem Hof und verschwand ins Haus. Klara wollte dem kleinen Jungen seinen Ball aus dem Kinderzimmer holen. Auf der Treppe blieb sie stehen, hörte Stimmen aus dem Kinderzimmer, sah über den Flur direkt auf ihr Bett. Sie errötete, Tante Traute lag da und neben ihr der einarmige Offizier. Schnell wandte sie sich ab, schlich die Treppen hinunter, Tante Traute hatte einen Freund.

Am Sonntagnachmittag stellten Elli und Max ihre Fahrräder bei der Pumpe ab, riefen: »Klara! Klara!«

»Elli, Max«, das Mädchen begrüßte die Kuchelka-Kinder, zeigte ihnen ihr Zimmer und das Bett. Die drei kleinen Kinder umstanden Klara, ließen ihr keine Ruhe.

»Kommt rein!« rief der Förster. Elli und Max saßen in der Küche, tranken Kaffee und aßen Fladen, sie erzählten von zu Hause, bestellten Grüße von Mama und Papa. Klara führte sie durch Haus und Garten, die ausgestopften Vögel und Tiere interessierten Max.

Elli hakte ihre Freundin unter, spazierte mit Klara durch den Obstgarten, die beiden hatten sich einiges zu erzählen. »Was macht der Lehrer, wie geht's den Schulkindern, was treiben Heta und Ottek?« Elli berichtete aus dem Dorf, erzählte von Mama, Papa und dem Opa. Klara blickte zu Boden. »Ich habe es gut hier, aber die Mama fehlt mir. Sie nahm mich in ihre Arme, drückte mich. Mama, Mama«, flüsterte sie. Elli versprach, »zum Winter holen wir dich zurück«.

Traurig stand Klara am Hoftor, als Max und Elli ihre Räder packten. »Grüßt eure Mutter und den Ludschu, der Marjell geht es gut«, der Förster winkte ihnen nach.

Max trampelte zu, die Elli hinterher, auf dem schmalen Radfahrweg neben der Landstraße sausten sie durch den Hochwald. Elli schaute sich um, die Kaddigen am Waldesrand, dahinter die hohen Kiefern kamen ihr unheimlich vor. Der Wald lichtete sich, sie traten fest in die Pedale. Max hielt auf dem Hügel bei der einzelnen Birke. Seine Schwester stand bei ihm und pustete. Eine abgelegene Försterei, ein bißchen einsam für Klara. Max richtete seine Augen zurück in die Johannisburger Heide.

»Die Klara hat Heimweh, möchte zurück zur Mama«, gab ihm Elli zu verstehen. Der Bruder überlegte. »Vorläufig nicht, vielleicht zum Winter. Papa sagt, im Dorf darf sie keiner sehen, die Geschichte mit dem Schulrat muß erst vergessen sein, die Jungens aus dem Nachbardorf schreien noch immer: ›Zigeunersche!‹, wenn sie aus der Schule an uns vorbeirennen.«

Er stieg auf das Rad, ließ seine Schwester vorfahren, es ging bergab. Sie kamen zum Dorfrand. Elli bog rechts ab, fuhr durch die Wiesen und das Birkenwäldchen zum Gemüsegarten, führte das Rad über die Dorfstraße auf den Hof. Ihre Schwester und Ottek kamen angerannt. »Klara, Klara, hast du sie mitgebracht?« fragte der Jüngste.

In der Küche erzählte Elli, die älteste Tochter zog die Mutter an der Schürze. »Mama, Mama, Klara hat Heimweh, keiner nimmt sie in den Arm, sie sehnt sich zu uns zurück.«

Frau Kuchelka griff zum Schürzenende, wischte über ihre

Augen. »Nach Hause zur Mama, wo mag ihre Mutter stekken, vielleicht leben die Eltern nicht mehr.«

»Mutter«, der Vater unterbrach seine Frau, »mußt nicht so reden, Klaras Eltern leben, wo sollen sie geblieben sein, sie sind im Ausland! Ausland? Na, wo?«

Frau Kuchelka streckte ihre Handflächen nach innen. »Die ganze Welt ist von deutschen Soldaten besetzt, der Krieg nimmt kein Ende.«

Max und der Vater gingen aufs Feld zu den Kühen, Pferden und Gänsen. Frau Kuchelka saß mit ihren Kindern auf der Bank vor dem Haus. Sie hörten Elli zu, was sie von der Försterei und Klara erzählte. Die Mutter mahnte: »Ottek, Heta, Elli, den Mund halten, kein Wort darüber in der Schule. Die Klara liegt in Johannisburg im Krankenhaus. Wenn sie gesund wird, fährt sie nach Berlin zurück!«

☆

Klara stieg mit ihren drei Schützlingen in die Kutsche, der Förster schwang die Peitsche. Die Mittagssonne glühte, die hohen Kiefern und Tannen spendeten Schatten. Wir fahren zum See, baden, baden, freute sich das älteste Mädchen. Die Kutsche rollte durch den Hochwald, hell dröhnten die Räder über die Holzbrücke. Sie hielten auf einer Wiese unter einer mächtigen Eichenkrone. Klara staunte, ein See breitete sich mitten im Wald vor ihnen aus. »So, nichts als rein ins Wasser«, rief der Förster. Sie half den Kindern beim Ausziehen, zog sich bei der Kutsche einen Unterrock über und schritt in den See. Still glänzte das Wasser in der Sonne. Niemand badete, weit weg unter den Bäumen saß ein einzelner Angler.

Der Förster zog eine kurze Hose an, faßte die Kinder und ging mit ihnen über den Sand ins Wasser. »Hier könnt ihr weit hinein, der See ist flach«, rief er Klara zu. »Das ist das Schöne an unserem See, kein Stein, nur feiner Sand.«

Klara und die Kinder badeten, der Förster ließ die Pferde auf der Wiese weiden, breitete eine Decke aus, rief sie zum Vespern. Brötchen mit Wurst und Butter, auch Klara aß und trank. Wieder ging Klara mit den Kindern ins Wasser. Der Förster streckte seine Beine von sich, schlief im Gras. Die

Sonne stand tief am Himmel, da stiegen sie wieder in die Kutsche, über die Holzbrücke ging es heimwärts.

»Komm, setz dich zu mir«, der Förster faßte Klara an die Hand. Lange sah er dem Mädchen in die Augen.

»Du bist keine Saruski, die Martha ist nicht deine Mutter. Menschenskinder, was wollen die von deinen Eltern? Mußten sie fliehen, dich zurücklassen? Wo sind sie geblieben?«

Klara errötete, schob sich zur Seite, er zog sie zu sich.

»Keine Bange, keine Angst, aus der Försterei geht kein Wort raus. Die Bonzen sind nicht meine Freunde. Ich habe sofort gemerkt, daß du ein Kind von den Herrschaften aus Berlin warst.«

Das Mädchen nickte. »Mama und Papa sind im Ausland, ich soll nichts erzählen, die Mama aus Steinfelde sagt, ich soll den Mund halten.«

»Den Schnabel halten, das Augustchen, Auguste Kuchelka, verwitwete Janzik«, wiederholte der Förster. »Schon gut, plinse nicht, Marjell, nichts wird dir geschehen!«

Die Kutsche hielt vor dem Hauseingang, Klara und die Kinder eilten in die Küche. Also doch, das Kind von den Herrschaften aus Berlin, verdammte Banausen, verschleppen die Eltern. Der Förster spannte die Pferde aus, führte sie in den Roßgarten.

Klara kümmerte sich um die Kinder, tobte mit ihnen in Haus, Hof und Garten, nahm die Kleinen an die Hand, sie wanderten zusammen durch den Wald. Auf einer Lichtung stand eine Bretterbude, umgeben von einem Maschendrahtzaun, das war der Forstgarten. Hier wuchsen kleine Bäume, Sträucher und Kaddigen, hier traf sie den Forstwart, den Knecht Johann, Waldarbeiter, französische Kriegsgefangene und Fremdarbeiterinnen. »Kulturarbeit, wir pflanzen neue Kiefern, Buchen und Eichen, die masurische Kiefer ist das beste Holz im Lande«, erklärte der Knecht. Der Forstwart grüßte stets freundlich, doch er hielt sich zurück. Die Fremdarbeiterinnen sprachen sie an. Sie schwieg. Mit den französischen Kriegsgefangenen unterhielt sie sich, merkte, daß die polnischen Frauen und die französischen Kriegsgefangenen über sie sprachen. »Du hier bleiben, Krieg bald zu Ende, Hitler kaputt«, flüsterte ein Kriegsgefangener.

Klara erschrak, was wußte der Mann von ihr. Sie rannte

mit den Kindern zu Försterei zurück. Das Förster-Ehepaar sprach offen über den grausamen Krieg. Wenn Klara mit der Frau allein war, fragte sie nach ihren Eltern und Verwandten, erkundigte sich nach Beruf und Leben in Berlin. Das Mädchen faßte Vertrauen, erzählte von ihrem Elternhaus. Wenn die Schwiegertochter dazukam, schwieg sie, flüchtete nach draußen. Tante Traute und der junge einarmige Offizier jagten ihr oft Angst und Schrecken ein. Sie fühlte sich beobachtet. Vor Tagen brachte der Offizier zwei Kameraden mit, sie trugen Verbände an Armen und Beinen, kamen aus einem Lazarett. Klara versteckte sich im Holzstall und guckte durch das Fenster. Sie trugen Runen auf den Kragenspiegeln, was sagte die Martha, »das sind Leute von der Gestapo, die eure Familie umbringen wollen«.

Und noch ein Ereignis beunruhigte Klara. Sie saß mit den Kindern an der Pumpe im Schatten des Lindenbaumes, da kam ein Mädchen per Rad durch das Tor gesaust, warf das Rad an den Brunnen, rannte ins Haus.

»Eine neue Briefträgerin?« rief die Förstersfrau.

Das junge Mädchen in einem schwarzen Rock, mit einer Postbeamtenmütze auf dem Kopf, schrie: »Heil Hitler«, warf Briefe und Zeitungen auf den Küchentisch, redete laut weiter: »Ich vertrete meinen Vater, komme nun jeden Tag mit der Post, helfe der Partei, dem Führer, den Endsieg zu erringen. Ich bin BDM-Führerin, meine Mädchen packen an der Heimatfront zu. Heil Hitler«, sie riß ihre Hand hoch, eilte zum Fahrrad, die schwarze Posttasche hing ihr fast bis zu den Kniekehlen. Vor dem Brunnen stutzte sie, musterte Klara.

»Wie kommst du zur Försterei, wer bist du? Warum kommst du nicht zum Jungmädchendienst?«

Klara erstarrte, ihre Augen wanderten zur Försterei, sie suchte Hilfe. Was sollte sie antworten. Erlösung, sie holte tief Luft, die Förstersfrau kam zum Brunnen.

»Klara ist zu Besuch hier, paßt auf die Kinder auf, sie wohnt bei ihrer Tante, weit weg im Kreis Lyck, geht nach den Sommerferien wieder zurück. Sie ist aus Berlin, durch die Kinderlandverschickung nach Ostpreußen gekommen. Wir arbeiten alle für den Führer und den Sieg.«

»Heil Hitler«, rief nochmals die Briefträgerin und trat in die Pedale.

»Frech, neugierig, vorlaut die heutige Jugend. Warum kommt die Klara nicht zum Jungmädchendienst? Vielleicht soll sie nach Drygallen rennen.«

Der Förster hörte seine Frau erzählen.

»Eine freche, schnoddrige Marjell, die soll den Schnabel halten. Laß dich mittags nicht auf dem Hof sehen, versteck dich vor der oberschlauen BDM-Führerin«, empfahl der Förster.

Abends lag das Mädchen lange wach. Der Forstwart und seine Frau, Tante Traute mit den jungen Offizieren, und nun die Briefträgerin. Sie faltete die Hände, betete, so wie ihr Mama Auguste es beigebracht hatte.

☆

Die Sommerferien vergingen, das Korn war geerntet und eingefahren, nur noch die Kartoffeln standen auf dem Felde. Ludschu Kuchelka fuhr per Rad zur Försterei, wollte einen Holzsammelschein holen. Am Tor kam ihm Klara entgegen, das Mädchen hielt ihn an seiner Joppe fest.

»Papa, Papa, ich will wieder nach Hause«, bettelte sie.

Der Bauer legte seinen Arm um Klaras Schultern: »Die Mama kommt mit dem Wagen und holt dich ab. Warte noch ein bißchen, es muß kälter, Winter werden.«

Er saß lange im Büro der Försterei, ganz offen sprach der Förster: »Herr Kuchelka, wir bekommen Schwierigkeiten, das Mädchen fällt auf. Sie wissen doch, die Dorothee ist Frauenschaftsführerin, bei uns wohnt die Schwiegertochter, erhält Besuch, ehemalige Kameraden unseres gefallenen Sohnes, junge Offiziere gehen hier ein und aus. Die Fremdarbeiterinnen und die französischen Kriegsgefangenen tuscheln. Weiß der Teufel, woher sie über das Mädchen was erfahren haben. Noch schlimmer, Herr Kuchelka, eine neue, junge Briefträgerin, gibt sich als BDM-Führerin aus, will Klara zum Dienst nach Drigelsdorf holen. Wir können das Mädchen nicht ständig verstecken, am besten, Ihre Frau holt Klara wieder ab.«

Ludschu sah auf die Dielen, dann zu den Balken.

»Ich rede mit meiner Frau, mein Sohn wird sie abholen.«

Er drückte dem Förster die Hand. »Gottes Dank«, waren

seine einzigen Worte, schweigend, den Kopf zu Boden gesenkt, schritt der große, kräftige Bauer zu seinem Fahrrad.

»Papa! Papa!« rief Klara und rannte zum Tor.

»Bleib ruhig, nicht auffallen, halte dich zurück, verstecke dich«, er streichelte Klara über die Wangen, »die Mama holt dich bald ab«, versprach er.

Die Kinder freuten sich, der kleine Ottek plapperte: »Die Klara kommt zurück.« Doch die Eltern waren in Nöten. Lehrer Masuch grüßte von weitem, eilte schnell ins Dorf, wenn er am Kuchelka-Hof vorbeiging. Einmal erwischte ihn Ludschu vor dem Schulgebäude, erwähnte, daß Klara zurückkäme. Masuch trat mit den Stiefeln hart auf den Boden.

»Aber nicht mehr zu mir zur Schule, ich kenne keine Klara Saruski«, er zog den Bauern am Ärmel. Sie stellten sich vor den Holzschuppen bei der Hundebude. Masuch empfahl, das Mädchen aus dem Dorf zu bringen, oder einfach zu sagen, sie wäre vierzehn Jahre alt, also nicht mehr schulpflichtig.

»Herr Kuchelka«, der Lehrer zitterte am ganzen Körper, »verschonen Sie meine Familie vor Scherereien. Die Polizei, der Ortsgruppenleiter, die BDM-Führerin, wir haben Angst!«

Zu Hause sprach er mit seiner Frau. Wenn der erste Schnee fiel, wollte sie Klara mit dem Schlitten abholen. Auguste zögerte, »der Opa ist krank, die Kartoffeln müssen raus und jetzt noch das Mädchen«.

☆

Klara spielte mit den Kindern vor dem Hause, die Herbstsonne schien, der Förster spannte seine Pferde an die Kutsche, denn der Knecht war im Walde bei der Kulturarbeit. Sie blickte zum Tor, noch war es zu früh, die Briefträgerin kam erst mittags.

»Heil Hitler«, hörte sie hinter ihrem Rücken, wäre am liebsten davongeflogen. Die Briefträgerin stand mit dem Rad in der Hand vor dem Hauseingang.

»Du bist noch hier, warum kommst du nicht zum Jungmädchendienst? Willst wohl in die Pflicht-Schar.«

Die Briefträgerin versperrte mit dem Fahrrad den Hauseingang, hob ihre Hand, rief, schrie: »Heil Hitler.«

Klara blieb stumm, antwortete nicht. Der Förster erkannte die Situation, rannte zum Hauseingang, schickte Klara und die Kinder ins Haus.

»Eigenartig, komisch, sie ist keiner nordischen Abstammung, ist sie arisch?« fragte die Briefträgerin.

»Arisch, arisch«, der Förster wiederholte, »arischer Abstammung«, suchte nach Worten. »Es gibt auch schwarzhaarige, deutsche Frauen und Männer, die in der Partei sind und für den Führer kämpfen.«

Seine Worte zeigten Wirkung, die Briefträgerin war verunsichert. »Warum kommt sie nicht zum Jungmädchendienst?« fragend sah sie den Förster an.

»Wohin, nach Drigelsdorf, sie kann gar nicht Rad fahren, hat es in Berlin nicht gelernt, außerdem ist das zu spät, vorbei, heute abend fährt sie ab.«

»Ich werde es der Führerschaft melden, das Mädchen muß zum Dienst, jeder, ob jung oder alt, soll für Großdeutschland, für den Führer kämpfen.«

»Ja, ja, wir arbeiten, rackern für die Partei und den Führer, opfern unsere Söhne und Enkel, der Sieg wird unser sein.« Ironisch, hart erklangen die Worte des Försters.

Die Briefträgerin reichte die Zeitung und einen Brief an die Förstersfrau. »Im nächsten Jahr werde ich achtzehn, melde mich freiwillig zu den Nachrichtenhelferinnen, will gemeinsam mit unseren tapferen Soldaten für den Endsieg kämpfen.«

»Prima, gut, heldenhaft. Sie sind ein tapferes, deutsches Mädchen, beeilen Sie sich, sonst kommen Sie zum Endsieg zu spät. Zu spät, zu spät.«

Der Förster wandte sich ab, hörte »Heil Hitler«, sah die Briefträgerin zum Tor verschwinden. »Blitzmädchen, beeil dich«, brummte er.

Im Flur standen die Frauen zusammen. »Sie muß weg, sofort muß das Mädchen verschwinden.« Die Schwiegertochter sprach von der Partei und Wehrmacht, morgen erwartete sie Besuch. Die Förstersfrau blickte ratlos auf ihren Mann, der überlegte, entschied, sprach ruhig und bedächtig: »Heute abend bringt der Johann das Mädchen zu Auguste nach Osranken zurück. Packt ihre Sachen, ich komme zeitig aus dem Wald.«

Er stieg auf die Kutsche und fuhr in sein Revier.

Klara vernahm die Worte von Tante Traute: »Sie muß verschwinden.«

»Verschwinden, verschwinden«, summte es in ihren Ohren. Sie stellte den Nesselbeutel auf das Bett, packte ihre Habseligkeiten hinein, die Förstersfrau stand bei ihr, drückte Klara einen Geldschein in die Hand. »Erzähl keinem im Dorf, wo du warst«, bat sie.

»Klara, Klara«, die drei Kinder umstanden sie, das Mädchen war in Gedanken bei ihren Eltern. Wo waren Mutter und Vater. Mama Auguste fiel ihr ein. »Mama, Mama, ich komme.« Sie kämpfte mit den Tränen. »Klara, Klara«, riefen die Kinder, als das Mädchen zur Kutsche ging. Die Förstersfrau trug den Nesselbeutel, der Förster ein Paket mit Verpflegung.

»Nimm das Brot und Fleisch mit, die Auguste hat eine große Familie. Grüße die Kuchelkas.« Der Förster drückte dem Mädchen beide Hände. »Gott bewahre dich«, flüsterte er und blickte zum Himmel.

»Klara, bitte nichts sagen, erzählen, daß du bei uns warst«, flehte seine Frau.

»Zieh die Joppe an, mach den Kragen hoch, der Abend wird kalt«, der Knecht half Klara beim Anziehen. Vermummt, eine Pferdedecke über die Beine gezogen, so saß das Mädchen neben ihm.

Die Pferde zogen an, die Kutsche rollte über die Landstraße. Hoch ragten die Kiefernbäume, die Räder mahlten durch den Sand. Still, einsam, verlassen wirkte die Johannisburger Heide. Durch die Täler zog der Herbstnebel. »Zurück zu Auguste Kuchelka nach Osranken soll ich dich bringen«, unterbrach der Knecht die Stille. »Arm sind die Kuchelkas, auf den Piaskis ist nichts zu ernten, die Wiesen sind sauer, Sümpfe und Sand, das ist ihr Grund und Boden. Du bist die Tochter von den Herrschaften aus Berlin. Arme Marjell, in den Sümpfen am Torfbrüchern am Dupker See wird dich die Auguste verstecken, ewiges Deutschland, tausendjähriges Reich, der Hitler ist dammlich.«

Klara hörte den Kutscher reden, der Abend brach an, sie rollten über das Steinpflaster ins Dorf. Max eilte zum Hoftor und öffnete, eine Kutsche mit zwei Personen hielt vor dem Haus.

»Die Klara«, rief Elli.

»Ruhe, geht ins Haus.« Der Vater zeigte auf den Eingang, durch die Kartoffelküche, packte den Nesselsack und das Eßpaket.

»Johann, danke schön, gute Rückfahrt.« Die Kutsche drehte, fuhr zur Dorfstraße.

»Herrje, Erbarmung, die Klara.« Die Mutter schlang ihre Arme um das Mädchen. »Mama, Mama«, schallte es durch die Küche.

»Komm«, Max stand auf, reichte Sarah die Hand, noch benommen blickte sie hoch.

»Ich war wieder in Steinfelde, ging nicht zur Schule, die Angst blieb, was sagte die Mama? Klarachen, es wird Winter, der liebe Gott hilft uns weiter.«

»Ich muß zum Mittagessen«, er bot ihr seinen Arm, sie hakte sich ein, schweigend schritten sie über den schmalen Hangweg. Ihre Augen wanderten ins tiefe Albtal, wieder den Hang hoch, richteten sich auf den Turm von St. Michael. Kurgäste, Kollegen spazierten vorbei, er nahm sie nicht wahr. »Hallo Max«, grüßte Resi inmitten einer Wandergruppe. Vor der Bundesstraße erkannte er Wollek und die beiden Rogowskis. Auf der Brücke stand Levka, riß den Mund auf.

»Der Herr Kuchelka mit einem neuen Schatten.«

»Klara Saruski«, flüsterte er.

Sie drückte sich an ihn.

»Sarah Goldberg, Sarah Goldberg. Max, Makul, der Max Kuchelka aus Masuren.«

Bei der Kirche umklammerte er ihre zarten Hände.

»Klara, Klara«, er konnte es nicht fassen.

Sie lächelte. »Max, wir sehen uns nachmittags im *Haus des Gastes*!« Um den Minigolfplatz ging sie zu ihrer Pension, er blickte ihr nach, wanderte zum *Tannenhof*. Wenn das die Mama erfährt. Mutter, Mutter, ich habe Klara gefunden. Seine Gedanken schweiften ins Wendland, in das Dörflein an der Jeetzel. »Heinz, man, Heinz, das muß ich dir erzählen«, Max ließ die Vorsuppe stehen, berichtete von Sarah.

Max erzählte, der Catcher und der Prokurist gegenüber spitzten die Ohren. Einmalig, fast wie ein Roman.

»Im Kriege kam sie zu uns, war ein kleines Mädchen aus Berlin, damals gab es eine Kinderlandverschickung. Heinz, nach so vielen Jahren muß ich sie hier wiedersehen.«

»Kinderlandverschickung«, der Kollege grinste, »heute abend gebe ich meinen Ausstand, wir treffen uns im *Hirschen*, bringe deine Kinderlanderoberung mit.«

Mittags, in seinem Appartement, fand Max keine Ruhe. Sarah Goldberg, hier traf er sie wieder. Und Mutter, seine alte Mutter fragte, suchte, wollte erst sterben, wenn sie das Mädchen nochmals sah.

Sie stiegen die Treppen zum *Haus des Gastes* hoch, schritten über die Terrasse, gingen hinein, setzten sich an einen Ecktisch, mit Sicht zu den bewaldeten Hängen. Max grüßte nach allen Seiten, die Frauen und Männer kamen vom *Sonnen-* und *Tannenhof*. Ein Stückchen Torte, ein Kännchen Kaffee, beide suchten nach Worten.

»Nicht zu fassen, unglaublich, Sarah, wenn das meine Mutter erfährt. Heute abend rufen wir Elli an, sie soll es Mama sagen.«

»Mama Auguste aus Steinfelde, Kreis Johannisburg.« Sarah legte ihre Hand auf seinen Arm. »Max, Makul, Max Kuchelka, nach so vielen Jahren sehen wir uns wieder, warum nicht früher? Ich habe Auguste Kuchelka in der Ostzone, beim Roten Kreuz und den Landsmannschaften gesucht. Frau Auguste Kuchelka war nicht registriert.«

Max überlegte.

»Sarah, Mama heißt Pengel, hatte nach dem Kriege im Wendland einen Witwer geheiratet.«

»Wo ist Vater Ludwig, Ludschu, und Tante Martha, ist Martha Saruski wirklich tot?«

Sarah zitterte am ganzen Körper.

»Martha Saruski und Mama Auguste, meine Lebensretter.«

Max legte seinen Arm um ihre Schulter.

»Papa ist beim Volkssturm gefallen, Tante Martha wurde von Partisanen erschossen. Gerda kam aus russischer Gefangenschaft auf Krücken, bewegt sich seitdem in einem Rollstuhl, Elli, Heta und Otto wohnen in Niedersachsen, im Wendland. Du, Sarah, Mama hatte in den schweren Nachkriegsjahren nur für uns Kinder geschuftet. Als die Engländer dem Russen die Mark Brandenburg übergaben, war Mutter mit dem Pferdewagen weiter ins Wendland geflüchtet.«

»Und du?« Sarah zeigte auf sein Gesicht.

Er errötete.

»Du weißt es doch, sie holten mich vom Pferdewagen, die SS«, er flüsterte, »und kurz vor Kriegsende wurde ich verwundet.«

Max übersah die Tische, die Resi mit ihrem Mann, daneben saßen der Wollek und die beiden Rogowskis. Neben der Theke, am langen Tisch, die Wandergruppe mit dem jungen

Diplom-Sportlehrer. Gewandert? Gerannt waren sie, nun stillten sie ihren Durst.

»Sarah«, wieder legte er seinen Arm um sie. Max stutzte, bemerkte, wie seine Kolleginnen und Kollegen ihn beobachteten, sogar die lustige Resi blieb ernst, sah an ihm vorbei. Was sollte das bedeuten? Wieso wußten, merkten sie, wer Sarah war? Unter dem Tisch legte er seine kräftige Hand auf ihren Arm, sah in ihre Augen.

»Und deine Familie, hast du deine Eltern wiedergefunden?«

Sie blickte zu Boden, dann zur Decke, ihre Augen wanderten über die Tische, richteten sich auf die Fensterreihen zur Terrasse, als suchten sie am Horizont, beim Feldberg, eine Antwort.

»Auschwitz, meine Eltern sind in Auschwitz umgekommen.«

Max biß seine Lippen zusammen.

»Verdammt noch mal, was damals geschah. Wie so etwas geschehen konnte. Sarah«, er drückte ihre Hand, »Sarah, du hast uns gekannt, wir waren arme Bauern. Mama und Papa, die Leute im Dorf mußten arbeiten und alles abliefern. Es war Krieg, doch von Auschwitz wußten wir nichts in Masuren. Gerda war RAD-Führerin, der Horst bei der Waffen-SS, doch verraten hatten sie dich nicht, nein, der Horst sagte bei seinem letzten Urlaub, Mama, paß auf die Kleine auf, hier in Steinfelde kann sie den Krieg überleben. Wir werden in Rußland verrecken, er fiel bei Stalingrad.«

Max wischte mit dem Taschentuch über seine feuchten Augen.

»Komm, wir müssen raus.«

Er zahlte, sie erhoben sich, schritten zur Tür. Als er am Tisch der Rogowskis vorbeiging, zischte Anika: »Der vaterlandslose Gesell mit der Schwarzen.« Er überhörte die Bemerkung, sie wanderten durch die Unterführung zum Ski-Lift, sie hängte sich an seinen Arm, wortlos schritten sie über den Sonnenhang, kamen in den Hochwald. Max zog sie an sich.

»Sarah, deine Augen, irgendwie kamen sie mir bekannt vor.«

Sie küßte seine Wange.

»Bist du verheiratet, wo lebt ihr, was macht dein Mann?« fragte er.

Sie löste sich aus seinen Armen.

»Mein Mann ist verstorben, ich lebe in Amerika. Fliege nach der Kur wieder zurück. Und du?«

Sie stand vor ihm, sah hoch in sein Gesicht.

»Ich bin verheiratet, habe zwei Kinder, meine Tochter ist aus dem Haus, nur der Sohn lebt bei mir.«

Max schwieg, sie wanderten weiter.

»Ach so, meine Frau, sie ist berufstätig, arbeitet in einem Büro, später, später, Sarah, mehr darüber.«

Er begleitete sie ins Dorf zurück, bei der Apotheke verabschiedeten sie sich. Max faßte an ihren Arm.

»Heute abend telefoniere ich mit Elli, sie soll es Mutter erzählen. Weißt du, was Mama kürzlich sagte, einmal die Klara wiedersehen, dann glücklich von dieser Erde gehen.«

»Bis heute abend, Max«, sie schritt zur Bundesstraße, er entgegengesetzt um St. Michael, am *Tannenhof* vorbei zur Brücke.

Seine kräftigen Hände umfaßten das Geländer. Die Augen streiften über Täler, Berge und Wälder. Höchenschwand, das Dorf am Himmel. Klara, Sarah, das Mädchen aus Berlin in seiner Heimat Masuren. Ins Wendland, an die Jeetzel, zogen seine Gedanken. Herrgott, was wird seine Mutter sagen. Still saß er beim Abendessen.

»Aha, keinen Appetit, der neue Schatten, die letzten Tage, zu Hause Mutter und Kinder. Herr Kuchelka, so geht es vielen Kameraden«, Levka räumte den Tisch ab, lächelte, »ihre Kur ist bald um.«

☆

Abends holte er Sarah bei der Apotheke ab. Sie gingen zu den Telefonzellen vor der Post.

»Elli, hallo, Schwesterchen«, rief Max übermütig.

»Elli, nimm einen Stuhl, setze dich hin, eine Neuigkeit, eine Überraschung. Weißt du, wen ich hier getroffen habe? Schwesterchen, setz dich, bevor du umfällst, die Sarah, die Klara!«

»Wen, wen hast du getroffen? Max, wer ist Klara, wer ist Sarah?«

»Schwester Elli«, antwortete er laut, »die Klara, die im Kriege bei uns war, die Klara von Tante Martha, sie steht hier neben mir.«

»Mein Gott, Herrgott, die Mutter, die Mama«, seufzte Elli.

Er übergab den Hörer, ging aus der Zelle.

»Hallo, hallo, Elli«, klang es nach draußen.

Max ging vor dem Telefonhäuschen auf und ab. »Mama Auguste«, »Ludschu«, »Heta« und »Ottek«, vernahm er, dann herrschte Stille, Ruhe. »Auschwitz«, nochmals vernahm er »Auschwitz«, jetzt erzählte Sarah von ihren Eltern. Sie klopfte gegen die Scheiben, er griff zum Hörer.

»Deine Kur geht zu Ende, du bringst Sarah mit, sie will Mama sehen. Max, Max«, hörte er, dann schwieg seine Schwester.

»Was ist? Elli, hast du was? Ist etwas nicht in Ordnung?«

Laut rief er ins Telefon. Seine Schwester zögerte, sanft erklangen ihre Worte.

»Mein Mann, du kennst ihn doch, er kann es nicht vergessen, wie man ihn nach dem Kriege jagte, nur, weil er bei der Waffen-SS diente.«

»Dein Mann, der Karl-Friedrich«, Max blickte auf Sarah. »Mit dem rede ich, wenn ich daheim bin. Grüße die Mama, in ein paar Tagen sind wir zu Hause.«

Er legte auf.

»Irgend etwas stimmt da nicht, was hat deine Schwester?«

Fragend sah Sarah auf Max. Er faßte sie an einen Arm, sie spazierten an der Post vorbei, auf dem Weg neben der Bundesstraße, zur Brücke.

»Mein Schwager, Ellis Mann, wurde nach dem Krieg verfolgt, mußte aus der amerikanischen Zone flüchten, bekam keine Anstellung. Nur, weil sie ihn zur Waffen-SS eingezogen hatten.«

Sie drückte seine großen Hände.

»Max, vielleicht ist es besser, wenn ich hierbleibe.«

Entsetzt ging er zwei Schritte zurück.

»Und die Mutter? Mama will dich sehen. Sie ist alt, kann heute oder morgen sterben.«

Er warf seine Arme um ihren Hals, drückte seine Lippen auf ihre Wangen.

»Du mußt uns vergeben«, bat er.

»Max, Makul«, ihre Stimme zitterte, »ich fahre mit, muß Mama Auguste sehen.«

Sie wanderten zum *Loipenhaus*, langsam zurück, er hielt sie umschlungen, sie schmiegte sich an ihn und schwieg. Wieder auf der Brücke lockerte er seine Arme.

»Wir müssen zum *Hirschen*, mein Kollege, der Heinz, wartet.«

Heinz saß zwischen den Damen, gegenüber Resi mit ihrem Mann, Max und Sarah nahmen auf der Stirnseite Platz.

»Sarah, meine Jugendbekannte, aus meiner Heimat Masuren. Damals waren wir noch Kinder«, so stellte er seine Begleiterin vor.

Sie hoben ihre Weingläser, stießen an. Heinz war bei guter Laune, fast übermütig.

»Auf eure alte Freundschaft, mit Kraft durch Freude und Kinderlandverschickung.«

Sarah erschrak. Kraft durch Freude, Kinderlandverschikkung, was sollte das? Max erkannte die Situation, schob sich dicht an Klara.

»Ja, richtig, durch die Kinderlandverschickung kamst du in unser Dorf.«

»Kinderlandverschickung, wie konnte ich so etwas vergessen?«

Die Bedienung schenkte Wein ein, die junge, blonde Frau blickte von Max zu Heinz.

»Prost, kommen Sie auch aus dem Dorf am Kreuzstein?«

Übermütig hielt Heinz ihr sein Glas entgegen. Resi suchte Anschluß an Sarah.

»Mein Mann kommt aus Schlesien, Max ist Ostpreuße, wo sind Sie her?«

»Sie wohnt im Ausland, ist hier zur Kur«, sprach Max dazwischen.

Auf den Ecktisch hinter der Theke wurde Max aufmerksam. Bei Bier und Wein saßen seine Kameraden und lärmten, vor dem Tisch bewegte sich Wollek auf Krücken, ließ seine Füße über den Boden schleifen. Vergeltung und Rache schwor er seinen ehemaligen Peinigern. Er erhielt Zustimmung und Beifall, Krücken und Stöcke wurden hochgehalten. Anika Rogowski bewegte ihre rechte Hand. »Mit der

Peitsche, mit einem Siebenzagel, sollte man die Halunken aus unserer schönen Heimat heraustreiben.« Laut lärmte die Clique. Max lauschte. »Der Große mit der Schwarzen, ein vaterlandsloser Gesell, sie, sie erholt sich auf unsere Kosten.«

Sarahs Gesicht glühte. Max wünschte Heinz gute Heimreise, verabschiedete sich von Resi, verließ schweigend mit Sarah das Lokal.

»Waren das deine Kameraden, Behinderte, Kriegsversehrte?« Ihre dunklen Augen blickten ihn fragend an.

»Ein paar wenige, unverbesserliche, ihre eigenen Kinder verstehen sie nicht.«

Langsam spazierten sie an der Kirche vorbei, standen vor dem Eingang des *Kurhauses.*

»Max, morgen abend ins *Kurhaus*, ich lade dich ein.«

»Sarah, in das vornehme Hotel?«

Er begleitete sie zur Pension, drückte seine Lippen auf ihre Wange. »Bis morgen nachmittag«, verabschiedete er sich.

Von seinem Balkon sah er auf St. Michael, dahinter, am abfallenden Hang, in einer Pension wohnte Sarah. Seine Kur ging zu Ende, gemeinsam wollten sie ins Wendland fahren. Was würden seine alte Mutter, was seine Geschwister sagen? In der kleinen Stadt, direkt an der Elbe, lebte seine Halbschwester Gerda, die seit Kriegsende sich im Rollstuhl bewegte.

☆

Am *Haus des Gastes* trafen sie sich, wanderten den Hang hoch zur Bundesstraße. Max redete vor sich hin, fragte, sie schwieg.

»Hast du einigermaßen geschlafen?«

Er faßte ihren Arm, sah in ihre dunklen Augen. Sie drehte ihr Gesicht zum abfallenden Hang, als suche sie im Schwarzatal die verflossenen Jahre.

»Max, es war eine furchtbare Nacht, Berlin, mein Elternhaus, die Kriegsjahre, euer Dorf in Masuren, nochmals zog alles an mir vorbei.«

Sie hängte sich an seinen Arm, so wanderten sie durch den Hochwald, hinunter nach Häusern. Der Wald lichtete sich, vor ihnen lag das Dorf im weiten Tal. Hotel *Adler*, dahinter das *Chämi-Hüsle*. Etwas abseits, beim Wildpark, *Cafe Waldlust*. Max sah über das Dorf. Ein wunderschönes Schwarzwaldtal. An der Bundesstraße, beim Sportplatz vorbei, wanderten sie zum *Albsee-Blick*. Oberhalb des Lokals, an schmucken Pensionen und Häusern, führte der Wanderweg durch den Wald nach St. Blasien.

»Es wird spät, wir haben ein Stück zu laufen, ich muß pünktlich zum Essen zurück sein.« Max trieb zur Eile, Sarah richtete ihren Blick auf den Albsee.

»Der Bus paßt nicht, wir nehmen eine Taxe, mach dir keine Sorgen!«

Lange standen sie vor dem rauschenden Wasserfall, blickten ins Tal hinunter. Zu ihren Füßen begann St. Blasien. In der Nachmittagssonne glänzte die Kuppel des Domes. Unter der schmalen Brücke rauschte das Wasser, als sie ins *Dom-Cafe* gingen. Max erzählte, scherzte, versuchte, Sarah aufzumuntern, doch ihre Stimmung blieb bedrückt. Vor dem *Dom-Cafe* hielt Max ihr seinen Arm entgegen, sie hängte sich ein, behutsam führte er sie die Treppen hoch. Ein glückliches Ehepaar, dachten die Urlauber. Wer ahnte, was in Sarahs Herzen vorging. Max erstarrte, Marmor, so viel Marmor, die gewaltige Kuppel, die mächtigen Säulen, er wagte keinen Schritt vor. Sie zog ihn mit, erklärte die Kostbarkeiten. Sie setzten sich in eine Bank, er faltete seine Hände, sie drückte ihre Fäuste aneinander, hier im Dom fiel ihr nochmals die schwerste Zeit ihres Lebens ein. Damals im Herbst kam sie aus der Försterei wieder zu Mama Auguste zurück.

Frau Kuchelka war unzufrieden. Kein Petroleum, kein Zukker, keine Nadeln, kein Zwirn, die Mädchen nichts zum Anziehen, der Max keine Arbeitsschuhe. »Ludschu, deine Hose und Joppe sind hin. Geh zum Bürgermeister und zum Ortsbauernführer, wir brauchen Bezugsscheine, sonst rennst du mit blankem Dups zum grünen Grund.«

Der Bauer faßte Mut, sprach mit dem Ortsbauernführer und dem Bürgermeister, erhielt Bezugsscheine für Kinderkleidung, Arbeitsschuhe und einen Arbeitsanzug. Zufrieden packte er die Papiere auf den Küchentisch.

»Und ich? Für mich nichts, gar nichts, nuscht«, schimpfte seine Frau.

»Mama, kennst du einen Bezugsschein mit Schnabel?« rief Max.

Der Ottek grinste, Heta und Klara verstanden ihn nicht, nur Elli, die Älteste, stimmte zu. »Mama, mit Beziehungen, mit Butter geschmiert, mit einem Schnabel aus dem Korb kriegst du alles.«

Beziehungen, Bezugsscheine mit Schnabel, die Mutter stand unschlüssig in der Küche.

»Mama, eine Ente und zwei Hähnchen schlachten, in den Korb Eier und Butter, die Kaufleute in Lyck reißen dir den Korb aus den Händen, die schönsten Kleiderstoffe kriegst du dafür. Papa und ich neue Arbeitsschuhe, so ist das, Mama, man muß schachern und nicht darüber reden.«

»Junge, meinst du das im Ernst?«

Die Mutter stand vor ihrem Sohn.

»Klar, Mama, ja, Mama, Bezugsscheine mit Schnabel«, stotterte Ottek dazwischen.

Frau Kuchelka beratschlagte mit ihrem Mann. Nächste Woche wollten sie mit dem Pferdewagen nach Lyck fahren.

»Wir beide nach Lyck?« Der Bauer zog ein grimmiges Gesicht, »wo bleibt die Klara?«

»Ganz einfach, das Mädchen kommt mit, in der Stadt kennt sie keiner.«

»Gut«, Ludschu war einverstanden. »Klara fährt in die Stadt.«

Die Mädchen und der jüngste Sohn bettelten, auf dem Wagen wäre noch Platz, doch Mutter und Vater blieben dabei: »Es geht nicht, ihr müßt zur Schule.«

Klara bewegte sich traurig durch Haus und Hof, seitdem sie aus der Försterei zurückkam, spielte sie Verstecken. Schnell rannte sie über den Hof in die Scheune, traute sich nur in den Roßgarten, wenn kein Fremder zu sehen war. Kamen Nachbarskinder zu den Kuchelkas, wartete sie in der Küche oder der Scheune, bis sie verschwanden.

»Klara ist aus dem Krankenhaus zurück nach Berlin gefahren. Vielleicht kommt sie zum Sommer uns besuchen«, erzählte Elli in der Schule. »Klara abgehauen, weg, fort, in Berlin«, plapperte der Ottek den Mädchen nach.

Die Dorfkinder vergaßen das Mädchen, fragten nicht mehr danach. Doch die Eltern, auch Max, mahnten bei jeder Gelegenheit, den Mund halten, nichts sagen.

Dem Kriegsgefangenen drohte Max: »Rémy«, zeigte auf das Mädchen, »Klara retour Berlin.« Der Franzose nickte: »Nix, nix, ihr gutt Mensch«, antwortete er.

Der Acker war hartgefroren, der Wind trieb den ersten Schnee über die Weiden und Wiesen. Morgens, noch im Dunkeln, spannte Ludschu die beiden alten Stuten vor den Kastenwagen, nun hatte er Zeit, in die Stadt zu fahren. »Geht pünktlich zur Schule, den Schnabel halten«, sagte die Mutter, stieg mit der Klara auf den Kastenwagen.

In einen Pelzmantel gehüllt, den Stehkragen hoch, über die Stiefel eine Pferdedecke, so saß Ludschu vorn auf einem Heusack und hielt die Leine. Hinter seinem Rücken, tief im Kastenwagen, saßen auf einem Strohsack seine Frau und Klara. Sie zogen die Pelzdecke hoch, an ihren Füßen lagen, in Tücher gewickelt, warme Ziegelsteine. Über ihre Köpfe zogen sie eine Decke, so klapperte der Wagen über die Dorfstraße, auf die Chaussee nach Kotten. In Stettenbach ging es bergauf, die Pferde legten sich in die Sielen, wieder eine Chaussee, dann waren sie im Dorf Mostolten, nochmals eine Anhöhe vor der Gastwirtschaft Bandilla. Wieder über die Chaussee, mal bergauf, mal runter, durch Dörfer und Wälder, in Richtung Lyck. Weit über zwei Stunden dauerte die Fahrt. Als es hell wurde, zeigte Ludschu auf die Lycker Kirche am Horizont. »Nicht mehr weit, Klarachen, wir sind bald da.«

Frau Kuchelka bewegte ihre Beine und Arme, der Wagen klapperte über das Steinpflaster vor dem Lycker Gefängnis.

Klara blickte aus dem Wagen, sie fuhren über eine Brücke, rechts und links Wasser. »Kindchen, das ist der Lycker See, nur noch den Berg hoch, wir sind gleich in der Stadt.«

Der Bauer zeigte mit der Peitsche auf den Kirchturm. Klara war verblüfft, eine riesig breite Straße, rechts und links hinter den Bürgersteigen Geschäftshäuser. Der Bauer lenkte die Pferde linksherum, kurz vor der Einmündung der Bismarckstraße wieder links, durch eine Einfahrt auf den Hof eines Kolonialwarenhändlers. Er versorgte die Pferde, seine Frau und das Mädchen kletterten vom Wagen, wickelten Wollschals um ihre Köpfe, ein kalter Wind zog um die Ecken. Vom Hof gingen sie in das Geschäft, wärmten sich auf. Der Bauer kaufte auf Marken Zucker, Heringe und eine Kanne Petroleum.

Auguste hielt den Kartoffelkorb fest in ihren Händen. Ein Nesseltuch verdeckte die Bezugsscheine mit Schnabel. Sie gingen in das kleine Textilgeschäft gleich daneben. Ludschu kannte den alten, lustigen Herrn, von dem die Bauern erzählten, er hätte nur Qualitätsware. Der Bauer gab seiner Frau einen Wink. »Abwarten, nichts sagen, wir müssen noch in ein Schuhgeschäft und in einen Eisenwarenladen.«

Leer war der geräumige Verkaufsraum, am Kassentresen saßen der Kaufmann und seine Frau. Der einzige Lehrling stand in einer Ecke hinter den Verkaufstischen.

»Herr Kuchelka«, freundlich begrüßte der Kaufmann die Bauernfamilie, bot ihnen Stühle an, zeigte auf das Mädchen.

»Sie hat Schmerzen, muß zum Zahnarzt, ist die Tochter meiner Schwester, kommt aus Berlin.«

Ludschu legte die Bezugsscheine auf den Tisch, suchte einen Arbeitsanzug für den Sohn Max. Seine Frau und Klara griffen nach Kinderstrümpfen, Röcken und Jacken. Dann bückte sich der Bauer zum Kaufmann.

»Ich brauche dringend eine Hose und eine Joppe.«

»Bezugsschein?«

Ludschu zuckte mit den Schultern, bewegte seine Hand auf den Korb. Der Kaufmann rief seinen Lehrling.

»Holen Sie die Briefe und Pakete von der Post.«

Der junge Mann verschwand zum hinteren Ausgang.

»Was hat Ihre Frau? Sie können sich die Hose und die Joppe aussuchen.«

Die Kaufmannsfrau schritt zum Korb. Auguste packte die Ente heraus, sofort verschwand sie unter dem Kassentisch. Der Bauer bekam seine Hose und Joppe. Seine Frau stand vor dem Stofflager.

»Ich brauche dringend warmen Kleiderstoff, doch keine Kleiderkarte, keinen Bezugsschein«, seufzte sie.

»Haben Sie noch was mit?« flüsterte der Kaufmann.

Ludschu nickte.

»Na, paar Eier«, sagte seine Frau.

»Wieviel?«

Wieder stand die Kaufmannsfrau beim Korb.

»Na, so zwanzig Stück«, Frau Kuchelka zog einen Schuhkarton vor. Die Kaufmannsfrau sah kurz hinein, auch dieser Karton verschwand unter dem Tresen. Der Kaufmann rollte einen Stoffballen aus.

»Prima Vorkriegsware, reine Wolle, Schottenmuster«, lobte er.

»Gut, fein, den Stoff nehmen wir, für mich und die Mädchen.«

An der Kasse bezahlte der Bauer, der Kaufmann legte seine Kleiderkarte auf den Tisch.

»Hat alles seine Richtigkeit, die Marken nehmen wir von unseren Karten.«

Ludschu bedankte sich, packte das Paket.

»Wir müssen in ein Schuhgeschäft an der Yorkstraße.«

»Schuhgeschäft?« wieder stand die Kaufmannsfrau beim Korb. »Warum wollen Sie so weit laufen? Kommen Sie, kommen Sie, das Schuhgeschäft gleich im nächsten Haus gehört meiner Schwester.«

Sie führte die Bauernfamilie durch den hinteren Eingang in das Schuhgeschäft nebenan. Noch in den hinteren Räumen packte Auguste die beiden Hähnchen aus. Zwei Paar Arbeitsschuhe nahm der Bauer mit, ein Paar auf Bezugsschein mit Unterschrift und Stempel, das andere Paar auf Bezugsschein mit Schnabel.

»Prima, prima«, freute sich die Bäuerin. »Gut, daß ich auf den Max hörte.« Sie zog Kuchenmarken aus ihrer Manteltasche. »Von der Martha«, sie kaufte in einer Bäckerei Schnekken. Im Verkaufsraum griffen sie zu, Ludschu, Auguste und Klara aßen den Kuchen. In einem Eisenwarenladen suchte der Bauer nach einer passenden Sense. Auguste brauchte dringend einen stabilen Schöpflöffel. Die Verkäuferin druckste.

»Alles auf Bezugsschein.«

»Hast du noch etwas?« Der Bauer hob das Nesseltuch vom Korb. Ein halbes Pfund Butter kam zum Vorschein. Mit einer Sense und zwei Schöpflöffeln verließen sie das Geschäft.

»Wir müssen nach Hause«, mahnte der Bauer, doch Auguste brauchte noch einige Kleinigkeiten. Nadeln, Zwirn und Stopfgarn mußte sie haben. »Zum Juden«, Ludschu zeigte auf das kleine Schaufenster nahe der Bismarckstraße. Hier verkaufte eine blonde Frau Kurzwaren. Ihre Schwester war mit einem Juden verheiratet, er durfte das Geschäft nicht betreten. Ob der Mann noch da war? Sie gingen in den Laden.

»Guten Tag«, grüßte der Bauer. Die Frau lächelte.

»Guten Tag«, antwortete sie. Frau Kuchelka fand ein paar Nadeln, etwas Stopfgarn und Zwirn, doch Wolle und Kinderstrümpfe gab es nur auf Kleidermarken.

»Was macht Ihr Schwager?« fragte der Bauer. Die Frau errötete, gab keine Antwort.

»Auf Wiedersehen«, sagte die Bäuerin beim Hinausgehen.

»Auf Wiedersehen«, rief ihnen die Frau nach.

Klara lauschte, was sagte der Bauer? Ihre Schwester ist mit einem Juden verheiratet, ob der noch da war. Ludschu spannte die Pferde vor den Wagen, Auguste und Klara rannten zu den Toiletten, wickelten ihre Schals fest um die Hälse, setzten sich hinten ins Stroh, zogen die Pelzdecke über ihre Füße und rückten eng zusammen. »Haben wir was für die Kinder?« wollte der Vater wissen. »Für jeden eine Schnecke und paar Bonbons«, antwortete die Mutter.

Der Bauer schwang die Peitsche, bergab rollte der Wagen zur Brücke, am Gefängnis vorbei, in Richtung Chaussee. Eine Soldateneinheit marschierte an ihnen vorbei, laut sangen und brüllten die jungen Männer: »Wir werden weiter marschieren, bis alles in Scherben fällt, denn heute gehört uns Deutschland und morgen die ganze Welt.«

»Die armen Soldaten müssen bei Schnee und Kälte marschieren und singen, die armen Soldaten«, wiederholte die Bäuerin, schwieg, vor Müdigkeit fielen ihr die Augen zu.

Gleichmäßig schritten die Pferde vor dem Wagen, ein kalter Wind fegte Schneeflocken über die Felder, Wiesen und Wälder. Am Gefängnis vorbei, über Landstraßen und einzelne Gehöfte, einsamen Bauerndörfern, durch Hohlwege und über Anhöhen rollten sie ihrem Heimatdorf entgegen. Verdammt kalt, murrte Ludschu auf dem Kutschersitz, trampelte mit den Stiefeln, schlug mit den Händen auf seinen Pelz. Auguste zog Klara eine Pferdedecke über den Kopf, wickelte die Pelzdecke um ihre Hüften und ruhte im Stroh. »Ein weiter Weg bis Steinfelde«, hörte Klara, dann schlief die Bäuerin, schnarchte auf dem Kastenwagen.

Es dämmerte, da knallte Ludschu mit der Peitsche. »Aufstehen, wir sind gleich im Dorf.« Klara guckte aus der Decke, Wald, Kiefernbäume an beiden Straßenseiten. »Herrje, herrje, der Steinfelder Friedhof, wir sind gleich zu Hause.« Frau Kuchelka reckte sich, bewegte Arme und Beine. Über die Dorfstraße polterten die Wagenräder. Links ab lenkte der Bauer, hielt weit hinten direkt vor der Scheune.

Klara rannte ins Haus, Frau Kuchelka folgte. Der Sohn Max spannte die Pferde aus, der Vater ging zu den Kühen.

»Papa, alles gefüttert und versorgt«, bestätigte der Sohn.

»Jetzt einen Topf warmen Kaffee, dann in die Federn.«

Frau Kuchelka stand bei ihren Kindern.

»Mama, Kuchen, Schnecken«, bettelte der Jüngste.

Nach dem Abendessen umlagerten die Kinder den Vater. Er öffnete die Pakete, Kinderstrümpfe, Röcke und Strickjakken, einige Meter Wollstoff für Kleider, Arbeitsschuhe für Max und den Vater. Ludschu begutachtete seine neue Stiefelhose, zog die grüne Joppe über.

»Mama, das alles für Bezugsschein mit Schnabel?« grinste der Sohn.

»Eine Ente, zwei Hähnchen, Eier und Butter, jetzt müssen wir sparen, es gibt nicht jeden Tag Fleisch.«

Frau Kuchelka warf den Wollstoff über ihren Rücken.

»Endlich kriege ich ein warmes Winterkleid.«

»Kariert, Schottenmuster, Mama, kein schöner Stoff«, meinte die älteste Tochter.

»Ist egal, Hauptsache warm«, die Mutter war zufrieden.

Opa Saruski kränkelte einige Tage, seine Tochter betreute ihn. Er erholt sich wieder, beruhigte der Bauer seine Frau.

Doch nun, morgens, lag er stumm im Bett, Ludschu faltete die Hände, betete, drückte seine Augen zu. »Der Opa ist verstorben«, erzählten die Kinder in der Schule.

Der Bauer telefonierte mit dem Pfarrer in Baitenberg, legte den Beerdigungstermin fest. Abends ging eine alte Frau durch das Dorf, bat die Leute zur Trauerfeier zu den Kuchelkas. Ludschu ging zum Bürgermeister, bekam zwei französische Kriegsgefangene zur Hilfe. Gemeinsam hoben sie das Grab auf dem Friedhof an der Straße nach Kotten aus. Der Tischler aus Monethen lieferte den Sarg. Opa wurde im Wohnzimmer aufgebahrt, die Fenster waren zugehängt.

»Morgen ist Beerdigung, wo bleibt die Klara?« Aufgeregt, verzweifelt, ratlos sah Auguste auf ihren Mann.

»Sie muß aus dem Haus, ich bringe sie heute abend zu den Jablonskis«, entschied der Bauer.

Frau Kuchelka band Klara einen Schal um den Hals, zog ihr Ellis langen Mantel über.

»Morgen abend hole ich dich ab. Geh, Kindchen, geh, bei der Beerdigung soll dich keiner sehen«, bat sie.

Der Bauer nahm das Mädchen bei der Hand, über den hartgefrorenen Boden schritten sie um das Dorf herum zu den Jablonskis. Klara durfte bleiben, Ludschu versprach, sie am nächsten Tag in den Abendstunden abzuholen.

»Lange können wir sie nicht aufnehmen. Der Polizist kommt bald wieder, er hat unser Radio mitgenommen«, erinnerte der Alte.

Vormittags spannte Max zwei Pferde vor die Kutsche, fuhr nach Baitenberg, holte den Pfarrer ab. Nachmittags versammelten sich Frauen und Männer im Wohnzimmer, der Pfarrer predigte, folgte dem Sarg. Laut sang die Trauergemeinde: »Laß mich gehen, laß mich gehen, daß ich Jesus möge sehen.« Nur wenige folgten bis zum Grab, noch einige Worte des Pfarrers, dann fuhr er mit der Kutsche zu den Kuchelkas. Er aß Fladen, trank Kaffee, erkundigte sich nach den Kindern, wollte kein Geld, nein, er nahm dafür ein Huhn mit. Max fuhr ihn wieder zurück, zu seinen Füßen, neben der Pelzdecke, lag ein braunes Huhn mit gebundenen Flügeln.

»Gott sei Dank, nun ist alles vorbei«, müde fiel die Bäuerin auf einen Küchenstuhl. Der Abend brach an, ein eisiger Wind wehte über den Hof.

»Die Klara, wir müssen das Mädchen abholen.«

»Ich kann nicht mehr, bin müde«, stöhnte der Vater.

Die beiden Töchter zeigten Mut, wollten bei Dunkelheit am Kanal entlang zu den Jablonskis.

»Mama, wir kennen den Weg, und zurück sind wir zu dritt, ich habe keine Angst«, gab die älteste Tochter den Eltern zu verstehen.

Sie zogen ihre warmen Sachen an, Kapuzen über die Köpfe, Fausthandschuhe auf die Hände, verschwanden über die Dorfstraße in das Birkenwäldchen.

»Vorsicht, Vorsicht, geht nicht an den Kanal«, warnte der Vater.

Max sah seinen Schwestern nach. »Ich bin kaputt, zweimal nach Baitenburg mit der Kutsche, lange auf dem Friedhof herumgestanden. Ich gehe schlafen.«

Heta hängte sich an den Arm ihrer Schwester. »Noch ist es nicht dunkel, ich kann weit sehen«, sie versuchte ihre Ängste zu verbergen. Elli schritt zu, fast rannte sie. Tief Luft holend, klopften sie an die Haustür. Oma Jablonski öffnete, führte die Mädchen zu ihrem Mann an den Kachelofen. Klara kam ihnen entgegen. »Elli, Heta«, das Mädchen freute sich.

»Groß und hübsch seid ihr geworden, die Auguste und der Ludschu haben feine Marjellen.«

»Grüßt die Mutter und den Vater«, sagte Opa Jablonski.

Die Oma steckte ihnen ein Päckchen zu. »Fladen für die Mama zum Schmecken.«

Klara drückte den Alten die Hände. »Danke, danke«, flüsterte sie und eilte zur Haustür.

Vorn die Heta, dahinter die Klara, am Ende die Elli, so schritten die drei auf dem schmalen Trampelpfad. Ängstlich sah sich Heta um. Klara sagte nichts, doch Elli sprach vor sich hin. »Es ist nicht weit, wir sind gleich auf unserem Hof.« Hell glänzten die Birken im Mondschein, der Wind zischte, Schneeflocken fielen auf die Erde. Über die Dorfstraße rannten sie auf den Hof. Vor der Kartoffelküche wartete der Vater. »Schnell ins Haus, Gott sei Dank, daß ihr da seid, nun wird es Winter.« Er verriegelte die Tür.

☆

Frau Kuchelka machte ein sorgenvolles Gesicht, der Krieg nahm kein Ende, die Gerda und die Martha meldeten sich nicht. Wieder setzte der Winter frühzeitig ein. Hitlerjungen und BDM-Mädchen gingen von Haus zu Haus, sammelten Pelze, Wollhandschuhe, Kopfschützer und warme Socken für die Soldaten. In der Schule wurde eine Nähstube eingerichtet, unter Anleitung der Lehrersfrau nähten und strickten Frauen und Mädchen Winterkleidung für die Front. »Ich habe eine große Familie, die Kinder sind noch klein, muß morgens, mittags und abends die Kühe melken«, so redete sich Frau Kuchelka heraus, hatte keine Zeit für die Nähstunden. Die beiden Mädchen und der Ottek gingen zur Schule. Ludschu, Max und der Franzose fällten Erlenbäume am grünen Grund, sägten und hackten Holz. Klara blickte scheu durch die zugefrorenen Fenster auf die Dorfstraße, verkroch sich in den Stall, fütterte die Hühner und Gänse, half Max in der Scheune am Rübenschneider.

»Versteck dich, laß dich nicht an der Straße sehen, wenn du hinter die Scheune gehst, zieh Ellis Mantel und Mütze über, noch weiß es keiner, daß du wieder bei uns bist. Klarachen, im Winter herrscht Ruhe im Dorf, doch was wird im Frühjahr?« Frau Kuchelka zog dem Mädchen eine Stoffkapuze tief ins Gesicht. »Klarachen, so erkennt dich keiner, siehst wie Heta oder Elli aus.«

Klara fügte sich, manchmal zitterten ihre Knie. Wie gern wäre sie zur Schule gegangen. »Versteck dich, geh nicht an die Straße, zieh Ellis Mantel an, versteck dich, versteck dich«, so klang es immer wieder in ihren Ohren.

Wenn sie vormittags allein im Stall war, wanderten ihre Gedanken nach Berlin. Vater und Mutter, der Großvater, ihre Verwandten, was war aus ihnen geworden? Martha, die Tante Martha fiel ihr ein. »Bleib hier, mußt alles hinnehmen, ertragen, den Krieg überstehen. Wenn sie dich kriegen, bist du verloren. Verbrecher«, schimpfte Martha, spuckte zu Boden.

Der französische Kriegsgefangene sprach ihr Mut zu, schenkte Klara Schokolade und Kekse. »Hier gutt, nix Bomben, Krieg bald Schluß«, gab er ihr zu verstehen.

Max überraschte beide im Stall. »Na, Franzmann, was

erzählst du für Heldentaten? Gekämpft hast du nicht, hast dein Vaterland vergessen, bist rückwärts gerannt, ihr habt den Krieg verloren.«

Rémy grinste und zog sich zurück.

Max trug an den Wochenenden eine braune Uniform, er war stellvertretender Kameradschaftsführer bei der Hitlerjugend, doch zu ihm hatte Klara Vertrauen. »Scheiß-Dienst«, murrte er, doch wenn aus dem Nachbardorf der Scharführer kam, schlug er die Hacken zusammen, stand stramm.

»Verstecken, immer gucken, sehen, ob keiner kommt. Mama, manchmal kann ich nicht weiter.« Klara weinte. Auch Frau Kuchelka liefen die Tränen über die Wangen, doch einen anderen Weg fanden sie nicht.

Soldaten zogen ins Dorf. Mit dem Bürgermeister ging der Quartiermeister von Haus zu Haus, sie suchten nach Unterkünften. »Wir haben keinen Platz, unsere Familie ist groß, die Kinder klein, wir können keinen aufnehmen«, bat und flehte Frau Kuchelka. Der Quartiermeister musterte das Altenzimmer, winkte ab. Keine Heizung, die kleinen Kinder vor seinen Füßen, er marschierte weiter.

»Gott sei Dank, sie sind fort, jetzt im Winter Einquartierung, im Altenzimmer ist der Kachelofen kaputt. Und die Klara, wo wäre das Mädchen geblieben.« Frau Kuchelka sprach lange mit ihrem Mann, dann arbeiteten die Männer in Opas Zimmer, schlugen den Kachelofen entzwei, stellten einen kleinen, eisernen Ofen auf. Die Mädchen scheuerten den Fußboden, der Vater kalkte die Wände, stellte Hetas Bett dazu. Nun schliefen sie in einem Zimmer.

Wenn der Kanonenofen glühte, sie gemütlich zusammensaßen, wurden Elli und Heta neugierig, fragten Klara nach ihrem Elternhaus, den Verwandten, wie es im Internat zuging. Sie erzählte aus Berlin, von ihrer Villa mit Licht und Wasserleitung, Toilette und Badezimmer. Vom Gartenhaus sprach sie, erwähnte Köchin, Kindermädchen und Gärtner. Aus dem Internat an der Nordsee berichtete sie. Wie Märchen kamen ihnen Klaras Erzählungen vor. Immer wieder fragten sie, ob wirklich warmes Wasser aus den Leitungen in der Wand kam. Nein, so einen Wohlstand kannten sie nicht. Zwei Waschschüsseln standen der ganzen Familie zur Verfügung. Wenn sie mal baden wollten, stellte die Mutter die alte Zinkbadewanne in die Kartoffelküche, machte im Kessel Wasser warm und verschloß die Tür. »Waschschüssel, ein Stückchen Seife, Handtücher für jeden Gebrauch, bei uns gab es so etwas nicht. Besonders im Winter fällt mir das Waschen schwer«, meinte Klara.

»Im Sommer gehen wir zum Kotter See oder wir baden im Rowek. Mensch, Klara, wenn der Winter nur vorbei wäre«, versuchte Elli von der Armut im Hause abzulenken.

Mittags klopfte Briefträger Luck gegen die Tür, trat über den Flur direkt in die Küche, stellte seine Posttasche auf die Dielen, legte Handschuhe und die Mütze darauf, sank in einen Stuhl.

»Kommen Sie, kommen Sie, Herr Luck, ziehen Sie Ihre Stiefel aus, wärmen Sie die Füße. Haben Sie es durch den hohen Schnee geschafft«, Frau Kuchelka stellte ein Paar Holzklompen an seinen Stuhl. Luck bewegte die Stiefel, die Füße waren warm, doch die Posttasche schwer, er mußte etwas Luft holen.

»Ich habe was für euch, für dich«, verbesserte er sich, griff in die Ledertasche. »Einen Brief, Feldpostbrief von der Martha.«

»Werde ich mittags zusammen mit dem Ludschu aufmachen«, bemerkte sie, überlegte, sprach weiter: »Meine Schwester ist dienstverpflichtet bei der Reichsbahn, begleitet Transporte bis weit in den Osten, manchmal werden sie von Tieffliegern und Partisanen beschossen, sie muß Tag und Nacht Dienst tun, die Martha kämpft wie unsere Soldaten an vorderster Front.«

Frau Kuchelka stellte eine Tasse Kaffee auf den Küchentisch, der Briefträger packte seine Stullen aus, aß und trank. Gestärkt erhob er sich, hängte seine Tasche um, hielt die Mütze und die Handschuhe in den Händen, guckte durch den Flur, drehte seinen Kopf, als suchte er etwas.

»Das Mädchen, die Klara, wo steckt sie?« fragte er leise.

Auguste erschrak, hielt eine Hand vor ihren Mund.

»Die Klara, das arme Kind, Marthas Tochter, das arme Mädchen, das Kindchen«, wiederholte sie, wurde nachdenklich, schwieg, sah zu Boden, dann faßte sie sich. »Kennen Sie meine Schwester, haben Sie ihre Tochter gesehen?«

Luck wiegte seinen Kopf. »Jeden Tag gehe ich von Dorf zu Dorf, von Haus zu Haus, mir bleibt nichts verborgen.«

»Oh, Gott, Erbarmung, nichts sagen, nuscht dem Lehrer, nuscht dem Polizisten, das Mädchen ist wieder in Berlin.«

Briefträger Luck drehte sich vor der Haustür nochmals um.

»Sie ist in Berlin! Meine Tochter sitzt auf dem Schlitten hinter der Scheune.« Er hob seine Hand, zeigte über den Hof.

»Nichts dem Polizisten sagen, der Feldmann würde sie sofort grapschen, der hat den Jablonskis das Radio weggenommen, will sie einsperren lassen, jagt die polnischen Mädchen mit dem Gummiknüppel. Herr Luck, Sie sind ein frommer Mann, verraten Sie uns nicht«, bat die Bäuerin.

»Augustchen, ich bin seit Jahren Beamter und Mensch geblieben. Und der Feldmann«, er lächelte, seine Goldzähne wurden sichtbar, »der weiß genau, wie weit er zu gehen hat. Das Radio von den Jablonskis steht in seinem Dienstzimmer, den Vorfall hat er nicht weiter gemeldet, den Jablonskis passiert nichts. Augustchen, den Mund halten, wir arbeiten für den Führer und den Sieg. Heil Hitler!« rief er, stampfte durch den Schnee zur Dorfstraße.

Die Bäuerin rannte zur Küche. Der Briefträger weiß Bescheid. Na gut, der Luck wird uns nicht anschwärzen. Was erzählte er vom Polizisten aus Monethen? Das Radio stand in seinem Dienstzimmer, das wollte sie den Jablonskis erzählen, sie beruhigen. Er hat sie bei der Kreisleitung nicht gemeldet. Sie griff den Brief, setzte sich an den Küchentisch.

Feldpostbrief stand auf dem Umschlag großgedruckt. Es war Marthas Schrift. An Frau Auguste Kuchelka in Steinfelde, Kreis Johannisburg. Doch den Absender konnte sie nicht entziffern. Mein Gott, was hat die Martha da gekritzelt. Sie riß den Umschlag auf, in sauberer Schrift stand ganz oben: »An alle meine Lieben. Auguste, Klara, Ludschu, Vater und die Kinder.« Sie übersah das linierte Blatt, unten war die Schrift nicht mehr zu lesen. Was schrieb die Schwester ihr für dummes Zeug, Auguste begriff, verstand die Zeilen nicht, legte den Brief auf den Tisch, packte wieder zu, las ihn nochmals. Ihr Mann und der Sohn Max kamen in die Küche. Auch Klara stand rotgefroren am Herd, wärmte ihre

Hände. »Ludschu, komm, hilf mir, ich kann Marthas Schrift nicht entziffern.«

Der Vater versuchte, den Brief laut vorzulesen, verstummte, schüttelte seinen Kopf, nochmals begann er von vorn. Max stellte sich zu ihm, überflog die Zeilen. »Das kann doch keiner lesen, war Tante Martha betrunken?«

Auch Klara versuchte es, sie kam nicht weiter.

Nach dem Mittagessen saß der Bauer über dem Brief, siehe da, er kam weiter, nun las er seiner Frau fast sämtliche Zeilen vor: Martha bedankte sich für Klaras Aufnahme, wünschte ihnen Gottes Segen und ein glückliches Kriegsende. Sie schimpfte auf die Partei und den Führer, nannte die Bonzen Verbrecher, wünschte ihnen den Galgen. »Warum hat der liebe Gott das zugelassen?« entzifferte Ludschu.

»An meine Klara«, stand ganz unten. »Wenn der grausame Krieg vorbei ist, fliehe, geh fort aus dem Land, weit über das Wasser, in eine fremde Welt.« »Ich bin fertig, wir sehen uns nicht wieder«, entdeckte Ludschu in einer Briefecke.

»Ein furchtbarer Brief, die Martha geht in den Tod, so schreibt kein Betrunkener«, davon war der Schwager überzeugt. Seine Frau und Klara weinten. Ottek fragte: »Kommt Tante Martha nicht mehr, bringt keine Schokolade und Kekse?« Elli und Heta wollten den Brief lesen, der Vater öffnete den Herd, warf ihn hinein. »Nichts für euch, wir wollen abwarten, irgendeine Nachricht werden wir erhalten.«

☆

Im Dorf war Einquartierung, eine Infanteriekompanie suchte Ruhe und Entspannung, die jungen Soldaten glitten auf Skiern, durch Schneehemden getarnt, über die Wiesen zum Kiefernberg. Hier übten sie mit umgehängten Waffen durch den Schnee zu gleiten. In den Abendstunden versammelte sich die Dorfjugend an der Dorfstraße vor der Kieskaule. Auf Skiern, teils auf Tonnenbrettern, zeigten Mädchen und Jungen ihre Fahrkünste. Max sauste auf seinen Skiern über die Dorfstraße bis weit in das Birkenwäldchen. Heta und Elli auf Faßbrettern hinterher. Die Soldaten amüsierten sich, Mädchen und junge Frauen fanden Abwechslung in den trüben Wintertagen. Manche junge Frau vergaß ihren gefallenen Mann oder Verlobten, lud die Soldaten zu sich ein. »Im Dorf ist was los«, erzählten die Kuchelka-Mädchen. Die Mutter schimpfte. »Grünschnäbel, steckt eure Nasen in die Fibel, denkt an die Schularbeiten.«

Klara blickte traurig durch das Stubenfenster. Erst, wenn die Dorfkinder verschwanden, traute sie sich heraus, zog Ellis Mantel an, sauste mit dem Ottek den Hang hinunter.

»Bald ist Weihnachten«, stöhnte Frau Kuchelka, »wir haben kein Mehl, keinen Zucker. Von was soll ich Kuchen backen?«

Über Nacht verließen die Soldaten das Dorf, Stille herrschte wieder auf den Höfen. Kein Auto, kein Lastwagen, nicht einmal ein Radfahrer war auf der Straße zu sehen. Hier und dort ertönte ein Glöckchen, Schlitten, mit Holz beladen, von dampfenden Pferden gezogen, glitten durchs Dorf. Die Bauern versorgten sich mit Brennholz. »Kalt, verdammter Winter, wieder viel Schnee und ein starker Frost.«

Ludschu Kuchelka und der Franzose sägten und hackten Erlenholz für den Backofen und den Küchenherd. Klara und Max hantierten im Stall, zerkleinerten Rüben zu Viehfutter, tränkten die Kälber, fütterten die Hühner und die verbliebenen Zuchtgänse und Enten. Heta, Elli und Ottek gingen regelmäßig zur Schule, die Mutter trug Mehl, Zucker und Margarine zusammen, das Weihnachtsfest stand vor der Tür. Sie wollte Fladen backen, vielleicht langte es auch für ein Blech Pfefferkuchen. Grobes Roggenmehl war genug da. Frau Kuchelka guckte auf den Dachboden, nur noch eine Gans und zwei Enten hingen im Vorrat, die reichten gerade bis zum Fest. Was sollte sie in den anderen Monaten in den Kochtopf legen?

»Ludschu, Ludschu, wir sind eine große Familie, der Franzose kriegt regelmäßig sein Essen, die Klara wird immer größer.«

»Ludschu, Max und die Mädchen wollen beschmiertes Brot und Fleisch zum Mittag.«

»Ludschu, was soll ich nach dem Fest ins Essen tun? Wir haben kein Fleisch«, stöhnte sie.

Der Bauer zuckte mit den Schultern. Das eine Kalb und

die beiden Schweine mußte er im Herbst abliefern, zum Schlachten hatte er nichts. Ihnen stand nichts zu, noch aus der letzten Frühjahrsschlachtung sollten sie mit Fleisch versorgt sein. Seine Frau trat dicht an ihn heran.

»Sie schlachten alle schwarz, hauen einem Schwein oder Kalb einen vor den Kopf, verstecken das Fleisch im Keller, leben prima den ganzen Winter, fressen sich aus, halten den Schnabel.«

Der Bauer überlegte. »Die beiden Schweine, Läufer, sollten noch größer werden.«

Max kam dazu: »Schweinebraten zu Weihnachten, Mama, jetzt im Winter könnte ich sofort zubeißen.«

Mehrmals sprachen Mutter, Vater und Sohn darüber, wurden sich einig, ein Läufer sollte schwarz geschlachtet werden. Als der Franzose dem Nachbarn beim Dreschen half, schlug Ludschu frühmorgens mit der Axt zu, stach das kleine Schwein ab, zerstückelte es, legte das Fleisch zum Abkühlen in die kalte Scheune. Zu Mittag war der Stall sauber aufgeräumt, das Fleisch in Steintöpfen im Keller versteckt, mit Wruken und Runkeln umstellt. Zum Essen gab es Kumst mit Schweinefüßen. Hungrig aus der Schule langten die Kinder zu.

»Mama, mehr, mehr«, stotterte der Ottek.

»Ist noch vom vorigen Jahr, habe ich im Keller in einem Steintopf gefunden, schmeckt prima«, bemerkte die Mutter.

Max sah auf Klara und griente. Über die blassen Wangen des Mädchens zog ein gezwungenes Lächeln. Elli bemerkte es.

»Habt ihr beide Geheimnisse?« Sie wandte sich an den Bruder.

Max zog seinen Kopf ein. »Zu Weihnachten gibt es Schweinebraten. Mama hat einen ganzen Schinken im Keller versteckt gefunden.«

»Ist das wahr?« Die Tochter blickte zur Mutter.

»Du Lorbaß«, die Mutter drohte.

»Keinen Schinken, nur bißchen Bauchfleisch mit Füßchen«, redete sie sich heraus.

Es ließ sich nicht verheimlichen, bald wußten es auch die beiden Mädchen. Nur der jüngste Sohn blieb im Unklaren, er erfuhr nichts, Ottek war noch klein, er plapperte vieles aus.

Rémy, der französische Kriegsgefangene, zeigte auf die halbleere Schweinebucht. Nur ein Läufer bewegte sich. Max tat ahnungslos, Klara machte eine Handbewegung, als wäre das Schweinchen weg, fortgeflogen. Die Bäuerin und den Bauern fragte er nicht, doch Rémy merkte, nun gab es öfters zu Mittag Kohl oder Wruken mit Schweinebauch.

☆

Der Tannenbaum stand in der Küche, geschmückt mit Schafswollflocken, Strohketten und wenigen Kerzen. Auf dem Tisch stand eine Petroleumlampe, im Herd prasselte das Erlenholz, es war gemütlich warm. Der Vater las die Weihnachtsgeschichte vor, betete, bat um Frieden und ein glückliches Kriegsende. Die Mutter brachte aufgeschnittene Fladen, legte auf jeden Platz ein Stückchen Pfefferkuchen, goß in die Tassen verdünnten Rotweinpunsch. Gerda hatte eine Flasche Rotwein beim letzten Urlaub zurückgelassen, die Kinder langten zu, fragten weder nach Süßigkeiten noch Äpfeln, sie wußten, es war nichts im Hause.

»Wir müssen alles abliefern, es reichte gerade für bißchen Kuchen«, sagte die Mutter.

Sie trug ein Wollkleid mit Schottenmuster. Elli, Heta und Klara bewunderten ihre Röcke aus dem gleichen Wollstoff, die ihnen Oma Jablonski genäht hatte. »Fein seht ihr aus, was man in Lyck für Bezugsschein mit Schnabel alles kriegen kann«, lästerte Max.

Die Mutter strich ihr Kleid glatt. »Endlich habe ich was Warmes zum Anziehen, am liebsten würde ich es nicht ausziehen.«

Ottek klapperte auf den Dielen mit seinen Holzklompen, zog die grauen Wollstrümpfe über die Knie. Die Strümpfe und Klompen hatte er von Opa Jablonski bekommen. Der Vater las aus der Bibel, sie sangen Weihnachtslieder, zwischendurch lärmten die Kinder, das war Heiligabend im Kriege. Die Mutter erwähnte den grausamen Krieg, sprach von ihrem gefallenen Sohn Horst, wies auf den komischen Brief von Tante Martha, erwähnte ihre Tochter Gerda, von der keine Post kam, die wahrscheinlich auf einem Hauptverbandsplatz in Rußland arbeitete. »Ein furchtbarer Krieg, viele Männer aus unserem Dorf sind gefallen, jetzt zieht man sogar die älteren Bauern ein.« Sie blickte auf ihren Mann. »Nur gut, daß wir unseren Vater zu Hause haben.«

Ludschu nickte. »Noch bin ich hier, doch wer weiß wie lange, vielleicht muß ich auch noch ran.«

»Papa«, die älteste Tochter setzte sich zu ihrem Vater, »wir brauchen dich, außerdem bist du zu alt, der Führer wird euch Bauern in Ruhe lassen.«

Sie wandte sich zu ihrem ältesten Bruder. »Der Max hat noch ein paar Jahre Zeit. Wenn er an die Reihe kommt, ist der Krieg siegreich beendet.«

»Siegreich beendet?« die Mutter zog ein ernstes Gesicht. »Der Junge ist gerade ein Jahr aus der Schule, sie sollen Kinder in Ruhe lassen.«

»Max meldet sich freiwillig, geht zur Waffen-SS, wie unser Horst«, sprach Elli dazwischen.

Die Mutter wurde böse. »Was plapperst du für dammliges Zeug, hörst so etwas bei den Jungmädels oder von dem HJ-Führer aus Lindensee?«

Klara stieß Max in die Seite. »Wirst du dich später freiwillig zu den Soldaten melden?«

Er zögerte, beobachtete seine älteste Schwester. »Freiwillig? Nie, niemals«, antwortete er.

Enttäuscht richtete Elli ihre Augen zu Boden, ihr Bruder war kein Held.

Der Vater fuhr dazwischen: »Still, Ruhe, es ist Heiligabend, wir haben genug erlebt, vom Krieg reden wir heute nicht.«

Doch nicht lange, da seufzte seine Frau: »Mein Horst kommt nicht wieder, die Martha, Herrgott, was schrieb sie für einen Brief. Die Gerda, warum hat sie sich freiwillig zum Roten Kreuz gemeldet?«

Klara und Max unterhielten sich leise, flüsterten, es ging um Soldaten, Krieg und Hitlerjugend. Elli lauschte. Was Klara zu Max sagte, gefiel ihr nicht. So redete sie auch heimlich mit dem französischen Kriegsgefangenen, der machte mies, sagte, Hitler-Deutschland verliert den Krieg, und Klara lachte höhnisch. »Unser Führer Adolf Hitler wird uns den Endsieg bringen«, sprach sie laut, zog ein grimmiges Gesicht, sah auf Klara und ihren Bruder.

»Ruhe, es ist Weihnachten, wir singen Stille Nacht, Heilige Nacht«, der Vater stimmte an. »Stille Nacht, Heilige Nacht«, klang es durch die Küche.

Danach saßen die Kinder um den Tisch, tuschelten, beratschlagten, wollten am ersten Feiertag zum Lindenseer See Schlittschuhlaufen, mit den Mädchen und Jungen des Nachbardorfes Eishockey spielen. Spät abends zog Elli das Zudeck über den Kopf, durch das Sprossenfenster kam eiskalte Luft. An der Tür schlief ihre Schwester, gegenüber in einer Ecke stand das Bett von Klara. Klara, Klara, manchmal verstand sie das Mädchen nicht, wurde richtig böse. Was mußte sie mit dem französischen Kriegsgefangenen tuscheln. Miesmachen, gegen die Partei und den Führer reden. Jetzt auch noch den Max beeinflussen. Doch wie schimpfte die Mutter. »Seid gut zu dem Mädchen, Klara hat kein Zuhause, keine Eltern, ist alleine auf der Welt.«

Max schnallte seine Skier an, glitt über Sümpfe und Wiesen zum Kiefernberg. Hier traf er seine Kameraden aus der Hitlerjugend. Sogar Mädchen und Jungen aus den Nachbardörfern Lindensee und Monethen. Sie sausten den Hang hinunter bis hinter Sawatzkis Roßgarten in das Schilf am See. Ältere Mädchen und Jungen gesellten sich zu ihnen, Frauen in Reichsarbeitsdienstuniform, Soldaten der Luftwaffe, Marine und des Heeres. Sie kannten sich aus der Schule, vom gemeinsamen BDM- und HJ-Dienst.

»Warst du schon beim Reichsarbeitsdienst?« fragte ihn ein Bauernsohn aus Lindensee, der seinen rechten Arm in einem Dreieckstuch vor dem Bauch trug, er war auf Genesungsurlaub.

»Noch nicht, ich muß warten, bin erst fünfzehn«, antwortete Max.

»Du bist aber groß und stark«, wunderten sich die Urlauber. »Wirst bald Soldat, der Führer braucht jeden Mann«, gaben sie ihm zu verstehen.

Max stieß die Stöcke in den Schnee, flüchtete durch Schilf und Weidenbüsche direkt auf den See. Etwas versteckt, dicht am Waldesrand, lag das Eishockeyfeld. Hier spielten seine Schwestern mit Mädchen und Jungen Hockey. Er schnallte die Bretter ab, zog sein Taschenmesser heraus, schnitt sich einen krummen Weidenstock ab. Er glitt über das Eis, stellte sich hinter ein Tor, staunte, auf dem Bauch lag sein Bruder. Ottek hielt ein Brett in den Händen, er war Tormann.

»Steh auf, die großen Jungen schlagen dir den Stein ins Gesicht.« Max schob ihn zur Seite, stellte sich ins Tor, schon knallte der Puck gegen seine Füße.

»Der Kleine ist klasse, hält prima«, lobten die Mädchen und Jungen. Ottek ließ sich nicht verdrängen, mit dem Brett in den Händen hielt er sein Tor rein.

»Habt ihr kein Brikett oder eine Holzscheibe?« Max warf den Stein ins Schilf.

»Hau ab, Spielverderber«, schimpften die Jungen, spielten mit einem anderen Stein weiter.

Als es dämmerte, rief Max seine Schwestern, sie stampften durch den Schnee nach Hause. Auf dem Kiefernberg stellte sich Ottek hinten auf seine Skier, umklammerte Max, gemeinsam sausten sie den Hang hinunter, dem Dorf zu. In der Kartoffelküche stand Klara. »Schade, ich wäre so gerne mitgekommen.« Max tröstete sie. »Morgen bekommst du meine Schlittschuhe, kannst auf dem Teich hinter der Scheune Kurven drehen.«

»Schlittschuhlaufen, Kurven drehen, kann sie gar nicht, fällt auf den Dups, in Berlin gab es keinen Winter.« Elli war es, die wieder höhnte und stichelte.

Max stellte seine Skier in den Schuppen.

»Komm, Klara, wir spielen mit Mama und Papa Mensch-ärgere-dich-nicht.«

»Ich auch, ich mach' mit«, rief der kleine Ottek.

☆

Jeden Vormittag beobachtete Frau Kuchelka die Dorfstraße, sie wartete auf Post von ihrer Tochter Gerda, doch der Briefträger ging am Haus vorbei. Endlich, es war mitten im kalten Januar, bog Luck zum Hoftor, sofort rannte sie ihm entgegen, nahm den Brief, eilte in die Küche. Post von der Gerda. Klara, Max und der Vater warteten, bis sie den Umschlag aufriß und laut vorlas. Zwei lange Seiten schrieb die Tochter, schilderte ihren schweren Dienst auf einem Hauptverbandsplatz im Osten, schrieb von Pflichterfüllung, Aufopferung bis zum Endsieg. Die Mutter las, weinte, las weiter, die Zeilen nahmen kein Ende. »Mama, ich war auf einem vordersten Verbandsplatz eingesetzt, habe dafür das Eiserne Kreuz erhalten, trage es stolz neben meinem Parteiabzeichen.« Sie bestellte Grüße an Papa und die Geschwister, Klara erwähnte sie nicht. Die Schlußzeilen las Frau Kuchelka mehrmals unter Tränen. »Wenn mir etwas zustoßen sollte, Mutter, vergiß mich nicht, ich tat es für Euch, für eine bessere Zukunft, für Großdeutschland, den Führer und den Endsieg.«

»Gerda, Gerda«, Ludschu schüttelte seinen Kopf. »Das Mädchen kennt nur die Partei und den Führer.«

Frau Kuchelka nahm den Brief an sich. Wenn sie allein war, holte sie ihn vor, las und heulte. »Gerda, meine arme Tochter, ob ich dich jemals gesund wiedersehe.«

Ende des Monats stand Briefträger Luck in der Küche. »Eine Unterschrift, ein Einschreibebrief für dich, Augustchen.«

»Für mich ein Einschreiben?« Die Bäuerin musterte den Umschlag. »Deutsche Reichsbahn, ein Stempel mit Hakenkreuz und Hoheitsadler. Von meiner Schwester Martha, sie ist dienstverpflichtet bei der Eisenbahn. Na, fein, daß das Marthchen sich meldet.«

»Deutsche Reichsbahn, muß etwas Wichtiges sein«, bemerkte der Briefträger, setzte seine Mütze auf und ging.

Sie öffnete den Umschlag, hielt einen Brief mit Schreibmaschinenschrift in den Händen. »Sehr geehrte Frau Kuchelka, leider müssen wir Ihnen eine traurige Nachricht geben. Ihre Schwester Martha Saruski ist als vermißt gemeldet. Sie kam von einem Transport in den Osten nicht zurück.« Frau Kuchelka ließ den Brief fallen. Herrgott, schlimmer kann es nicht mehr kommen. Sie setzte sich an den Küchentisch, stützte ihren Kopf in beide Hände.

Ihr Mann kam rein. »Was ist? Ist etwas passiert? Woher kommt der Brief?«

Seine Frau schwieg, verdeckte ihr Gesicht und weinte. Ludschu las, legte den Brief weg, hielt ihn wieder vor seine Augen.

»Vermißt, wohin begleitete Martha die Züge, nach Polen oder Rußland? Vermißt, das kann auch gestorben, gefallen heißen. Wer weiß da etwas Genaueres.«

Klara heulte, Max hatte feuchte Augen, sogar Elli und Heta bedauerten Tante Martha.

»Mama, wo ist Martha?« fragte der Jüngste, die Mutter blieb stumm, ging tagelang mit feuchten Augen durch das Haus.

☆

Tage und Wochen vergingen, die Sonne schien wärmer, der Schnee schmolz, das erste Grün wurde auf dem Kiefernberg sichtbar, da hatte Max Geburtstag. Die Mutter buk einen Fladen, brühte Kaffee aus Kornfrank und Zichorie, die ganze Familie saß am Küchentisch und feierte. Sogar der Franzose aß ein Stück Fladen, zog sich schnell in seine Kate zurück, seine Zeit bei den Kuchelkas war um. Rémy sollte zu einem Bäcker nach Gehlenburg. »Dein Sohn ist groß, du brauchst keinen Kriegsgefangenen, der Franzose soll für unsere Soldaten Brot backen«, so begründete es der Ortsbauernführer.

»Laß ihn gehen«, meinte Max, nur Klara schaute etwas bedrückt, Rémy würde ihr fehlen.

Der Vater musterte seinen Sohn, Max war gewachsen, groß und kräftig. Seine Figur, der Gang, er ähnelte Ludschu. Nicht mehr lange, die Wehrmacht holte ihn und er müßte Soldat werden. Die Mutter merkte, daß ihr Mann sorgenvoll den Sohn betrachtete.

»Er ist gerade sechzehn, noch ein richtiger Junge, der Reichsarbeitsdienst, die Soldaten, das hat noch Zeit.«

»Max meldet sich freiwillig, er geht zur Waffen-SS«, vorlaut sprach die älteste Tochter.

»Halt den Schnabel, steck deine Nase in die Fibel«, fuhr die Mutter böse dazwischen.

»Freiwillig?« der Bruder zeigte keine Lust, »wenn schon, dann nur, wenn ich nicht zum Reichsarbeitsdienst bräuchte, und nur zur Luftwaffe.«

Er zog an seinem Hemdkragen. Schlipssoldat, Flugzeugführer wollte er werden.

»Prima, gut, Max«, Klara stand ihm bei.

Elli brachte die Nachricht aus der Schule. Ein Junge aus dem Nachbardorf verriet ihr das Geheimnis. Am Lindenseer See konnte man Fische packen, der strenge Winter, das dicke Eis nahmen den Fischen die Luft weg, nun drängten sie zur offenen Stelle am Kanal. Die großen Hechte wären tot, doch kleine Fische schwammen benommen, schnappten nach Luft bis weit in den Kanal hinein. Elli erzählte davon zu Hause. Die Mutter ließ keine Ruhe. Jetzt einige Hechte oder Schleien, sie würde Fischsuppe kochen, Bratfisch machen, Fisch, Fisch, lange sahen sie nichts davon. Der Vater überlegte, suchte den kurzen Dunghaken und zwei Kartoffelsäcke vor, zog seine langen Stiefel an, wanderte mit seinem Sohn um das Dorf, schlich beim letzten Bauernhof in die Kaddigen. Auf den Wiesen lag Eis und Schnee, nur hier und dort zeigten sich grüne Stellen. »Die Fische bekommen keine Luft, ziehen in den Kanal. Vor Jahren haben die Lindenseer zugegriffen, mit Pferdewagen Hechte und Schleie abgefahren. Die großen sind meist tot, wir nehmen nur die kleinen, mittleren.«

Es dämmerte, als sie beim Kiefernberg zum See gingen. Da, der Bauer Sawatzki kam mit einem Rucksack auf dem Rücken entgegen.

»Jede Menge Fische, Ludschu, laß dir Zeit, vorsichtig, im Schilf gibt es offene Stellen. Geht nicht zum Kanal, dort schubsen sich die Leute gegenseitig ins Wasser.« Er zeigte auf einen Weidenbusch. »Dahinter ist eine offene Stelle, da habe ich mir die besten ausgesucht.«

»Danke, danke«, Ludschu hob seine Rechte, schritt zu, Max rannte hinterher.

Sie standen hinter dem Weidenbusch, beobachteten die Kanalbrücke. Frauen und Männer rannten hin und her, sogar französische Kriegsgefangene in ihren braunen Mänteln erkannten sie. »Vorsicht, langsam«, Max trampelte neben seinem Vater. Das Eis im Schilf hielt. Sie standen vor einem Schilfberg, dahinter erblickten sie offenes Wasser. Ludschu erschrak, riesige Hechte lagen mit ihren weißen Bäuchen nach oben reglos da. Er legte sich lang, packte den Dunghaken, schob die großen, toten Fische zur Seite, langte ins Wasser, zog kleine und mittlere Fische ins Schilf. Sie zappelten, rissen ihre Köpfe auf. Max griff zu, packte die Fische in die Säcke.

»Nur die lebenden, die kleinen und mittleren«, mahnte der Vater. Der Sohn kniete im Schilf, schwitzte vor Aufregung, der Vater lag ruhig auf dem Bauch und zog die Fische heraus. »Hechte, Barsche, Schleie, ein Aal«, freute sich der Sohn.

»Genug, meine Hände sind steif.« Ludschu erhob sich, steckte die Hände in die Hosentasche, trampelte sich im Schilf warm.

Der Mond stand am Himmel, als sie die steifgefrorenen Säcke über ihre Schultern warfen. »Ab, weg, schnell nach Hause.« Vater und Sohn marschierten los. Vom Kiefernberg blickten sie zum See zurück. Im Mondschein bewegten sich Gestalten durch die Erlen und Birken.

»Immer mehr Leute rennen zum Kanal, wollen Fische packen«, sagte der Vater.

»Wenn das der Fischer erfährt«, antwortete der Sohn.

»Wenn der Pächter morgen aus Klaußen kommt, ist alles vorbei, bis der Polizist es erfährt, sind die Fische verarbeitet, gegessen oder in den Kellern versteckt.«

In der Kartoffelküche zog der Vater eine Zinkwanne vor, leerte die Säcke. »Fische, so viele Fische«, die Kinder wunderten sich, Ottek hielt Abstand, die Hechte könnten ihn beißen. Klara stand bei der Wanne. »Mama, Mama, was willst du damit anfangen?«

Frau Kuchelka riß den Mund auf, mit so einer Menge hatte sie nicht gerechnet.

»Morgen müßt ihr mir alle helfen«, bat sie.

»Morgen, nein«, der Vater trat dazwischen, »wir ziehen uns um, gleich, sofort gehen wir ran, die Fische müssen weg.«

Er griff paar kleine Hechte und Schleie, warf sie in einen Kartoffelkorb.

»Max, zieh dich um, bringe sie den Jablonskis, sie werden sich freuen.«

Ludschu stand neben seiner Frau vor dem blanken Eichentisch. Sie nahmen die Fische aus, schuppten, zerlegten sie. Elli und Heta packten die Stücke in Steintöpfe, streuten Salz darauf, schleppten die Töpfe in den dunklen Wrukenkeller.

»Die Fische müssen weg, und wenn wir bis Mitternacht arbeiten.« Der Vater suchte seinen Sohn.

»Max ist mit Klara zu den Jablonskis gegangen«, antwortete Ottek und gähnte.

»Mama, ich bin müde«, er wollte ins Bett.

Max und Klara sahen sich um, rannten über die Straße in die Wiesen, gingen durch das Birkenwäldchen.

»Hast du Angst?« Er stieß das Mädchen leicht an.

»Nein, nein«, hörte Max, merkte, daß Klara nach allen Seiten blickte. Der Mond stand hoch am Himmel, als Max an die Tür der Jablonskis klopfte. Sofort meldete sich der Opa.

»Ich bin's, der Max, Oma, Opa Jablonski, macht auf, wir bringen euch Fische.«

Die Oma öffnete, er schob den Korb hinein. »Schöne Grüße von Mama und Papa, haben wir im See gefangen.«

Sofort verschwand Max über den Sandweg in die Wiesen.

»Renn nicht so«, Klara pustete, »morgen gibt es Fischsuppe, wie schmeckt die?«

»Fischsuppe, wie schmeckt Fischsuppe?« Max fand keine Antwort, lange, lange gab es bei ihnen keinen Fisch. Klara ging neben ihm her.

»Willst du später freiwillig zu den Soldaten?«

Ihre Worte erklangen sachte, als bat, flehte sie, er sollte es nicht tun.

»Freiwillig? Nein, vielleicht ist der Krieg bald zu Ende.«

»Prima, Max«, sie drückte seinen Oberarm.

Klara und Max halfen den anderen. Es war nach Mitternacht, als sie mit Mutter und Vater in der Küche saßen, heißen Kaffee tranken, sich leise verhielten, denn Elli, Heta und Ottek schliefen, sie mußten am nächsten Morgen zur Schule. Die Kartoffelküche war aufgeräumt, die Fischreste an die Schweine verfüttert. Die Steintöpfe im Wrukenkeller versteckt, doch in allen Ecken roch es nach Fisch.

»Morgen gibt es Fischsuppe, übermorgen Bratfisch, die großen Stücke werden sauer eingelegt.« Müde, doch zufrieden, mit Verpflegung für die nächste Zeit versorgt, ging die Mutter zu Bett.

☆

Der französische Kriegsgefangene wurde abgezogen, Vater und Sohn bereiteten die Ackergeräte für die Frühjahrsbestellung vor. Wieder kam der Ortsbauernführer, befahl, Ludschu widersprach nicht. Am nächsten Morgen rollten mehrere Kastenwagen aus dem Dorf, hinter Ludschus Rücken saßen drei französische Kriegsgefangene. Nach Baitenberg zum Bahnhof führte der Weg. Braunkohle für die Schule sollte abgefahren werden. Den vollen Waggon teilten sich die Dörfer Monethen und Steinfelde.

Langsam schaufelten die Franzosen, hielten sich an den Stielen fest, die Bauern murrten, schimpften, packten selbst zu, wollten mittags zu Hause sein.

»Ludschu, Ludschu«, rief ein Mann in Eisenbahneruniform.

Der Bauer blickte vom Waggon, unten stand der Streckenläufer aus Brennen.

»Was hast du, Herbert?« fragte er von oben.

Der Streckenläufer schwieg, winkte, Ludschu sollte absteigen, er wollte mit ihm reden. Sie gingen über die Gleise, setzten sich an die Böschung in die Märzsonne. »Was gibt es, Herbert«, fragte der Bauer nochmals.

Der Streckenläufer reichte dem Bauern seine rechte Hand. Ludschu griff zu.

»Ehrenwort, was du jetzt hörst, bleibt unter uns, kann böse Folgen haben, sie hängen uns beide und meinen Kollegen dazu.«

»Ein Mann, ein Wort«, der Bauer drückte die Hand des Streckenläufers.

Der Uniformierte sah nach hinten, der Rücken war frei, vorn die Bauern und Kriegsgefangenen konnten nichts hören.

»Eure Martha ist tot, wurde von unseren Soldaten erschossen, sie wollte zu den Partisanen überlaufen. Die Martha kommt nicht wieder.«

Der Bauer preßte seine Lippen zusammen, faltete die kräftigen, von harter Arbeit gezeichneten Hände. Stumm saßen die Männer in der warmen Märzsonne, bis Ludschu die Stille unterbrach.

»Herbert, bei unserem Herrgott, sage mir, woher hast du die Nachricht?«

Der Streckenläufer zögerte, überlegte, dann erzählte er: »Nachts stand in Brennen auf einem Abstellgleis ein Gütertransportzug für die Ostfront, der Lokomotivführer rief mich, wir kannten uns. ›Du, Herbert, kennst du die Verwandten der Martha Saruski aus Osranken?‹ fragte er. Osranken sagte er für euer Dorf, er war aus unserer Gegend, diente mit deinem Schwiegervater bei den Husaren, war älter als die anderen. Nun sehe ich ihn nicht mehr. Er mußte reden, einfach es loswerden, einem Kollegen die volle Wahrheit sagen. Ja, er redete die ganze Nacht, erzählte, die Martha gehörte zu seinem Begleitpersonal, war bei den Kollegen beliebt, haßte die Vorgesetzten, die Parteiabzeichen trugen. Offen schimpfte, fluchte sie über ›Krieg, Führer und Bonzen‹. Sie wurde verwarnt, man drohte, wollte sie einsperren.

Im Spätherbst brachte er einen Verpflegungstransport über Warschau nach Lublin. In dieser Gegend kämpften Partisanen, der Zug hatte Begleitschutz. Hinter dem Kohlenwagen stand ein Posten am Maschinengewehr, auf dem letzten Waggon ein getarntes MG zur Tieffliegerabwehr. Nur Männer wurden als Zugbegleitpersonal eingesetzt. Martha wurde in Allenstein abgelöst, sollte in einem Reichsbahnheim auf den Rücktransport warten. Niemand wußte, wann und wo sie in die Güterwaggons kroch, sich versteckte. Kurz vor der Endstation wurde der Zug von Partisanen beschossen, auf die Lokomotive hatten sie es abgesehen. Der Lokführer hielt in einem Hohlweg, sprang aus der Lok, suchte Deckung an der Böschung, da lag plötzlich die Martha Saruski bei ihm. ›Sind Sie wahnsinnig, wie kommen Sie hierher, Sie sollten in Allenstein aussteigen‹, schimpfte der Lokführer. Martha gab keine Antwort, sie warf ihre Dienstmütze fort, kletterte auf die Böschung. ›Nicht schießen‹, rief sie zu den Soldaten und rannte los. Über den Acker lief sie in Richtung eines Tannenwaldes, aus dem die Partisanen feuerten. Die Schüsse aus dem Wald verstummten, auch die Soldaten hinter der Lok schossen nicht. Martha rannte, an ihrem Haar erkannte man, daß der Flüchtende eine Frau war. Sie war bereits kurz vor dem Wäldchen, da ratterte das MG von der Fliegerabwehr, Dreck spritzte um die Flüchtende, sie sackte zu Boden, erhob sich, nochmals ratterte das Maschinengewehr, dann lag sie auf dem Rücken, bewegte sich nicht. Die Soldaten warteten, keiner traute sich aus der Deckung. Mit Ferngläsern sahen sie, die Frau war tot. Weiter, befahl der Transportführer, der Zug rollte zum Güterbahnhof.

Die Soldaten meldeten den Vorfall der Kommandantur. Zug- und Lokführer wurden von einem Offizier vernommen, ein Protokoll mußten sie unterschreiben. Zurück in Allenstein wurden sie zur Gestapo geladen. Marthas Akte lag auf dem Schreibtisch. ›Sie war bei einem Volksfeind in Berlin in Stellung, galt als unzuverlässig, stand unter Beobachtung, wieso fuhr sie mit an die Front? Zug- und Lokführer schwiegen, kannten angeblich die Frau nur wenig. Als die Partisanen schossen, sprang sie aus einem Waggon, rannte über die Felder, mehr konnten beide nicht sagen.

So, Ludschu, nun habe ich mein Versprechen eingehalten.«

Nochmals drückte der Streckenläufer dem Bauern die Hand.

»Ehrenwort, sie ist tot, wir beide kennen uns nicht, ich habe dich nicht gesehen.«

Ludwig Kuchelka begab sich zu den Kriegsgefangenen. Seine Füße wurden schwer. »Die Martha ist tot«, kam es von seinen Lippen. Zu Hause saß er schweigend beim Mittagessen, erhob sich, ging über den Hof hinter die Scheune. Weit am Horizont, über die Kiesberge, beim Monether Schießstand führte die Eisenbahnstrecke Allenstein–Lyck, wenige Personenzüge, doch Gütertransporte rollten nach Lyck und zurück. Hier, fast an ihrem Heimatdorf, war die Martha vorbeigefahren, sollte in Allenstein aussteigen. Sie muß mit den Nerven am Ende gewesen sein.

Er merkte, seine Frau sah ihn so sonderbar an. Sollte er mit Auguste darüber reden? ›Ehrensache, ein Mann, ein Wort‹, ging es durch seinen Kopf. Abends wollte er mit ihr darüber sprechen. Ihr sagen, daß Martha nicht mehr wiederkommt.

»Was bedrückt dich? Hast du in Baitkowen was Unangenehmes erlebt? Haben dich die Bauern oder die Franzosen geärgert? Du hast etwas, ich merke es.«

Seine Frau stand in der Kartoffelküche bei ihm, sie waren allein.

»Ich habe etwas Trauriges erfahren, die Martha ist tot, wollte von einem Transport zu den Partisanen überlaufen, wurde von unseren Soldaten erschossen.«

»Herrgott, Herrgott«, rief seine Frau.

»Still, ruhig, darf keiner hören, kein Wort zu den Kindern, es könnte gefährlich werden«, mahnte er.

Als die Kinder schliefen, saßen Auguste und Ludschu bei spärlichem Licht einer Petroleumlampe in der Küche.

»Woher hast du die Nachricht? Wer hat dir das erzählt? Wieso kannten die Leute unsere Martha?« Seine Frau fragte, er blieb stumm.

»Du weißt jetzt, daß deine Schwester tot ist. Mehr kann und darf ich nicht sagen, habe mein Ehrenwort gegeben, es geht um das Leben von zwei Reichsbahnbeamten. Auguste, die Angelegenheit ist gefährlich, da hängt die Gestapo drin, mehr sage ich nicht, und wenn du mir böse bist.«

»Na gut, du hast mir was verraten, ich weiß auch etwas, der Briefträger hat mir ein Geheimnis anvertraut.«

»Was hat dir der Luck erzählt?« Ludschu griff nach dem Arm seiner Frau.

»Der Polizist, der Feldmann aus Monethen, wäre kein schlechter Mensch. Er hat das Radio von den Jablonskis in seinem Büro stehen, soll die Sache nicht weitergemeldet haben.«

»Oho, aha, das nahm er auf seine Kappe. Alle Achtung vor dem Mann. Wissen das die beiden Alten?« fragte Ludschu.

»Ich habe es ihnen gesagt, sie sollen keine Angst haben, es passiert nichts.«

Mit Tränen in den Augen ging Frau Kuchelka durch das Haus, sprach nicht über Martha, obwohl der Sohn danach fragte. Doch lange hielt sie es nicht durch. Sie redete zu Klara und Max, nun erfuhren die beiden, daß Tante Martha tot war. »Mama, Mama, meine liebe Martha«, schluchzte Klara in der Küche, umarmte die Bäuerin, war in den nächsten Tagen nicht ansprechbar. Auch Elli, Heta und Otto erfuhren, daß Martha etwas zugestoßen war, sie würde nie wieder zu Besuch kommen.

☆

Die älteste Tochter war per Rad zum Konfirmandenunterricht nach Baitenberg gefahren. Klara fütterte die kleinen Küken, Max und der Vater halfen im Dorf beim Dreschen. Da stand der Briefträger in der Küche. »Auguste, ein Brief per Einschreiben für dich. Habt ihr noch jemanden an der Front?« Er besah den braunen Umschlag, hielt Frau Kuchelka einen Kopierstift entgegen. »Meine Tochter aus erster Ehe, die Gerda Janzik, ist als Krankenschwester auf einem Verbandsplatz im Osten. Ist der Gerda etwas zugestoßen?« Sie unterschrieb, riß den Brief auf, daneben stand neugierig der Postbote.

»Die Gerda ist vermißt«, die Bäuerin schlug ihre Hände zusammen, »Herrgott, schlimmer kann es nicht mehr kommen. Der Horst ist gefallen, die Martha haben sie erschossen, und nun, die Gerda, das arme Kind, warum mußte sie Krankenschwester werden?«

Briefträger Luck studierte den Brief, er trug die Unterschrift eines Stabsarztes.

»Vermißt ist nicht gefallen, manche melden sich wieder, sind verschwunden, kommen erst später zu ihrer Einheit.«

Er legte den Brief auf den Küchentisch, hob seinen Kopf, sah der Bäuerin in die Augen. »Die Martha war doch auch als vermißt gemeldet, ist sie tot? Wer hat sie erschossen?«

»Herrje, Herrje, Erbarmung, Herr Luck, nichts, nuscht haben sie gehört, ich sage nichts, weiß nichts.«

Klara kam in die Küche, der Briefträger ging hinaus. »Mama, Mama, schon wieder ein Brief, von wem?«

»Meine Tochter, die Gerda, die letzte von den Janziks, ist in Rußland vermißt, verschollen.«

»Mama, Mutter«, flehte das Mädchen, ging zum hinteren Hausgang, rief: »Max? Papa!« über den Hof, doch die beiden waren im Dorf beim Dreschen.

Traurig saß die Familie beim Abendessen. Die Mutter weinte, obwohl der Vater und die Kinder ihr Mut zusprachen, vermißt wäre nicht gefallen.

»Was kann uns jetzt noch passieren, mir ist alles egal, unsere Familie hat genug gelitten, die Front im Osten kommt immer näher an Ostpreußen, vielleicht müssen wir fliehen, abhauen«, jammerte sie, wischte mit der Schürze über ihre Augen.

»Warum soll die Klara sich noch immer verstecken. Wir sagen, ihre Mutter ist gestorben, sie kam jetzt aus Berlin, ist vierzehn Jahre alt, braucht nicht mehr zur Schule.«

Der Vater und der Sohn Max horchten auf. Ottek meldete sich.

»Prima, dann kann ich mit der Klara wieder auf der Straße spielen.«

»Warum nicht, wir müssen uns einig sein, alle dasselbe sagen, Klara ist vierzehn Jahre, ist jetzt wieder zu uns gekommen, weil ihre Mutter verstorben ist.«

Der Vater zeigte auf die beiden Mädchen und den jüngsten Sohn.

»Also, wenn einer fragen sollte, nur die eine Antwort, die Mutter ist verstorben, Klara wieder bei uns, sie ist vierzehn, schon aus der Schule.«

»Mama, Papa«, das Mädchen umarmte Frau Kuchelka und ihren Mann. »Jetzt kann ich mit dem Max aufs Feld fahren.«

»Und zum Jungmädchendienst oder zum BDM? Was soll ich sagen, wenn mich die Führerinnen fragen?« wollte die Älteste wissen.

Der Vater wurde energisch. »Ich lasse euch nicht mehr zum Dienst, wir haben genug auf dem Felde zu tun. Jeden Tag schreit der Ortsbauernführer, wir sollen Gerste und Sommerweizen einsäen, Kartoffeln und Wruken pflanzen.«

»Für wen?« meinte die Mutter, »vielleicht soll der Russe im Herbst ernten.«

»Mama, der Führer hat neue Waffen. Adolf Hitler bringt uns den Endsieg.« Wieder sprach die älteste Tochter.

»Wir siegen uns tot, die Front geht immer rückwärts.«

»Schwesterchen, das hast du bei den Jungmädels gehört«, lästerte Max.

Unruhe herrschte im Dorf, die Bauern zeigten keine Lust zur Feldbestellung, die Einquartierung wechselte, Soldaten kamen und gingen, sprachen ganz offen, der Krieg ginge verloren, manche erwähnten, schnell Frieden machen, vielleicht könnte noch etwas gerettet werden. Vom Kriegsdienst zurückgestellte Bauern wurden eingezogen. Nur noch Frauen, Kinder, Greise und französische Kriegsgefangene sah man auf den Feldern. Der Polizist aus Monethen war plötzlich verschwunden. Er mußte in die besetzten Ostgebiete, wurde von einem alten, pensionierten Kollegen aus Drigelsdorf vertreten. Einzelne, verwundete Soldaten kamen in Genesungsurlaub, wirkten betrübt, hatten vom Krieg die Nase voll. Frauen und Mädchen sah man nur in schwarzer Kleidung, sie trauerten um ihre Männer und Söhne. Den Ortsgruppenleiter, den Bürgermeister und den Ortsbauernführer sah man nur noch in Uniform. Sie kommandierten, befahlen und drohten, rieten zum Durchhalten, sprachen von Heimatfront. Jeder sollte zupacken, noch mehr arbeiten, mehr Milch und Getreide abliefern, denn, das erwähnten sie nebenbei, die französischen Kriegsgefangenen würde man bald abziehen.

Ludschu Kuchelka war ständig unterwegs. Die Partei befahl, er folgte, arbeitete auf anderen Höfen des Dorfes. Der Sohn lieh sich den Wallach von den Jablonskis, spannte das junge Pferd dazu, eggte und pflügte am Kiefernberg. Klara half bei den Kühen, der Opa fehlte ihr. Irgendwie wirkte sie fröhlicher, sie brauchte sich nicht mehr zu verstecken, keiner fragte neugierig, die frechen Jungen aus dem Nachbardorf kamen ab April nicht mehr zur Schule.

Frau Kuchelka war verbittert, sie hatten nur paar Küken, wenig junge Enten, keine Gänse und Puten. Was sollten sie im Herbst und Winter essen? Aus dem Wrukenkeller roch es noch immer nach saurem Fisch. Sie holte die letzten Stücke von Hecht und Barsch hervor. Täglich rannte sie mit Max und Klara zum grünen Grund, pflanzte Wruken und Runkeln. »Ludschu«, schimpfte sie abends, »bleib zu Hause, morgen mußt du auf unserem Feld helfen.«

Am Wochenende standen die Mädchen an der Dorfstraße, alberten mit zwei Uniformierten. Heta kam ins Haus.

»Mama, am Tor sind zwei Soldaten, sie haben Hunger.«

»Unsere Soldaten haben nichts zum Essen? Hol sie rein. Brot und Kaffee gibt es bei uns noch.«

Ängstlich, zögernd folgten die beiden Uniformierten den Mädchen ins Haus, nahmen ihre Mützen ab, setzten sich an den Küchentisch.

»Hunger habt ihr?« Die Mutter drückte ein Brot gegen ihren Bauch, schnitt Stullen ab, stellte Kaffee auf den Tisch, holte geräucherten Bauchspeck aus dem Keller. »Bißchen zum Essen haben wir immer für unsere Soldaten, die Butter ist knapp, wir müssen alles abliefern.«

Sie musterte die beiden, jung kamen sie ihr vor.

»Aha, Besuch«, der Vater und Max kamen in die Küche, wunderten sich.

»Wo kommt ihr her?« fragte Ludschu.

»Aus Schlagakrug, wir sind in der Grundausbildung«,

leise antwortete der eine, biß hastig zu, aß Brot mit geräuchertem Bauchspeck.

»Wie kommt ihr zurück? Es wird dunkel«, fragte der Bauer nochmals.

»Sie haben Wochenendurlaub, wollen irgendwo übernachten«, erzählte Elli.

»Wir haben keinen Platz, vielleicht beim Lehrer in der Schule.« Der Vater zeigte durch das Fenster die Dorfstraße hoch.

»Unsere armen Soldaten, wissen nicht, wo sie bleiben sollen. Laß sie doch, sie können bei uns im Stroh übernachten«, bat die Mutter.

Sie blieben, übernachteten im Stroh über dem Pferdestall, bekamen Frühstück und Mittagessen. Dann sprach der Bauer ein paar ernste Worte zu beiden. »Jungs, ihr müßt zurück zu eurer Einheit, ihr könnt euch nicht herumtreiben. Wenn das der Ortsbauernführer erfährt, holt euch die Feldgendarmerie ab.«

»Wir haben Wochenendurlaub, wollen uns nur die Dörfer ansehen«, stotterte der eine.

Frau Kuchelka schnitt ihnen paar Stullen Brot, packte ein Stück Bauchspeck dazu. »So, Kinderchen, nun geht beide nach Schlagakrug zurück.«

Max zeigte ihnen den Weg durch das Birkenwäldchen bis zum Haus der Jablonskis, dann geradeaus in die Johannisburger Heide. Elli und Klara begleiteten sie bis zum Kanal.

»Papa, Mama, die jungen Soldaten hatten keine Lust, zurückzugehen, wären gern bei uns geblieben. Und in den Krieg wollten sie gar nicht. Sie sprachen Hochdeutsch, kamen vom Rhein, aus dem Elsaß stammten sie. Komische Soldaten«, meinte die Tochter.

Klara richtete ihre Augen auf Max. Er grinste. »Keine Hitlerjungen, Helden, die für den Führer sterben wollen.«

»Arme junge Soldaten, hungrig waren beide. Herrgott, wann geht der Krieg endlich zu Ende.« Die Mutter faltete ihre Hände.

Ludschu zog ein ernstes Gesicht. »Du gibst ihnen Brot und Speck, verschenkst unsere Verpflegung, wir haben bald nichts mehr.«

»Zwei arme, junge Soldaten, die kann man nicht auf der

Straße stehen lassen. Mein letztes Stück Brot würde ich geben.« Die Mutter stand vorwurfsvoll bei ihrem Mann.

Ludschu ballte die Fäuste. »Das können auch Fahnenflüchtige gewesen sein. In den Wäldern soll sich viel Gesindel herumtreiben. Flüchtige Kriegsgefangene und Fremdarbeiter.«

»Fahnenflüchtige. Vorsicht, wer erwischt wird, hängt oder wird standrechtlich erschossen. Wir kriegen einen totalen Krieg, sagte unser Gefolgschaftsführer.« Max sprach, seine älteste Schwester lauschte, so etwas hatte sie bei den Jungmädels noch nicht gehört.

☆

Täglich schien die Sonne, ein warmer Frühsommer brach an. Vormittags war Klara bei den Kühen am grünen Grund allein. Max ließ sein Pferdegespann grasen, setzte sich zu ihr, sie alberten. Klara erzählte von ihrem Elternhaus in Berlin. Er staunte. Wohlstand, Geld, Reichtümer besaßen ihre Eltern. »Warum werdet ihr verfolgt? Nur, weil ihr nicht arisch seid. Deine Großeltern, Eltern, deine Vorfahren lebten doch in Berlin.« Er verstand den Führer und die Partei nicht. Max merkte, Klara wirkte fröhlicher, hoffte auf ein baldiges Kriegsende.

An den Nachmittagen kamen seine Geschwister dazu. Klara rannte mit Elli und Heta barfuß hinter den Kühen, hob ihren Rock, watete durch das klare Wasser des Roweks. Die Wiesen grünten und blühten, ein schöner Frühsommer, als wäre Frieden in der ganzen Welt. An allen Sonnabenden, manchmal auch sonntags, zog Max seine Uniform an, fuhr per Rad nach Drigelsdorf zum HJ-Dienst. Er war einer der größten, gehörte der ersten Schar an, erzählte, sein Gefolgschaftsführer, ein verwundeter Offizier, befehle: »Die erste Schar soll sich im Herbst freiwillig zur Waffen-SS melden.«

Die Eltern schimpften: »Junge, tu das nicht.«

Die Mutter weinte: »Du bist noch so jung.«

Der Vater wurde böse. »Du hast auf dem Hof genug zu tun, gehst nicht mehr zum Dienst.«

Elli war begeistert, Max sollte zur Waffen-SS. Klara ging mit hängendem Kopf über den Hof, bis Max sie an die Schulter packte.

»Freiwillig gehe ich nicht, der Herr Gefolgschaftsführer kann warten. Der Krieg geht bald zu Ende. Vielleicht müssen wir aus Masuren fliehen.« Er nannte Grodno und Bialystock, die Städte lagen nahe der ostpreußischen Grenze, die russischen Soldaten waren kurz davor. Klara freute sich, wäre am liebsten Max um den Hals gefallen, doch die Mama stand im Scheunentor.

☆

Am ersten Pfingstfeiertag, nachmittags, spielte Ottek mit seinen Schulfreunden auf der Dorfstraße. Ein Soldat schob sein Rad von Haus zu Haus, fragte nach einer Familie Janzik. Die Schulkinder verneinten, einen Bauer Janzik gab es in Steinfelde nicht.

»Kennst du eine Familie Janzik?« Der Soldat stieß Ottek an.

»Nichts, nuscht«, sagte der Junge verlegen, hörte »Gerda Janzik« und rannte los.

»Mama, ein Soldat fragt nach unserer Gerda«, rief er.

Die Mutter band ihre Küchenschürze ab, zog den schwarzen Rock zurecht, eilte zur Straße.

»Sanitätsfeldwebel Krause«, stellte sich der Soldat vor, legte seine rechte Hand an die Mütze.

»Ich suche die Eltern von der Krankenschwester Gerda Janzik«, vernahm die Mutter, stutzte, faßte sich.

»Ist meine Tochter, kommen Sie ins Haus«, bat Auguste den Soldaten.

»Keiner im Dorf kennt eine Familie Janzik, beinah hätte ich aufgegeben.«

Der Soldat stellte das Fahrrad gegen die Hauswand, nahm seine Mütze ab, folgte ins Haus. Vater und Sohn reichten dem Soldaten die Hand. Ottek und die Mädchen standen und lauschten.

»Sanitätsfeldwebel Krause aus Lyck, Lazarett Ernst-Moritz-Arndt-Schule. Ich war mit ihrer Tochter Gerda zusammen, wurde verwundet«, er tippte gegen seine Jacke, »Bauchschuß.«

Der Bauer bot ihm einen Stuhl an, Frau Kuchelka setzte sich zu ihm. »Gerda ist meine Tochter aus erster Ehe, wir heißen Kuchelka.«

»Aha, daher, keiner kennt die Janziks. Ein weites Stück zum Trampeln aus Lyck nach Steinfelde.«

»Gut, daß Sie gekommen sind, Sie kriegen Kaffee und Fladen«, versprach die Bäuerin.

Der Sanitätsfeldwebel berichtete, er war mit der Gerda auf einem Verbandsplatz im Mittelabschnitt, wurde schwer verwundet. Am selben Tag überrannte der Russe die Frontlinie, der Verbandsplatz fiel in Feindeshand. Krankenschwestern, Sanitätspersonal, Ärzte und Verwundete kamen in russische Gefangenschaft. Mehr wußte er nicht, doch er hatte Gerda versprochen, ihre Mutter zu verständigen, wenn ihr etwas zustoßen sollte.

»Sie gilt als vermißt, man hatte uns benachrichtigt. Nun wissen wir, daß sie in russischer Gefangenschaft ist.«

Langsam sprach der Bauer, die Kinder horchten, Gerda war in russischer Gefangenschaft. Max dachte an seinen Gefolgschaftsführer. Russische Gefangenschaft, das war der Tod.

Die Mutter versuchte zu lächeln. »Gerda lebt, sie lebt, wird gesund zurückkommen.«

»Sie war eine tüchtige Krankenschwester, arbeitete Tag und Nacht für die Verwundeten, trug Auszeichnungen an ihrer Brust, sollte Oberschwester werden und zurück in die Heimat gehen, doch Gerda lehnte es ab, wollte die Soldaten nicht im Stich lassen.« Wieder berichtete der Soldat von seiner Kollegin.

»Ja, ja, unsere Gerda, BDM-Führerin, RAD-Führerin, freiwillig als Krankenschwester zur Front, sie kannte nur Führer, Großdeutschland und Sieg«, seufzte der Vater.

Der Soldat trank Kaffee, aß Fladen, die Bäuerin packte ihm Brot, ein Stück Speck und paar abgekochte Eier ein, bedankte sich, er solle wiederkommen.

»Wiederkommen«, der Sanitätsfeldwebel griff zum Fahrrad.

»Das Vaterland ruft, kaum gesund, wieder an die Front, der Feind steht vor der Heimat, Verteidigungslinien sollen durch Masuren gezogen werden. Bauern und Hitlerjungen müssen zu Schanzarbeiten, Gräben und Schützenlöcher ziehen, der totale Krieg kommt. Mist, alles umsonst, nichts mehr zu retten«, brummte er, schwang sich aufs Rad und fuhr ab.

Max sprach mit dem Vater. »Russische Gefangenschaft, das wäre furchtbar.« »Nichts der Mama sagen, ihr Hoffnung machen, die Gerda wird gesund zurückkehren«, mahnte Ludschu.

»Papa, hast du gehört.« Der Sohn stand vor seinem Vater. »Bauern und Hitlerjugend sollen Panzergräben bauen. Davon hat auch unser Gefolgschaftsführer gesprochen.«

»Das fehlt uns noch, bald müssen wir das Gras mähen, dann die Frühgerste ernten.«

Ludschu zog seine Stirn in Falten. Abends war es einsam im Dorf, keine Einquartierung, die französischen Kriegsgefangenen waren abgezogen, sogar die Fremdarbeiterinnen verschwanden von den Höfen. Einzelne Genesungsurlauber humpelten auf Krücken über das Steinpflaster, tuschelten mit schwarzgekleideten, jungen Bäuerinnen und Bauerntöchtern. Krieg, der furchtbare Krieg, machte Steinfelde zu einem stillen, fast verlassenen Dorf. An den Wochenenden wurde es unruhiger, die Hitlerjugend, daneben die BDM-Mädchen, versammelten sich auf dem Schulhof, marschierten mit Gesang zum Kiefernberg. Kommandos erklangen, sie machten Geländespiele, stürmten feindliche Gräben, riefen Sieg Heil, schworen dem Führer ewige Treue.

Klara zog sich ins Haus oder in die Scheune zurück, ging mit Frau Kuchelka um das Dorf herum auf das Feld, half bei den Kühen und Pferden, denn Max und Elli marschierten am Kiefernberg. In den Erlen und Büschen vor dem grünen Grund faßte sie Mut.

»Mama, der Krieg geht verloren, wir werden fliehen müssen. Wohin fahren wir, habt ihr Verwandte im Westen?«

Frau Kuchelka war überrascht.

»Klarachen, von wem hast du das? Vom Rémy oder von Sawatzkis Verena, vielleicht den polnischen Frauen, woher haben sie diese Neuigkeiten? Kindchen, Kindchen, wir sind im Ersten Weltkrieg geflüchtet, aber nur bis Allenstein, dann jagten unsere Soldaten die Russen fort. Aber jetzt, wohin sollten wir?«

Klara legte ihren Arm um Frau Kuchelka. »Mama, wenn wir weg müssen, fahren wir mit dem Zug nach Berlin. Vielleicht steht noch unser Haus.«

»Nach Berlin? Oh Gottchen, Erbarmung. Was erzählte die

Martha, die Reichshauptstadt ist ein Schutthaufen, auf Berlin fielen Bomben und Luftminen.«

Sie saßen versteckt hinter dem Rowek auf einem Stubben. Frau Kuchelka weinte: »Zuerst fiel der Horst, die Martha ist tot, Gerdas Verlobter vermißt, die Gerda in russischer Gefangenschaft. Wenn wir fliehen müssen, Kindchen, ich weiß nicht, wohin.«

Klara hatte Vertrauen, war mutig, sprach offen über ihr Elternhaus in Berlin, hoffte nach Kriegsende auf ein Wiedersehen, wischte Tränen aus ihren Augen, als sie den Tod von Tante Martha erwähnte. Besonders mit Max diskutierte sie über Partei, Hitlerjugend und den Krieg, fand den Dorflehrer Masuch ehrlich und aufrichtig, warnte vor dem Ortsbauernführer und den uniformierten Parteileuten, freute sich, daß der Polizist aus Monethen die beiden Jablonskis nicht an die Kreisleitung gemeldet hatte. »Bei uns in Berlin hätte man die beiden Alten längst eingesperrt«, gab sie ihm zu verstehen. Max nahm die Probleme nicht so ernst. »Wir leben in einem kleinen Dorf, jeder kennt jeden, einer hilft dem anderen, wir sind aufeinander angewiesen, vielleicht verschont uns der Krieg«, er zuckte mit den Schultern. Max und Klara verstanden sich, alberten, schubsten sich gegenseitig ins flache Wasser des Roweks, teilten Brot und Kaffee, es waren angenehme Sommertage auf den Wiesen und Weiden.

Max und Sarah traten aus dem Dom, gingen die Treppen hinunter, standen auf dem Vorplatz, St. Blasien im südlichen Schwarzwald lag ihnen zu Füßen. Er hielt ihr seinen Arm entgegen, sie hakte sich ein, sie wanderten durch den Kurpark. Hinter den steilen Hängen versteckte sich die Sonne, kühle Herbstluft wehte um die Pensionen. Schweigend schlenderten sie vor den Geschäften der Fußgängerzone, auf dem Parkplatz eilten Reisegesellschaften zu ihren Bussen.

»Sarah«, Max drückte ihren Arm, »wir müssen nach Höchenschwand, im *Sonnenhof* gibt es Abendessen.«

Sie sah hoch.

»Max Kuchelka, Makul, ich war noch immer in eurem Dorf.«

Langsam wanderten sie zur Bushaltestelle, sie rief ein Taxi.

»Höchenschwand«, sagte sie, er öffnete die hintere Tür, setzte sich zu ihr. Es ging zur Stadt hinaus, das Taxi sauste zum Dorf am Himmel. »Höchenschwand, herzlich willkommen«, eine riesige Begrüßungstafel bei der Abzweigung. Vor dem *Sonnenhof* stieg Max aus. »Bis nachher«, er winkte, das Taxi fuhr an St. Michael vorbei, zur Bundesstraße, hielt vor ihrer Pension. Sie schritt langsam ins Haus. St. Blasien, der Dom mit der riesigen Kuppel, den wuchtigen Marmorsäulen, Steinfelde, das Dorf in Masuren, die Vergangenheit, ihre Kindheit, die schwersten Jahre ihres Lebens, warum mußte sie hier dem Max begegnen?

Max kam zum Abendessen, stutzte, quer über dem Tisch, direkt neben seinem Teller, lag eine Krücke. Drei neue Kameraden schauten ihn an, der Prokurist, auch der kräftige Catcher waren abgereist. Er verbeugte sich, pochte auf die Tischplatte. »Kuchelka«, sprach er leise, wartete, sah auf die Krücke, keiner der Kollegen rührte sich. Er faßte zu und stellte sie gegen den Pfeiler. Erst jetzt meldete sich sein Gegenüber, die Krücke gehörte ihm. Max sah zur Ecke zwischen Pfeiler und Fenster, der Wollek und die Anika Rogowski beugten sich über den Tisch, tuschelten, warfen ihm Blicke zu. Sprachen sie über ihn? Er beachtete sie nicht, aß, sagte ein paar Worte zu seinen Tischkollegen, ihre Antworten verstand er nicht, sie kamen von der Schweizer Grenze. Stefanie, das junge, kräftige Lehrmädchen räumte ab.

»Herr Kuchelka, morgen ist Ihr letzter Tag.«
Er griff in seine Tasche, steckte ihr Geld zu.
»Sie waren immer so nett und freundlich.«
»Danke, vielen Dank.« Stefanie lächelte zufrieden.

Max suchte seinen Koffer und die beiden Reisetaschen hervor, sortierte seine Wäsche. Morgen war der letzte Tag, vier Wochen Kur gingen zu Ende. Hell leuchtete der Turm von St. Michael. Daneben, dahinter die beleuchteten Sanatorien und Pensionen. Höchenschwand, das Dorf am Himmel. Er wollte wiederkommen, gleich im nächsten Jahr im Urlaub. Allein hier den Urlaub verbringen? Seine Frau fiel ihm ein. Nein, nein, sie würde nicht mitfahren. Telefonisch war sie kaum zu erreichen. »Vater, Mama ist nicht da, du weißt es, wie immer«, sagte sein Sohn.

Nur noch einen Tag, dann reiste er ab, an seine Kollegen von der Grenze dachte er. Würden sie wieder sticheln, ihm gute und böse Ratschläge geben. »Laß dich krankschreiben, pensionieren, höre auf, du warst lange genug im Außendienst.« Vorzeitig aufhören, bei seiner kleinen Beamtenpension? Vielleicht, aber was kam dann? Zu Hause sitzen, sehen, wie seine Frau täglich zu ihrem Freund fährt. Jetzt war auch noch Sarah da. Er schmunzelte, was würden seine Kollegen, der Beamte zbV, der Herr Grenzkommissar, dazu sagen. Und die Bauersfrauen im Dorf, sie werden ihn belächeln, oder sagen, endlich zeigt er seiner Frau, daß er ein Mann ist.

Zu Hause würde es Probleme geben, das war ihm klar. Mutter war altersschwach, würde sie Sarah noch erkennen? Sarah bestand darauf, Mama wiederzusehen. Auch Elli, Heta und Otto wollte sie nach so vielen Jahren die Hände drücken. Mit Gerda wollte sie reden, ihr guten Tag sagen. Ob Sarah das durchsteht, Gerda bewegt sich seit ihrer Entlassung aus russischer Gefangenschaft im Rollstuhl. Da war auch noch sein Schwager, der Karl-Friedrich, ein Rechtsradikaler, läßt keine andere Meinung gelten, kann Ausländer nicht leiden. Elli hat es schwer, Karl-Friedrich kommt aus dem Osten, will zurück, kann seine Heimat nicht vergessen.

Max zog seinen Anzug an. Gut, daß er einen Schlips mitgebracht hatte, er war ins *Kurhaus* eingeladen. Einen Anzug, einen Schlips, mehr brauchst du nicht, gab ihm Sarah zu verstehen, als er zögerte, sagen wollte: Warum ins vornehme *Kurhaus?* Gehen wir doch zum *Hirschen* oder zur *Schmiede*, da lachte sie laut. »Max Kuchelka, der große, kräftige Makul, fürchtet die Gesellschaft.« »Ich komme«, versprach er. Nun war es soweit.

Mit dem Fahrstuhl fuhr er hinunter, ging über den Hof zum Schlagbaum, an der Kirche vorbei zur Apotheke. Da, Sarah kam ihm entgegen. »Sarah«, er staunte, »du bist noch hübscher geworden.« Max bot ihr seinen Arm an, sie hakte sich ein. Sie gingen ins *Kurhaus.* Max atmete auf. Gott sei Dank, keine große Gesellschaft. An der Tür wurden sie empfangen und zum reservierten Tisch geführt. Wie ein Traumwandler bewegte er sich, schien im Sessel aufzuwachen, sah Sarah an seiner Seite, das Abendessen wurde serviert.

Er überblickte Tische und Sessel, merkte, viele Augen richteten sich auf Sarah, auf seinen Tisch. Waren es Bekannte aus ihrer Pension, Menschen mit gleichen oder ähnlichen Schicksalen? Sein Gesicht glühte, er traute sich nicht, Sarah danach zu fragen. Max beruhigte sich, sie lächelte ihm zu, die dunklen Augen, dieselben wie damals beim grünen Grund, als er sie in die Arme nehmen wollte. Wollte, er tat es noch immer nicht.

Sie speisten, hoben ihr Gläser, zufrieden drückte er sich in den Sessel. Sarah fragte, er lächelte, antwortete kurz, hielt sich zurück. Ein fröhliches Gespräch kam nicht in Gang, sie blickte zur Seite, ein Ehepaar kam an ihren Tisch, der Ober rückte die freien Sessel, Max erhob sich.

»Kuchelka, Max«, stellte er sich vor. Sie begrüßten ihn, nahmen Platz, versuchten Deutsch zu reden, es fiel ihnen schwer. »Mama Auguste«, hörte er deutlich, wußte, sie sprachen von seiner Mutter. Hatte Klara sie informiert, ihnen aus Masuren erzählt? Nun sprachen sie Englisch, Sarah vermittelte, Max erfuhr, sie kannten ihr Schicksal, auch die Jahre in Masuren. »Mama Auguste habe Dank und Anerkennung, vielleicht eine Auszeichnung, nein, das will meine alte Mutter bestimmt nicht. Sarah, wieso, weshalb, bei uns in Steinfelde war es so. Wir waren arm, lebten bescheiden, doch wir halfen einander, so war es mal in unserem Dorf. Im Kriege gab die Mutter den Soldaten zu Essen, packte einem polnischen Kriegsgefangenen Brot und Speck in einen Beutel, als er nach Hause fliehen wollte. ›Geh in die Heimat, deine Mutter wartet‹, gab sie ihm auf den Weg. Sie sprach den Fremdarbeiterinnen Mut zu. ›Nach dem Kriege kommt ihr gesund zu euren Eltern‹, schenkte ihnen Bekleidungsstücke, Socken und Handschuhe, sie sollten im Winter nicht frieren. Nach dem Kriege tat Mutter das gleiche. Schwer arbeitete sie bei einem Bauern im Wendland, nahm den Karl-Friedrich, den späteren Schwiegersohn, Ellis Mann, auf, fütterte ihn durch, verschenkte Brot und Mehl an durchziehende Flüchtlinge und Kriegsgefangene. Wollte helfen, obwohl wir selbst wenig hatten. Mama war hilfsbereit, ist es geblieben.«

Sarah übersetzte. Das Ehepaar blieb dabei, seiner Mutter müßte Dank ausgesprochen werden, sie wollten das Erforderliche veranlassen.

»Max«, Sarah faßte seinen Arm, »was deine Mutter für mich getan hat, das kann ich nicht vergessen.«

Sie griff zu ihrer Handtasche, suchte nach einem Taschentuch, wischte Tränen aus ihren Augen. Max sah sich um, aus den Sesseln an den anderen Tischen erhoben sich Frauen und Männer, plötzlich war sein Tisch von fremden Menschen umstellt. In Englisch, in Deutsch redeten sie auf ihn ein. Ratlos, überrascht richtete er seine Augen auf Sarah.

»Hast du erzählt, was im Kriege bei uns zu Hause geschah?«

Sie nickte.

»Max, ich mußte es loswerden, sie sollten die Wahrheit erfahren.«

Der Ober rollte Sessel heran, Max saß inmitten der Gesellschaft. Sie hoben ihre Gläser, prosteten ihm zu. Mama Auguste, Ludschu, Familie Kuchelka, Steinfelde, Masuren, hörte er immer wieder. Sie sprachen von seinem Elternhaus. Vom Wein ein wenig benommen blickte er in die Runde, Frauen, Männer, wie Sarah und er. Einige jünger, andere älter, wie es ihnen wohl im Kriege ergangen war. Wo waren ihre Eltern, Geschwister, Verwandten geblieben? Vielleicht verschleppt, vernichtet, krepiert. Wie freundlich waren sie zu ihm, mit welcher Hochachtung sprachen sie von seiner Mutter. Sie standen vor dem *Kurhaus*, drückten seine Hände.

»Sarah, bis morgen«, verabschiedete er sich, sah ihnen nach, sie wanderten zur Apotheke, er warf einen Blick auf St.

Michael, Frauen und Männer eilten an ihm vorbei, seine Kolleginnen und Kollegen vom *Sonnen-* und *Tannenhof.* Max stand in der Eingangshalle, suchte, niemand kam ihm bekannt vor. Auch die Strickerinnen im Aufenthaltsraum, alles fremde Gesichter, Neuzugänge, sie häkelten, nähten und strickten, richteten ihre Augen auf die Treppen zum *Sonnenhof.* Wer kam mit wem abends heim? Sie tuschelten über Kurschatten. Langsam schritt er um den Essensraum durch den Keller zum Fahrstuhl. Unordnung herrschte in seinem Appartement, Koffer und Taschen standen unter dem Tisch, er war beim Packen. Nur noch morgen, dann fuhr er heim in sein Dorf an der Jeetzel.

Sein letzter Tag, zum Frühstück holte er sich Schwarzwälder Schinken, Mettwurst und Honig. Ruhig, ein wenig gelassen, saß er am Tisch, musterte seine Kameraden, warf Wollek und Anika Rogowski einen Blick zu, sah fremde Gesichter an den Tischen, die Neuzugänge der letzten Woche. Die jungen Mädchen der Bedienung eilten vom Küchentresen zu den Tischen. Was rannten sie täglich, vielleicht brachte ein Servierwagen ihnen Erleichterungen.

»Guten Morgen«, er verneigte sich zu den Tischkameraden, ging durch den Aufenthaltsraum zur Eingangshalle. Noch fehlten die Strickerinnen, die Sonne schien auf St. Michael. Bei der Schranke vor dem *Sonnenhof* zog ein kalter Herbstwind. Er spazierte zu seinem Appartement. Zuerst zum Arzt zur Abschlußuntersuchung. Sehr gut kam er mit dem freundlichen, dunkelhaarigen Ausländer zurecht. Er hatte keine Sonderwünsche, war mit den Anordnungen und Anwendungen zufrieden. Massagen, Bäder, Gymnastik, Schwimmen, er spürte Müdigkeit in seinen Knochen. Eine Woche Nachkur, dann mußte er wieder zum Dienst. Vom jungen Diplom-Sportlehrer verabschiedete er sich, drückte Herrn Fried und den Damen die Hände, stellte Sekt unter den Tisch. »Meine Zeit ist um, morgen fahre ich zurück in den Norden.«

»Grüßen Sie die Nordlichter«, die junge, kräftige Masseurin griente. »Es ist kalt an der Elbe«, antwortete er.

In der Verwaltung erhielt Max seine Papiere, regelte die Abfahrtszeit. Morgen in aller Frühe sollte ihn das Großraumtaxi zum Bahnhof in Seebrugg bringen. Nach dem

Mittagessen streckte er sich auf seinem Bett, Höchenschwand, das Dorf am Himmel, vier Wochen waren um, es gefiel ihm, er wollte wiederkommen. Sarah kam ihm in den Sinn, gleich wollte er sie abholen. Er erhob sich, warf seinen Parka über, setzte die Prinz-Heinrich-Mütze auf, ging die Treppen hinunter. Bei St. Michael kam Sarah ihm entgegen.

Sie hakte sich bei ihm ein. Sie wanderten um das Gästehaus *Kaiser*, kamen auf die Brücke, blickten ins Tal. Rechts die Tennisplätze, am Waldrand das *Loipenhaus*, dahinter die Waldkapelle, sie stellte Fragen, redete vom gestrigen Abend, er schwieg, in Gedanken war er bei ihren ersten Treffs, nach so, so vielen Jahren hatte er Sarah hier wiedergesehen. Sie stieß ihn an, sah hoch.

»Ich habe gepackt, morgen früh kommt das Taxi, fährt die anderen Sanatorien ab, am Schluß sind wir beim *Sonnenhof.*«

Am *Loipenhaus* vorbei spazierten sie um den Hang, standen vor der Waldkapelle, traten hinein. Er senkte sein Haupt, faltete die Hände, nahm Abschied von der Waldkapelle. Auf die Bank davor setzten sie sich, er nahm seine Mütze ab, öffnete den Parka, die Sonne wärmte. Ihre Augen wanderten in das Albtal, tief unten, hinter dem Fluß, leuchteten die Dächer des kleinen Dörfleins, hoch empor ragte der schmale Kirchturm.

»Höchenschwand, gut, daß ich die Kur angenommen habe.«

»Max, Makul, was für ein Zufall.« Sarah drückte seinen Arm, kuschelte sich an ihn. Er spürte ihre Wärme, zog ihren Kopf an sich, küßte ihren Mund.

»Sarah, Sarah, zu Hause am grünen Grund wollte ich dir einen Kuß geben, ich traute mich nicht.«

Die Sonne stand tief am Himmel, als sie auf dem Hangweg zur Bundesstraße wanderten.

»Hallo, Max«, Resi und ihr Mann standen vor ihnen. »Aha, mit der Kinderlandverschickung«, Resi spitzte ihre Lippen, als wollte sie an Annerose erinnern, ihn fragen, ob Sarah ihm einen Kuß schenkte.

»Morgen früh reisen wir ab, wir fahren zur Elbe, ins Wendland, in den kalten Norden.«

Resi schaute auf Sarah.

»Ja, ja«, sie bewegte ihren Kopf, »ich will Mama Auguste begrüßen.«

»Mama Auguste«, Resi und ihr Mann lächelten, sahen auf Max, er nahm seine Freundin mit nach Hause.

Max suchte zu erklären.

»Sie war als Schulmädchen auf unserem Hof, meine Mutter hatte sich um Sarah gekümmert, es war im Krieg, wir mußten später fliehen.«

»Hier haben wir uns zufällig wiedergetroffen.«

»Resi, es stimmt, das war so«, wiederholte er, doch das Ehepaar zweifelte, so ganz nahmen sie dem Nordlicht seine Erzählungen nicht ab.

»Tschüs, Sarah, tschüs, Max, grüß die Nordsee, gute Heimreise«, verabschiedete sich das Ehepaar.

Max begleitete Sarah ins Dorf bis zur Apotheke, sie trennten sich, wollten packen, verabredeten sich für den Abend.

Seine letzte Mahlzeit im *Sonnenhof*, Max schlenderte gelassen zu seinem Tisch. Wieder standen ein paar Krücken neben seinem Teller. Rücksichtslose Kameraden, sollte er sich am letzten Tag beschweren, ein paar passende Worte sagen? Nein, nicht ärgern, schon gar nicht am letzten Tag. Stefanie und Levka verabschiedeten sich von ihm.

Er ging durch den Aufenthaltsraum zur Eingangshalle.

Er stand vor der Rezeption. »Auf Wiedersehen, Fräulein Müller!«

»Gute Heimfahrt, Herr Kuchelka«, das Mädchen aus dem Dorf hinter dem Kreuzstein reichte ihm die Hand. »Hat es Ihnen bei uns gefallen?«

»Ausgezeichnet, hoffentlich kann ich zur nächsten Kur wiederkommen.«

Langsam schritt er zum *Tannenhof*, packte seine letzten Sachen, ruhte ein wenig, zum letztenmal ging er mit Sarah in Höchenschwand aus. Vor ihrer Pension holte er sie ab.

»Du hättest reinkommen sollen, sie mögen dich, du bist bei allen gern gesehen.« Sie schmiegte sich an ihn.

»Wohin?« Sie sah zu ihm hoch.

»*Zum Hirschen, Zur Schmiede, Zur Post, Haus des Gastes*«, er zählte weitere Lokale auf.

»Zu *Steffi*«, entschied sie, wollte gemütliche Ruhe für den letzten Abend.

An der *Schmiede* vorbei schritten sie die Dorfstraße hinunter. Aus *Panorama* erklang Tanzmusik, sie gingen weiter, blickten ins Tal zum Kreuzstein, standen vor *Steffi*. Er führte sie hinein.

»Prima, Glück gehabt, ein Ecktisch ist frei.«

Max bestellte Sekt, der Wirt schenkte ein. Sie hoben die Gläser, er griff ihren Arm, streichelte Sarahs Hand, sie tranken und plauderten. »Herr Wirt, Sekt«, Max wollte mehr. Der Besitzer verbeugte sich. »Wir schließen jetzt, jeden Tag um diese Zeit, unseren Hausgästen zuliebe.«

Max zahlte, führte sie hinaus, sie gingen die Dorfstraße hoch, bogen zur Apotheke ab, standen vor ihrer Pension. Wortlos öffnete sie die Tür, führte ihn in ihr Appartement.

»Max, Makul«, sie warf ihre Arme um seinen Hals und küßte ihn.

»Sarah, Klara, Sarah«, er streichelte sie, trug sie aufs Bett. »Max, Makul, Makul«, hörte er, sie lagen nebeneinander, er küßte, drückte, liebte sie. »Ich muß heim, der *Sonnenhof* wird abgeschlossen.« Max erhob sich, zog seine Jacke an. »Bis morgen, Sarah.« Er küßte ihre Wangen, sie schloß auf, ließ ihn zur Haustür hinaus. »Bis morgen früh«, vernahm er, schritt am Kurhaus vorbei zum *Sonnenhof*, warf einen flüchtigen Blick zu den Strickerinnen, eilte in sein Appartement.

Max fand keinen Schlaf, morgen fuhr er mit Sarah in den Norden, wollte sie zu seiner Mutter bringen. Wie würden sich Elli und sein Schwager verhalten, denn Mutter wohnte in ihrem Hause. An seinen Bruder Otto, die Schwester Heta, dachte er. Gerda fiel ihm ein, wie würde sie Sarah empfangen? In Steinfelde hatte sie das fremde Mädchen nicht gemocht. »Mama, bring Klara nach Berlin zurück. Mama, was habt ihr euch da aufgeladen.« »Ist das Mädchen arischer Abstammung?« dröhnte es in seinen Ohren.

Früh weckten ihn die Glocken von St. Michael, er trug seinen Koffer und die Reisetasche zum *Sonnenhof*, wartete in der Eingangshalle. Drei Frauen und ein Mann kamen dazu, gemeinsam blickten sie hinaus, das Taxi war noch nicht da. Laut verabschiedeten sich Kollegen und Kolleginnen von den Abreisenden, wünschten gute Heimfahrt, erwarteten Post. Ein älterer Herr drückte und küßte eine kräftige Blonde.

Max blieb allein, seine Clique war bereits abgereist. »Gute

Heimfahrt«, wünschte ihm Fräulein Müller aus der Rezeption. Er legte seine Hand an die Mütze, faßte das Gepäck, das Taxi stand vor der Tür.

»Sarah«, er erblickte sie auf der hinteren Sitzbank, setzte sich dazu. Das Gepäck war verstaut, die Abreisenden auf ihren Sitzen, die Türen schlugen zu. »Auf Wiedersehen, *Sonnenhof*, tschüs, *Tannenhof*.« Sie fuhren durch das Dorf, nahmen bei *Panorama* noch zwei Abreisende auf. Dann rollte das Großraumtaxi bei der Apotheke zur Bundesstraße. Nochmals sah er sich um. Auf Wiedersehen, Höchenschwand, das Dorf am Himmel.

»Hast du gut geschlafen?« Er drückte sich an Sarah, sie nickte. Morgensonne in Höchenschwand, in den Tälern dichter Nebel. Häusern und St. Blasien verschwanden in einer Nebelwand. Durch Häusern, den Hang hoch fuhr das Taxi, rechts und links Hochwald, Nebel in den Tälern. Leere Parkplätze an der Bundesstraße, Nebel über dem Schluchsee. Langsam steuerte der Fahrer entlang dem Wasser, noch eine Linkskurve, sie waren beim Bahnhof Seebrugg.

»Aussteigen«, der Kraftfahrer riß die Türen auf, bedrückte Stimmung bei den Abreisenden. Schweigend packten sie ihre Gepäckstücke und trugen sie zum Bahnsteig. Sarah und Max standen vor dem Kurswagen Seebrugg–Hamburg. Er stellte das Gepäck hinein, half ihr beim Einsteigen, sie waren allein im Abteil. Sarah faßte seinen Arm.

»Nun ist es soweit, heute abend sehe ich Mama Auguste.«

»Mutter ist alt, sehr alt, ob sie dich wiedererkennt. Sarah, es sind viele, viele Jahre vergangen.«

Er bückte sich zu ihr hinunter, küßte ihre Wange.

»Vorsicht am Zug, die Kurswagen Seebrugg–Hamburg werden in Offenburg an den Schwarzwaldexpreß angehängt. Gute Fahrt«, der Zug setzte sich in Bewegung, hielt auf kleinsten Stationen, wenige Reisende stiegen zu. Sarah stand am Fenster und blickte in die Gegend. Max schritt hin und her. Eine weite Reise, erst spät nachmittags würden sie in Lüneburg sein.

»Mein Sohn holt uns mit dem Wagen ab. Sarah, es wird dunkel, wenn wir bei der Mutter sind.«

Sie schwieg, der Zug fuhr um den Titisee, hielt, Frauen und Männer stiegen zu, weiter ging es in Richtung Freiburg,

Emmendingen, nach Offenburg. Sie blickten auf Hänge und Schluchten, bewunderten die schmucken Gasthöfe. Offenburg: Der Kurswagen wurde an den Schwarzwaldexpreß gehängt, der Zug sauste nach Norden.

Sarah blickte noch einmal auf den Schwarzwald zurück. »Eine schöne Gegend, ich möchte wiederkommen! Auf Wiedersehen, Höchenschwand, Dorf am Himmel.« Sie legte ihre Hände auf seine Schultern. »Max, es waren herrliche Tage im Schwarzwald.«

Er nickte, schritt im Abteil hin und her, hier hatte er Sarah nach so vielen Jahren getroffen. Schweigend setzten sie sich, fern weilten ihre Gedanken.

☆

»Damals, im letzten Kriegssommer in Masuren: Froh rannte ich über Wiesen und Felder, ich duckte, versteckte mich nicht mehr, hoffte auf ein baldiges Kriegsende. Ich gehörte zu euch, vergaß meine Eltern und Martha Saruski. Steinfelde, das einsame Dorf, auf den Feldern, an Wegen und Grenzrainen Steine, überall Steine, groß und klein. Der bewaldete Kiefernberg mit Kaddigen und Heckenrosen. Vor dem See Roßgärten, Torfbrüche und Sümpfe.«

»Steinfelde«, Max fiel ihr ins Wort. »Nach dem Ersten Weltkrieg wurde unser Dorf von Osranken auf Steinfelde umbenannt. Riesige Granitblöcke lagen in der Gemarkung. An der Strecke nach Baitenberg wurde ein Steinwerk erbaut, die Steine gesprengt, gebrochen und gemahlen, dann ins Reich abgefahren. Später erinnerte nur noch eine Ruine an das wuchtige Werk. Steinfelde, eine arme Gegend mit Kiesbergen, Steinen und Sand. Die fruchtbaren Äcker in der Umgebung gehörten den Gutsherren.«

Sarah faßte seinen Arm, er setzte sich näher zu ihr.

»Max, plötzlich war ich allein, du mußtest zum Schanzen, ich heulte im Roßgarten bei den Kühen.«

Max kam sonnabends vom Hitlerjugenddienst aus Drigelsdorf. Mürrisch warf er seinen Tornister unter den Küchentisch. »Ich muß am Montag zum Schanzen.«

»Was ist?« Die Mutter, der Vater, seine Geschwister und Sarah starrten ihn fragend an.

»Erste und zweite Schar am Montag für vierzehn Tage zum Grabenziehen und Bunkerbauen, wird von der dritten und vierten Schar abgelöst.« Er stand stramm, wiederholte den Befehl seines Gefolgschaftsführers.

»Wohin? Weißt du schon, in welche Gegend ihr müßt?«

»Wir bleiben im Kreis Johannisburg, von Seegutten war die Rede.«

»Herrgott, jetzt mitten in der Ernte! Der Roggen und Weizen muß gedroschen werden, wenigstens paar Zentner Korn müssen zur Mühle. Wir brauchen dringend Mehl«, flehte die Mutter.

»Hitlerjugend zum Schanzen, BDM-Mädchen übernehmen die Verpflegung und Reinigung der Unterkünfte.«

»Mama, schade, daß ich noch nicht vierzehn bin, ich würde freiwillig für die Jungen Kartoffeln schälen und abwaschen. Der Führer braucht jeden von uns, er bringt neue Waffen, der Sieg wird unser!«

Elli sprach, der Bruder winkte ab. »Hast du bei den Jungmädels gehört.«

Der Vater schwieg, doch die Mutter reagierte böse. »Halt deinen Schnabel, dammlige Marjell! Zu Hause kannst du nicht einmal Feuer im Herd machen, holst kein Holz aus dem Schuppen, ich muß selbst Torf und Holz schleppen.«

Max wandte sich an seine älteste Schwester: »Sieg mit neuen Waffen! erzählen die Parteigenossen den kleinen Mädchen. Unser Gefolgschaftsführer, ein schwerverwundeter Frontsoldat mit Unterschenkelprothese und steifem Arm, weißt du, was der vor der ganzen Front laut sagte? ›Wir stecken in der Scheiße, versuchen zu retten, was noch zu retten ist. Siegreiches Ende‹, sein Gesicht wurde grau, er sah zu Boden, ›der Untergang ist nicht aufzuhalten. Jawohl, der Untergang ist nicht aufzuhalten‹, das hat unser Gefolgschaftsführer gesagt.«

Klara stand traurig am Küchentisch. »Max, du kommst doch wieder.«

»In vierzehn Tagen werden wir abgelöst, dann bin ich wieder da«, versprach Max.

Am Sonntag ging er mit seinem Vater durch die Felder, die Gerste war eingefahren, der Roggen und Weizen noch zu mähen. »Ein Fuder Roggen, etwas Weizen, sofort morgen werde ich mähen, schnell einfahren, dreschen, zur Mühle bringen, wir brauchen Mehl.«

Vater und Sohn blickten über die Felder und Wiesen zum grünen Grund. Im Roßgarten ruhten die Kühe, am Rowek badeten Klara, Elli, Heta und der Ottek im seichten Wasser. Der Hund sprang lustig auf der Wiese. Der Vater ging zu den Torfbrüchen, prüfte die Torfhaufen, sie waren trocken, könnten auf den Hof in den Schuppen. Elli und Heta trieben die Kühe heraus, ließen sie am Kleefeld weiden. Ottek spielte mit dem Hund, versteckt saß Max auf einem Stubben in den Erlenbüschen. Klara stand plötzlich bei ihm, sie kreuzte beide Hände über ihre Brust.

»Max, bleib nicht lange fort, komm bald zurück!«

»Komm, setz dich, Klara.«

Sie nahm neben ihm Platz. Er sah in ihre dunklen Augen, legte seinen Arm um ihre Schulter, drückte sein Gesicht an ihre Wange. »Klara, Befehl, ich muß hin, vierzehn Tage sind bald um, ich komme zurück.« Lange saßen sie Wange an Wange, er überlegte, zögerte, sollte er sie an sich ziehen, Klara einen Kuß geben? Vielleicht würde Elli sie beobachten. Nein, er küßte sie nicht, Max traute sich nicht.

Am Montag warf er seinen Tornister über den Rücken, darunter hingen sein Brotbeutel und die Feldflasche. Er winkte nochmals. »In vierzehn Tagen bin ich wieder zurück!« Er schwang sich auf das Rad, trampelte um den Kiefernberg nach Lindensee, holte seine Kameraden ab, zusammen fuhren sie nach Drigelsdorf.

Der Vater ging seiner Feldarbeit nach, die Mutter bangte um ihren Sohn. Heta und der Ottek fragten nach ihrem Bruder. Nur Elli war vergnügt, froh erzählte sie den Soldaten: »Mein Bruder zieht Verteidigungslinien, baut Gräben und Bunker, hilft dem Führer zum Endsieg.«

Die Soldaten lächelten, nahmen Elli nicht ernst.

Klara wurde schweigsam. Max, mit dem sie sich so gut verstand, fehlte ihr. Der französische Kriegsgefangene war abgezogen, nun hatte sie niemanden, mit dem sie reden konnte. Nur gut, daß Mama Auguste da war. Diese schimpfte, jammerte und stöhnte, wollte nicht mehr zupakken, sagte, am liebsten würde sie sterben, vergaß ihre Worte am nächsten Tag, rannte, rackerte von morgens bis abends.

Klara fühlte sich sicher, spielte mit den Dorfkindern, keiner fragte, stichelte, die Kinder wußten, ihre Mutter galt als vermißt, sie war aus Berlin wieder nach Steinfelde zurückgekehrt. Sogar Lehrer Masuch sprach freundliche Worte zu ihr. Der Schulrat wurde versetzt, seine Schule mit Soldaten belegt, außerdem waren sie in den Sommerferien. Es war ruhig, fast einsam im Dorf, doch die Einquartierung brachte etwas Abwechslung. Jedes Haus war von Soldaten belegt, sogar in Kuchelkas Wohnzimmer schliefen sie auf Stroh, in Decken gehüllt, Soldaten in blauen Uniformen. Eine Flak-Einheit, nach schweren Verlusten vom Mittelabschnitt abgezogen, sollte im Dorf Reservisten erhalten, neu aufgestellt werden. Ottek saß ständig bei den Blau-Uniformierten, brachte Kekse, Schokolade, sogar Käse in Blechdosen mit, den die Soldaten nicht mochten.

Mittags standen gefüllte Kochgeschirre mit Nudelsuppe auf dem Küchentisch. »Prima Nudeln mit Rindfleisch«, Frau Kuchelka schöpfte jedem einen Teller voll. Klara, Elli und Heta, auch der Vater, aßen, lobten das Essen aus der Gulaschkanone. Obwohl Frau Kuchelka schimpfte, zog es die Mädchen immer wieder zu den Soldaten. Bald wußte die Einquartierung, daß Klara durch die Kinderlandverschikkung aus Berlin nach Steinfelde kam, ihre Mutter bei der Reichsbahn dienstverpflichtet war, seit dem letzten Herbst von einem Transport in den Osten nicht zurückkehrte.

»Meine Mutter ist vermißt«, erzählte Klara.

»Sie ist umgekommen, meine Schwester sehe ich nicht wieder«, sagte Frau Kuchelka bedrückt.

Ein älterer Unteroffizier beobachtete Klara, musterte ihr Aussehen. »Hat das Mädchen einen Vater?« wollte er von der Bäuerin wissen. Er saß in der Küche, schenkte Frau Kuchelka Schnaps ein, ihre Wangen glühten. »Vater? Nein, Klara ist allein, ein armes Kind, kann nicht nach Berlin zurück.« Sie biß auf ihre Lippen, mehr sagte sie nicht.

Der Unteroffizier zog seine Stirn in Falten. »Ihre Schwester war in Berlin in Stellung, Vorsicht, Vorsicht, das Mädchen sieht aus wie eine . . .«, er sprach nicht weiter. »Gott behüte euch alle«, hörte Frau Kuchelka, sah ihn mit gesenktem Haupt in sein Zimmer gehen.

Klara merkte nichts davon, stand an der Dorfstraße, unterhielt sich mit den Soldaten, nun war der Ersatz da. Ganz junge Rekruten marschierten durch das Dorf, exerzierten am Kiefernberg. Abends stand sie mit Elli unter dem Eichenbaum beim Hoftor. Eine Gruppe Rekruten bummelte lärmend durch das Dorf. »Hallo, süße Kleine«, riefen sie zu den Mädchen. »Zigeunersche«, schrie ein Soldat, übermütig wollte er Klara umarmen. Elli errötete, Klara rannte über den Hof. »Hallo, schwarzer Teufel«, schrien die Soldaten ihr nach.

»Elli, Elli«, rief die Mutter aus der Küche, schimpfte auf ihre älteste Tochter, tröstete die heulende Klara. »Ihr seid noch viel zu jung, was steht ihr an der Dorfstraße herum, von den jungen Soldaten sind viele Hitlerjugendführer, Klara, laß dich an der Straße nicht mehr sehen.«

Klara war gewarnt, nahm den Vorfall ernst, hielt sich sichtlich zurück, belauschte heimlich die Gespräche der Soldaten. »Absetzen zum Westen, lieber in amerikanische Gefangenschaft als nach Sibirien«, sagte der ältere Unteroffizier zu seinem Feldwebel. »Wir haben Ersatz, werden aufgefüllt, paar Tage Truppenübungsplatz, dann geht's wieder an die Front.« Der Feldwebel marschierte durch das große Wohnzimmer. Die beiden Dienstgrade waren allein. »Hoffentlich ist unser nächster Einsatz im Westen oder Süden. Nach Frankreich, vielleicht nach Italien müßten sie uns bringen. Bei der ersten Feindberührung«, er hob beide Hände, »Gefangenschaft, ab nach England oder Amerika. Endlich wäre man aus diesem Scheißkrieg heraus.«

Noch mehr hörte Klara, der Russe stand vor der ostpreußischen Grenze. Früher oder später mußten die Menschen abhauen, fliehen. Keiner kümmerte sich um die Zivilbevölkerung, die Partei sprach vom totalen Krieg. Schade, schade, daß der zwanzigste Juli danebenging. Der Feldwebel hob seine Hand zum Hitlergruß. »Nun hat die Partei das Wort. Bei jeder Meldung im vordersten Graben muß die Hand gehoben werden. Attentat auf den Führer. Schade, vielleicht wäre das ein vorzeitiges Ende gewesen«, vernahm sie.

Bombenanschlag auf den Führer, davon erzählte Max, doch mehr erfuhr sie nicht. Kein Radio, keine Zeitung gab es im Hause. Ganz überraschend verschwanden die Flak-Soldaten, nachts packten sie, morgens waren sie fort. Sie kamen auf den Truppenübungsplatz Arys, direkt nach Schlagakrug, erzählte Frau Kuchelka.

Ruhe, Stille herrschte im Dorf am Rande der Johannisburger Heide, abends war die Straße leer, die Fenster der Häuser verdunkelt. Steinfelde wirkte wie ausgestorben. Klara half auf dem Felde, zusammen mit Elli stand sie auf dem Leiterwagen, packte die Garben nebeneinander zu einem Fuder. In der Scheune war sie beim Abladen behilflich. Auf Max warteten Mutter und Vater, dann wollten sie Roggen und Weizen dreschen, zur Mühle fahren, Mehl brauchte die Mutter dringend. Max fehlte auf dem Hof, insbesondere Klara vermißte ihn, zählte die Tage, am kommenden Montag waren zwei Wochen um. Am Sonntagabend stellte Max sein Fahrrad an die Hauswand. Die ganze Familie rannte hinaus. »Max, Max, bist du wieder zurück?« Der Sohn zog seine Hitlerjugenduniform aus. »Mama, die Klamotten müssen gewaschen werden.«

Ottek staunte, an der Jacke hing eine rot-weiße Schnur, sein Bruder war Kameradschaftsführer. Beim Abendbrot gab es viel zu erzählen. Im Kreis Johannisburg, in Seegutten war Max im Einsatz. »Mama, ich brauchte nicht zupacken, ich war Geräteverwalter, habe Spaten und Schaufeln ausgegeben, abends wieder empfangen, sie in Ordnung gehalten, wir wohnten in einer RAD-Baracke, die Frauenschaft und BDM-Mädchen sorgten für unsere Verpflegung. Die Kreisleitung hatte die Oberaufsicht.«

»Was habt ihr gemacht?« Klara drängte sich an ihn heran.

»Schützenlöcher, Gräben, Bunker gebaut, um den See wird eine Auffangstellung angelegt. Verwundete Soldaten haben uns eingewiesen, die Schanzarbeiten geleitet. Auf-fang-Stellung bei Seegutten.«

Nachdenklich drückte der Vater seine Faust gegen die Stirn. »Herrje, herrje, wir werden fliehen müssen«, sagte die Mutter.

Max erzählte. »Seit dem Attentat auf den Führer grüßen auch die Soldaten mit Heil Hitler. Die Partei, die Kreisleitung hat das Sagen, alle reden vom totalen Krieg, ein Volkssturm soll aufgestellt werden.«

»Volkssturm, was ist das?« Klara griff Max an den Arm. Elli beobachtete, musterte sie scharf.

»Alle Männer bis sechzig sollen zu den Waffen. Papa, sie werden auch dich holen.«

In Gedanken versunken saß Ludschu Kuchelka am Küchentisch. Schanzarbeiten, totaler Krieg, Volkssturm, würde er seine Familie verlassen müssen? Alles war möglich. Im Mittelabschnitt tobte eine Abwehrschlacht, bald stand der Russe an der ostpreußischen Grenze.

»Sie wollten unseren geliebten Führer umbringen, die Volksverräter, umbringen wollten sie unseren geliebten Führer«, unterbrach Elli die Stille. Verzagt, weinerlich erklang ihre Stimme.

»Kindchen, Kindchen«, die Mutter sah hoch. »Was erzählt man euch für dammliges Zeug beim Jungmädchendienst?«

Spät abends ging Max über den Hof, der Hund umsprang ihn. Er klopfte den Pferden auf den Rücken. »Ich bin wieder da.« Klara wich nicht von seiner Seite. »Max, Max, prima, nun bleibst du zu Hause!«

Der Dreschsatz aus Monethen zog von Hof zu Hof, drosch Roggen, Weizen, Gerste und Hafer. Ludwig Kuchelka half den Bauern, dann war sein Hof dran. Seine Frau freute sich, nun hatten sie Roggen und Weizen, er fuhr zur Mühle nach Brennen, brachte Mehl und Schrot. Der Ortsbauernführer, der Ortsgruppenleiter, viele Braununiformierte gingen von Hof zu Hof, der Roggen sollte vollständig eingesät werden für die Ernte im nächsten Jahr. Frauen, Kinder und alte Männer liefen hinter den Drillmaschinen, die Äcker wurden bestellt, die Kartoffeln gerodet, die Kinder gingen wieder zur Schule. Klara trieb vormittags die Kühe auf die Wiesen, es war kalt in Steinfelde, der Winter im Anzuge.

»Holt Torf in den Schuppen, hackt Holz, es wird kalt, womit sollen wir heizen«, Frau Kuchelka redete so lange auf ihren Mann ein, bis der Schuppen voll war, auf dem Hof ein Haufen Erlenholz lag. Die ganze Familie packte zu, sogar Klara zog gemeinsam mit Max an der Säge, warf Holzstücke auf einen Haufen.

Klara trug Holzklompen an den Füßen, eine Schafwolljacke, auf dem Kopf eine Strickmütze, rieb die eiskalten Hände. Sie war inzwischen eine richtige, ostpreußische Marjell geworden, sprach sogar paar Worte masurisch, versuchte, breit ostpreußisch zu reden. Max fand es lustig, amüsierte sich. Die beiden foppten und stichelten sich gegenseitig. »Was sich liebt, das neckt sich«, sagte Elli ein bißchen eifersüchtig. »Von Liebe plapperst du, Elli, bist du bedammelt, ihr seid doch noch alle Kinder«, die Mutter faßte Klara, hielt sie umarmt. »Marjellchen, Kindchen, hast dich erholt, bist kräftiger geworden, brauchst dich nicht mehr zu ducken, verstecken, die Grapscher sind fort. Deine Eltern kommen nach dem Krieg wieder nach Berlin zurück.«

Wenn Klara etwas von ihren Eltern hörte, rollten Tränen aus ihren Augen. Max wurde dabei weich, drehte sich um, ging auf den Hof. Wieder mußte Max zum Schanzen, kam nach vierzehn Tagen zurück, ein kalter Wind wehte über die Dorfstraße, morgens war der Boden hart gefroren. Bedrückt saß die Familie am Küchentisch, der Vater hielt den Masuren-Boten in den Händen: »Erlaß des Führers zur Bildung des deutschen Volkssturmes. Männer zwischen sechzehn und sechzig Jahren sollen zu den Waffen.« Frau Kuchelka war außer sich, die Kinder weinten, sogar Elli rieb ihre feuchten Augen. Klara saß bei Max, heulte. »Mußt du wirklich fort? Bleib hier«, flehte sie.

Aufregung herrschte auf den Höfen, Braununiformierte rannten hektisch über die Dorfstraße. Der Ortsgruppenleiter, der Bürgermeister, ein SA-Führer aus Monethen, der HJ-Scharführer, sogar BDM und Frauenschaft versammelten sich in der Schule. Der Führer rief den Volkssturm zu den Waffen. Der Feind stand an der Grenze, die Heimat Ostpreußen sollte verteidigt werden. Hitlerjungen und BDM-Mädchen redeten vom Einsatz, wollten sich dem Feinde entgegenstellen. Die Bauern, ältere, erfahrene Familienväter, hielten sich zurück, klagten über Krankheiten und Leiden, sie wiesen auf ihre Frauen, Kinder und Höfe, wer sollte zu Hause die Kühe melken und die Milch abliefern?

Elli und Heta standen auf der Dorfstraße, beobachteten die Vorgänge in der Schule und auf dem Schulhof. Ottek und Klara schlichen durch das Birkenwäldchen in Wardas Johannisbeersträucher, sahen von hinten auf den Schulhof. Klara war um Max besorgt. Mußte er sofort weg, oder war es nur ein Appell, eine Vorbereitung, sie ließ dem jüngsten Kuchelka-Sohn keine Ruhe.

»Ottek, geh, lauf, frage den Max, ob er fort muß«, bettelte sie.

Ottek schlich von hinten auf den Schulhof, beim Scharführer stand sein Bruder. »Max«, er zog ihn zur Seite. »Die Klara bangt um dich«, er zeigte auf Wardas Obstgarten. »Mußt du heute noch weg?«

»Nein, nein, der Appell ist gleich zu Ende, wir treten ab. Am Montag müssen Papa und ich fort.«

Es wurde ein trauriges Wochenende bei den Kuchelkas. Trübsinnig, verbittert ging die Mutter durch Haus und Hof, suchte ihrem Mann warme Kleidung zusammen. Das Gepäck von Max stand bereit, er war auf weitere Schanzarbeiten vorbereitet. Ungehalten, böse schimpfte Frau Kuchelka: »Nun müssen Kinder und alte Männer zu den Soldaten, so weit haben uns die Bonzen gebracht.«

Ludschu versuchte, seine Frau zu beruhigen, drohte, sie sollte den Mund halten, die Kreisleitung, die Partei, nicht die Wehrmacht hatte nun das Kommando. Miesmacher und Volksfeinde würde man hinrichten, an die Bäume hängen. Sogar Klara bat sanft: »Mama, bitte sei still, nichts sagen. Mama, Mama, bitte, bitte still, nicht aufregen, Max und Papa kommen bald zurück.«

Elli lobte den Führer, sprach vom Endsieg, die jüngere Schwester Heta und der Ottek blickten traurig auf ihren Vater und den ältesten Bruder. Klara war stets bei Max, half seinen Tornister packen, seufzte: »Max, bleib zu Hause. Was sollen wir allein in Steinfelde?«

Traurig, bedrückt ging der Sonntag zu Ende, am Montag früh holten HJ-Kameraden Max ab. Er verabschiedete sich von Mutter, Vater, den Geschwistern, drückte Klara die Hand. »Ich komme euch bald besuchen«, versprach er. Dann fuhren sie zur Chaussee nach Monethen.

Ludschu hatte noch etwas Zeit, erst gegen Mittag stand eine Kutsche vor dem Hof, drei Bauern in grünen Joppen winkten, er stieg zu ihnen, die Kutsche rollte zur Chaussee. Frau Kuchelka, die Kinder und Klara sahen ihnen nach, Tränen flossen aus ihren Augen. Mein Gott, sie fuhren lustig weg, als wenn Bauern zum Jahrmarkt nach Drigelsdorf reisten. Die Schule war mit Soldaten belegt, die Kinder blieben zu Hause.

Klara, Elli und Heta halfen der Mutter bei den Kühen, Gänsen und Hühnern, nur zu den Pferden trauten sie sich nicht. Vorsichtig warfen sie Heu in die Futterkrippe, zogen sich ängstlich zurück. Aufgeregt, empört und ungehalten ging Frau Kuchelka durch Haus und Hof, schimpfte auf die Partei und den Führer, rannte zu den Nachbarn, stöhnte, suchte Hilfe, was sollte nun geschehen. Ratlos standen die jungen Bäuerinnen und alten Großväter da, wiesen auf die Kreisleitung, manche sprachen vom Packen und Fliehen, wollten Kälber und Schweine schlachten, für die Flucht Vorräte schaffen. Elli und Heta waren unschlüssig. Die Älteste sprach noch immer vom Endsieg, der Führer würde neue Waffen bringen, obwohl die jungen Soldaten ganz offen sagten: »Packt eure Klamotten und haut ab, der Russe überrennt Ostpreußen.«

Klara stand Frau Kuchelka bei. »Mama, du mußt viel Brot backen, Fleisch und Mehl bereitstellen, einen Wagen beladen, damit wir abhauen können.« Sie zeigte auf die Einquartierung im Wohnzimmer. Die Mutter bat zwei Soldaten, sie halfen, schoben den Kastenwagen in die Scheune. Frau Kuchelka stellte Heu und Hafer hinein, legte die große Pelzdecke, Ludschus Pelzmantel, Pferdedecken und Mäntel dazu. Sie schlachteten die letzten Junggänse und Puten. »Wenn der Papa zurückkommt, schlachten wir einen Läufer und das letzte Kalb. Schade um unser fettes Schwein, das mußten wir in der letzten Woche abliefern.« Geknickt, ein wenig verbittert sprach sie davon. Als sie den Ortsbauernführer auf der Dorfstraße sah, rannte sie zum Tor. »Meine Männer sind weg, herrje, was mache ich allein mit den kleinen Kindern. Laß doch wenigstens den Ludschu zurückkommen«, bettelte sie.

Überraschend stand der Vater in der Küche, er hatte einige Tage Urlaub bekommen. Um einen Arm seiner Joppe hing eine weiße Binde mit der Aufschrift »Deutsche Wehrmacht«. Auf dem Kopf trug er eine graue Soldatenmütze. Mutter und Kinder umstanden ihn, freuten sich. Er packte seinen Rucksack aus. Schokolade, Kekse, Zigaretten, Büchsen mit Wurst und Käse brachte er mit. Es ging ihm gut, er war zufrieden, die Bauern hielten zusammen, holten von ihren Höfen Kälber und Schafe, schlachteten heimlich, in seinem Zug gab es gutes Essen.

»Müßt ihr exerzieren, bekommt ihr eine Ausbildung?« Neugierig fragte Elli.

Der Vater winkte ab. »Alte Gewehre vom Ersten Weltkrieg.« An die Panzerfäuste traute er sich nicht. Ludschu sah sich um. »Wenn es brenzlig werden sollte, verdrücke ich mich, komme zu euch, steige auf den Wagen, wir hauen nach dem Westen ab.«

»Unser Pferdewagen«, die Mutter sprach von Nachbarn, die ein Überdach bauten, deren Fuhrwerke fluchtfertig bereitstanden.

»Still, nicht darüber reden, darf keiner wissen«, der Vater drohte: »Die Partei ist brutal.«

Zu seiner Frau flüsterte er: »Sofort morgen baue ich auf den Kastenwagen ein Überdach.« Aus seinem Rucksack zog er Zeltbahnen, den Soldaten hatte er sie abgekauft für eine Ration Zigaretten.

»Papa, hast du den Max gesehen?« Klara blickte betrübt hoch.

»Nein, die Hitlerjugend ist in den Nachbarkreis gekommen. Aber auch der Max bekommt ein paar Tage frei, jeder hat darauf Anspruch.«

»Prima«, Klara lächelte, »hoffentlich kommt er bald zu Besuch.«

Lange saß Frau Kuchelka mit ihrem Mann in der Küche. Sie waren sich einig, morgen früh würden sie den letzten Läufer schlachten, dann war der Kastenwagen dran. »Wir brauchen Mehl, einer müßte zur Mühle fahren.« »Nicht so eilig, ich komme wieder, der Max wird euch besuchen, das kriegen wir hin«, vertröstete Ludschu seine Frau.

Das Schweinchen war geschlachtet und versteckt, der Kastenwagen in der Scheune mit einem Gestell versehen, später sollten die Zeltbahnen übergespannt werden. Ludschu stellte Strohbunde um den Wagen. Nicht davon reden, keinem den Wagen zeigen. Er wies hinter den Dunghaufen, dort stand der alte Pferdewagen, falls man einen brauchte. Der Bauer sprach mit der Einquartierung. »Volkssturmmann«, der Unteroffizier mit dem silbernen Verwundetenabzeichen an seiner Brust zog ein grimmiges Gesicht. »Führers Gefolgsleute, Deutschlands letzte Hoffnung.«

Ludschu nahm es hin, Befehl, er mußte folgen. Dienst war Dienst und Schnaps war Schnaps.

Die Tage waren um, er packte frische Wäsche und warme Handschuhe ein, hängte den Rucksack um, drückte seine Frau, jedes Kind an seine Brust. Ich komme bald wieder. Eine Kutsche hielt vor dem Hof, die Bauern, nun Volkssturmmänner, fuhren zu ihrer Kompanie.

Kalt wehte der Oktoberwind, als der Sohn Max sein Fahrrad auf den Hof schob. Er trug Soldatenstiefel, einen grauen Mantel, auf dem Kopf seine HJ-Mütze. »Kameradschaftsführer Kuchelka«, er reckte sich, zog Mantel und die Stiefel aus, warf die Mütze auf die Schlafbank, machte es sich bequem. Die Mutter, Klara und seine Geschwister fragten, erwarteten Auskünfte, Antworten, doch Max sagte nur: »Mist, Scheiße, ich habe Hunger, Mama, bring Speck und Brot.« Max stärkte sich, verlangte nach Bier, keine Flasche war im Hause. »Scheiß-Dienst, wir werden von Dienstgraden der Wehrmacht ausgebildet, müssen rennen, werden kommandiert, gejagt, sollen mit Panzerfäusten russische Panzer knacken.«

Die Verpflegung war mies, er sauer, hatte die Nase voll. Unzufrieden war die älteste Schwester mit ihrem Bruder, Elli erwartete einen Helden, doch Max schimpfte und fluchte, wollte am liebsten zu Hause bleiben. Klara war stets bei ihm, zeigte auf den Kastenwagen in der Scheune. »Max, kommst du mit, wenn wir fliehen müssen?«

Eine klare Antwort erhielt sie nicht, er kam ihr verdrossen, grimmig vor, zeigte keine Lust, etwas zu tun, die Mutter wurde ungehalten.

Am nächsten Morgen herrschte Aufregung im Dorf, die Soldaten packten und marschierten ab. SA-Führer und politische Leiter liefen von Hof zu Hof. »Pferdewagen packen, fertig machen zur Abfahrt.«

Frau Kuchelka weinte, die Kinder rannten aufgeregt zur Straße. »Was ist los?« »Die Russen sind in Ostpreußen bei Goldap und Gumbinen einmarschiert«, die Nachbarsfrau erzählte, sie habe es von einem Offizier erfahren. Max zog seine Hosen und die Stiefel an, darüber eine grüne Joppe und Vaters Pelzmütze, fütterte die Pferde, schleppte Fleischtöpfe, Mehl, Schrot und Hafer in den Kastenwagen. Klara und die Geschwister liefen in den wärmsten Sachen herum. »Herrgott, Herrgott«, rief die Mutter über den Hof, »warum habe ich nicht die letzten Hühner und Gänse geschlachtet? Die Kühe sind nicht gemolken, Max, Max, was nun?«

Sie warteten, es wurde Abend, späte Nacht, dann fuhren Autos durch das Dorf. »Hierbleiben, keine Abfahrt, es besteht keine Gefahr, unsere Soldaten werden den Feind vertreiben.«

Angekleidet saßen die Kinder in der warmen Küche. Die Mutter wußte nicht, was sie machen sollte. Auch Max und Klara saßen auf der Schlafbank in einer Küchenecke, flüsterten, versteckt hielt er ihre Hände. Erst am frühen Morgen legten sie sich müde zu Bett.

Am Nachmittag packte Max Brot und Speck in seinen Brotbeutel, zog seinen Soldatenmantel an, setzte seine Mütze auf. »Ich muß los«, brummte er vor sich hin, verabschiedete sich kurz, stieg auf das Rad und fuhr zum Bahnhof nach Brennen.

»Der Vater ist fort, der Max mußte weg, nun sind wir wieder allein. Was soll aus uns werden?« Verzweifelt ging Frau Kuchelka in den Stall, melkte die Kühe, fütterte die Pferde, Klara war bei ihr. »Mama, wenn wir fliehen müssen, wirst du die Pferde lenken?« Sie faßte Frau Kuchelka an den weiten Rock. »Ich muß, werde ich, bleibt mir nichts anderes übrig, bin schon viele Male mit dem Pferdewagen über die Piaskis zum grünen Grund gefahren.« Klara ging beruhigt ins Haus.

Frau Kuchelka rannte zum Bürgermeister, zum Ortsbauernführer, sprach jeden Braununiformierten auf der Straße an, jammerte, erzählte von ihrem Sohn und Mann, erwähnte die kleinen Kinder, den Hof, die Pferde und die Kühe. Wenigstens einen sollte man wieder nach Hause schicken, sie könnte nicht weiter. Der Ortsbauernführer versprach, ihren Mann freizubekommen, er sollte beurlaubt werden. Sie hoffte und wartete, doch weder Ludschu noch der Sohn Max meldeten sich.

Überraschend stand der Bauer in der Stube. Sein Rucksack war gefüllt, es ging ihm gut beim Volkssturm, er war in der Küche tätig, schleppte Kartoffeln, Wruken und Kohl. Die Frauenschaft mochte den kräftigen Mann, er machte sich unentbehrlich. Ludschu überlegte, redete mit dem Ortsbauernführer. »Ich bleibe beim Volkssturm, schickt den Sohn Max nach Hause, er muß sowieso im nächsten Jahr zu den Soldaten.« »Gut«, der Ortsbauernführer war einverstanden.

Seiner Frau paßte der Vorschlag nicht, doch Ludschu sprach immer wieder auf sie ein. Die Kinder und Klara sollten vorläufig nichts erfahren. »Der Max soll heim, er kann sich nicht helfen, ist noch zu jung, den befehlen sie bald zur Front.« Er sei in der Kompanieküche gut aufgehoben, erfahre aus der Kompaniestube die neuesten Nachrichten, wenn es brenzlig werden sollte, wollte Ludschu abhauen, auf den Kastenwagen steigen und mit der Familie in den Westen fahren. »Na gut«, seine Frau war einverstanden, sie sollten den Max heimschicken.

Ludschu fuhr wieder ab. Klara hörte einiges, wartete täglich auf Max. Er kam tatsächlich.

Es war kalter Winter, etwas Schnee lag auf den Wiesen, da schob Max sein Fahrrad durch Schneewehen vom Bahnhof nach Steinfelde. Er trug seine vollständige Hitlerjugenduniform mit der Kameradschaftsführerschnur, sollte die Mädchen und Jungen im Dorf organisieren, gemeinsam mit ihnen auf den Höfen den Bauersfrauen helfen.

Max war wieder der alte, freundlich und zufrieden, ließ die BDM-Mädchen und verbliebenen Hitlerjungen in der Schule antreten, teilte sie zur Arbeit auf den Höfen ein. Er ging mit dem Ortsbauernführer von Hof zu Hof, packte mit zu, half in den Ställen und Scheunen, fuhr Holz und Torf auf die Höfe. Die Partei, der Ortsgruppenleiter waren zufrieden. Kameradschaftsführer Kuchelka erhielt Anerkennung und Lob.

Steinfelde kam nicht zur Ruhe, die Einquartierung wechselte, politische Leiter, SA-Führer und der Ortsbauernführer zeigten sich ständig in Uniform. Von Hof zu Hof zogen Gerüchte, man sprach von Flucht, die Pferdewagen standen in den Ställen und Scheunen bereit, doch offen redete keiner darüber. Der Bürgermeister, auch der Ortsbauernführer, wollten es nicht wahrhaben, noch hatte die Kreisleitung dazu keinen Befehl gegeben, jeder sollte auf seinem Hof wie bisher weiter arbeiten, Kühe melken, dreschen, Getreide und

Milch abliefern. Jungvieh wurde von den Höfen abgeholt, die Wehrmacht, auch der Volkssturm, mußten verpflegt werden. Auf Anraten seiner Mutter fuhr Max mit Roggen und Weizen zur Mühle nach Brennen, mußte lange warten, die Bauernwagen standen Schlange, Wehrmachtslastwagen holten Mehl ab.

Frau Kuchelka ging zu den Jablonskis, brachte ihr Roggen- und Weizenmehl, fragte, ob sie genug Torf und Holz hätten. »Wir werden fliehen müssen, ist euer Einspänner-Wagen gepackt?« erkundigte sie sich. Oma Jablonski zeigte auf das Scheunentor, der Wagen stand bereit. »Wir müssen, so will es der Bürgermeister. Wenn die Partei es befiehlt, sollen alle abfahren, keiner im Dorf zurückbleiben. Augustchen, wir sind alt, arm, keine Parteigenossen, uns wird man nichts tun. Wir haben gepackt, werden losfahren, bei bester Gelegenheit umkehren, wollen in Steinfelde bleiben, später hier begraben werden.«

Der alte Jablonski redete, sah über den Hof in Richtung Kotten, wo an der Chaussee der Steinfelder Friedhof lag. Ob er wohl ahnte, daß sein Ende bevorstand?

Frau Kuchelka tröstete die beiden Alten, erzählte vom Ersten Weltkrieg, als sie fliehen mußten, doch bald wieder ins Dorf zurückkehren konnten. Sie sprach von ihrem Mann, der jetzt beim Volkssturm war und vorhatte, bei der Flucht sein Gewehr wegzuwerfen, um zu ihr auf den Pferdewagen zu steigen. »Der Max bringt euch Torf und Holz, bald ist Weihnachten, der liebe Gott möge euch behüten«, so verabschiedete sie sich.

Max versorgte Kühe und Pferde, Klara und Elli halfen dabei. Heta und Ottek gingen mit der Mutter zu den Schweinen und Hühnern. In der Bucht lag nur noch das alte Zuchtschwein, keine Ferkel, keine Läufer. Im Hühnerstall und bei den Gänsen wenige Hühner mit einem Hahn, eine alte Gans mit dem Ganter. »Ob ich die Gänse noch schlachte«, die Mutter wußte nicht, was sie machen sollte.

»Mama, zum Frühjahr wollen wir kleine Gänschen haben. Bitte nicht«, flehte der jüngste Sohn.

»Zum Frühjahr? Was ist, was wird dann mit uns«, die Mutter war überfordert, zuviel war in den letzten Monaten geschehen, nun standen die russischen Soldaten tatsächlich an Ostpreußens Grenze. Irgendwie fanden sich die Kinder damit ab, der Vater war beim Volkssturm, es mußte ohne ihn weitergehen.

Max und Klara saßen abends bei der Mutter in der Küche, beratschlagten, manchmal kam auch Elli dazu. Max berichtete, was er von den Soldaten hörte. Schnell packen und in Richtung Westen abhauen, immer gen Westen fahren, bis über die Oder zur Elbe. Lieber zum Amerikaner als in russische Hände fallen. Wenn er vom Westen sprach, war Klara aufgeregt. »Mama, Mama, wir fahren über Berlin, vielleicht steht noch mein Elternhaus.« Klara schien zu warten, wann ging es endlich los, doch offen sprach sie nur mit Max darüber.

Elli belauschte die Soldaten. »Sie sind feige, wollen nicht kämpfen, reden nur vom Absetzen«, erzählte sie.

Als Klara und Max allein in der Scheune am Rübenschneider waren, sah sie flehentlich in seine Augen. »Max, wenn wir abfahren, dann treibst du die Pferde an. Weg, fort von hier, schnell zu uns nach Berlin. Vielleicht, vielleicht . . .«, sie weinte, dachte an ihre Eltern.

Der Vater kam kurz zu Besuch, brachte keine Neuigkeiten, auch er wußte nicht, wie es weitergehen sollte. Noch hielt die Front im Osten, er berichtete von einer Verlegung des Volkssturmes in einen anderen Kreis, versprach, zu Weihnachten wiederzukommen. Als er sich mittags verabschiedete, seine Kameraden im Kutschwagen warteten, hielt ihn seine Frau an der Joppe fest, riß ihm die weiße Binde »Deutsche Wehrmacht« vom Arm. »Ludschu! Ludschu! Bleib bei uns!« schrie sie, war nicht zu beruhigen.

»Warum muß unser Vater zum Volkssturm, warum mußte der Hitler Krieg machen«, schluchzte sie.

Ludwig Kuchelka kam zu Weihnachten heim, doch nur für kurz, er mußte sofort nach dem Fest zurück zu seiner Volkssturmkompanie. Wieder war es ein schwerer Abschied. »Max, versteck dich, laß dich nicht sehen, sonst mußt auch du noch weg«, riet der Vater, war weiterhin überzeugt, im Ernstfall mit seiner Familie westwärts zu fliehen.

Es war ein trauriges Weihnachten bei Fladen und etwas Pfefferkuchen, noch waren die Soldaten im Dorf, was würde das neue Jahr bringen? Voller Spannung vergingen die Tage bis zum neuen Jahr, es war Winter, doch die Kälte hielt sich in Grenzen, wenig Schnee lag auf den Wiesen und Feldern. Mit einigen politischen Leitern ging der Bürgermeister von Hof zu Hof, erkundigte sich nach dem Bauern und seinem Sohn Max. »Mein Mann ist beim Volkssturm, der Sohn bei der Hitlerjugend in Drigelsdorf, wir sind allein. Herrgott, wie soll es weitergehen?« Frau Kuchelka hielt ihre Hände vors Gesicht, zeigte auf Heta und Ottek.

Die Uniformierten zogen weiter. Max und Klara kamen aus der Scheune wieder hervor. »Der Ludschu hatte recht, laß dich nicht sehen, die wollen Kinder für die Soldaten grapschen.« Besorgt sah die Mutter auf ihren Sohn. Der Vater hatte einen Brief geschrieben, der Volkssturm war verlegt worden, nun konnte er nicht so schnell nach Hause kommen. Ratlos gingen die Kuchelkas über den Hof, der Wagen stand bepackt, Aufbruchstimmung herrschte bei den Nachbarn. Bauer Sawatzki fluchte, wollte nicht länger warten, der Russe stünde vor der Tür, spannte die Pferde an und fuhr zur Dorfstraße. Der Ortsbauernführer tobte. Es gab keinen Befehl von der Kreisleitung. Sawatzki mußte zurück auf seinen Hof.

»Mama, bitte, viel Brot backen, die letzten Gänse schlachten, wir brauchen Verpflegung für die Fahrt«, schlug Klara vor. Das Mädchen war fest davon überzeugt, bald würde die Flucht losgehen, Max und Elli wollten das nicht wahrhaben. Der älteste Sohn verhielt sich unauffällig, Klara war stets in seiner Nähe. Elli erzählte den Soldaten: »Mein Bruder ist erst fünfzehn Jahre, braucht noch nicht zum Volkssturm.« Sie machte ihn ein Jahr jünger, die Mutter legte ihr diese Ausrede ans Herz.

Frau Kuchelka ging in den Abendstunden durch das Dorf, sprach mit den Bäuerinnen und ihren Töchtern, merkte, die Frauen zitterten vor Angst, den russischen Soldaten in die Hände zu fallen. »Wann fahren wir endlich los«, schimpften sie. Bei Oma und Opa Jablonski stand der Wagen gepackt, abfahren wollten sie nicht, glaubten, unter russischer Besatzung leben zu können.

Lehrer Masuch zog seinen Hut, fragte nach ihrem Mann, trat dicht an die Bäuerin. »Was macht das Mädchen? Wird Klara bei ihnen auf den Fluchtwagen steigen?«

Erstaunt und überrascht trat Frau Kuchelka ein paar Schritte zurück. »Herr Masuch, Herr Lehrer, die Martha ist tot, wer soll für das arme Kindchen sorgen, sie wird im Stroh zwischen Heta und Elli sitzen. So lange wir leben, bleibt sie bei uns, bis wir ihre Eltern gefunden haben.«

»Ihre Eltern gefunden?« fragte der Lehrer leise, dann flüsterte er nur noch: »Berlin liegt in Schutt und Asche.«

Er zeigte auf seine Schule, der Kastenwagen stand bereit, zwei Pferde wollte ihm der Bauer Kraska stellen. »Unsere Kinder weinen, die russischen Soldaten überfallen uns.«

»Herr Lehrer, warum fahren wir nicht los, Sie sind doch Parteigenosse, können Sie nicht das Kommando, den Befehl übernehmen?« Die Bäuerin machte eine Handbewegung, er sollte der Partei ein paar passende Worte sagen.

»Die Kreisleitung befiehlt«, der Lehrer hob seine rechte Hand, zeigte auf das Haus des Bürgermeisters. Seine Knie in den Schaftstiefeln wackelten, die Hand zitterte. »Frau Kuchelka, meine Frau ist mit ihrer Kraft am Ende, wollte längst mit dem Zug abfahren, ich zögerte, nun sitzen wir im Dreck.«

☆

Die Hälfte des Monats Januar war um, noch immer wartete Steinfelde auf den Abfahrtsbefehl der Kreisleitung. Die Frauen und Kinder bangten, weinten, fanden nachts keine Ruhe. Abends melkte Frau Kuchelka die Kühe, stellte die Milchkanne auf den Fluchtwagen, Max und Klara saßen in der Küche, da schrie Elli: »Mama, unsere Soldaten hauen ab.«

»Verschwindet, der Russe kommt. Hört nicht auf die Partei«, sagte ganz laut der Unteroffizier und zog mit seinen Soldaten ins Dorf.

Max warf den Pferden die Sielen über, der junge Wallach sollte neben den beiden Stuten den Wagen ziehen. Sie warteten in der Küche, schliefen, wachten auf, gingen zur Dorfstraße, noch immer kein Befehl zur Abfahrt. Erst frühmorgens, als es dämmerte, rannten Uniformierte von Hof zu Hof. »Abfahren, am Dorfausgang in Richtung Monethen sammeln.«

Max löste die Kühe von ihren Ketten, machte den Hühnerstall auf. »Lux, bleib hier«, befahl er dem Hund, weinte, stieg auf den Wagen, setzte sich zur Mutter und lenkte die Pferde vom Hof auf die Chaussee nach Monethen.

Soldaten, politische Leiter, SA-Führer rannten aufgeregt zwischen den Pferdewagen, kommandierten, brüllten, schrien sich gegenseitig an. »Schnell abfahren, abhauen, der Russe kommt.«

Der Treck rollte nach Monethen. Frau Kuchelka sah nach vorn, blickte rückwärts auf die letzten Pferdewagen, Jablonskis Einspänner war nicht zu sehen. Waren die beiden Alten zu Hause geblieben? Hinten im Stroh, unter dem Überdach, saßen die Kinder. Direkt hinter dem Wagen bemerkte sie den Hütehund. »Lux, nach Hause. Lux, lauf, renn nach Hause«, rief Max, knallte mit der Peitsche. Der Hund zog seinen Schwanz ein, hielt am Straßenrand, drehte sich um und trottete zurück ins Dorf.

»Nach Drigelsdorf in Richtung Arys, wir sollen auf die breite Asphaltstraße«, riefen die Bauern, der Treck bewegte sich auf der Chaussee Lyck–Drigelsdorf. In Drigelsdorf standen die Wagen still. Elli und Max rannten nach vorn, warum ging es nicht weiter? Nicht auf die breite Asphaltstraße, sondern links ab auf Feldwegen fuhr die Kolonne weiter über Schlagamühl nach Rosken.

Am Abend verteilten sich die Wagen auf alle Bauernhöfe, Max versorgte die Pferde, die Mutter und die Mädchen suchten einen Schlafplatz, in einem Knechtezimmer lagen sie auf Stroh. Ottek heulte, seine Schwester Heta schlief, die Mutter, Max, Elli und Klara mischten sich unter die Leute, lauschten, vernahmen, die Asphaltstraße nach Arys war mit Soldaten überfüllt, der Russe griff an. »Fertigmachen«, hieß es am nächsten Vormittag, die Parteigenossen zeigten keine Eile.

Langsam rollten die Pferdewagen über Adl, Kessel, Seegutten, um den Spirdingsee in das Dorf Tuchlingen, hier übernachteten sie. Früh ging es weiter nach Talau, Lucknainen, sie übernachteten in Georgenthal. Drei Tage unterwegs, und sie waren noch immer am Spirdingsee. Die Altbauern fluchten, Bäuerinnen jammerten und weinten. »Warum geht es nicht weiter, wir fallen in russische Hände.« Ratlos stand Klara zwischen Max und Elli, die Mutter tuschelte mit der alten Frau Sawatzki, schimpfte auf die Kreisleitung, den Bürgermeister und den Ortsbauernführer, fragte die Bauern nach dem Volkssturm, suchte ihren Ludschu, erfuhr, seine Kompanie wäre in Richtung Heilsberg abmarschiert. Wieder brachen sie früh auf.

Plötzlich zeigten die Parteileute Eile, die Bauern trieben ihre Pferde an, es ging in nördlicher Richtung, vorbei am Taltergewässer und dem Rheinischen See. Bei Rhein war die Hölle los, die Straße verstopft, Soldatenlastwagen fluteten zurück, Tiefflieger griffen an, russische Panzer schossen. Klara und Elli schrien, zeigten auf Fuhrwerke, die links ab über die Felder flohen. Die Mutter war verzweifelt, Max schwang die Peitsche, folgte den einzelnen Fuhrwerken, bis sie auf einen Feldweg kamen. Sie hielten kurz an, sahen nur drei Pferdewagen aus ihrem Dorf, wo waren die anderen Steinfelder geblieben, sollten sie in russische Hände fallen? Elli schrie und weinte. Klara versuchte, sie zu beruhigen. »Max, fahr, fahr weiter, wir müssen fort«, bettelte sie.

Die Straßen waren verstopft, die Trecks wurden umgeleitet, über Landstraßen und Feldwege fuhr Max den Fuhrwerken hinterher. Die Feldgendarmerie hielt die Bauernwagen an, Verwundete wurden auf die Fuhrwerke gepackt, über Heiligelinde kamen sie nach Rößel. Max und die Mutter lösten sich an der Leine ab. Elli, Klara, Heta und der kleine Ottek liefen neben und hinter dem Kastenwagen her, denn hinten im Stroh saßen verwundete Soldaten. Die Nacht über standen sie bei einer Feldscheune am Waldesrand, fremde Menschen und Fuhrwerke um sie, kein bekanntes Gesicht aus Steinfelde oder Umgebung. Die verwundeten Soldaten wurden von Sanitätswagen übernommen, die Kinder legten sich ins Stroh und schliefen, die Mutter war außer sich. »Warum sind wir so spät abgefahren, wieso rannten unsere Soldaten rückwärts, warum vertrieben sie den Russen nicht? Herrgott, wo steckt der Ludschu.« Nichts hörte sie von der Volkssturmkompanie. Der Ortsbauernführer gab ihr zu verstehen, daß sie nach Braunsberg verlegt wurden.

Tiefflieger kamen, Granaten schlugen links und rechts ein. Frauen und Kinder schrien. Max trieb die Pferde an. Über Nebenstraßen kamen sie nach Heilsberg. Hier übernachteten sie. Klara und Elli besorgten warmen Kaffee. Die Mutter stand wegen Brot an, Max war bei den Pferden. Sie schliefen auf Stroh in einem Pferdestall.

In aller Frühe ging es in nördlicher Richtung weiter. Frost und Schneetreiben auf den Straßen, die Dörfer waren von Soldaten belegt, der Treck wurde immer wieder auf Feldwege umgeleitet. Nach Landsberg durften sie nicht, sie umfuhren die Stadt, es ging nicht weiter, Trecks aus dem Norden kamen ihnen entgegen. Was nun? Wohin sollten sie? Wieder ging alles durcheinander, Offiziere und Parteifunktionäre brüllten sich an.

»Befehl von der Kreisleitung, persönlicher Befehl vom Gauleiter, die Zivilbevölkerung muß nach dem Westen«, schrien Männer mit braunen Mützen auf den Köpfen.

»Die Wehrmacht hat Vorrang, die Zivilisten müssen von den Straßen«, schallte es ihnen von Wehrmachtsoffizieren entgegen.

Während Offiziere und Parteifunktionäre stritten, rannten Soldaten zwischen den Trecks westwärts. »Haut ab, verschwindet, fahrt in Richtung Braunsberg, der Russe greift an«, riefen sie den Frauen und Kindern zu.

»Max, Max, fahr«, flehten Elli und Klara, die Mutter weinte, streichelte ihren jüngsten Sohn Otto. »Wir werden alle sterben, wohin sollen wir, die Soldaten reißen aus, der Russe kommt.«

Max drehte den Wagen, schlug auf die Pferde ein, zwischen Lastwagen und Panzern fuhr er den fliehenden Soldaten nach. Wieder mußten sie absteigen, neben dem Fuhrwerk laufen, der Wagen wurde mit Verwundeten beladen. Fliehende Soldaten sprangen darauf, versteckten sich zwischen den Verwundeten. »Weg, fort, immer weiter nach Westen«, vernahm Max. Aus dem Norden und Süden griff der Russe an. Die Fluchtwege waren abgeschnitten, nach Braunsberg, dann über das Frische Haff sollten sie. Die Mutter schimpfte: »Ihr seid Soldaten, sollt kämpfen, runter vom Pferdewagen. Meine Kinder sind klein, müssen durch den Schnee stampfen.«

Einige sprangen ab, andere kamen dazu. Max murrte, doch was sollte er tun. So rollte der Treck in westlicher Richtung, Soldaten und Zivilisten rannten zwischen den Pferdewagen, ein Chaos auf den Straßen. Frau Kuchelka fragte, erkundigte sich nach dem Johannisburger Volkssturm, nichts erfuhr sie über ihren Mann und seine Kameraden.

Es war nachmittags, der Treck stand vor einem Gut. Fluchtartig verließen die Soldaten den Pferdewagen, türmten in die Scheunen und Ställe, versteckten sich.

»Fahrzeug- und Pferdewagenkontrolle«, flüsterten die Bauern von Wagen zu Wagen. Direkt vor dem Tor des Gutes standen Feldjäger und SS-Offiziere. Die Verwundeten wurden abgeladen, mit Sanitätswagen weitertransportiert. SS-Offiziere befahlen, Bauersfrauen schrien, weinten, ihre Männer wurden von den Pferdewagen geholt.

»Alle fähigen Männer müssen zu den Waffen, die Heimat verteidigen.«

Die drei Mädchen und Ottek standen hinten im Stroh, Max hielt die Pferdeleine, seine Mutter war bei ihm.

»Wie alt?« fragte ein SS-Offizier.

»Sechzehn«, antwortete er.

»Absteigen«, befahl der Offizier.

Ein zweiter Offizier kam dazu.

»Groß und kräftig, freiwillig zur Waffen-SS«, er musterte Max. »HJ-Führer?«

»Ja«, sprach Max leise.

»Jawohl heißt das, du Schlappschwanz«, klang es über den Pferdewagen.

Die Mutter begriff die Situation. »Herrje, Herrgott, er ist noch ein Kind. Mein Mann ist beim Volkssturm, ich habe vier kleine Kinder. Wer soll den Pferdewagen lenken, lassen Sie uns den Jungen«, flehte sie.

»Wehrpflichtig auf Befehl des Führers, ab, auf den Gutshof.« Zwei Soldaten mit Maschinenpistolen wiesen ihm den Weg, er drehte sich um, suchte seine Mutter und die Geschwister, mit anderen Zivilisten drängten sie ihn auf den Hof.

»Max, Max«, schrie Klara, sprang vom Wagen, rannte durch die Sperrkette, warf beide Arme um seinen Hals. »Max, Max, bleib bei uns. Geh nicht zur Waffen-SS«, flehte sie.

»Freiwillig nie, grüße alle«, flüsterte er.

☆

Klara rannte zum Wagen zurück. »Weiter, weiterfahren«, schrien die Feldjäger. Langsam rollte der Treck, rechts und links weitere Kontrollen. Frauen, Kinder riefen nach ihren Vätern und Söhnen, die zögerten, winkten, bis sie zwischen den Soldaten verschwanden. »Weiterfahren, fahren Sie weiter«, SS-Leute fuchtelten mit ihren Maschinenpistolen herum, Frau Kuchelka zog an der Leine, der Pferdewagen polterte über die Dorfstraße. Laut schimpfte sie vom Wagen. »Trompeter, Krakeeler, Fahnenschwenker, wollten die ganze Welt besiegen, wie die Elstern und Krähen auf die Menschen hacken. Den Schnabel rissen sie auf, brüllten ewiges Deutschland, tausendjähriges Reich. Und nun, jetzt rennen sie allesamt wie die Hasen rückwärts über die Felder, alte Männer und Kinder, der Ludschu, der Max, das Jungchen, sollen die Heimat retten. Russische Panzer mit der Mütze aufhalten. Ottek versteck dich, die verfluchten Grapscher packen dich!«

»Mama, Mama, Mama, sei ruhig«, die drei Mädchen standen im Wagen direkt hinter der Mutter, redeten auf sie ein. »Mama, Mama, sei still, die sperren dich ein«, bettelte Elli. Es wurde ruhig auf dem Pferdewagen, die Mutter weinte, schluchzte. Die Mädchen sprachen ihr Mut zu, sogar Ottek drückte sich an seine Mutter. »Mama, wir müssen fort, sonst schnappt uns der Russe.« Klara war empört, zornig ballte sie ihre Fäuste, die letzten Worte von Max summten in ihren Ohren. »Freiwillig zur Waffen-SS, nie.« Sie setzte sich ins Stroh unter die Überdachung, merkte, daß auch Elli und Heta um ihren Bruder weinten.

Abends wurden sie auf einen Bauernhof eingewiesen, laut jammerte Frau Kuchelka. Was sollte sie allein mit den Kindern, der Mann wäre beim Volkssturm, den ältesten Sohn hatten sie ihr vom Wagen geholt. Plötzlich standen der Ortsbauernführer und Lehrer Masuch bei ihr.

»Ruhe«, befahl der Parteigenosse. Aus seinem grünen Pelzkragen ragte die braune Mütze hervor. »Befehl des Führers, alle wehrfähigen Männer müssen zu den Waffen. Auguste, du kannst mit Pferden umgehen, fährst unserem Wagen hinterher«, jetzt klangen seine Worte ein wenig freundlicher, er schleppte einen Sack mit Hafer heran, half, die Pferde zu füttern. Lehrer Masuch und seine Frau sprachen ihr Trost und Mut zu, zeigten auf die Kinder, wollten Frau Kuchelka stets behilflich sein. Sie erwähnten Klara, das Berliner Kind aus der Kinderlandverschickung, es müßte gesund zu den Eltern zurück. Das Mädchen machte sich klein, zog den Hals ein, Klara sah unter der grünen Männerjoppe wie ein kleiner Junge aus.

Frau Kuchelka klopfte den Pferden auf den Rücken, ihre Augen suchten nach braunen Parteimützen, kein Bonze war in der Nähe. Mit grimmigem Gesicht drückte sie ihre Hände zusammen, neigte den Kopf zum Lehrer. »Den Hitler müßte man erwürgen«, ihre Hände flatterten. Stumm stand das Lehrerehepaar daneben.

»Morgen früh fahren wir weiter«, unterbrach Frau Masuch die grollende Stille.

»Weiter, wohin? Aus dem Norden kommen uns die Bauern entgegen.«

Bei Frau Kuchelka stand ihre älteste Tochter. »Mama, die Soldaten sagen, wir müssen zum Frischen Haff, dann über das Eis auf die Nehrung in Richtung Danzig, andere Fluchtwege wären versperrt.«

»Über das Frische Haff nach Danzig«, wiederholte Lehrer Masuch, wandte sich ab, faßte den Arm seiner Frau, zusammen schritten sie zu ihrem Pferdewagen.

Auf Stroh im Pferdestall saßen die vier Kinder um ihre Mutter. Sie tranken warmen Kaffee, aßen Stullen mit Wurst und Käse. Elli und Klara besorgten die Verpflegung von der Ausgabestelle. »Mama, ich bin müde, will ins Bett«, Ottek hielt einen Arm seiner Mutter. Sein Kopf fiel nach vorn, er sackte ins Stroh und schlief. »Zum Frischen Haff ans Wasser müssen wir, Herrgott, Erbarmung.« Frau Kuchelka faltete ihre Hände, betete, bat um Gottes Segen für den Vater, den Sohn Max und die Kinder, murmelte ein paar unverständliche Worte, schloß die Augen und schlief vor Müdigkeit ein.

Weiter rollte der Treck in westlicher Richtung, die Straßen waren verstopft, Soldatenfahrzeuge und Panzer drängten die Fuhrwerke auf Nebenwege. Langsam ging es voran. Wohin, das wußte keiner. Hier und dort sickerte durch, sie mußten über das Eis! Der Februar begann, die Mittagssonne wärmte, der Schnee schmolz, die Landstraßen wurden schmierig.

Die Mutter lenkte die Pferde, zwischendurch hielt die Kolonne, die Mädchen sprangen vom Wagen, besorgten Erbsensuppe zum Mittag, holten die Blechkanne voll Kaffee, empfingen Kommißbrot, Butter und Wurst, packten den Tornister von Max mit Verpflegung voll. Mehrmals stellten sich Klara und Elli in die Schlange, die Mutter war zufrieden, wer wußte, was ihnen an der Ostsee bevorstand. Sie übernachteten im Kastenwagen auf einer Landstraße, kamen nur langsam voran, wurden wieder auf eine Hauptstraße geleitet, es war die einzige Straße, die zum Haff führte.

Zwei Tage und zwei Nächte waren sie unterwegs, als am späten Nachmittag Soldaten ihnen den Weg über das Eis wiesen. Frau Kuchelka zitterte an der Leine, andere Pferdewagen rollten an ihr vorbei. »Mama, fahr, fahr den Fuhrwerken hinterher, sonst schnappt uns der Russe«, baten Elli und Klara. Wasser stand auf dem Eis, als Frau Kuchelka die Pferde auf das zugefrorene Haff lenkte. Sie behielt das Fuhrwerk vor ihr im Auge, trieb die Pferde an und fuhr hinterher. Es dämmerte, die Sicht wurde schlechter, vorn bewegten sich in Abständen die Pferdewagen, links und rechts sah sie dunkle Flecken, Fuhrwerke, ganze Trecks, die im Eis versunken waren. Die Kinder standen vorn neben der Mutter, ängstlich sahen sie vom Wagen auf das Eis, suchten in der Ferne das Festland, die Frische Nehrung. »Hopp, hopp«, Frau Kuchelka bewegte die Leine, redete vom lieben Gott, er würde ihnen helfen, bald, bald kämen sie auf das Festland. Elli und Klara hielten sich an der Überdachung fest. »Mama, mehr nach links, die Pferdewagen vor uns sind kaum zu sehen.«

»Mama, schnell hinterher«, mit weinerlicher Stimme sprach die Älteste.

»Da, da«, Klara zeigte nach rechts, etwas bewegte sich, eine Person, ein Mann?

»Eine Frau!« rief sie und rückte näher an Elli. Tatsächlich, eine Gestalt kroch über das Eis, erhob sich, stand am Pferdewagen.

»Wer sind Sie? Woher kommen Sie?« fragte Frau Kuchelka.

Die große Frau faßte an die vordere Runge, ließ sich vom Wagen über das Eis ziehen. Die Pferde hielten.

»Ist etwas passiert? Wo kommen Sie her? Steigen Sie auf, wir müssen weiter«, Frau Kuchelka reichte ihr die rechte Hand und zog sie hoch. Vor dem Vordersitz sackte die Frau zusammen.

»Hopp, hopp«, die Pferde zogen weiter. »Geht nach hinten, macht Platz«, die Mutter schob die Kinder zurück.

Heta und Ottek verkrochen sich, doch Klara und Elli blieben hinter der Mutter. Die Frau öffnete ihre Augen. »Unser Wagen ist versunken, ich konnte mich retten«, mehr brachte sie nicht heraus.

»Wir sind bald auf festem Boden, wir müssen auf das Festland, nur weg vom Eis, Herrgott, gib uns Felder und Wege unter die Räder«, flehte Frau Kuchelka.

Klara musterte die schlanke, große Frau von der Seite, sah auf ihr Gesicht. Gerade öffnete sie die Augen. Klara erschrak, zuckte, ihre Hände bebten. Woher kannte sie die Frau, ihr Haar, das Gesicht, diese Augen? Sie zog Elli nach hinten ins Stroh, bewegte ihre Hand, zeigte auf die Fremde, rückte dicht an Elli heran. »Die kommt mir bekannt vor, irgendwo habe ich sie gesehen. Elli, die Frau kenne ich.«

Heta und Ottek lauschten, die Mutter redete vor sich hin. Die fremde Frau schwieg, der Mond stand am Himmel, rechts und links neben dem Wagen Eis, noch immer waren sie auf dem Frischen Haff. Ängstlich blickten die Kinder über das Eis. »Mama, Mama, wann sind wir endlich auf einer Straße«, fragte Ottek.

Elli und Klara rieben ihre Augen, stellten sich hinter die Mutter. »Mama, Land, ich sehe die Nehrung. Mama, Mama, wir haben es gleich geschafft«, rief aufgeregt die Älteste.

Die Kinder lärmten, sahen über die Pferde, vorn war Land in Sicht. »Gott sei Dank, Gott sei Dank«, Frau Kuchelka holte Luft, drückte ihr schwarzes Kopftuch aus den Augen, der Morgen brach an, die Sicht wurde besser.

Sie sah zu ihrer Nachbarin. Wer war die Frau in dem vornehmen Gehpelz, einer Pelzmütze auf dem Kopf? »Geht nach hinten, setzt euch ins Stroh«, schickte sie ihre Kinder weg.

Sie lehnte sich zurück, beobachtete ihre Mitfahrerin. »Aus welcher Gegend kommen Sie? Haben Sie Ihre Familie verloren? Ist der Pferdewagen im Haff versunken? Herrgott, Sie

Ärmste, haben Sie sich schon ein bißchen erholt?« Frau Kuchelka rückte zur Seite, stieß die Fremde mit dem Ellbogen leicht an. Reglos saß die Frau neben ihr, das Gesicht war nach vorn gerichtet, als suchten ihre Augen Festland, als mieden sie das Eis.

»Bald, bald haben die Pferde es geschafft, ich sehe Land, Felder, Gottes Erde«, unterbrach Frau Kuchelka die Stille.

Plötzlich sprach die Fremde, sanft erklang ihre Stimme. »Ich stamme aus der Johannisburger Heide, bin mit einem Bauern aus unserem Dorf mitgefahren, mein Mann ist beim Volkssturm.« Sie weinte, redete weiter: »Wir wollten den Weg abkürzen, schnell über das Eis kommen, er fuhr ins offene Loch, ich war vorher abgesprungen.«

»Aus der Johannisburger Heide? Na von wo, aus welchem Dorf stammen Sie, vielleicht kommen wir aus der gleichen Gegend?« Frau Kuchelka drehte sich um, sah Elli und Klara hinter ihrem Rücken lauschen.

»Aus Wildfrieden, wir wohnten auf dem Abbau bei der Försterei, mein Mann war Holzwart«, hörte Frau Kuchelka, ließ die Zügel los, griff an die Runge, hielt sich fest.

»Mama, Mama, linksherum, den anderen Fuhrwerken nach, wir sind auf der Nehrung«, laut schrie Elli durch den Morgen.

»Gott sei Dank, Gott sei Dank«, stöhnte die Mutter, die Pferde folgten einer Wagenspur durch Sand und Schnee, die Räder versanken, sie legten sich in die Sielen. »Nur noch ein Stückchen, wir machen Pause, irgendwo müssen die Pferde verschnaufen. Elli, hol die Kaffeekanne und die Stullen heraus, wir werden frühstücken.« Gereizt, verärgert erklangen Mutters Worte.

»Du, du, die Frau ist aus Wildfrieden, das ist die Dorothee vom Holzwart, die mich damals nicht ins Haus ließ. Elli, Heta, das ist sie. Ich habe sie sofort wiedererkannt«, sagte Klara, suchte im Stroh den Tornister mit der Verpflegung.

Frau Kuchelka stand auf, sah in das Gesicht der Fremden, die aus Wildfrieden stammte. »Du bist die Dorothee Janzik, die Dora, die Frau von meinem Schwager Julius. Dora, Dora, hier hat der liebe Gott dich zu uns geschickt!«

Mühsam zogen die Pferde den Kastenwagen durch den Sand. Die Zügel in den Händen der Kutscherin flatterten, bedrückende Stille herrschte auf dem Wagen. Die Kinder lauschten, was würde die Mutter tun?

»Dora, Dora«, vernahmen sie, die Mutter schimpfte nicht, doch sie sprach auf die Mitfahrerin ein. »Nuscht hast du, nichts haben wir, so schnell verändert sich das Leben. Der Ludschu und der Julius sind beim Volkssturm, wir fliehen in den Westen, mußten unser Hab und Gut zu Hause lassen. Dora, dein Herz war aus Stein, bitte den lieben Gott um Gnade. Dora, noch kann vieles passieren.«

Frau Kuchelka atmete tief. »Damals waren wir in Not, du ließest uns nicht ins Haus, wolltest das arme Kind nicht sehen. Dora, denke daran, auf Gottes Erdboden hat jeder sein Kreuz zu tragen.«

Bei einem Gehöft hielten sie zwischen Scheune und Heuschober. Treckwagen standen um die Gebäude, Frauen und Kinder erzählten erleichtert, sie wären glücklich über das Haff gekommen. »Wir sind auf der Nehrung bei Kahlberg, dahinter steht der Leuchtturm, wir müssen weiter bis Stutthof«, erklärte ein älterer Mann.

Beim Heuschober fütterten sie die Pferde, drückten sich ins Heu, tranken lauwarmen Kaffee, holten Stullen aus dem Tornister. Die Kinder setzten sich hinter Mutters Rücken, schielten heimlich zu der fremden Frau, die die Mutter Dora nannte. Frau Kuchelka reichte ihr Kaffee und Brot. »Nimm, iß, Dora, bei uns in Steinfelde teilten wir das letzte Stück mit armen Menschen. Ja, ja, wir waren einfache Leute im Dorf, aber jeder hatte ein weiches Herz, in der Not half einer dem anderen.« Die große Frau in Gehpelz und Pelzmütze griff zu und stärkte sich.

Die Februarsonne kam zum Vorschein, als Frau Kuchelka auf den Wagen stieg, die Pferde antrieb, den vorausfahrenden Fuhrwerken folgte. Mit der Hand an einer Runge ging Dorothee Janzik neben dem Kastenwagen, die drei Mädchen und der Ottek folgten mit Abstand. »Ihr müßt alle laufen«, bestimmte die Mutter bei der Abfahrt. Die Pferde wären müde, der Weg durch den Sand beschwerlich. Klara zog ihre Kapuze fest über den Kopf, von der Ostsee wehte ein kühler Wind. Ottek trampelte zwischen den Mädchen, er suchte Schutz, ließ sich von Klara und Heta an den Händen mitziehen.

»Ich bin müde, will auf den Pferdewagen«, flehte Ottek.

»Still, ruhig«, die älteste Schwester zeigte auf die fremde Frau, »die Pferde schaffen uns alle nicht.«

Klara zog ein grimmiges Gesicht. »Wie lange will sie bei uns bleiben? Mama verstehe ich nicht. Warum hat sie die freche Frau auf den Wagen genommen? Wir haben keinen Platz. Damals, als wir auf ihrem Hof standen, Mama flehte, bat und bettelte, da lächelte sie schadenfroh, schlug die Haustür zu und verschwand. Hoffentlich haut sie bald ab und fährt mit einem anderen Wagen mit.«

»Vielleicht kann sie mit dem Zug weiter«, meinte Elli.

Heta und Ottek murrten, sie wären müde, wollten wieder aufsteigen. »Wartet, wartet, seid still, wir sind bald auf einer Chaussee, dann steigt ihr auf«, tröstete Elli.

Endlich, die Räder polterten, der Wagen rollte auf einer festen Straße. Heta und Ottek stiegen ins Stroh, zogen die Pelzdecke über ihre Köpfe. Links neben dem Wagen ging die Mutter, rechts Dorothee Janzik, hinterher Klara und Elli. Die Mädchen eilten zur Mutter, schritten neben ihr her. Andere Mädchen und Jungen kamen dazu.

»Bis Stutthof, dort ist ein großes Gut mit Pferdezucht, dann ist Ruhetag«, erzählte ein Junge. Er trug unter seiner Joppe eine Hitlerjugenduniform. »Ich bin Kameradschaftsführer, seid ihr bei den Jungmädchen?« erkundigte er sich.

»Sie sind beide in der Partei«, rief die Mutter, zornig sah sie den Jungen an. Sofort verschwand er zu seinem Fuhrwerk. »Hitlerjugendführer, ich will davon nichts mehr hören«, schimpfte sie.

Die Straße besserte sich, sie stiegen auf den Kastenwagen, vorn an der Leine Frau Kuchelka, daneben Dorothee Janzik, hinten die Kinder, so fuhren sie hinter den anderen Fuhrwerken her, kamen nach Stutthof, wurden auf ein Gut eingewiesen. Frau Kuchelka staunte, riesige Stallungen, Scheunen und Häuser. »Pause, Ruhetag«, sprach man von Fuhrwerk zu Fuhrwerk. Die Bauern spannten die Pferde aus, führten sie in die Ställe, sie wurden getränkt und gefüttert.

»Elli, Elli, hilf mir bei den Pferden«, rief die Mutter, wandte sich an Klara und Heta. »Geht in die Häuser, vielleicht gibt es Verpflegung, aber kommt zurück, merkt euch genau, wo unser Wagen steht«, rief sie ihnen nach. Frau

Kuchelka sah sich um, suchte, da, die Dorothee schritt über den Hof, direkt in das Herrenhaus. »Laß sie gehen, wir haben keinen Platz, vielleicht kann sie mit dem Zug weiterfahren.« Elli und die Mutter sahen Frau Janzik verschwinden.

Lastwagen mit Soldaten fuhren um die Stallungen, neue Flüchtlingswagen zogen auf den Hof, Frauen und Mädchen bangten, wollten schnell weiterfahren, die russischen Truppen wären im Anmarsch. Die Pferde waren versorgt, gleich neben dem Stall gab es Erbsensuppe aus einer Gulaschkanone. Elli organisierte eine Schüssel und ein Kochgeschirr, ließ sich in die Blechkanne Erbsensuppe schöpfen, dann saßen die Kuchelkas im Stroh neben den Pferden und stärkten sich. Elli und Klara gingen immer wieder zu den Soldaten, erzählten von hungernden kleinen Geschwistern, erhielten Kommißbrot und Wurst. Die Mutter freute sich, für die nächsten Tage waren sie mit Verpflegung versorgt.

»Wo ist Frau Janzik?« fragte Klara.

Die Mutter zeigte in Richtung Herrenhaus. »Sie fährt mit den Soldaten oder mit dem Zug weiter.«

»Fein, gut, prima«, Klara umarmte Frau Kuchelka, flüsterte: »Ich kann die Frau nicht sehen.«

Abends saß die Mutter neben den Pferden im Stroh, bei ihr schliefen Heta und Ottek. Elli und Klara zogen sich warm an, wickelten Schals um ihre Hälse. »Wo wollt ihr noch hin?« fragte die Mutter.

»Wir gehen über den Hof, vielleicht treffen wir Bekannte aus unserem Dorf. Mama, wir kommen gleich zurück«, antwortete Elli, die beiden verschwanden.

Elli zog Vaters Mütze tief über die Ohren, Klaras schwarzes Haar verschwand unter der Pelzmütze, die Max zurückgelassen hatte. Wie zwei Jungen sahen sie aus, denn Elli trug Opas Gehpelz, Klara einen abgetragenen, viel zu langen HJ-Mantel. Zuerst schlenderten sie um den langen Pferdestall zum Schuppen, wo die Soldaten mit den Feldküchen standen. »Haut ab, ihr Lorbasse, gammelt hier nicht herum, wollt wohl was organisieren«, rief ein Unteroffizier.

Sein Kollege grinste. »Lorbasse? Das sind zwei Marjellchen. Na, kommt mal her, ihr beiden«, in breitem Ostpreußisch sprach er Elli und Klara an.

»Weiber, Kinder, Küken sind das, habt ihr schon mal einen Mann geküßt?« fragte der Unteroffizier. Er sprach Hochdeutsch.

Elli stemmte ihre Fäuste in die Hüften. »Wir küssen die ganze Nacht, auch morgens, mittags und abends.« Sie hob ihre Faust und drohte: »Mama sagt, einen Bösewicht küßt du nicht.«

Plötzlich kicherte sie los, rannte über den Hof, Klara hinterher.

»Jungmädel, Kinder, Küken«, lästerten die Soldaten.

Die Ställe und Schuppen waren mit Flüchtlingen belegt, sie standen an einem Vorbau, die Tür war geöffnet, laut klangen ihnen Frauen- und Männerstimmen entgegen, es roch nach Rotwein, sie schlichen in die Küche der Frauenschaft. Frauen und Männer in Uniformen, dazwischen BDM-Mädel, auch Hitlerjungen drängten sich um die Punschausgabe. Entlang der Wand schoben sich Klara und Elli in eine Ecke, lauschten den Gesprächen. »Jawohl, Herr Kreisleiter«, hörte Elli, packte Klaras Arm, den Mann in brauner Uniform neben dem Kreisleiter erkannte sie, es war der Ortsbauernführer aus ihrem Dorf. Und bei ihnen, mit einem Glas Grog in der Hand, stand Lehrer Masuch. Jetzt sprachen die Männer vom Volkssturm, die Johannisburger Kompanie habe Verluste, der Forstwart aus Wildfrieden wäre schwerverwundet, zwei Bauern aus den Nachbardörfern tot, auch Ludwig Kuchelka aus Steinfelde sei gefallen. Elli hielt ihre linke Hand vors Gesicht und zog mit der rechten Klara, sie schlichen hinaus, rannten über den Gutshof. »Mama, Mama, das muß ich meiner Mutter erzählen«, weinte sie.

»Mama, Mama«, die Tochter warf sich ins Stroh zur Mutter und heulte: »Mama, Mama, unser Papa soll beim Volkssturm gefallen sein.«

Klara setzte sich dazu, legte ihren Arm um Frau Kuchelkas Schulter. »Ja, Mama, das haben die Parteileute erzählt«, bestätigte sie.

Aus dem Schlaf gerissen, müde, benommen, hörte die Mutter ihre Tochter reden. »Wer, was, wie? Wer sagt, daß unser Ludschu gefallen ist?«

Sie warf die Pferdedecke von ihrem Schoß, erhob sich. Ihre Knie wackelten. Klara saß im Stroh, blickte auf die schlafende Heta und den Ottek, schluchzte: »Papa Ludschu ist gefallen!«

Kreisleiter, Ortsbauernführer, Lehrer Masuch, vernahm die Mutter, als sie mit ihrer ältesten Tochter zur Küche der Frauenschaft ging. Da standen die Braununiformierten, bei ihnen Lehrer Masuch, tranken und lärmten. Frau Kuchelka stellte sich vor den Ortsbauernführer.

»Was ist mit meinem Ludschu? Er soll gefallen sein?«

Der Lehrer trat ein paar Schritte zurück. Der Ortsbauernführer schwieg, überlegte. Er suchte den Kreisleiter und seinen Stab, die Herren waren verschwunden. Bedrückende Stille in der Frauenschaftsküche.

»Was ist mit meinem Mann, was ist mit dem Johannisburger Volkssturm passiert, wer ist verwundet? Wer tot?«

Immer wieder fragte Frau Kuchelka, erhielt keine Antwort. Die Männer in Pelzen und Joppen, mit braunen Mützen auf den Köpfen, verstummten, drehten ab und verzogen sich nach draußen. Der Ortsbauernführer, Lehrer Masuch und seine Frau und ein paar fremde Frauen versuchten, die Bäuerin zu beruhigen. Ein großer älterer Mann zog seine Parteimütze vom Kopf, hielt sie vor die Brust, faltete seine Hände.

»Jawohl, es gab Verluste durch Tieffliegerbeschuß beim Johannisburger Volkssturm, es gab Tote und Verletzte, der Kreisleiter hat die Unterlagen bei seinem Stab, morgen früh werden wir Sie informieren.«

»Morgen früh, nein, nein, noch heute, sofort, jetzt, gleich, ich will wissen, was meinem Mann zugestoßen ist. Wo ist der Kreisleiter mit seinem Stab?« Frau Kuchelka griff die Hand ihrer Tochter, rannte über den Hof zum Herrenhaus. Der große, ältere Herr setzte die Mütze auf, winkte seinen Männern, sie eilten hinterher.

Im Herrenhaus schallte es über die Flure: »Herr Kreisleiter, was ist mit meinem Mann? Ist der Ludschu gefallen?«

»Frau Kuchelka, still, bitte Ruhe«, der Mann in brauner Uniform bückte sich über einen runden Tisch, blätterte in einem Schulheft. Dann erfuhr die Bäuerin die volle Wahrheit, ihr Mann sei gefallen, Tieffliegerbeschuß, es gab Tote und Verwundete, zwei Bauern aus ihrem Nachbardorf waren tot, der Forstwart Julius Janzik aus Wildfrieden verwundet.

Weitere Namen hörte sie, faßte ihre Tochter, hielt sich an Elli fest. Der Mann in der braunen Uniform mit den glänzenden Stiefelschäften drückte ihr die Hand. »Morgen erhalten Sie von der Kreisleitung eine schriftliche Bestätigung.«

Frau Kuchelka erhob sich, umklammerte ihre Tochter, wankte aus dem Herrenhaus über den Hof. Klara kam ihnen entgegen, hakte sie von der anderen Seite ein, gemeinsam mit Elli führten sie die Mutter in den Pferdestall. »Heta, Ottek«, die Mutter umfaßte die aufgeschreckten Kinder, warf sich ins Stroh und weinte, rief laut durch den Stall.

»Der Horst ist gefallen, die Gerda in russischer Gefangenschaft, der Robert ertrunken, die ganzen Janziks sind verschwunden. Und nun, jetzt, den Max haben sie vom Wagen geholt, der Ludschu ist gefallen, nun bringen sie auch die Familie Kuchelka um. Herrgott im Himmel, warum muß es diesen verdammten Krieg geben. Die Janziks sind in Rußland geblieben, nun bringen sie auch noch die Kuchelkas um«, rief sie laut durch den Stall.

»Mama, still, sei ruhig, du weckst die anderen Leute«, versuchten Elli und Klara sie zu beschwichtigen.

»Die Janziks sind in Rußland geblieben, nun bringen sie die Kuchelkas um«, schluchzte die Mutter, fand keine Ruhe.

Eine ältere Frau kroch aus dem Stroh, setzte sich zu ihr. »Beruhigen Sie sich, wir haben alle unser Leid zu tragen, irgendwie muß das Leben weitergehen.« Sie sah sich um. »Vier Kinder haben Sie, drei Mädchen und einen kleinen Jungen. Für die müssen Sie da sein, die können doch nicht allein bleiben.«

Sie legte ihren Arm um die Bäuerin. »Sagten Sie Janziks, Janzik, wer heißt bei Ihnen Janzik?«

Auguste Kuchelka wischte mit ihrem Mantelärmel über die Augen. Was wollte die fremde Frau? Sie fragte nach den Janziks. »Mein erster Mann war Robert Janzik, er ertrank im See. Mein Sohn ist gefallen, die Tochter in russischer Gefangenschaft. Robert Janzik, das war mein Schwager, wir stammen vom Großen Ottersee.«

»Erich! Erich!« rief die Frau. Ein junger Mann humpelte über den Gang, stand bei den Frauen. »Mein Sohn, er hat ein Bein verloren, ist von der Wehrmacht entlassen.«

»Robert Janzik, das war mein Onkel, kenne ich, er hat in

der Johannisburger Heide gearbeitet, damals war ich noch ein kleiner Lorbaß.« Er klopfte gegen sein Holzbein. »Der Robert war lustig, sang wie eine Nachtigall. Wir sind miteinander verwandt.«

Er reichte Frau Kuchelka seine Hand, guckte ins Stroh, müde streckten die Kinder ihre Beine aus, er zeigte auf die Pferdebucht nebenan, dort stand sein Gespann. »Morgen früh fahren wir weiter, wir müssen über Danzig, direkt nach dem Westen, bei Marienburg steht bereits der Russe. Fahren Sie mir nach, ich habe eine Karte, wir werden den richtigen Weg finden.«

»Mama«, Klara und Elli erhoben sich. »Ja, ja, wir fahren Ihnen hinterher. Mama, das ist prima, dann sind wir nicht allein.«

»So, jetzt nicht plinsen, sondern ins Stroh, morgen früh zeitig raus, ab geht's in Richtung Danzig.« Hart stieß der junge Mann mit seiner Prothese auf den Stallboden, zog sich mit seiner Mutter zurück.

Elli und Klara redeten auf ihre Mutter ein. Morgen früh wollten sie dem Fuhrwerk folgen, sofort weg von hier, bevor die russischen Truppen kamen. »Ja, ja, mir ist alles gleich«, vernahmen sie, müde sank die Mutter ins Stroh.

In aller Frühe fütterte der Nachbar die Pferde, sah zu den Kuchelkas herüber, schüttete Hafer in die Krippe der beiden Stuten.

»Auf, auf, wir müssen weiter«, rief er. Die Kinder erhoben sich.

»Ich muß zum Kreisleiter, soll vormittags eine Bestätigung abholen. Wir können noch nicht fahren.«

»Frau Kuchelka, lassen Sie den Kreisleiter, die Herren schlafen bis mittags. Was soll er Ihnen bestätigen? Daß Ihr Mann gefallen ist, wissen Sie doch. Die Pferde anspannen und mir nach«, bestimmte Erich Janzik.

Klara und Elli halfen bei den Pferden, Heta holte warmen Kaffee aus der Küche, dann rollten die beiden Fuhrwerke durch das Gutstor. Es wurde hell, die Sonne zeigte sich am Himmel, immer hinter den Janziks her lenkte Frau Kuchelka ihre Pferde über eine Chaussee. Von allen Seiten kamen Fuhrwerke dazu, in einer Kolonne ging es weiter.

»Mama, prima, wir bleiben immer hinter den Janziks, der

entlassene Soldat weiß Bescheid. Herr Janzik hat eine Karte, er will zu seiner Schwester bis an die Elbe«, erzählte die älteste Tochter.

»An die Elbe, Mädchen, ein weiter Weg!«

»Bißchen weiß ich Bescheid, bin zu Lehrer Masuch in die Schule gegangen. Zuerst kommt die Weichsel, dann die Oder, die Elbe liegt weit hinter Berlin.«

Berlin hörte Klara. »Mama, kommen wir an Berlin vorbei?«

»Klarachen, Berlin liegt in Schutt und Asche. Die Martha erzählte, daß Bomben, Minen täglich eingeschlagen hätten. Zuerst müssen wir von den Russen abhauen, was dann kommt, weiß der liebe Gott.«

Leise weinte sie vor sich hin. »Ludschu, Ludschu, warum bist du nicht vom Volkssturm abgehauen? Max, Max, warum mußten dich die Grapscher vom Wagen holen?«

Entlang der Ostsee, ganz dicht am Wasser, rollte der Treck westwärts. Sie legten nur kurze Pausen ein, fütterten und tränkten die Pferde.

»Weiter, weiter, wir müssen über die Weichsel«, sprach Erich Janzik. Er hatte seine Prothese abgeschnallt, hopste auf Krücken zum Kuchelka-Wagen. »Eure Pferde müssen mehr Futter kriegen, Hafer, nichts als Hafer, brauchen die Stuten, sonst halten sie die weite Reise nicht durch.«

»Hafer, woher nehmen?« Frau Kuchelka saß betrübt an der Leine. »Den Max haben sie uns vom Wagen gegrapscht. Der Ludschu ist gefallen, ich schaffe es nicht mehr.«

Der kriegsbeschädigte, entlassene Soldat redete auf die Mädchen ein. »Organisiert, klaut Hafer und Heu, ladet es auf den Wagen, bei der nächsten Rast helfe ich euch.«

»Mama, der Herr Janzik ist nett, er will uns Futter für die Pferde besorgen, nur noch über den Fluß, dann sind wir in Sicherheit.« Froh sprach Elli mit ihrer Mutter, hatte den traurigen gestrigen Abend vergessen.

Den ganzen Tag fuhren sie den Janziks nach, kamen in der Dämmerung zur Weichsel-Fähre, warteten, wurden übergesetzt und fuhren in ein Dorf und übernachteten dort. In der Schule empfingen sie Kaffee und Verpflegung, gingen mit Erich Janzik in einen Stall, karrten Hafer und Heu zu den Fuhrwerken. Frau Kuchelka packte zu, ein voller Sack Hafer lag hinten im Wagen.

»Ihr müßt auf dem Pferdewagen übernachten, die Gammler sind unterwegs, die klauen euch das Futter weg«, mahnte der Kriegsbeschädigte.

Klara und Elli wickelten sich in die große Pelzdecke und blieben die Nacht auf dem Wagen. Die Mutter mit Heta und Ottek schliefen in der Scheune.

Wieder trieb Erich Janzik zur Eile an, es war Mitte Februar, warm schien die Vormittagssonne, über Danzig-Ora rollten sie nach Karthaus.

»Wir sind im ehemaligen polnischen Korridor, fahren nach Pommern in Richtung Stolp, Köslin, dann nach Stettin über die Oder-Brücke. Wenn wir über die Oder sind, wird pausiert, ordentlich gegessen, die Pferde gefüttert, der Weg bis zur Elbe ist weit«, sprach Erich Janzik zu den Mädchen. Seine alte Mutter saß bei Frau Kuchelka, sprach ihr Mut zu, erzählte von ihrem Schwager, dem Robert Janzik, Frau Kuchelkas erstem Mann.

So rollten die beiden Treckwagen durch Pommern, übernachtet wurde in den Dörfern, Verpflegung empfingen sie beim Roten Kreuz oder der Frauenschaft. Beim Bürgermeister oder beim Ortsbauernführer des Dorfes organisierte Janzik Hafer und Heu, Elli und Klara griffen mit zu, beluden den Kastenwagen mit Pferdefutter. Soldatenfahrzeuge rollten zwischen den Treckwagen ostwärts zur Front, andere fuhren in den Westen. Aus dem Süden und Norden kamen Fuhrwerke herbei, die Straßen waren überfüllt. »Weiter, weiter«, Erich Janzik fuhr zu, sie wollten zur Oder-Brücke. Spätabends rasteten sie, fuhren in aller Frühe weiter, wurden auf Landstraßen geleitet, von Soldatenfahrzeugen abgedrängt, die Wehrmacht hatte Vorrang.

Wieder standen Feldjäger und SS-Offiziere an einer Straßenkreuzung. »Kontrolle, alle Männer absteigen«, jedes Fuhrwerk wurde nach wehrfähigen Männern und fliehenden Soldaten durchsucht. »Die Grapscher sind wieder da, haben meinen Sohn, noch ein richtiges Kind, vom Wagen geholt. Mein Ludschu ist beim Volkssturm gefallen«, klagte Frau Kuchelka laut vom Wagen.

»Absteigen, Ihre Papiere«, rief ein Feldjäger Erich Janzik zu. Der Bauernsohn suchte umständlich seine Krücken hervor, humpelte über das Straßenpflaster und zeigte seinen

Entlassungsschein. »Kamerad, steig ein, fahr weiter«, flüsterte ein Oberfeldwebel der Feldjäger. Die SS-Offiziere übersahen den Kriegsbeschädigten.

»Gott sei Dank, Herr Janzik, Herr Janzik, wir können zusammen weiter«, erleichtert trieb Frau Kuchelka die Pferde an.

Der Bauernsohn drehte sich um, zeigte heimlich auf einen Straßenbaum. Zwei feldgraue Soldaten hingen in den Ästen, auf Pappschildern an ihrer Brust war zu lesen: ›Ich bin ein Feigling!‹ Elli und Heta hielten die Hände vor ihre Augen. »Ottek, guck auf die andere Seite«, mahnte die Mutter.

Klara wischte Tränen von ihren Wangen, war in Gedanken bei ihren Eltern, wo mochten Vater und Mutter sein?

☆

In den ersten Märztagen standen sie vor der Oder-Brücke, flüchteten in den Straßengraben, Tiefflieger beschossen den Treck, Frauen und Kinder schrien, weinten. Soldatenfahrzeuge drängten sich vor, sie mußten zurückstehen. Endlich, in den Abendstunden rollten sie über die Oder-Brücke, wurden westwärts geleitet, die Hauptstraßen waren voller Soldatenfahrzeuge, sie fuhren über Feldwege und Landstraßen.

»Mama, Durst, Hunger«, flehte der jüngste Sohn. Die Mutter winkte zum Janzik-Fuhrwerk.

»Weiter, weiter, wir müssen von der Oder weg«, rief der Bauernsohn.

Sie fuhren inmitten einer Kolonne, vor ihnen, hinter ihnen, fliehende Menschen, zu Fuß, per Rad, mit Pferdewagen, dazwischen rollten Soldatenfahrzeuge. Über der Oder-Brücke standen Leuchtbomben am Himmel, die Flak schoß, es blitzte und krachte. Die Kinder schliefen hinten im Stroh, vorn saß die Mutter allein an der Leine, die Augen fielen ihr zu, die Pferde hielten. »Hopp, hopp, weiter«, rief sie, folgte dem Janzik-Wagen. Die Morgensonne schien, die Kinder erwachten, es wurde wärmer. »Mama, Hunger, Durst, Brot«, heulte der kleine Ottek. Die Mädchen sprangen vom Wagen, gingen am Straßenrand, liefen sich warm.

Vormittags fuhren sie durch ein langgezogenes Dorf, der Bauernsohn winkte, scherte aus der Kolonne, Frau Kuchelka folgte, sie hielten vor einem hohen Holztor, ein Soldat stand mit umgehängtem Gewehr auf Posten. Der Bauernsohn zeigte auf seine Prothese, sprach von Hunger und Durst, wies auf die kleinen Kinder.

»Kamerad, laß uns hinein«, bat er. Der Soldat ging in die Wachstube, ein älterer Unteroffizier trat aus dem Tor, die Flügel wurden geöffnet, die beiden Pferdewagen fuhren auf den Hof.

»Proviantamt der Wehrmacht, Verpflegung und Futter empfangen«, grinste Erich Janzik.

»Mama, Hunger, Durst«, der jüngste Sohn stand auf dem Wagen und heulte. Ein Soldat packte zu, trug Ottek in die Wachstube, die Mädchen rannten hinterher. Bald saß auch Frau Kuchelka mit Oma Janzik bei warmem Kaffee und Kommißbrot. Der Bauernsohn fütterte die Pferde, verhandelte mit dem Unteroffizier, wurde zum Zahlmeister geführt.

»Infanterie-Oberfeldwebel Janzik, Träger des deutschen Kreuzes in Gold«, meldete er sich, legte seinen Entlassungsschein vor. Zehn Personen trug Janzik in eine Liste, quittierte, empfing Brot, Wurst, Butter und Käse in Büchsen. Die Soldaten schleppten Hafer und Heu auf den Wagen. Nachdem sich auch Erich Janzik gestärkt hatte, stand er stramm vor dem Zahlmeister, legte seine rechte Hand an die Mütze. »Kameraden, ich danke euch«, rief er. Das Tor öffnete sich, die beiden Fuhrwerke rollten zur Landstraße.

»Wir fahren bis zum Abend, kommen in die Nähe von Prenzlau, dort wird irgendwo übernachtet, eine lange Ruhepause eingelegt, nun sind wir in Sicherheit«, rief Janzik Frau Kuchelka zu. Gestärkt gingen die Mädchen und der jüngste Sohn hinter dem Wagen her, zogen ihre Pullover und Jacken aus, die Mittagssonne schien, es war ein warmer Märztag. In den Straßengräben grünte es, der Frühling brach an. Nur noch wenige Kilometer bis Prenzlau zeigte der Wegweiser. Flüchtlingswagen standen auf den Bauernhöfen. Erich Janzik lenkte ins Dorf, etwas abseits erblickte er einen größeren Bauernhof. Das Tor stand auf, die Fuhrwerke rollten hinein, hielten vor dem wuchtigen, massiven Stallgebäude. Ein Mädchen und ein junger Mann kamen ihnen entgegen, schimpften auf polnisch, sie sollten verschwinden. Fremdarbeiter. Janzik reckte sich, fluchte dazwischen, fragte nach dem Besitzer. Die Bäuerin kam aus dem Haus, hinter ihr der alte Vater. Ihr Mann war Soldat, sie war mit ihrem Vater allein, sie durften bleiben, sollten im Hause übernachten, könnten Verpflegung und Pferdefutter einladen. Ihr wäre alles gleich, auch sie wollte mit ihrem Vater fliehen, die russischen Truppen würden bald über die Oder marschieren.

»Prima, fein, es gibt noch anständige Menschen. Sie sind eine gute Frau, der liebe Gott wird Ihnen beistehen«, bedankte sich Frau Kuchelka.

Die Mädchen halfen dem Bauernsohn bei den Pferden, hielten Abstand von den Fremdarbeitern. »Das sind Polakken«, schimpfte Elli.

Klara schwieg, beobachtete das junge, polnische Mädchen, traute sich nicht, es anzusprechen. In der großen Küche erhielten sie Verpflegung, die Bäuerin erzählte, der polnische Knecht und das Mädchen wollten auf dem Hof bleiben, wenn sie nach dem Westen floh. »Es sind zwei arbeitsame Menschen«, meinte sie.

In der Waschküche wechselten die Mädchen ihre Wäsche, endlich konnten sie sich waschen und frische Kleidung anziehen. Die Mutter kämmte dem jüngsten Sohn die Haare, Ottek sank frisch gewaschen und gesättigt auf einen Strohsack und schlief sofort ein. Die Mädchen lagen in Betten im Nebenzimmer.

Oma Janzik und Frau Kuchelka saßen noch lange in der Küche, bis sie sich in einer Kammer aufs Stroh legten. Erich Janzik unterhielt sich mit der Bäuerin, sie sollte am nächsten Tag die Pferde anspannen und mit ihnen nach Westen fliehen. Die junge Frau war unschlüssig. Sollte sie so schnell ihren Hof verlassen? Sie wollte sich noch alles durch den Kopf gehen lassen, mit dem Vater darüber reden.

Ausgeschlafen, zufrieden nach einem reichlichen Frühstück, gingen die Mädchen über den Hof zum Wagen, legten Mäntel, Pelze und Decken in die Sonne. Der kleine Ottek lief dem Bauernsohn nach. »Onkel, Herr Janzik, hast du ein Bein weg?« fragte er neugierig. Erich Janzik schnallte seine Prothese ab, hopste auf einem Bein durch den Stall, Ottek war begeistert, er hatte seinen Bruder Max, auch seinen Vater, vergessen.

Frau Kuchelka erzählte von ihrem harten Schicksal, vom

Sohn Max und ihrem gefallenen Mann, zeigte auf Klara. Das Mädchen habe keine Eltern, wäre aus Berlin, ihre Schwester Martha habe es nach Masuren gebracht.

»Wir mußten das Mädchen verstecken, sie soll nicht arisch sein«, flüsterte sie, hielt beide Hände vor den Mund. Die Bäuerin machte große Augen, Erich Janzik lächelte.

»Aha, habe ich mir gedacht. Mama Auguste, Martha Saruski, ihre Eltern mußten fliehen, Kinderlandverschikkung, manchmal dachte ich, das Mädchen hat drei Mütter. Also, es ist eine Berliner Pflanze.«

»Ja, ja, Herr Janzik, ich bin jetzt ihre Mutter! Bei Lehrer Masuch war es Tante Martha, in Berlin wohnten ihre Eltern, waren reich und vornehm, mußten abhauen, fliehen, die SA hat sie verjagt. Die SA verjagt«, die Bäuerin blickte auf Erich Janzik. Der entlassene Soldat sprach leise.

»SS, Gestapo, Volksfeinde«, hörte Klara, ging weinend nach draußen, setzte sich beim Brunnen in die Sonne. Plötzlich saß der Bauernsohn bei ihr.

»Marjellchen, nicht plinsen, kannst bald nach Hause winken!«

»Wir fahren über Berlin?« Sie sah hoch.

»Nein, wir müssen die Stadt umfahren.« Er legte seine Hand auf Klaras Schulter. »Den Mund halten, ducken, nicht auffallen, der Krieg geht bald zu Ende, dann suchen wir in Berlin deine Eltern.«

»Herr Janzik«, Klara umfaßte seine Hände, drückte sie, »Herr Janzik, ist das Ihr Ernst?«

Er nickte.

Zwei Tage verbrachten sie auf dem Bauernhof, die Wagen waren vollgepackt, am Abend saßen sie bei der Bäuerin in der großen Wohnküche. Morgen früh fahren wir los, kommen Sie mit? Erich Janzik fragte, gab Ratschläge, doch die junge Frau zögerte, noch wollte sie ihren Hof nicht verlassen.

»Herr Janzik«, Frau Kuchelka bückte sich über den Küchentisch, »wohin, wie weit, wie lange wollen wir noch fahren?« Der Bauernsohn glitt mit dem Zeigefinger über eine ausgebreitete Karte.

»Prenzlau, Templin, nördlich an Berlin vorbei, über Neuruppin, Rathenow, Stendal, Gardelegen, in das Dorf Bergfriede. Bergfriede ist unser Ziel, meine Schwester ist dort, hat einen Kriegskameraden von mir geheiratet. Wir brauchen noch vierzehn Tage, wenn die Pferde durchhalten.«

»Bergfriede«, wiederholten die Mädchen, drückten ihre Nasen auf die Landkarte, suchten das Dorf in der Mark Brandenburg.

Oma Janzik und Frau Kuchelka überlegten. Weit war der Weg von der Oder bis zur Elbe. »Na gut«, Frau Kuchelka war einverstanden. »Bergfriede, hoffentlich ist dann Schluß, wir finden Ruhe und Frieden in Bergfriede«, seufzte sie.

Am frühen Morgen verabschiedeten sie sich von der Bäuerin, dankten für die großzügige Hilfe, wünschten ihr Gottes Segen, die junge Frau und ihr Vater winkten, die polnische Magd und der Knecht zogen sofort das Hoftor zu, blickten mit grimmigen Gesichtern hinterher. Durch Prenzlau fuhren sie in Richtung Templin. Es ging zügig voran, die Ruhetage hatten den Pferden gutgetan. Von den Nebenstraßen kamen weitere Fuhrwerke heran, bald rollten sie in einer Kolonne nach dem Westen und Norden, den Süden mieden die Treckwagen, auf die Reichshauptstadt Berlin fielen Bomben. Abends rasteten sie auf einem Gut, trafen Treckwagen aus Ostpreußen, Pommern, manche wollten weiter nach dem Westen, andere hierbleiben, die Kriegsgeschehnisse abwarten. Parteigenossen, Kreisleitung, Hitlerjugend und BDM-Mädchen waren den Flüchtlingen behilflich, versorgten die Familien mit Verpflegung, die kleinen Kinder mit Milch.

»Pferde füttern, tränken, auf dem Wagen bleiben, die Organisierer sind unterwegs. Sich nichts klauen lassen«, mahnte der Bauernsohn. Frau Kuchelka blieb bei den Pferden, übernachtete mit den Kindern auf dem Wagen.

☆

Gerade als die Märzsonne aufging, fuhr Janzik los. Sie lenkte den Wagen hinterher. In den Mittagsstunden heulten die Sirenen, der Bauernsohn zeigte zum Himmel. Feindliche Flugzeuge brummten über ihnen, die Fliegerabwehr schoß. Es knallte und pfiff in der Luft.

»Klarachen, Klarachen, Marjellchen, sie fliegen auf Berlin, werfen Bomben auf die Reichshauptstadt«, rief der Bauernsohn zu den Mädchen.

Klara verließ Elli und Heta, kletterte auf den Janzik-Wagen. »Sind wir bei Berlin, Herr Janzik, in welcher Richtung liegt die Stadt?«

Der Bauernsohn legte seine Karte auf die Knie. »Wir sind zwischen Templin und Neuruppin, genau im Süden ist die Reichshauptstadt. Ich habe Berlin umfahren, sonst wären wir im Bombenhagel gelandet.« Er klopfte gegen sein Holzbein. »Ich habe genug mitgemacht, jetzt heißt es nur noch, überleben, gesund zu meiner Schwester nach Bergfriede zu kommen.«

Den ganzen Nachmittag saß Klara neben dem Bauernsohn, er erzählte vom Kriege, seiner schweren Verwundung, ärgerte sich über die Parteibonzen, die den Krieg verloren haben. Er war über die Kriegslage informiert. Bei jeder Rast sprach er mit Soldaten, hörte Radio in den Parteistuben, kannte die aussichtslose Lage seiner Frontkameraden. Er schwieg zu seiner Mutter und Frau Kuchelka, wollte den Frauen Ärger und Leid ersparen.

»Deine Eltern mußten aus Berlin fliehen? Wie bist du nach Steinfelde gekommen?« wollte er wissen.

Klara vergaß die Mahnungen von Mama Auguste, erzählte von ihrem Elternhaus, ihrer Schulzeit in einem Internat an der Nordsee, erwähnte Martha Saruski, die sie heimlich nach Steinfelde brachte. »Die Martha von der Reichsbahn, habe ich gehört, soll auf einem Transport von deutschen Soldaten erschossen worden sein. Von Partisanen«, sagte das Mädchen.

Erich Janzik schüttelte seinen Kopf, zeigte mit dem Zeigefinger gegen seine Lippen. »Stimmt nicht, von den eigenen Soldaten, sie wollte überlaufen, fliehen.«

»Die arme Tante Martha.« Klara blickte zu Boden, ihre Augen wurden feucht. Sie mochte den entlassenen Soldaten, an den sie sich inzwischen gewöhnt hatte, sie fand ihn hilfsbereit und aufrichtig. Erst am Abend, als sie in einem Dorf hielten, stieg sie vom Wagen.

Wieder humpelte Erich Janzik über die Dorfstraße, suchte Unterkünfte, schickte Elli und Klara zum Bürgermeister, sie sollten Verpflegung und warmen Kaffee empfangen. So fuhren sie von der Oder zur Elbe, am Tag klapperten die Wagen über Chausseen und Landstraßen, nachts ruhten sie in Ställen und Scheunen. Es war ein warmer Märzmonat. Die Wiesen und Straßengräben grünten, die Bäume zeigten ihre ersten Blätter.

»Wann sind wir endlich da?« fragte Frau Kuchelka. Die eine Stute hinkte, am liebsten wäre sie in einem Dorf geblieben. Es war ihr egal, was danach käme.

»Es ist jetzt nicht mehr weit, wir sind bereits hinter Gardelegen, bald kehren wir in Bergfriede ein«, sprach ihr Janzik Mut zu.

»Mama, wir müssen mit, was wären wir bloß ohne Herrn Janzik«, redeten die Kinder auf die Mutter ein, sie organisierten Hafer und Heu, die Pferde sollten das letzte Stück unbedingt schaffen.

Es war in den letzten Märztagen, als sie auf der Hauptstraße über den Mittellandkanal rollten, Erich Janzik sich vom Sitz erhob, auf das Dorf am ansteigenden Hügel zeigte. »Bergfriede, sehen Sie, wir sind endlich da, Bergfriede liegt genau vor uns.«

»Mama, nur noch ein kleines Stückchen, wir sind am Ziel«, die Kinder standen hinter dem Rücken der Mutter, die beiden Pferde wankten hin und her, die eine Stute lahmte, zog den hinteren Fuß nach. Endlich, das Ortsschild, dahinter die ersten Häuser, Bauerngehöfte, massiv und wuchtig gebaut. Gleich am zweiten Hoftor stand eine Bäuerin mit einem Kind auf dem Arm.

»Erich«, rief sie, eilte zum Pferdewagen, als hätte sie ihren Bruder erwartet. Mutter, Schwester und Bruder lagen sich in den Armen. Die Schwiegermutter eilte zum Tor, so schnell sie konnte, sie versperrte dem Kuchelka-Wagen die Einfahrt. »Wir haben keinen Platz, das Dorf ist mit Flüchtlingen belegt.«

Die Schwester stand bei ihrem Bruder, erwähnte den Bürgermeister und die Partei, sie sollten die Familien unterbringen. Erich Janzik nahm seine Krücken, humpelte voraus, auf den dritten Hof rechts fuhr Frau Kuchelka hinterher. »Herr Bürgermeister«, Erich Janzik begrüßte den Bauern und seinen Sohn herzlich, erzählte von arbeitsamen Leuten, bat inständig, die Kuchelkas aufzunehmen. Die Bäuerin kam aus dem Haus, sie beratschlagten, überlegten. »Gut, Sie können bleiben, kommen einfach in die Knechtzimmer hinter dem Pferdestall.«

»Ihr werdet aufgenommen, morgen früh sehen wir uns«, verabschiedete sich der Bauernsohn, griff seine Krücken und ging zurück.

»Prima, Mama, der Bürgermeister nimmt uns auf, der Sohn trägt eine Uniform, ist HJ-Scharführer«, sagte Elli.

»Ruhig, still, von Partei und Hitlerjugend will ich nichts mehr hören«, murrte die Mutter.

Sarah Goldberg erhob sich, ging zum Zugfenster, sah in die Gegend. Der Schwarzwaldexpreß zischte über die Schienen. »Wir sind hinter Frankfurt in Richtung Kassel–Göttingen«, sagte Max.

Sie umfaßte seine Schulter. »Max, wir waren in Bergfriede, ich glaubte, alles hinter mir zu haben, das Kriegsende abzuwarten, doch es wurden lange, ja gefährliche Wochen. Bergfriede, Frieden fand ich in dem Dorf nicht. Wollen wir essen gehen?«

Er steckte seine Papiere ein, sie hängte ihre Handtasche um. Nur wenige Abteile weiter, und sie saßen im Speisewagen. Der Ober servierte das Essen, er trank Bier, sie Wein. Max wurde lustig, sprach von den herrlichen Bergen um Höchenschwand, erzählte von seinem Wendland, den Wiesen, Sümpfen mit dem Sperrzaun an der DDR-Grenze. Sie lächelte gezwungen. Bergfriede, das Dorf in der Altmark, beschäftigte sie. Er faßte ihre Hand, führte sie durch den Gang zu ihrem Abteil zurück. Sarah sah aus dem Fenster, ließ sich in die Polster fallen.

»Max, sag mal, was geschah mit dir, wo bist du geblieben, als sie dich vom Pferdewagen holten?«

»Ich? Ich«, er wurde verlegen, »Sarah, da gibt es nicht viel zu berichten. Doch, doch, ich erzähle es dir. Zuerst bist du dran, ich bin neugierig, was passierte in Bergfriede bis zum Einmarsch der Engländer?«

Er setzte sich ihr gegenüber, lauschte. Sie erzählte aus dem Dorf in der Altmark.

☆

Sie standen auf dem Hof des Bürgermeisters. Herr Janzik verhandelte, sie durften bleiben. Der Bauer packte das eine Pferd an den Kopf, der Wagen rollte über den Hof bis hinter den Pferdestall. Zwischen Stall und Holzschuppen stand ein massiver Anbau mit zwei Türen. Seine Frau öffnete die erste Tür.

»Hier können Sie erst einmal bleiben.«

»Wir sind mit allem zufrieden, ein Dach über dem Kopf, eine warme Stube, paar Strohsäcke, wir wollen ausruhen, ausschlafen, endlich, endlich können wir bleiben. Wo sollen wir auch hin?« Frau Kuchelka stand bei den Stuten. »Die

Pferde müssen in einen Stall, Wasser und Heu haben, fallen sonst um. Von Masuren bis zur Elbe haben sie den Wagen gezogen.«

»In den Pferdestall«, der Bauernsohn in seiner HJ-Führer-Uniform grinste. »Papa, die erschrecken unsere Braunen. Panjepferde, große Hunde sind das.«

Der Bauer sah sich um. »Sie kommen in den alten Kuhstall, morgen lassen wir die Stuten auf die Weide.«

Mutter und Kinder standen in der schmalen, langen Kammer, sahen einen Herd, einen Tisch mit paar Stühlen, im hinteren Teil mehrere Bettgestelle mit Matratzen.

»Keine Strohsäcke?« enttäuscht sah sich Frau Kuchelka um.

»Strohsäcke«, wiederholte der HJ-Führer, ahmte breit ostpreußisch nach. »Nein, nein, nur Matratzen.«

Die Mutter mustere den Jungen, wollte was sagen, biß die Lippen zusammen, blieb stumm. Die Bäuerin brachte Brot, Margarine und warmen Kaffee. Im Herd brannte das Feuer, sie stärkten sich, schleppten die Pelzdecke, Mäntel und Pferdedecken in die Kammer. Als es dämmerte, lagen die Mädchen in den Betten und schliefen. Ottek reckte sich auf der Pelzdecke neben dem Tisch. Die Mutter ging über den Hof, stand vor dem Eingang des Pferdestalls. Eine riesige Pforte groß wie ein Scheunentor, breite Buchten, hohe Decken, ängstlich bewegte sie sich über den Gang. Da standen sie, die Pferde des Bauern. Frau Kuchelka wich zurück.

»Herrje, herrje, sind das Pferde. Nein, solche Riesen hat es in Steinfelde nicht gegeben.«

»Na, da staunen Sie«, der Bürgermeister stand bei ihr.

»Unsere Pferde sind klein, Trakehner Abstammung, klein, aber zäh, haben große Ausdauer, haben den Wagen von Steinfelde bis Bergfriede gezogen.«

Sie spazierte über den Hof, in einem flachen Stall, aus Steinen gemauert, lagen ihre Stuten am Boden. »Lotte, Meta«, sie streichelte ihre Köpfe, »bis hierher sind wir gekommen, haben alles verloren, nichts, nuscht besitzen wir.«

Am nächsten Tag wurde der Bürgermeister dienstlich. Elli und Klara meldeten die ganze Familie an, erhielten Lebensmittelmarken. Die Mutter holte Wasser von der Pumpe, reinigte Kleider und Wäsche, sprach mit der Bäuerin, bat um Strohsäcke, sie habe mit ihrem Sohn nachts auf der Pelzdecke gelegen. »Janka! Janka!« rief die Bürgermeisterfrau. Die Magd eilte aus dem Kuhstall, sollte einen Strohsack besorgen. Mittags standen Frau Kuchelka und die Magd in der Scheune, stopften die Säcke mit frischem Stroh aus, legten sie in die Kammer. Drei eiserne Bettgestelle, zwei Strohsäcke, nun waren Schlafgelegenheiten für alle da. »Janka, bist du aus Polen?« fragte Frau Kuchelka. »Wir wohnten an der Grenze in Masuren, an der Granizia«, verbesserte sie sich. »Osranken hieß unser Dorf.«

Die Magd horchte auf, dann unterhielten sich die Frauen auf masurisch-polnisch.

»Janka, wir sind arm, haben alles verloren, brauchen Mleko und Chleba«, bat sie. Die Magd nickte, wollte Brot und Milch heimlich besorgen. Frau Kuchelka erschrak, der Sohn stand am Pferdestall, hatte er etwas mitbekommen?

☆

Auch der April brachte Sonnenschein.

Es war ein warmes Frühlingswetter. Durch das Dorf zogen Soldaten, die einen marschierten gen Osten, andere flohen in den Westen. Dazwischen fuhren Treckwagen, Fremdarbeiter und französische Kriegsgefangene rannten ziellos durch die Gegend, wurden von der Kreisleitung aufgehalten, von Soldateneinheiten versorgt. Das Dorf befand sich in Aufruhr.

Frau Kuchelka half der Bäuerin in der Küche, schälte Kartoffeln, machte den Abwasch, ging ihr im Haus und Garten zur Hand. Im Bürgermeisterbüro war reger Betrieb, Parteifunktionäre, Soldaten in grauen und blauen Uniformen, Feldjäger und SS-Offiziere, alle wollten etwas vom Bürgermeister, er sollte Befehle und Anordnungen ausführen. Frau Kuchelka lauschte den Nachrichten aus dem Volksempfänger. Was geschah im Osten und Westen?

»Mein ältester Sohn ist gefallen, meine Tochter in russischer Gefangenschaft, mein Mann ist beim Volkssturm geblieben, meinen zweiten Sohn, den Max, holten sie vom Wagen. Das Jungchen soll schießen, den Russen aufhalten, dabei rennen unsere Soldaten zurück.«

Immer wieder erzählte sie von ihrer Familie, der Flucht aus Masuren, jammerte, daß sie alles verloren hatte. Den Mädchen legte sie ans Herz, sie sollten Brot und Wurst von den Soldaten besorgen, auf Marken gab es wenig. Von der polnischen Magd bekam sie Milch und Eier zugesteckt. Einmal stellte Jankas Freund, der Wadek, einen halben Sack Mehl unter den Tisch.

»Prima, fein. Janka, Wadek, der Krieg ist bald zu Ende, ich werde Brot backen. Wenn ihr Hunger habt, kriegt ihr etwas ab.«

»Hunger? Wenn Krieg zu Ende«, die beiden grinsten, »dann wir Herren in Bergfriede.«

Die Magd und ihr Freund saßen öfters bei Frau Kuchelka. Auguste suchte nach polnischen Worten, erzählte von ihrem Dorf in Masuren, das an der polnischen Grenze lag, früher Osranken hieß. »Osranken, beschissene Gegend«, antwortete Wadek, hielt sich an den Bauch und lachte.

Elli und Heta hielten Abstand, zu Hause bei den Jungmädchen hatten sie nichts Gutes über die polnischen Landarbeiter gehört. Ottek fand Wadek lustig, er versuchte, auf polnisch seine Lieder nachzusingen.

Janka zeigte auf Klara. »Nix Tochter«, meinte sie.

»Von meiner Schwester Martha Saruski, ist in Berlin aufgewachsen, Mutter verstorben, Klara ist allein auf der Welt.«

Nach Klaras Vater fragte Wanka, sah ihr ins Gesicht. »Cyganka, war ihr Vater Cygan?« fragte sie.

»Zigeunersche, der Vater war ein Zigeuner. Ja, ja«, Frau Kuchelka stimmte zu, »Klaras Vater war vom fahrenden Volk.«

Janka und Wadek beobachteten das Mädchen. Klara wußte nicht, wie sie sich verhalten sollte, blickte zur Seite und schwieg. Als sie allein mit Frau Kuchelka war, legte sie beide Arme um ihre Schulter.

»Mama, ich bin doch keine Zigeunersche.«

»Klarachen, Klarachen«, Frau Kuchelka strich über ihr Haar, »wir leben in einer verrückten, ganz dammligen Zeit, der Krieg ist bald vorbei, mit der Janka und dem Wadek müssen wir gut Freund sein, die können wir noch gebrauchen. Wenn Frieden ist, fahren wir mit dem Zug nach Masuren zurück. In Berlin machen wir halt, suchen so lange deine Eltern, bis wir sie gefunden haben. Ich habe Martha versprochen, für dich zu sorgen, solange ich lebe.«

Elli und Heta verstanden ihre Mutter nicht. Sollte Deutschland den Krieg verlieren? Das wollten sie nicht wahrhaben. Heinz, der Sohn des Bürgermeistes, lief als HJ-Scharführer durch das Dorf, organisierte mit seinen Jungen Unterkünfte für die durchreisenden Treckwagen, sprach mit den Feldjägern und SS-Offizieren, erzählte von neuen Waffen, frisch aufgestellten Divisionen, die auf Berlin marschierten, die Russen wieder vertreiben würden. Die einfachen Soldaten machten abfällige Bemerkungen, die Feldjäger zuckten mit den Schultern, SS-Offiziere drückten ihm Panzerfäuste in die Hände, doch er zog sich zurück, hatte Anordnungen der Kreisleitung zu befolgen.

»Wie alt seid ihr? Warum geht ihr nicht zu den Jungmädeln oder zum BDM?« wollte er von Elli wissen.

»Unsere Uniformen sind in Steinfelde geblieben, wir haben nichts zum Anziehen. Dazu schimpft die Mama, will keine schwarzen Röcke und weißen Blusen sehen, wir haben genug auf der Flucht erlebt«, antwortete sie.

»Aha, deine Mama, die Frau Kuchelka, Juchelka«, wiederholte er und grinste. »Mit den Fremdarbeiterinnen hat sie Freundschaft geschlossen, redet polnisch mit ihnen, macht mies, der Krieg ginge verloren. Wie heißt eigentlich euer Dorf in Masuren, Steinfelde oder Osranken? Ist die Klara ein Ausländerkind? Wer war die Martha Saruski? Sage mal, stammt ihr aus Polen? Seid ihr Volksdeutsche, Gruppe 3?«

»Du spinnst«, Elli tippte gegen ihre Stirn, »wir sind aus Ostpreußen, mein ältester Bruder war SS-Scharführer, der Verlobte meiner Schwester Gerda Bannführer, mein Bruder Max Kameradschaftsführer, wir sind Deutsche, von Volksdeutschen, Gruppe 3, habe ich noch nie etwas gehört.«

»Juchelka, Kuchelka, Saruski, das sind doch polnische Namen. Wieso hat die Klara keinen Vater, war nicht bei den Jungmädeln in Berlin? Hast du etwas von nordischer Rasse gehört? Groß, blond, markantes Gesicht, Frauen und Männer, wie sie der Führer wünscht. Klara Saruski, klein, schwarzhaarig, spitze Nase. Woher stammt sie? Warum verkriecht sich das Mädchen? Wieso sagt deine Mutter Zigeunerin, Cyganka?«

Breit ostpreußisch versuchte er, ihre Mutter nachzumachen. »Du bist ein Jungmädchen, ich HJ-Führer, wir haben Großdeutschland, unserem Führer Treue geschworen, müssen Volksfeinde melden. Wer ist das Mädchen Klara?«

Er hielt Elli am Arm fest. »Raus mit der Wahrheit«, forderte er.

Elli wußte nicht, was sie tun sollte. Noch immer umklammerte der HJ-Führer ihren Arm. »Tante Martha war in Berlin in Stellung, hat Klara zu uns gebracht.«

Sie verstummte, dachte an ihre Mutter, riß sich los, rannte über den Hof in die Kammer, setzte sich aufs Bett und heulte.

»Was hast du?« Die Mutter stand bei ihr. Die Tochter weinte, erzählte, die Mutter rief Klara, Heta und Ottek. Sie beratschlagten. »Der freche Bengel, der Schnodder, der Grünschnabel, hat die Elli ausgefragt. Klarachen, bleib in der Stube, laß dich nicht auf dem Hof und auf der Straße sehen. Herrje, herrje, jetzt haben wir die Bescherung, der HJ-Führer plappert so dammlig, hoffentlich kriegen wir keinen Ärger. Ich muß mit seiner Mutter reden, das Jungchen soll paar auf den Schnabel kriegen.«

Sie nahm ihre Schürze ab, warf sie aufs Bett, ging über den Hof direkt in die Küche. Elli, Heta und Klara saßen schweigsam auf dem Bett. Was wollte der HJ-Scharführer von ihnen? Wieso trug er noch immer seine Uniform? Was sagte doch der Herr Janzik, die Braunen sollen ihre Parteimützen verschwinden lassen, sonst werden sie eingesperrt.

Frau Kuchelka drehte sich in der Küche um, die Bäuerin sah aus dem Fenster, der Bürgermeister und sein Sohn waren fort. Sie stellte sich an den Küchenschrank.

»So von Frau zu Frau, von Mutter zu Mutter möchte ich mit Ihnen reden.« Die Frau des Bürgermeisters blickte hoch, wartete.

»Der Krieg ist bald zu Ende, doch Ihr Sohn, der Heinz, der rennt immer noch in seiner Uniform herum. Das ist nicht gut, nein, nein, dem Jungchen kann was zustoßen. Wäre doch schade um so einen feinen, freundlichen Lorbaß.«

Die Frau riß Augen und Mund auf.

»Wie, was meinen Sie?« Fragend klang ihre Stimme.

Frau Kuchelka hob die Schultern, zog den Kopf ein, ganz klein machte sie sich.

»Unsere Soldaten können die braunen Uniformen nicht mehr sehen. Auf der Flucht, wir waren gerade vor dem Frischen Haff, da lief ein SA-Führer zwischen den Fuhrwerken, schimpfte auf die Soldaten, sie sollten kämpfen, das Vaterland verteidigen, nicht zwischen den Frauen und Mädchen zurückrennen. Wissen Sie, was da passierte? Mit meinen Augen habe ich es gesehen. Jawohl, der liebe Gott kann das bestätigen.« Sie klopfte mit der Faust zweimal auf den Küchentisch. »Peng, bumm, knallte es, da lag der SA-Führer im Schnee, aus seinem Kopf floß Blut, er war tot. Jawohl, tot war er. Die Soldaten grinsten, marschierten weiter, sie hatten ihn von hinten erschossen.«

Ruhe, Stille herrschte in der Küche. Die beiden Mütter sahen sich an, kein Wort fiel. Lange, lange dachte die Frau des Bürgermeisters nach.

»Mein Mann hat auch eine Uniform, meinen Sie, er soll sie verstecken?« fragte sie leise.

»Verstecken, in den Herd packen, verbrennen, kein Kodder darf übrigbleiben. Geben Sie mir die Uniformen, ich stecke sie in den Herd, werde ein warmes Stubchen haben.« Frau Kuchelka stand dicht bei der Bäuerin.

»Nicht lange warten, muß bald geschehen, wäre doch schade um Ihren Sohn, wenn die Soldaten bumm, peng machen.« Sie krümmte ihren Finger, als wenn sie am Abzug eines Gewehrs zog.

Brot und Speck packte ihr die Bäuerin in eine Zeitung, kleingeduckt, den Kopf eingezogen, rannte Frau Kuchelka in ihre Stube hinter dem Pferdestall.

»Mama, Mama«, die Mädchen standen um den Tisch. Elli weinte, Klara wischte Tränen aus ihren Augen.

»Dem Grünschnabel habe ich es gegeben, der wird seine Uniform nicht mehr anziehen.« Die Mutter zog ein böses Gesicht.

»Ihr bleibt in der Stube, rennt nicht auf die Straße, die Klara darf sich vorläufig nicht sehen lassen«, befahl sie.

Beunruhigt, verzagt saß Klara in der Kammer hinter dem Pferdestall, ängstlich blickte sie aus dem Fenster, beobachtete den Hof, sah Soldaten und Parteifunktionäre beim Bürgermeister ein- und ausgehen. Elli sprach ihr Mut zu, der HJ-Scharführer würde nichts weitersagen. Heta und Ottek schlichen um das Haus, suchten den Bauernsohn, er war nicht zu sehen.

»Ich habe seiner Mutter Bescheid gesagt, der Lorbaß wird seine Uniform nicht mehr anziehen, den Schnabel halten, nicht mehr durch das Dorf rennen und krakeelen. Peng, bumm, habe ich gesagt, so knallen die Soldaten die braunen Schreier ab.«

»Mama«, die älteste Tochter schüttelte ihren Kopf, »doch nicht gleich erschießen, der Heinz redet viel, gibt an, spinnt ein bißchen, glaubt noch immer an den Sieg des Führers.«

Das Gesicht der Mutter rötete sich. »Ich will vom Hitler und den Braunen nichts mehr hören, kein Wort, weder von der HJ, SA, SS noch der Kreisleitung. Krieg, Not und Elend haben sie uns gebracht, der Klara die Eltern genommen, unsere halbe Familie umgebracht. Herrje, herrje, wo mag der Max, das Jungchen, stecken?«

Sie umfaßte Klara, strich über ihre Wangen. »Wenn der Krieg vorbei ist, werden wir nach Masuren zurückfahren, ich werde deine Eltern in Berlin suchen.«

Klara war am Verzweifeln. Wieder mußte sie sich verstekken, durfte nicht auf den Hof, auf die Dorfstraße. Sie zitterte, bangte, wartete auf das Kriegsende, doch was kam dann?

Janka und Wadek näherten sich ihr bei jeder Gelegenheit, redeten Deutsch und Polnisch auf sie ein.

»Hitler kaputt, bald wir Herren, alles uns gehören. Du Cyganka, mit uns gehen.«

Klara blickte auf Mama Auguste, gab Janka keine Antwort. Verunsichert, ratlos, in Ängsten saß sie in der Kammer. Frau Kuchelka beobachtete Janka und Wadek.

»Klara bleibt bei uns, ich habe sie in Masuren versteckt, sie auf der ganzen Flucht mitgeschleppt, nach dem Kriege bringe ich sie nach Berlin zu ihren Eltern«, gab sie der polnischen Magd klar zu verstehen.

»Masurka, Hitlerek, Krieg verloren«, lachte Janka.

»Wir nix Hitlerek, fahren nach Masuren zurück«, antwortete Frau Kuchelka.

Tagelang blieb Klara in der Kammer, Elli und Heta berichteten ihr, was im Dorf geschah. Ottek rannte über die Straße zu Herrn Janzik, spielte mit den beiden kleinen Kindern der jungen Frau. Er mochte den kriegsbeschädigten

Bauernsohn aus der Johannisburger Heide, der seiner Mutter auf der Flucht täglich geholfen hatte. Die Bäuerin gab ihm zu essen, er brachte belegte Stullen für seine Schwestern und Klara mit.

»Wenn die Engländer kommen, wird Herr Janzik eine weiße Fahne auf das Dach hängen, dann ist Kriegsschluß, Frieden«, erzählte Ottek abends.

Klara horchte auf, drückte beide Daumen. Hoffentlich bald, sie war mit ihren Kräften am Ende.

»Die Engländer sollen nach Bergfriede kommen, nur keinen Krieg hier im Dorf, hoffentlich hauen unsere Soldaten ab. Wenn hier geschossen wird, herrje, herrje, was wird aus uns, muß das alles sein«, stöhnte die Mutter.

Elli zeigte auf den Hof. Der Sohn des Bürgermeisters ging in Zivil vom Pferdestall zur Scheune. Auch sein Vater trug eine grüne Jacke, die Bäuerin brachte Mehl und Brot in die Kammer, sie sollten etwas Vorrat haben, wer wußte, was noch geschah. Sie winkte Frau Kuchelka nach draußen, lange redeten sie miteinander. Zurück bei den Kindern erzählte Frau Kuchelka zufrieden, daß die braunen Uniformen von Sohn und Mann verschwunden seien, Klara brauchte keine Angst zu haben, der Heinz ginge nicht mehr zur Hitlerjugend. »Mama«, das Mädchen warf ihre Arme um Frau Kuchelka, »endlich geht der Krieg zu Ende.«

Abends stand Herr Janzik in der Kammer. Aufgeregt erzählte er, die Engländer müßten jeden Tag einrücken, jeder sollte ein weißes Bettlaken aus dem Fenster hängen, das hieße Kapitulation, Frieden, nicht schießen. Doch Vorsicht, noch trieben sich SS-Kommandos herum, hängten Soldaten an die Bäume. Er legte seinen Arm um Klaras Schultern.

»Na, Marjellchen, nun hast du es überstanden, kannst zu deinen Eltern nach Berlin zurück.«

Das Mädchen versuchte zu lächeln, ihr Gesicht blieb versteinert. Frau Kuchelka bat den Bauernsohn um Rat, die Kinder lauschten. Wie sollten sie sich verhalten? »Falls geschossen wird, im Keller verstecken, nicht über den Hof rennen, erst herauskommen, wenn Ruhe herrscht«, empfahl der entlassene Soldat.

»Die Kriegsgefangenen und Fremdarbeiter, dazwischen

unsere Soldaten, Herr Janzik, es kann noch Schlimmeres passieren«, besorgt sah die Mutter auf ihre Kinder.

»Unsere Soldaten gehen in Gefangenschaft, für die ist der Krieg verloren, doch die Fremdarbeiter«, der Bauernsohn kratzte in seinen Haaren. »Frau Kuchelka, wir müssen polnisch-masurisch mit ihnen reden, vielleicht lassen sie uns in Ruhe. Wenn unsere Soldaten abhauen, die Engländer einrücken, komme ich rüber«, versprach Janzik, humpelte auf Krücken über die Dorfstraße.

Hell und klar stand die Morgensonne über Bergfriede. Im Roßgarten hinter der Scheune weideten die beiden Stuten, vier Wochen Ruhe hatte ihnen gutgetan. Meta lahmte nicht mehr, der Hinterfuß war gesund. Der Hof des Bürgermeisters war mit Soldatenfahrzeugen überfüllt, kleine Kampfeinheiten mit Panzerfäusten auf dem Rücken stellten sich bereit, Kommandos erklangen, sie marschierten vor das Dorf an dem kleinen Hügel.

Ängstlich blickte Frau Kuchelka aus dem Kammerfenster. »Erbarmung, die paar Soldaten sollen kämpfen, den Engländer aufhalten. Warum schmeißen sie die Gewehre nicht weg, heben die Hände hoch, der Krieg ist verloren.«

»Mama«, Ottek zog die Mutter am Rock, »überall Soldaten, wann hört der Krieg auf?«

Auch Klara, Heta und Elli blieben in der Kammer, zeigten auf Soldaten und Nachrichtenhelferinnen, die über die Felder in den Westen flohen. Zivilisten auf Fuhrwerken, per Rad und zu Fuß irrten ziellos durch das Dorf. Die polnische Magd und ihr Freund ließen sich nicht sehen. Die Fremdarbeiter waren wie vom Erdboden verschwunden. Die Bäuerin schleppte einen Sack voll Bekleidung in die Kammer hinter dem Pferdestall, erzählte, daß in die Nachbardörfer der Engländer einmarschiert sei, bereits heute abend nach Bergfriede käme. Sie schüttelte den Sack aus, die braune Uniform ihres Mannes und die HJ-Führer-Uniform ihres Sohnes lagen auf den Dielen.

»Die braunen Klamotten müssen weg, verschwinden«, flüsterte Frau Kuchelka, hob einen Kochtopf vom Herd, packte zuerst die beiden Mützen ins Feuer. Die Jacken mit den Hakenkreuzbinden an den Ärmeln folgten, es roch nach verbrannter Wolle, nur ein Häuflein Asche blieb zurück.

Plötzlich rannten die Soldaten davon, leer und verlassen lag der Hof des Bürgermeisters.

»Auf dem Dach des Nachbarhauses weht eine weiße Fahne«, rief Elli und zeigte über den Pferdestall.

Die Mutter fand keine Worte, überlegte, sollte sie ein weißes Hemd durch das Sprossenfenster hängen? »Still, wir müssen abwarten«, redete sie auf die Mädchen ein.

Als es dämmerte, brummten Fahrzeuge auf der Dorfstraße, es knallte, Kugeln pfiffen über den Hof. Deutsche Kommandos erklangen, die weiße Fahne vom Nachbarhaus verschwand. »Ein kleiner Trupp unserer Soldaten zieht durchs Dorf«, erzählte die Bäuerin.

In voller Bekleidung, mit Schuhen an den Füßen, saßen Frau Kuchelka und ihre Kinder diese Nacht in ihrer Kammer. Unheimliche Stille lag über dem Dorf, einzelne, unbewaffnete deutsche Soldaten suchten nach Verstecken, wollten sich am Morgen den Engländern ergeben. Der Bürgermeister mit Frau und Sohn schleppte Verpflegung in den Keller zwischen Pferdestall und Scheune. Sie stellten Mehl und Zucker zu Frau Kuchelka in die Kammer.

»Verzeihung, Frau Kuchelka«, der Sohn drückte der fremden Frau beide Hände, »ich habe nichts erzählt, verraten, die Klara ist Ihre Tochter, mehr weiß ich nicht.«

»Ist erledigt, wir sitzen alle im Dreck, jetzt müssen wir heil aus der Patsche«, antwortete sie.

Sofort stellte sich Elli zu dem HJ-Scharführer, der in Zivil wie ein Knecht aussah. Klara hielt Abstand, musterte ihn von der Seite.

»Wo sind die Janka und der Wadek? Man sieht keine Fremdarbeiter«, fragte Frau Kuchelka, erfuhr vom Bürgermeister, daß alle Ausländer sich in einem Keller der Dorfschule versammelt hatten und dort auf die englischen Soldaten warteten. »Hoffentlich überfallen uns die Polen nicht, nehmen uns die letzten Sachen weg, wir haben schon auf der Flucht alles verloren, nun erleben wir nochmals den Krieg. Herrje, herrje, Erbarmung«, breit ostpreußisch stöhnte sie.

Die Familie des Bürgermeisters zog sich ins Haus zurück. Die Kinder lagen auf den Betten und schliefen, die Mutter fand keine Ruhe, wartete am warmen Herd auf den Morgen. Es wurde hell, die Sonne zeigte sich am Horizont.

»Aufstehen, aufstehen, wir müssen in den Keller«, rief die Mutter. Autos brummten durch die Dorfstraße. »Die ersten englischen Soldaten sind durch das Dorf gefahren«, berichtete aufgeregt die Bäuerin.

»Die Engländer sind da«, der Bürgermeister beobachtete vom Pferdestall aus die Dorfstraße.

Wieder wurde es still, nichts rührte sich, kein Soldat war zu sehen, kein Schuß fiel, kein Fremdarbeiter ging über die Dorfstraße. Die ersten englischen Soldaten waren vor das Dorf gefahren, sie übernahmen die Sicherung.

»Bald rollen Panzer und Lastwagen bei uns ein«, davon war der Bürgermeister überzeugt. Es dauerte noch eine ganze Stunde, dann rasselten Panzerketten über das Steinpflaster, englische Kommandos erklangen, auf der Dorfstraße lärmten und johlten Frauen und Männer, es waren polnische Fremdarbeiter. Auf dem Hof hielten Lastwagen, die englischen Soldaten verlangten den Bürgermeister. Der Bauer hob seinen Hut vom Kopf, verbeugte sich, sprach mit dem Dolmetscher.

»Die englischen Soldaten sind da«, Klara freute sich, hielt beide Hände vors Gesicht, weinte, schluchzte: »Mama, die Engländer sind da«, wollte auf den Hof rennen.

Frau Kuchelka hielt sie zurück. »Hierbleiben, wir müssen abwarten, noch kann vieles passieren. Vielleicht fallen Bomben oder die Panzer schießen.«

Ottek war an den Gartenzaun geschlichen, beobachtete die Dorfstraße.

»Mama, überall hängen weiße Fahnen aus den Fenstern. »Herr Janzik geht auf Krücken über die Straße und spricht mit den englischen Soldaten«, erzählte er.

»Der Herr Janzik, herrje, Erbarmung, er sollte sich verstecken, den packen die Soldaten, bringen ihn in ein Gefangenenlager«, meinte die Mutter.

Vormittags ging Ottek auf den Hof, stand bei den englischen Soldaten, sah ihnen zu, bekam Schokolade und Kekse, rannte sofort in die Kammer. Auch die Mädchen wollten nach draußen, doch die Mutter blieb hart.

»Ihr bleibt alle im Hause, die Soldaten packen euch, weg, fort, verschwunden seid ihr.« Auf die beiden ältesten, Klara und Elli, sprach sie lange ein. »Vorläufig geht ihr nicht hinaus, sagt kein Wort zu den Engländern. Klara, du bist meine Tochter, nichts anderes erzählen, zu keinem ein Wort sagen, bald fahren wir nach Masuren zurück. Ich bringe dich zu deinen Eltern nach Berlin.

Elli lachte: »Mama, was sollen die Soldaten mit uns?«

Klara überlegte, wollte zu den Engländern gehen, sagen, wer sie war, sah zu Mama Auguste hoch, verlor den Mut.

Auf Befehl der Engländer räumte der Bürgermeister sein Haus, zog mit Frau und Sohn in die Knechtekammer hinter dem Pferdestall. Englische Soldaten öffneten die Tür zu Kuchelkas Kammer, sahen eiserne Bettgestelle und Strohsäcke. Frau Kuchelka jammerte, bewegte Hände und Füße, sprach von ihrer verlorenen Heimat. Die Soldaten winkten ab, schlugen die Tür zu und verschwanden.

Nachts kam die Bürgermeisterfamilie zu ihr in die Kammer, Frau Kuchelka kochte Kaffee, gemeinsam aßen sie Brot mit Wurst und Schinken. »Schade um Ihr Haus, die feinen Möbel« – auf dem Wohnzimmertisch sollte ein Soldat sitzen und seine Füße mit schweren, schmutzigen Schuhen auf dem Buffet liegen haben – »die Engländer sind keine ordentlichen Leute, so etwas macht ein anständiger Mensch nicht«, urteilte sie.

Klara sprach mit Elli, sie wandten sich an die Mutter, was sollte nun geschehen. Frau Kuchelka wurde böse, schimpfte. »Den Mund sollt ihr halten, noch ist der Krieg nicht zu Ende. Abwarten, was die nächsten Tage und Wochen bringen werden.«

Die Nacht verlief ruhig, doch auf der Dorfstraße lärmten, tobten und tanzten die Fremdarbeiter.

In den Vormittagsstunden kroch Ottek durch den Zaun, hopste über die Straße, wollte zu Herrn Janzik, dort mit den kleinen Kindern spielen. Versteckt hinter einer Hecke beobachtete er, die Türen des Hauses standen weit auf. Am Brunnen tranken Frauen und Männer Schnaps, Fremdarbeiter, er erkannte unter ihnen Janka und Wadek. Eine Frau packte zu, schleppte ihn zum Brunnen, er solle Schnaps trinken. Ottek schüttelte sich, spuckte auf die Wiese, fragte Janka, wo Herr Janzik sei. Wadek hob eine Flasche, zeigte auf die Kellertür. »Hitlerek im Bunker, Deutschland kaputt«, lallte er. Ottek zog sich zur Hecke zurück, sprang über die

Dorfstraße. »Mama, Mama«, sprach er vor sich hin, rannte zum Pferdestall.

»Mama, Mama«, der jüngste Sohn stand aufgeregt in der Kammer. »Herr Janzik ist im Keller, wurde von den Polen eingesperrt. Mama, Mama, sie haben den Herrn Janzik in den Keller gesteckt.«

»Herrje, herrje, Erbarmung, auch das noch.« Die Mutter überlegte, sprach mit dem Bürgermeister und seiner Frau, doch die trauten sich nicht aus dem Hause. Auch der Sohn, der ehemalige HJ-Führer, zog seinen Kopf ein und verschwand. Was nun? Etwas mußte geschehen.

»Der Herr Janzik war immer so gut und hilfsbereit, ich gehe zu den Fremdarbeitern, rede mit ihnen, werde sie bitten, den Schwerverletzten herauszulassen.« Die Mutter sah auf ihre Kinder. »Ihr bleibt hier, seid noch zu jung, dem Herrn Janzik muß ich helfen.«

»Mama, ich komme mit«, sagte Klara.

»Du?« die Mutter stutzte. »Klarachen, fein, daß du einem armen Mann in der Not helfen willst, doch sie werden auf dich nicht hören.«

Sie dachte nach. »Na gut, du kommst mit.«

Die Mutter wandte sich an die älteste Tochter. »Elli, Elli, du wartest mit Heta und Ottek so lange in der Kammer bis wir zurück sind.«

Frau Kuchelka faßte Klara an eine Hand, sie eilten um den Pferdestall, gingen über die Dorfstraße von hinten auf den Hof der Janziks. »Ich Masurka, du Zigeunersche, wir waren gegen den Hitler, ich in keiner Partei, mußt immer ja, ja sagen, bis wir Herrn Janzik freihaben. Dann schnell über die Dorfstraße in unsere Kammer rennen«, flüsterte sie, Klara nickte. Vor der Haustür und um den Brunnen saßen Frauen und Männer, tranken Bier und Schnaps und lärmten. Im Gras lagen Kleider und Betten, ein Tisch war voll mit Verpflegung bepackt.

»Matka, Matka«, rief Wadek, schwenkte eine Schnapsflasche. Langsam näherte sich Frau Kuchelka den Frauen und Männern, hielt Klara fest am Arm.

»Janka, Wadek, wo ist Herr Janzik?« fragte sie.

Kurz wurde es still um den Brunnen, dann johlten Frauen und Männer: »Deutschland kaputt, Hitlerek im Bunker.«

Ein junges Mädchen stellte sich vor Frau Kuchelka. »Böse Frau im Keller«, sie zeigte auf den Eingang hinter dem Haus.

Janka kam dazu. »Du Hunger?« Sie reichte Brot und Schinken, sie sollten zugreifen und essen.

Jetzt standen alle Frauen und Männer um Frau Kuchelka, zeigten auf sie, sagten Hitler, Nazi, deutsche Schweine, nahmen drohende Stellung an. Frau Kuchelka suchte nach polnischen Worten, halb deutsch, halb polnisch, erzählte sie von ihrer Heimat Masuren. »Ich nix Partei, ich Masurka, Polska«, sie zeigte auf Klara. »Sie Zigeunersche.«

»Du Polska, Matka, du Zigeunersche.« Die junge, polnische Fremdarbeiterin zeigte mit der Hand auf Frau Kuchelka und Klara, lachte laut über den Hof. »Masurka und Cyganka«, wiederholte sie, fand die komische deutsche Frau und das kleine, schwarzhaarige Mädchen drollig.

»Wo ist Herr Janzik? Der arme Mann hat nur ein Bein«, fragte Frau Kuchelka, hopste auf einem Fuß, so wie der Kriegsbeschädigte hinkte.

»Hitlerek im Bunker«, schallte es über den Hof.

Frau Kuchelka zog Klara an sich, wandte sich an Janka und Wadek, hielt ihre gefalteten Hände vor den Bauch. »Prosze Panienka, Janka, prosze Pan Wadek«, flehte sie.

Es wurde still um den Brunnen, die Frauen und Männer blickten auf die fremde deutsche Frau, die Janka und Wadek mit Herrn und Herrin ansprach, flehte und bat.

Tief verbeugte sich Frau Kuchelka, hielt ihre gefalteten Hände vor der Brust. Nochmals flehte sie: »Prosze Panienka Janka, prosze Pan Wadek, laß den armen Janzik heraus. Prosze Panienka Janka, prosze Pan Wadek«, bat Frau Kuchelka immer wieder.

Wadek reckte sich, wurde immer größer, nickte zu ihr hinüber, schritt aufrecht zur Kellertür, schob einen Feldstein zur Seite. »Herr Janzik«, rief Klara. Aus dem Keller meldeten sich Kinder und Frauen. Auf einen Stock gestützt kam der Kriegsbeschädigte hoch, die Kleinkinder und Frauen folgten. Plötzlich war Ottek da, packte die beiden Kinder und rannte zur Straßenhecke. »Hitlerek, böse Frau«, schrie eine junge Fremdarbeiterin ihnen nach. Hinter dem hinkenden Bauernsohn ging Klara, als wollte sie Herrn Janzik beschützen.

Frau Kuchelka blickte mit gefalteten Händen zum Brunnen. »Panienka Janka, Pan Wadek, ich danke euch«, rief sie.

»Gott sei Dank, wir saßen die ganze Nacht im Keller«, Herr Janzik drückte Klara und Frau Kuchelka die Hände. Ottek drängte sich vor.

»Ich habe euch zuerst im Keller entdeckt, ich sollte bei der Janka Schnaps trinken«, er schüttelte sich, »das Zeug schmeckte nicht.«

»Prima, Ottek, fein«, lobte die Mutter.

Still saß die junge Bäuerin mit ihrer Schwiegermutter, den beiden Kleinkindern und Oma Janzik in der schmalen Kammer, bangten, was machten die Polen auf ihrem Hof. »Wir bleiben hier, verstecken uns, wollen abwarten, vielleicht ziehen die Fremdarbeiter ab«, entschied der Bauernsohn.

So saßen sie in der schmalen Kammer hinter dem Pferdestall, eine Tür weiter, im Knechtezimmer, die Bürgermeisterfamilie mit ihrem Sohn. Tagsüber verkrochen sie sich in Stall und Scheune, nachts schliefen die Frauen in der Kammer, die Männer legten sich ins Heu über dem Pferdestall. Heimlich beobachtete der kleine Ottek das Geschehen im Dorf, rannte zu den englischen Soldaten, wenn die Fremdarbeiter hinter ihm her waren.

Klara blickte zu den Engländern im Haus des Bürgermeisters, dachte oft daran, einfach zu ihnen zu gehen, sie anzusprechen, ihnen zu sagen, wer sie war. Nein, sie traute sich nicht, dachte an Mama Auguste. Was würde Frau Kuchelka sagen, wenn sie plötzlich verschwand. Unschlüssig, mit sich selbst unzufrieden, lebte sie in der Kammer, ließ alles über sich ergehen, widersprach Mama Auguste nicht.

Wieder war es laut im Dorf, die Fremdarbeiter sangen und lärmten, sogar die englischen Soldaten waren zwischen ihnen, feierten die deutsche Kapitulation. Der Krieg war zu Ende. Was kam nun? Herr Janzik sprach mit den englischen Offizieren, legte seinen Entlassungsschein vor, als Soldat war er kein Parteigenosse. So einen Mann suchten sie im Dorf, sie setzten ihn als Bürgermeister ein. Die Fremdarbeiter verschwanden, Herr Janzik lebte auf dem Hof seiner Schwester, nahm sein Bürgermeisteramt wahr. Auch die englischen Soldaten verließen Bergfriede, zogen sich in eine Stadt zurück. Langsam normalisierte sich das Dorfleben.

Der ehemalige Bürgermeister und sein Sohn gingen zur Feldarbeit, von der Kreisleitung, der SA, Hitlerjugend sprach man nur noch leise, flüsterte, als sei keiner im Dorf für Hitler gewesen. Erich Janzik, der schwerbeschädigte Bauernsohn aus Masuren, war Bürgermeister.

Täglich kamen neue Flüchtlinge aus dem Osten, mußten untergebracht werden, verlangten Essen, erhielten Marken für Lebensmittel und Zigaretten. Frau Kuchelka wurde unruhig, das Brot war knapp, die Kinder unzufrieden, verlangten nach Essen. Sie fuhr mit dem Bauern auf das Feld, half in den Zuckerrüben, pflanzte Kohl und Steckrüben, erhielt dafür Weizen und Roggen. Ottek war meist bei Herrn Janzik, spielte mit den kleinen Kindern, erhielt Mittagessen und Abendbrot. Auch Elli, Heta und Klara murrten, das Brot reichte nicht, sie hungerten, zum Anziehen besaßen sie nichts. Wenn englische Soldatenfahrzeuge ins Dorf kamen, eilten die Mädchen zur Straße, baten um Brot und Kekse. Die Mutter schimpfte, jagte sie ins Haus, sie wären noch zu jung, sollten wieder zur Schule gehen und lernen.

Heimlich ging Klara zum Bürgermeister, bat um Rat, was sollte sie tun. Sie wollte zu den Engländern, mit ihnen nach Berlin fahren und ihre Eltern suchen. Herr Janzik versprach, mit den Offizieren zu reden, sprach auf Klara ein, sie sollte abwarten, die Zeit wäre unruhig, Berlin sei von Russen besetzt. Er wies auf Frau Kuchelka, die sie als eigene Tochter betrachtete. Sie sollte nicht wegrennen, Mama Auguste Leid antun. Klara wurde mürrisch und aufsässig, der Krieg war zu Ende, doch sie saß ratlos bei Mama Auguste. Wo waren ihre Eltern, warum sollte sie nicht nach Berlin zurück?

Mit Elli sprach sie über ihre Lage, zusammen baten sie die Mutter, Klara wollte sich bei den Engländern melden, versuchen, nach Berlin zu kommen.

»Ihr dammligen Marjellen, ich habe euch bis hier geschleppt, nun bin ich nicht mehr gut genug«, schimpfte Frau Kuchelka. Zur Klara gewandt sagte sie: »Ich bringe dich nach Berlin zu deinen Eltern. In Bergfriede bleibe ich nicht, wir wollen bald nach Masuren zurück.« Klara schwieg, half auf dem Bauernhof, war froh, ein Bett zu haben und warmes Essen zu bekommen.

Die Engländer zogen ab, nach einiger Zeit kamen deutsche Soldaten ins Dorf marschiert. Es waren Kriegsgefangene, in Kompanien und Züge eingeteilt, Offiziere und Unteroffiziere marschierten vorweg, manche trugen noch ihre vollen Orden an der Brust. Sie wurden auf die Bauernhöfe verteilt, lungerten im Dorf herum, baten um Brot und Kartoffeln. Die Engländer waren überfordert, wußten nicht, wohin mit den vielen Kriegsgefangenen, wieder herrschte Unruhe im Dorf.

Zum Wochenende räumten die Soldaten eine Scheune aus, stellten ein Klavier hinein, riefen die Frauen und Mädchen zum Tanzen. Es ging lustig zu, Flüchtlingsfrauen, Bäuerinnen aus dem Dorf, Mädchen aus der Umgebung, ehemalige Rotkreuzschwestern, Nachrichtenhelferinnen tanzten, schmusten, schliefen mit den Soldaten im Stroh. Die Kuchelka-Mädchen mit Klara und Ottek schauten dem lustigen Treiben zu. Die Mutter tobte, der Krieg wäre gerade zu Ende, schon tanzten die dammligen Frauen mit den Soldaten, sie sollten sich schämen, an ihre gefallenen Männer und Söhne denken. Bürgermeister Janzik mischte sich unter die Kriegsgefangenen, tanzte trotz Prothese über die Tenne. »Kommt schnell ins Haus, die Verrückten haben Übung«, schimpfte die Mutter, die Mädchen zogen sich in die Kammer zurück.

Plötzlich waren die Soldaten abmarschiert, wurden in die umliegenden Wälder verlegt, sie sollten darben, an die Verbrechen in den KZs erinnert werden. Einige Tage herrschte Ruhe im Dorf, dann rückte eine Gruppe deutscher Kriegsgefangener ein. Die ehemaligen Soldaten wurden auf die Höfe verteilt, sollten den Bauern auf dem Felde behilflich sein.

Immer, wenn englische Fahrzeuge durch das Dorf fuhren, eilte Klara zur Straße, winkte den Soldaten, wollte mit ihnen reden.

☆

Es war Anfang Juni. Frau Kuchelka half auf dem Felde bei den Zuckerrüben. Heta und Ottek spielten bei Herrn Janzik mit den Kindern, Elli und Klara sollten der Bäuerin in der Küche helfen. Die Mädchen zeigten keine Lust, spazierten vormittags auf der Dorfstraße, plötzlich bremste ein Fahrzeug, ein Jeep hielt, neben dem Kraftfahrer saß ein junger

Offizier. »Hallo«, rief er, legte seine Mütze ab. Klara eilte zum Jeep, Elli hielt sich zurück, stand am Straßenzaun. Sie spitzte die Ohren, Klara redete mit dem Offizier, die Sprache der beiden kam ihr fremd vor. Sie merkte, daß Klara auf sie und die Kammer hinter dem Pferdestall zeigte, von Frau Kuchelka erzählte. Der Offizier reichte Klara die Hand, zog sie in den Jeep. Sie stand neben ihm, drehte sich um. »Elli, sage der Mama, ich komme wieder«, rief sie, setzte sich, der Jeep fuhr in Richtung Gardelegen.

Elli hielt sich am Holzzaun fest. »Sag der Mama, ich komme wieder«, dröhnte es in ihren Ohren, Klara war abgefahren. Ratlos stand sie am Straßenzaun, ihre Augen suchten das Fahrzeug. »Klara, Klara, du kannst doch nicht abhauen, was soll ich der Mama sagen.« Elli heulte, ging mit gesenktem Kopf über den Hof zur Kammer. Heta und Ottek kamen ihr entgegen.

»Wo ist die Klara?« fragte die Schwester.

»Klara«, schluchzte Elli, »ist mit englischem Offizier mitgefahren. Ich soll Mama sagen, sie kommt bald wieder.«

Frau Kuchelka kam mit dem Bauernwagen vom Felde, Ottek rannte zu ihr. »Mama, die Klara ist fort«, rief er.

Die Mutter sprang ab, eilte in die Kammer. Elli weinte, erzählte, was auf der Dorfstraße geschah. Die Mutter setzte sich an den Tisch, hielt ihren Kopf in beiden Händen.

»Herrgott, Erbarmung, das Mädchen ist fort, was soll ich den Eltern sagen. Klara, Klarachen, warum bist du abgehauen? Arme Marjell, jetzt haben dich die Engländer gegrapscht, werden dich verschleppen.«

»Mama, die Klara hat mir vom Jeep zugerufen, ›sage der Mama, ich komme bald zurück‹«, versuchte Elli sie zu trösten.

Frau Kuchelka erhob sich, ging über die Dorfstraße zum Bürgermeister, erzählte Erich Janzik, was passiert war. Der Bauernsohn wurde neugierig, fragte. Nun wollte er mehr über das Mädchen wissen. Wie kam Klara nach Steinfelde, wer waren ihre Eltern, was taten sie in Berlin, wie war ihr richtiger Name? Wer waren ihre Eltern, wie hießen sie? Frau Kuchelka zuckte mit der Schulter.

»Sarah sagte die Martha zu ihr, den Nachnamen kannten wir nicht.«

»Waren ihre Eltern Ausländer?«

Auch das war ihr unbekannt. »Ja, richtig, was erzählte die Martha, wenn sie nach Steinfelde zu Besuch kam. ›Die Herrschaften waren feine, vornehme Leute, alles Ärzte, Rechtsanwälte und Doktoren, hatten eine Villa, ein Sommerhaus in Frankreich und ein Hotel an der Nordsee. Reiche Leute waren das, schenkten Martha Kleider und Schuhe. Doch im Kriege mußten sie vor der SS fliehen.‹«

Sie sah Erich Janzik fest in die Augen. »Herr Janzik, als Martha das Mädchen zu uns brachte, warf mein Mann, der Ludschu, ein Dokument ins Feuer, sagte, sie heißt bei uns Klara Saruski, ist die Tochter der Martha, dabei blieb es.«

»Frau Kuchelka«, der Bauernsohn griff seinen Stock, bewegte sich durch das Dienstzimmer. »Wenn das Mädchen zu den Verfolgten gehört, dann haben Sie etwas Besonderes getan, unter Lebensgefahr dem Mädchen geholfen, Sie verdienen Lob und Anerkennung.«

Frau Kuchelka, die einfache Bauersfrau aus Steinfelde, horchte auf, doch so richtig begriff sie das Ganze nicht.

»In Lebensgefahr, nein, nein, Herr Janzik, das war ich nie. Wer sollte uns in Steinfelde etwas tun? Die Leute im Dorf hielten den Mund, der Lehrer nahm Klara in die Schule auf, beim Förster in Wildfrieden wohnte sie zwei Monate lang. Sogar die alten Jablonskis haben Klara versteckt, als der Opa beerdigt wurde. Wir waren arm in Steinfelde, aber zum Essen hatten wir genug. Und Lob und Anerkennung, was soll ich damit, ich will Klara zurückhaben, das Mädchen zu ihren Eltern nach Berlin bringen.«

»Berlin?« Bürgermeister Janzik wiegte seinen Kopf hin und her. »Frau Kuchelka, in Berlin ist der Russe, die Stadt liegt in Trümmern, nach Berlin kann keiner von uns.«

»Und nach Ostpreußen, wann können wir zurück?« fragte sie.

»Wer weiß, ob wir Masuren jemals wiedersehen«, antwortete der Bürgermeister.

Der Schwarzwaldexpreß hielt. Göttingen, Göttingen, schallte es über den Bahnsteig. Sarah und Max drückten das Abteilfenster hinunter, blickten über die Bahnsteige. Reisende eilten zu den Zügen, Postbeamte warfen Pakete in den Gepäckwagen.

»Göttingen, Bundesrepublik«, flüsterte sie.

»Göttingen, in Niedersachsen«, verbesserte er.

»›Sage der Mama, ich komme bald wieder‹, das war im Juni 1945. Und«, Max sah in ihre dunklen Augen, »heute, nach über vierzig Jahren, wird es wahr.«

Der Zug fuhr an, sie schloß das Fenster, er setzte sich an ihre Seite.

»Max, glaube mir, ich kam nach Bergfriede zurück, doch Mama war weg, fort, das Dorf von russischen Soldaten besetzt.«

☆

Man wollte mich und meine Begleiter verhaften. Der Spionage verdächtigte uns der russische Kommandant in Gardelegen. Jetzt weiß ich es, Mama zog mit dem Pferdewagen bis ins Wendland weiter. Max, ich stieg in den Jeep, fuhr mit dem englischen Offizier nach Gardelegen, erzählte von meinem Elternhaus in Berlin, nannte Namen und Daten von Mutter und Vater, Großvater und Verwandten, erzählte von unserem Dienstmädchen Martha Saruski, die mich im Kriege nach Masuren zu Mama Auguste brachte. Aufgeregt erwähnte ich die Kinderlandverschickung. Die Soldaten und Offiziere lächelten. Ich, ein Kind von verfolgten Eltern, versteckt auf einem Dorf in Masuren, mit Mama Auguste bis Bergfriede geflohen. Du, das glaubten sie mir nicht.

Ein weiterer Offizier wurde geholt, wir unterhielten uns eingehend, er fragte, ich antwortete, erzählte nochmals von Berlin, von meinem Internatsaufenthalt an der Nordsee, die Jahre bei Mama Auguste in Masuren. Er nickte, umarmte mich, wir heulten gemeinsam, auch er wußte nichts von seinen Eltern und Geschwistern. Ich blieb in seiner Obhut, wurde verpflegt und versorgt, bekam weibliche Betreuung, erholte mich, dachte täglich an Mama, Elli, Heta und Ottek, wollte sie besuchen, mich von ihnen verabschieden.

Es kam anders, ein Bus fuhr vor, in Begleitung mußte ich

einsteigen, wir fuhren in den Westen. In Hannover stiegen einzelne Kinder und Frauen zu, es ging weiter, wir kamen nach Holland, wurden in einem Hotel an der Nordsee untergebracht, von Soldaten bewacht, von anderen Leuten abgeschirmt. Meine Personalien wurden aufgenommen, ich überlegte, nannte meine Eltern, Verwandte und Bekannte aus Berlin, sie sollten in aller Welt gesucht werden. Es wurden stille Wochen und Monate, ich hatte alles im Überfluß, dennoch war ich betrübt, bangte um meine Eltern.

Es meldeten sich Leute, die ich nicht kannte, erzählten von Auschwitz, dorthin wurden meine Eltern verschleppt. Das war ihr grausames Ende. Noch glaubte ich nicht daran, wollte warten, vielleicht meldete sich eine meiner Tanten, von denen ich wußte, daß sie nach Amerika geflohen waren. Die Verbrechen in den Konzentrationslagern wurden mir bekannt, meine Betreuer haßten alle Deutschen, sprachen von Nazis, schworen Vergeltung. Ich erzählte von Mama Auguste, von Steinfelde in Masuren, sprach von Bergfriede, nannte Elli, Heta und Ottek, wollte sie besuchen oder ihnen wenigstens einen Brief schreiben. Meine Betreuung war dagegen, es gab keine guten Deutschen, alle waren Nazis und Kriegsverbrecher.

Es war im Spätsommer, wir fuhren mit einem Bus nach Berlin. Bei Helmstedt an der Grenze zeigte ich ins Land. Hier irgendwo in der Gegend mußte das Dorf Bergfriede liegen, dort lebte Mama Auguste aus Masuren. Mama Auguste, meine Mitreisenden schüttelten ihre Köpfe, das Land gehörte zur russischen Besatzungszone. Sie nahmen meine Worte nicht ernst. In Berlin suchte ich mein Elternhaus, sah nur Trümmer, Schutt und Asche. Ich erkannte die Gegend nicht wieder, glaubte, hier gewohnt zu haben. Wir suchten nach Bekannten, nichts erfuhren wir, der Bezirk war von den Russen besetzt. Ich wollte fort aus Berlin, fand die Trümmer grausam, die riesigen Schutthaufen erdrückten mich.

Ich erzählte von meiner Lebensretterin, die gar nicht weit in Bergfriede wohnte, bat und bettelte, wollte zu Mama Auguste fahren. Ein junger Offizier erbarmte sich, frühmorgens stand ein Jeep mit einem Soldaten am Steuer vor unserer Unterkunft. Ich packte Kaffee, Schokolade, Zigaretten, Kekse, Konserven in einen Beutel, der Kraftfahrer sah auf seine Karte, wir fuhren los. Über Hauptstraßen, Chausseen und Landstraßen sauste der Jeep in Richtung Gardelegen. Wir brachten die Stadt hinter uns, fuhren über die Brücke des Mittellandkanals.

Da, meine Augen leuchteten, das Dorf lag vor uns. Wir fuhren hinein, ich zählte, sah nach rechts, das vierte Haus mit dem hohen Holztor, der Hof des ehemaligen Bürgermeisters. Wir rollten direkt zum Pferdestall, ich erschrak, leer, verlassen kam mir der Hof vor. Ich sprang vom Jeep, rannte zur Kammer hinter dem Pferdestall, das Fenster war kaputt, der Raum leer. Wir gingen zur Straße, ich suchte den Hof von Janziks Verwandten, fragte nach dem Kriegsbeschädigten mit dem Holzbein, die Leute kannten mich nicht, sie waren als Flüchtlinge nach Bergfriede gekommen.

Ein Mütterchen zog einen Handwagen über die Straße.

›Guten Tag‹, grüßte ich, zeigte auf den Hof des ehemaligen Bürgermeisters, fragte nach Frau Auguste Kuchelka, der Flüchtlingsfrau aus Ostpreußen. Die Alte stellte sich dicht an den Jeep. Als die Engländer abhauten, der Russe kam, zog Frau Kuchelka mit ihrem Pferdewagen weiter nach dem Westen. Mehr wußte sie nicht. Was nun? Ich sprach mit meiner Begleitung, wir wollten nach Berlin zurück.

Plötzlich standen zwei russische Soldaten vor uns, hielten ihre Maschinenpistolen in Anschlag. ›Dawei, dawei‹, zur Kommandatur, befahlen sie. Der russische Offizier sprach Deutsch, tobte und fluchte, wir sollten verschwinden, hier wäre russisches Gebiet. Unter Bewachung, begleitet von zwei Autos, wurden wir nach Gardelegen zum Stadtkommandanten gebracht. Meine Begleitung versuchte dem russischen Offizier unsere Reise zu erklären. Der Kommandant blieb stur, sprach von Spionage, wollte unseren Proviant und den Jeep beschlagnahmen. Über Frau Auguste Kuchelka, die aus Ostpreußen nach Bergfriede geflohen sein sollte, lachte er laut, daß es aus dem Fenster schallte, sprach von einem Märchen. Es war spät abends, als mein Begleiter telefonisch mit Berlin Verbindung erhielt. Lange debattierten die russischen Offiziere, dann durften wir fahren, wurden von russischen Soldaten bis in die Stadt begleitet.«

☆

Sarah faßte Max an beide Hände. »Ich war fertig, meine Begleiter erzürnt, nochmals wollten sie so eine Fahrt nicht antreten. In Berlin fand ich weder Eltern noch Verwandte. Aus Bergfriede war Mama Auguste verschwunden. Enttäuscht fuhr ich nach Holland zurück. Und später, Max, das erzähle ich, wenn ich bei Mama bin.«

Sarah Goldberg ging im Abteil auf und ab. Der Zug sauste in Richtung Hannover. »Max, was geschah mit dir, als du vom Pferdewagen mußtest?«

»Schlappschwanz!« Max wurde von SS-Soldaten auf den Gutshof geführt. Nochmals drehte er sich um, schaute nach Klara, suchte seine Mutter, er stand auf der Tenne einer Scheune und winkte. Hitlerjungen in Uniformen, ältere Männer in Joppen und Pelzen, Soldaten aller Waffengattungen waren um ihn. Kommandos erklangen, sie traten in drei Reihen an. Rechts die Zivilisten und Hitlerjungen, gegenüber die Soldaten des Heeres, der Luftwaffe und Marine. Zuerst kontrollierten die SS-Offiziere die Soldaten, prüften ihre Papiere, Urlaubsscheine und Marschbefehle. Max lauschte, es waren Verwundete und Kranke aus Lazaretten, Versprengte, die ihre Einheiten suchten, Soldaten mit Marschbefehlen in den Westen auf dem Weg zu ihren Stammeinheiten. Einige hinkten, stützten sich auf Stöcke, andere waren magenkrank, wollten in ärztliche Behandlung. Hart griff die Kommission durch.

»Rechts raus! Rechts raus!« hieß es, die Soldaten wurden am Scheunentor von jungen Offizieren übernommen, sollten zu einer Kampfgruppe. »Der Heldenklau ist da«, flüsterte ein Kriegsbeschädigter, humpelte vor der Kommission über die Tenne. Wieder hörte Max: »Rechts raus!«

Zu den Zivilisten kamen Männer in braunen Uniformen, sprachen vom Volkssturm, die Kreisleitung wäre dafür zuständig. Die Zivilisten verschwanden. Max stand zwischen den Hitlerjungen, wartete. Nochmals gingen SS-Offiziere durch die Reihen, suchten Freiwillige für die Waffen-SS, fragten, wer bei der Hitlerjugend am Ofenrohr und an der Panzerfaust ausgebildet sei. Niemand meldete sich, eine Kiste Panzerfäuste stand vor den Hitlerjungen. Ein SS-Scharführer erklärte die Handhabung.

»Bist du nicht daran ausgebildet?« wandte er sich an Max.

Er wich zurück.

»Mein Vater mußte zum Volkssturm, ich habe auf unserem Hof gearbeitet, die Kühe gemolken und Milch abgeliefert, ich sehe zum ersten Mal eine Panzerfaust«, log er. Ungeschickt faßte Max zu, hielt das hintere Rohr nach vorn, den Kopf der Panzerfaust unter seinem Arm.

»Nicht so, anders herum!« brüllte ein SS-Dienstgrad.

»Schlappschwanz! Scheißkerl!« rief der blonde Offizier.

Max erschrak, ließ die Panzerfaust fallen. Zwei Hitlerjungen drängten sich vor, zeigten die Handhabung, in ihrer Gefolgschaft erhielten sie Unterricht. »Die beiden ab zur Kampfgruppe«, entschied der blonde, großgewachsene Offizier.

»Zur Kampfgruppe?« der eine Hitlerjunge zögerte. »Ich, ich«, stotterte er, »ich bin erst fünfzehn Jahre.«

Ein Gedränge entstand in der Scheune. Neue Soldaten, Zivilisten und Hitlerjungen wurden von den durchziehenden Treckwagen geholt. Ältere Bauern fluchten, Frauen schrien über den Hof, suchten, fragten nach ihren Männern. Eine Gruppe Parteifunktionäre stand im Scheunentor. »Jawohl, Herr Kreisleiter!« schallte es über die Tenne.

Die Soldaten nutzten die Lage, verschwanden, versteckten sich im Stroh. Ein kriegsbeschädigter Feldwebel mit Auszeichnungen an seiner Brust stand zwischen den Hitlerjungen. »Haut ab, verschwindet, rennt zu euern Müttern zurück«, flüsterte er. Max suchte nach einem Fluchtweg. Sogar die beiden zur Kampfgruppe befohlenen Hitlerjungen warfen ihre Panzerfäuste ins Stroh, wollten verschwinden.

Die SS-Offiziere und die Parteifunktionäre der Kreisleitung verstummten. Auf dem Hof erklangen Kommandos. »Der Herr General«, ging es durch die Scheune. Von feldgrauen Offizieren umgeben, begleitet von Feldjägern in Stahlhelmen und Maschinenpistolen in den Händen, betrat der General die Scheune. Er übersah die Tenne.

»Hitlerjungen, ältere Bauern, Verwundete, Kriegsbeschädigte«, flüsterte ihm sein Adjutant zu. Plötzlich versammelte sich eine Gruppe Infanteristen um den General. Ein Feldwebel zeigte seine Unterschenkelprothese, öffnete den Mantel, an seiner Brust hing die goldene Infanterie-Nahkampfspange. »Herr General, ich soll zur Front«, er bewegte seinen Kopf in Richtung der SS-Offiziere.

Der General fragte nach seiner ehemaligen Einheit, schüttelte den Kopf, seine Mütze wackelte über den grauen Schläfen. »Die Wehrmacht braucht keine Krüppel, Kinder und Zivilisten, nur gesunde Soldaten mit Infanterieausbilung gehen zu den Kampfgruppen.«

Er wandte sich zu den SS-Offizieren, zeigte auf die älteren Bauern. »Die Zivilisten unterstehen dem Gauleiter, abtreten«, befahl er. Schnell verschwanden die Bauern aus der

Scheune. Seine Begleiter überprüften die kranken und verwundeten Soldaten, sie sollten zu ihren Dienststellen zurück.

Nun stand der General bei den Hitlerjungen, sprach mit ihnen wie ein Vater zu seinen Söhnen, fragte nach Elternhaus und vormilitärischer Ausbildung. Max sah hoch, faßte Mut. »Herr General, mein Vater ist beim Volkssturm, ich mußte auf unserem Hof arbeiten, eine Ausbildung an der Panzerfaust habe ich nicht erhalten.« Der General sprach mit seinen Offizieren. Ein Offizier hob seinen linken Arm, der rechte Ärmel war leer. »Die Hitlerjungen mir folgen«, befahl er. Auf dem Hof traten sie an, marschierten dem Offizier nach. Vor der Dorfschule standen Lastkraftwagen, die Hitlerjungen stiegen ein, die Motoren brummten, die Kolonne rollte nach dem Westen.

»Wohin?« fragte Max den Kraftfahrer.

»Schnell über die Oder, ihr kommt in ein Infanterie-Ausbildungslager.« Erleichtert trampelten dic Hitlerjungen auf dem Lastwagen hin und her, hielten ihre Füße warm, sie fuhren westwärts.

Max dachte an seine Mutter, wo war sie mit dem Pferdewagen verblieben? Der Vater fiel ihm ein, irgendwo kämpfte er beim Volkssturm in seiner Heimat Ostpreußen.

Es ging über Elbing, Marienburg zur Weichsel, Tiefflieger beschossen sie, doch die drei Lastwagen rollten weiter. Bei Stettin vor der Oder-Brücke wurden sie kontrolliert, wieder prüften SS-Kommandos ihre Marschpapiere. Die Kolonne durfte fahren. Bei Berlin übernachteten sie, wurden in einer Infanterie-Kaserne verpflegt, rollten am nächsten Tag weiter. Es war Mitte Februar, als sie in Stendal in dem ehemaligen Fallschirmjägerlager ankamen. Sie wurden einer Infanterie-Ausbildungskompanie zugeteilt, erhielten feldgraue Uniformen, Gewehre, Stahlhelme und Tornister.

Die Ausbildung begann. Feldübungen, Geländeausbildung stand auf dem Dienstplan. Die Zug- und Gruppenführer brüllten, kommandierten, Max erhielt eine Rekrutenausbildung wie in Friedenszeiten. Er wurde über den Exerzierplatz gejagt, lernte marschieren, grüßen, vorschriftsmäßig die rechte Hand an die Mütze zu legen. Sogar Parademarsch übte ein übereifriger Unteroffizier mit seiner Gruppe, bis der Kompanieführer dazwischenfuhr und es untersagte. In der

Baracke lernte er seinen Spind packen, Stubendienst machen, Kaffee holen und Verpflegung empfangen. Mittags stand er in einer langen Schlange vor der Küche, erhielt Essen in sein Kochgeschirr. »Den Arsch aufreißen, aus HJ-Pfeifen Männer machen!« gröhlte ein Oberfeldwebel über den Antreteplatz, jagte seinen Zug mehrmals um die Baracke.

An Waffen wurden sie ausgebildet, lernten Gewehre, Maschinengewehre und Pistolen handhaben, sie sauber zu reinigen, erhielten Unterricht an einem Granatwerfer, der Panzerfaust und dem Ofenrohr, dann ging es ins Gelände. Max war MG-Schütze drei. Über seinem Rücken hing ein Gewehr, in den Händen schleppte er zwei Munitionskästen, schwer zogen die Kästen an seinen Armen, das Gewehr drückte gegen den Stahlhelm.

»Kuchelka, dranhalten«, schrie der Gruppenführer, wenn er schwerbeladen dem MG-Schützen eins mit Abstand folgte. Müde sank er in den Stellungsgraben, kam als letzter hoch, fiel auf, mußte zur Strafe eine Runde um die Gruppe drehen. Auf dem Schießstand und beim Gefechtsschießen schoß er daneben. »Pfeifenwichs! Schlappschwanz! Kartoffelbauer!« schimpfte sein Gruppenführer.

Abends saß er mit seinen Kameraden in der Kantine, trank Bier, hörte seinen Vorgesetzten zu, erfuhr, daß im Osten und Westen die deutschen Soldaten auf dem Rückmarsch waren. Seine Freizeit verbrachte er in der Baracke, ruhte auf seinem Bett, dachte an Eltern, Geschwister und Klara. Steinfelde, sein Heimatdorf fiel ihm ein, wie sah es jetzt in Masuren aus? Seine Ausbilder schwiegen, von den Kriegsgeschehnissen sprach keiner, als wollten sie etwas verbergen, nicht wahrhaben. Einmal vernahm er seinen Gruppenführer flüstern: »Die Ausbildung hinausziehen, vielleicht bleibt uns der Einsatz erspart.« Sie erhielten Feldpostbriefe, Karten, doch wohin sollte Max schreiben, er hatte keine Verwandten, kannte keine Anschrift im Westen.

Für das Wochenende war der Regimentskommandeur angesagt, die Ausbildungskompanie sollte ein Gefechtschießen vorführen, doch es kam anders. Nachts hieß es packen, die Ausbildung sei beendet, frühmorgens marschierten die drei Rekrutenzüge über den Übungsplatz, standen vor massiven Kasernenbauten. Ein Infanteriebataillon wurde aufgestellt. Die Rekruten auf Kompanien, Züge und Gruppen verteilt. Wieder wurde er MG-Schütze drei, trug Gewehr und zwei Munitionskästen. Die Kameraden seiner Gruppe waren ihm fremd. Aus ehemaligen Fliegern, Marinern und Landesschützen wurden Infanteristen. »Du könntest mein Sohn sein«, sagte der MG-Schütze eins, ein älterer Obergefreiter, der Max das Gewehr über den Rücken hängen half.

»Wir kommen zur Ostfront«, flüsterten die Soldaten von Mann zu Mann. Lastwagen rollten an, sie stiegen auf, das Infanteriebataillon fuhr ostwärts.

☆

Die Straßen waren verstopft, überall Soldatenfahrzeuge, dazwischen Flüchtlingswagen, Kolonnen von Pferdefuhrwerken, riesige Trecks rollten nach dem Westen. In der Luft brummten Flugzeuge, amerikanische Bomberverbände flogen auf Berlin. Russische Tiefflieger beschossen die ostwärts rollenden Militärkolonnen. In den Abendstunden wurden sie in einem Dorf ausgeladen.

»Wo sind wir?« fragte Max, hörte vom russischen Brükkenkopf bei Küstrin. Seit Tagen versuchten deutsche Soldaten, die Russen über die Oder zu werfen, bisher blieb ihnen der Erfolg versagt.

Sie empfingen Verpflegung und warmen Kaffee. Frontkämpferpäckchen wurden ausgegeben, dann hieß der Befehl: »Fertigmachen! Auf, Marsch!« In Zügen und Gruppen auseinandergezogen marschierten sie eine Landstraße entlang ostwärts, kamen in einen Wald, der mit Unterständen und Bunkern versehen war. Hier lag der Regimentsgefechtsstand. Sie kamen zu den Bataillonen, wurden auf die Kompanien verteilt.

Max stand am Waldesrand in vorderster Stellung hinter einem Maschinengewehr, sah im Morgengrauen ein Dorf vor sich. Aus den Büschen und Häusern schossen russische Soldaten, es knallte, blitzte und krachte, er zog seinen Kopf ein, versteckte sich. Der Kamerad am Maschinengewehr griente.

»Du wirst dich bald daran gewöhnen. Seit Tagen greifen wir an, hatten schwere Verluste, wurden mehrmals zurückgeschlagen, nun liegen wir uns gegenüber, doch nicht lange, dann greift der Iwan wieder an«, erzählte er.

Der Infanterist am Maschinengewehr musterte ihn. »Wie alt bist du? Hast du dich freiwillig gemeldet?«

»Siebzehn«, antwortete Max, zuckte zusammen, duckte sich in den Graben, es zischte und pfiff über seinen Kopf. »Ich war mit meiner Mutter auf der Flucht, SS-Offiziere holten mich vom Pferdewagen, vier Wochen wurden wir ausgebildet, das ist mein erster Einsatz«, stotterte er.

»Vorsicht, bleib wach, paß auf, wenn der Russe angreift, das MG packen und abhauen«, mahnte der Infanterist, zeigte nach rückwärts. »Nicht über den Hang rennen, sonst knallen sie dich ab wie einen Hasen, links herum durch den Graben in die Büsche, dort hat der Iwan keine Einsicht.«

Warm schien die Morgensonne, der MG-Schütze eins wurde abgelöst, nun stand ein Obergefreiter am Maschinengewehr. Breit ostpreußisch fragte er, Max erzählte, erfuhr, daß sein Kamerad aus Masuren stammte. »Jungchen, Lorbaß, paß fein auf, sei nicht dammlich, duck dich, laß dich nicht abmurksen, mach keine Faxen, melde dich nicht freiwillig, wir wollen gesund den Krieg überstehen.«

Sie redeten über ihre Heimat. Der Obergefreite war Bauernsohn aus der Sensburger Gegend. »Vorsicht! Runter!« rief er plötzlich, »der Russe schießt mit seinen Granatwerfern.« Sie warfen sich in den Graben, sofort schlugen die Granaten ein, es krachte vor und hinter der MG-Stellung. Der Zugführer kroch durch den Graben, der Obergefreite meldete sich. Max bückte sich tief hinunter, wieder zischte es um seine Ohren. »Reserve, Ersatz«, der Oberfeldwebel und sein Begleiter grinsten. »Schütze Kuchelka auf Posten«, brachte Max heraus, seine Knie wackelten.

Mittags wurde er abgelöst, kroch durch den Graben bis hinter den Hang ins Waldgelände, kam zum Zuggefechtsstand, suchte Unterschlupf in einem Erdloch. Er fand sein Kochgeschirr voll Nudelsuppe. »Schütze Kuchelka, abends Kaffee holen!« befahl der Gruppenführer. Max streckte sich aufs Stroh, neben ihm lag der Obergefreite, sein Landsmann. »In der Dämmerung müssen wir Kaffee holen und Verpflegung annehmen. Ruh dich aus, die Nacht wird unruhig«, gab er ihm zu verstehen. Max aß Kekse und Schokolade aus seinem Frontkämpferpäckchen, schenkte die Zigaretten seinem Landsmann. »Prima, Jungchen«, bedankte sich der Obergefreite.

Als es dämmerte, hängte Max die Feldflaschen um seinen Rücken, folgte seinem Kameraden, sie marschierten über eine Wiese, gingen um einen Roßgarten, kamen zu einer Feldscheune und standen vor der Kompanieverpflegungsstelle. »Ruhe! Nicht mit den Feldflaschen klappern«, mahnte der Unteroffizier, zeigte auf den Kompaniegefechtsstand, der hinter einem Hügel lag. Sie empfingen Kaffee, Brot, Butter und Wurst, gingen leise zu den Infanteriezügen zurück. Über ihnen zischten und summten schwere Geschosse, die Artillerie schoß in das Hinterland.

Wieder stand Max neben dem MG auf Posten. Die Nacht nahm ihm die Sicht, das helle Mündungsfeuer der russischen Maschinengewehre deutete den Frontverlauf an. »Wachbleiben, nicht einschlafen!« mahnte sein Kamerad.

»Verdammt ruhig, der russische Graben, ich glaube, sie werden angreifen«, gab der Kamerad ihm zu verstehen, zog das Maschinengewehr in Anschlag, prüfte die Munition im Gurt. Max rieb seine Augen, zitterte, noch konnte er im Niemandsland nichts ausmachen.

Der Zugführer ging durch die Stellung. »Alle Mann auf Posten! Alarm!« befahl er.

Plötzlich war die Hölle los. Geschosse schlugen auf die Grabenwand, es zischte, knallte, Sand wirbelte durch die Gegend, russische Stalinorgeln trommelten auf die deutschen Gräben. Als die Sicht sich besserte, der Morgen graute, schallte es »Hurrä, hurrä, hurrä« am Vorderhang, die russische Infanterie griff an. »Keine Panzer, nur Muschkoten, nicht schießen, näher kommen lassen«, der Zugführer hielt sein Fernglas vors Gesicht. Der Obergefreite am MG zog den Kolben in die Schulter. Max erschrak, in Mänteln bewegten sich braune Gestalten auf ihn zu.

»Feuer frei!« Das Maschinengewehr ratterte, im Kompanieabschnitt tobte ein Abwehrkampf. Er reichte einen weiteren Gurt zum Maschinengewehr, drückte seinen Kopf auf die Grabenwand, es knallte um seine Ohren. »Explosivgeschosse«, brummte der MG-Schütze, jagte einen vollen Gurt auf die Angreifer.

»Angriff abgeschlagen, der Iwan rennt zurück«, der Zugführer stand neben den MG-Schützen.

»Munition sparen, kurze Feuerstöße, Einzelfeuer!« befahl er. Er reichte Max das Fernglas, nahm sein Gewehr und schoß auf die fliehenden Russen. Max sah durch das Glas, auf der Wiese zwischen Stacheldrahtzaun und Büschen lagen gefallene, russische Soldaten, Verwundete krochen auf Knien und Händen in ihre Stellung zurück. Mit kurzen Feuerstößen beharkte sie der MG-Schütze.

»Vorsicht, das war Wahnsinn, der Iwan rächt sich«, mahnte der Zugführer, und schon schlugen Pak-Granaten gegen die Grabenwand. Der Obergefreite zog das MG hinunter. Max lag am Boden und zitterte, Erde, Sand und Staub fielen auf seinen Rücken.

»Weg zur Ausweichstellung«, der Zugführer kroch den Stellungsgraben entlang, der Obergefreite schleppte das Maschinengewehr, Max die Munitionskästen und sein Gewehr. Gebückt, dann auf Knien, den Kopf eingezogen, so folgte er dem MG-Schützen. Max stolperte, ein toter Kamerad lag vor seinen Füßen, ein Verwundeter stöhnte, der Sanitäter verband seine Schulter. »Bleib unten, der Iwan hat Einsicht«, er drückte den Verletzten in den Stellungsgraben.

Sie kamen zum neuen MG-Stand. Der Obergefreite stellte das Maschinengewehr in den Graben, schob vorsichtig den Kopf über die Grabenwand und beobachtete. Max kniete am Boden, schwitzte, pustete, er hatte Angst sich aufzurichten. Der Gruppenführer kam dazu. »Verluste, Verwundete, Tote?« fragte er. Der MG-Schütze zeigte rechts in den Stellungsgraben, zuckte zusammen, es knallte um seinen Stahlhelm. »Der Iwan schießt mit Explosivgeschossen«, brummte er, beobachtete weiter das Vorgelände.

Die Märzsonne strahlte, die Oderwiesen grünten, ruhig war es vormittags im Kompanieabschnitt. Nachmittags schlugen Werfergranaten ein. »Störfeuer, der Iwan will uns beschäftigen, das war ein Erkundungsangriff, noch ist sein Nachschub nicht eingetroffen«, meinte der Gruppenführer.

Es brummte und summte hinter der Oder, Panzer schienen sich bereitzustellen. Max beobachtete, lauschte, wenn Frontsoldaten sprachen, die Stimmung war mies. »Absetzen, fort nach dem Westen«, war die allgemeine Meinung.

Der Abend brach an, wieder war er Essenholer, schlich mit anderen Soldaten, geführt von einem Gefreiten, entlang eines Feldwegs zur Verpflegungsausgabe hinter der Feldscheune. In einem Hohlweg lagen Verwundete, warteten auf ihren Abtransport. »Sie können erst in der Nacht abgefahren werden, der Feldweg liegt unter Beschuß, wird von den Russen eingesehen«, hörte er den Gefreiten reden. »Sie liegen da und verrecken«, fluchte ein anderer Essenträger. Max überlegte, Herrgott, nur nichts abkriegen, hier verwundet werden, aus der Stellung kommt man am Tag nicht heraus.

Bis Mitternacht ruhte er in einem Erdloch, stand wieder neben dem MG-Schützen auf Posten. Der Obergefreite erzählte von seinem Dorf bei Sensburg, der Vater bewirtschaftete einen größeren Hof, seine beiden älteren Brüder seien gefallen. Max sprach von seinem Elternhaus, dem Heimatdorf Steinfelde am Rande der Johannisburger Heide.

»Jungchen, bleib immer in meiner Nähe. Wenn dir etwas zustoßen sollte, schleppe ich dich zurück, der Iwan soll dich nicht kriegen.« Er übergab Max ein gefaltetes, liniertes Schreibheftblatt. »Steck den Bogen ein. Wenn mich der Iwan abknallt, grüße meine Mutter im Westen.«

»Mutter?« Max stutzte, sah ihn fragend an.

»Meine Eltern wollten mit drei Fuhrwerken fliehen. Hoffentlich sind sie rechtzeitig abgefahren«, war die Antwort.

Die nächsten Tage und Nächte verliefen ruhig, der Iwan schoß Störfeuer. Die deutschen Granatwerfer und die Artillerie antworteten, es zischte und knallte über dem Stellungsgraben. Max zog seinen Kopf ein, duckte sich tief, der Obergefreite grinste.

»Die Nacht ist ruhig, still, viel zu still. Jungchen, nach Mitternacht greift der Iwan an, bleib hier, wir hauen zusammen ab«, gab ihm der MG-Schütze zu verstehen.

Aufgeregt kroch der Zugführer durch den Graben, neben ihm stand ein junger Leutnant, der Kompanieführer. Die Sonne war noch nicht aufgegangen, da trommelten Stalinorgeln auf ihren Graben, es brummte an der Oder. Panzer rollten heran. »Max, wir kriegen Zunder«, der Obergefreite zog seinen Stahlhelmriemen fest, tippte auf das Maschinengewehr. »Damit kann man gegen Panzer nichts ausrichten. Hoffentlich stehen Panzerabwehrgeschütze hinter uns.«

Die Stalinorgeln verlegten das Feuer nach rückwärts, der Morgen graute, da griff die russische Infanterie an. Und seitlich hinter einem Hügel kamen Panzer zum Vorschein. Der Obergefreite zählte sieben Panzer hinter der russischen Infanterie. Sie eröffneten das Feuer, Maschinengewehre ratterten, es knallte, zischte und pfiff, die Hölle war los. Der russische Angriff stockte, die Infanterie lag am Boden, nur einzelne Soldaten krochen vorwärts. Von der Seite rollten die Panzer heran, der Dreck flog Max um die Ohren.

»Runter! Weg! Fort!« rief der MG-Schütze. Sie rannten entlang dem Stellungsgraben, kamen in ein Waldgelände, ihre Kameraden waren verschwunden.

»Runter! Runter!« schrie der MG-Schütze, warf sich auf den Boden. Max kam zu spät, es krachte um ihn, eine Stalinorgel überschüttete das Gelände mit Granaten, er spürte einen Schlag an der rechten Seite, merkte, daß sein Arm und Bein was abbekommen hatten.

»Kamerad«, stöhnte er, der Obergefreite kniete bei ihm, packte zu. »Komm, wir müssen zurück.« Max humpelte neben ihm her. »Weiter, weiter, weiter, weiter, durchhalten«, ermunterte er ihn. Max sackte zusammen.

Ein Sanitäter verband seinen Arm und sein Bein. »Keine Schußbrüche, die Knochen sind nicht verletzt. Auf, wir müssen zurück.« Max stützte sich auf den Sanitäter und den Obergefreiten, sie schleppten ihn in den Hohlweg neben der Feldscheune. »Heimatschuß, auf Wiedersehen, Max«, der Obergefreite drückte seine gesunde Linke. »Wir müssen wieder nach vorn«, er verschwand.

Immer mehr Verwundete kamen in den Hohlweg. Max lauschte, hörte, der Russe griff an, die Stellung war nicht zu halten. Der rechte Arm hing vor seinem Bauch, brannte, die Finger konnte er nicht bewegen. Mit der Linken packte er seinen rechten Fuß, der Knöchel war geschwollen, schmerzte, das ganze Bein wurde steif. Um ihn jammerten und stöhnten die verwundeten Kameraden. »Wir müssen zurück, warum werden wir nicht abgeholt? Wenn der Russe uns überfällt, sind wir verloren.«

Der Gefechtslärm kam näher, Granateinschläge wirbelten Dreck und Staub in den Hohlweg. Zwei Sanitäter krochen zwischen den Verwundeten, prüften die Verbände. Wer sich irgendwie bewegen konnte, sollte versuchen, durch den Hohlweg, entlang dem Straßengraben, nach hinten zu kriechen.

Ein paar taten sich zusammen, halfen sich gegenseitig. Gebückt auf Knien und Händen krochen sie durch den Hohlweg in den Straßengraben. Andere atmeten tief, stöhnten leise, verstummten, waren gestorben.

Max erhob sich, wollte mit zurück, seine rechte Seite machte nicht mit, er sackte zu Boden. Mit der Linken packte er einen Stock, stützte sich, hopste ein paar Schritte, wieder lag er auf dem Feldweg. Du mußt von der Straße weg, dich in den Büschen verstecken, ging es durch seinen Kopf. Mühsam schleppte er sich zur Seite, lag an einem Strauch. Rechts der Feldweg, links über ihm die Böschung des Hohlweges, neben ihm tote und verwundete Kameraden.

»Hast du eine Pistole? Ich mache Schluß. Wenn der Iwan kommt, verrecken wir.« Ein Unteroffizier drehte sich neben ihm, aus seiner Brust floß Blut, er hatte einen Lungendurchschuß, er verstummte.

Die Sonne stand hoch am Himmel, als durch den Hohlweg deutsche Soldaten rannten. »Nehmt uns mit, Kameraden, laßt uns nicht liegen«, riefen die Verwundeten, doch die Fliehenden hielten nicht.

Max hob seinen Kopf. »Nehmt mich mit, laßt mich nicht liegen«, flehte er, sackte zu Boden, es wurde still im Hohlweg. Doch rechts und links hörte er Panzergeräusche, Granaten einschlagen, der Kampf tobte.

»Der Iwan«, schrie ein Verwundeter. Max drehte sich flach auf die Erde, drückte seinen Kopf in den Strauch. Tatsächlich, russische Soldaten im Hohlweg, er hörte sie palavern. Jetzt vernahm er kurz Feuerstöße, sie schossen mit ihren Maschinenpistolen. Warum, auf wen schossen sie? Noch tiefer drückte er sich auf den Boden, drehte seinen Kopf zum Feldweg. In Mänteln standen russische Soldaten im Hohlweg, bückten sich über die Toten. Da, er sah das junge Gesicht des russischen Soldaten, er hob seine Maschinenpistole, es zischte vor seinen Augen. Max spürte Schläge im Gesicht, wollte schreien, rufen. Aus, vorbei, er mußte sterben.

Max flog über eine Wiese, dahinter lag der grüne Grund.

Gänse und Kühe weideten zwischen den Birken und Erlen, bunte Blumen wuchsen zwischen den Bäumen, eine herrliche Blütenpracht umgab ihn. Jetzt kam er zum Kiefernberg, hoch aus den Baumgipfeln blickte er über den Lindenseer See. Still glänzte das Wasser im Sonnenschein, links der Waldesrand mit Weidenbüschen und Schilf, rechts hinter den Feldern die Häuser des Dorfes. Nun schwebte er zurück nach Steinfelde. Ein buntes Wagenrad, wie eine riesige Sonnenkugel, hellgelb leuchtend, bewegte sich um ihn. Er sah den grünen Grund mit den Blumen auf den Wiesen, den Kiefernberg, sein Elternhaus auf der kleinen Anhöhe. Eine Wolke kam ihm entgegen, mitten in der grellen Sonne stand seine Mutter. »Max, Max, Jungchen, komme zurück nach Hause, fahre nicht in den Himmel. Jungchen, komm zurück, du sollst nicht sterben.« Das gelb-leuchtende Wagenrad drehte sich um die Wolke. Er winkte seiner Mutter zu, glücklich, zufrieden flogen sie nebeneinander. Plötzlich ein Knall, er stürzte zu Boden, lag auf dem Kiefernberg, eine Krähe hackte auf ihn ein, er hob seine Hände, wollte sie abwehren, verspürte grausame Schmerzen, öffnete seine Augen. Was war geschehen?

Er lag unter einem Strauch am Hohlweg, Blut war in seinem Mund. Er faßte mit der linken Hand ans Gesicht, wischte über die Augen. Bedrückende Stille, er war allein, nichts rührte sich. Wieder schwebte er durch die Gegend, verspürte furchtbare Schmerzen. Deutsche Soldaten standen bei ihm, den MG-Schützen, seinen Landsmann aus Sensburg hörte er reden. »Er hat überlebt, wir schleppen ihn zurück«, spürte, wie die Kameraden ihn in eine Zeltbahn packten und über den Feldweg schleppten.

Auf Stroh in einem Pferdewagen wachte er auf, lag zwischen anderen Verwundeten. Der Kutscher sagte: »Wir kommen zur Straße, ein Sanka nimmt euch auf.«

Er wurde umgeladen, ein Motor brummte, dann leuchtete über seinen Augen eine Lampe. Max war auf einem Verbandsplatz, er schlummerte, riß die Augen auf. Der Rotkreuzzug polterte über die Schienen. Krankenschwestern und Sanitäter standen an seinem Bett, fragten, er wollte antworten, seine Lippen bewegten sich nicht. Du bist verwundet, fährst in ein Lazarett, ging es durch seinen Kopf. Er verspürte Durst. »Wasser, Wasser«, bat er, bewegte seine linke Hand, brachte unverständliche Töne über seine Lippen, doch wie sollte er trinken, sein Gesicht lag in einem Verband. Wenn er wach war, überlegte Max, sein rechter Arm und das rechte Bein hatten etwas abbekommen, doch was war mit seiner Nase, den Wangen und dem linken Ohr, das wußte er nicht.

»Hoffentlich gelangen wir ohne Zwischenfälle ins Lazarett. Die Amerikaner und Engländer greifen von Westen an«, bangten die Sanitäter. Er hörte Göttingen, der Verwundetentransport sollte in die Universitätsstadt. Max schlummerte, erwachte, bettelte um Wasser. »Durst, Wasser, Wasser«, brachte er über seine Lippen. Es wurde Nacht und wieder Tag, seine Kräfte ließen nach. Nun war ihm alles egal, er brachte keine Worte heraus. Der Zug hielt, sie wurden ausgeladen, Max erwachte in einem OP, Schwestern und Ärzte standen um ihn, fragten, er wollte antworten, seine Lippen versagten. Als er seine Augen aufriß, saß eine Krankenschwester an seinem Bett. »Du bist in Göttingen in einem Lazarett, die Engländer sind einmarschiert, der Krieg ist für uns zu Ende«, flüsterte sie, streichelte seine gesunde linke Hand.

»Max, hast du Glück gehabt.« Sarah stand im Abteil, sah auf die Häuser der Stadt.

»Glück im Unglück. Unkraut, Distel, Dornen kommen immer wieder. Die Besten waren gefallen, Krüppel überlebten.« Er zeigte auf seine Nasenplastik, die vernarbten Lippen und Wangen, das zerschossene Ohr.

»Hannover, Hannover«, klang es über den Bahnsteig. Sarah blickte aus dem Fenster, die Reisenden eilten über die Bahnsteige, die Postbeamten warfen Pakete in den Gepäckwagen.

Langsam zog die Lok an, der Schwarzwaldexpreß rollte in den Norden. »Nicht mehr lange, wir sind gleich in Lüneburg.« Gemeinsam standen sie am Fenster, schauten in die Landschaft. Felder, Wiesen und Wälder zogen an ihnen vorbei. »Celle, Celle«, klang es aus dem Lautsprecher. Der Zug hielt, setzte sich wieder in Bewegung. »Unterlüß, Uelzen, Lüneburg.« Max stellte die Gepäckstücke bereit.

Sarah griff seinen Arm. »Bergen-Belsen«, flüsterte sie. »Bergen-Belsen«, er richtete seine Augen zu Boden, als schämte er sich. »Sarah«, Max legte seinen Arm um ihre Schultern. »Mama, Papa, wir Kinder wußten nichts davon. Wer aus Steinfelde wußte, was in Bergen-Belsen geschah?«

Sie schwieg, richtete ihre Augen auf die Felder und Dörfer. »Bergen-Belsen, Auschwitz«, Sarah suchte nach ihrem Taschentuch.

Man versuchte abzulenken, erwähnte Bad Bevensen, gleich müßten sie aussteigen. »Lüneburg, Lüneburg«, vernahmen sie.

Der Zug hielt, Sarah stieg aus, Max reichte ihr die Koffer und Taschen, blickte sich um, ein junger Mann eilte auf ihn zu. »Mein Sohn, Frau Goldberg!« Sie reichte dem jungen Mann ihre Hand, sah vom Vater zum Sohn, schmunzelte, sie ähnelten sich wie in Steinfelde der Ludschu und der Max.

☆

»Mama«, die Tochter rückte den Sessel zurecht. »Mama, bleib ruhig, der Besuch kommt erst am Abend.«

»Elli, Elli, mein Kleid«, Auguste Pengel zeigte auf einen Karton im Kleiderschrank.

»Was für ein Kleid?« Die Tochter schüttelte ihren Kopf, schwieg, Mutter war alt, redete oft durcheinander, das erlebte sie täglich.

»Mein Kleid«, die Hände der Mutter zitterten, schwerfällig bewegte sie sich zum Schrank.

»Mutter, Mama«, Elli packte ihren Arm. »Welches Kleid meinst du?« Die Tochter zog den Karton hervor. Lachte, das Kleid mit dem Schottenmuster aus Steinfelde, das ihre Mutter auf der Flucht trug, kam fein säuberlich gefaltet zum Vorschein. Ein zufriedenes Lächeln ging über das Gesicht der Mutter.

»Anziehen, Elli, zieh mir das Kleid an«, ernst klangen ihre Worte, sie befahl, als spräche sie zu ihrem Kind in Steinfelde. Frau Pengel strich über ihre Brust. Endlich, endlich hatte sie das Kleid an. In Lyck hatte sie den Stoff gekauft, hatte ihn gegen einen Bezugsschein mit Schnabel getauscht.

»Wann kommt die Klara? Bringt sie auch die Martha mit?« Auguste Pengel schaute auf ihre Tochter.

»Mama, Klara heißt jetzt Sarah Goldberg. Die Tante Martha ist doch im Kriege umgekommen«, antwortete sie.

»Wann kommt die Klara mit der Martha?« hörte Elli nochmals, schob den Sessel ans Fenster. Mutter sollte in den Garten blicken.

Ja, ja, die Mama. Elli lächelte, als sie noch jünger und gesund war, staunte das ganze Dorf, sie rackerte, schuftete, war von früh bis spät unterwegs. Für jeden im Dorf fand sie paar passende Worte, redete breit masurisch, wie ihr der Mund in Steinfelde gewachsen war. Über Mutters Ausdrucksweise schmunzelten die Dorfbewohner, manche ließen sie spüren, daß sie aus dem fernen Osten kam. Was sagte Mutter über ihre Nichte, die eine Punker-Frisur mit Hahnenkamm trug, sie wäre ein Wiedehopf. Ihren Neffen, einen Skin-Head, nannte sie dammliger Jannek aus Osranken. In Masuren wären beide in die Verrücktenanstalt nach Kortau gekommen.

Mutter arbeitete, half bis ins hohe Alter, kümmerte sich um ihre Kinder und Enkel. Was wäre aus Gerda geworden, wenn Mutter sie nicht mit einer Torfkarre über die Grenze geholt hätte? Für Ottek opferte sie ihren letzten Pfennig, er sollte eine anständige Ausbildung erhalten. Ihr Leben lang rackerte sie, und nun erhielt sie eine kleine Rente von ihrem verstorbenen Mann. Sozialhilfe stand ihr zu, sie nahm keine, schämte sich, von den Behörden etwas zu verlangen. Deshalb gab es öfters Streit mit Karl-Friedrich. Sie wohnte in seinem Haus, war arm und versuchte noch von ihrer Rente ein paar Mark zu sparen. In Masuren war sie Bäuerin, keiner kümmerte sich um eine Rentenversicherung. Das Geld war knapp, sie klebten keine Marken. Nach dem Kriege arbeitete sie bei den Bauern im Dorf, wieder war es keine versicherungspflichtige Tätigkeit.

Nun war Mutter alt, manchmal glaubte Elli, ihre letzten Tage wären gekommen. »Nur einmal Klara wiedersehen, dann zum lieben Gott gehen«, sprach sie oft vor sich hin. Jetzt ist es soweit, der Max bringt sie mit, was für ein Zufall, ausgerechnet bei einer Kur im Schwarzwald mußte er sie treffen.

☆

Max und sein Sohn packten zu, trugen Koffer und Taschen zum Auto. Der Motor summte, sie fuhren zur Stadt hinaus, überquerten den Elbe-Seitenkanal. Der Wagen sauste auf der Bundesstraße ostwärts.

»Wohin?« Der Sohn drehte seinen Kopf zum Rücksitz.

»Zuerst zur Oma«, hörte er, blickte zum Beifahrersitz.

»Zur Mama Auguste, Mama Auguste«, sagte die dunkelhaarige Frau.

»Also zur Elli, die Oma sitzt seit heute früh im Sessel und wartet. Vater, sie redet immer von Martha und Klara.«

»Ja, ja, die Mutter«, Max beugte sich nach vorne.

»Sarah, Mama ist alt, ob du sie wiedererkennst?«

»Mama Auguste, immer, ich habe sie nicht vergessen.« Der Sohn horchte auf. Eine Amerikanerin saß neben ihm.

Sie fuhren durch Dörfer und Kleinstädte, bogen rechts ab, der Wegweiser wies auf ihre Kreisstadt. Wiesen, Felder und Wälder, wieder ein Dorf, sie kamen in die Stadt, blickten auf die alten Fachwerkhäuser.

Max zeigte auf ein weißes Gebäude, von Pappeln und Birken umgeben. »Das Hotel, hier wirst du wohnen«, er tippte Sarah auf die Schulter.

Nochmals rechtsab lenkte der Sohn, auf einer Landstraße

rollten sie entlang der Jeetzel, fuhren durch ein Dorf, wieder Wiesen und Weiden, erste Häuser einer Neubausiedlung.

»Wir sind gleich da«, unruhig rutschte Max auf dem Rücksitz, der Wagen hielt, er half Sarah aus dem Auto. Sie standen vor einem Bungalow, am Jägerzaun bei der Pforte erkannte Max seine Schwester.

»Elli, das ist Sarah Goldberg, unsere Klara aus Berlin.«

Die beiden älteren Frauen standen sich gegenüber, ihre Augen trafen sich.

»Klara, Sarah«, Elli warf ihre Arme um die kleine, schwarzhaarige Frau. »Klara, Sarah, es sind so viele Jahre vergangen.« Elli wischte über ihre feuchten Augen, faßte Sarah Goldberg am Arm, führte sie ins Haus.

Da, in einem Sessel vor dem Wohnzimmerfenster, Sarah stutzte. War das Mama Auguste? Das Kleid mit dem Schottenmuster. Sarah Goldberg stürzte sich auf die alte Frau im Sessel. »Mama Auguste«, Sarah weinte, schluchzte laut durch das Zimmer.

»Klara, wo ist die Martha? Klara, Klarachen«, die schmalen, grauen Händen zitterten. Frau Pengel rang nach Luft. »Klarachen, Klarachen, ich habe dich wieder, nun kann ich sterben, der liebe Gott wartet auf mich.«

»Mutter«, Elli stützte den Kopf, Sarah hielt ihre Hände.

»Mama Auguste, nicht sterben«, bat sie. Tränen perlten über Sarahs Wangen. Max griff zu, sie rollten den Sessel in das Eckzimmer. Elli brachte ihre Mutter zu Bett.

Im Wohnzimmer saßen sie zusammen. Neben Max seine Frau, bei Elli ihr Mann Karl-Friedrich, der Sohn schenkte Wein ein. Elli und Sarah sprachen über ihre gemeinsamen Jahre in Steinfelde. »Was macht Heta? Wo steckt der Ottek? Wie geht es Gerda?« erkundigte sie sich, wollte am nächsten Tag mit ihnen reden.

Spät abends erhob sich Sarah Goldberg, leise schlich sie mit Elli in das Eckzimmer. In einem weißen Kopfkissen mit geschlossenen Augen schlummerte Mama Auguste. Zufrieden nickte Sarah. »Nicht stören, Mama soll ausschlafen«, flüsterte sie.

Max führte Sarah zum Auto, setzte sich ans Steuer, sie fuhren ins Hotel. »Morgen früh hole ich dich wieder ab«, verabschiedete er sich.

Früh erwachte Elli, warf ihren Bademantel über, eilte in das Eckzimmer, die ganze Nacht hatte sich die Mutter nicht gemeldet.

»Mama«, sie stand vor dem Bett, erschrak, sah in ihre offenen Augen, Mutter antwortete nicht. »Mama«, Elli faßte an einen Arm.

»Mama ist tot, gestorben«, rief sie durch das Haus. Ihr Mann kam dazu, sie telefonierten mit dem Hausarzt, riefen Max und seine Geschwister. Heta und Otto standen im Hause.

»Mama ist gestorben, gestern war Sarah Goldberg da«, erzählte sie.

Max ging zum Telefon. »Sarah, Mama ist tot, heute nacht verstorben, die Beerdigung ist erst nächste Woche.«

Er hörte sie aufschreien, sie faßte sich.

»Max, ich bleibe bis zur Beerdigung.«

»Sarah, ich muß mich um die Mutter kümmern. Heute abend hole ich dich ab, bis nachher.« Max legte auf.

Mama Auguste ist verstorben, bedrückt saß Sarah beim Frühstück, überlegte, sprach mit der Dame von der Rezeption, verlängerte ihren Aufenthalt. Nach dem Mittagessen spazierte sie durch die Stadt, ein kalter Oktoberwind zog über das Wendland.

Im Hause von Elli beratschlagten die Geschwister, regelten Mutters Beerdigung, sprachen von Sarah Goldberg. »Sie bleibt bis zur Beerdigung, ich hole sie heute abend ab, wir treffen uns bei mir, Sarah möchte euch wiedersehen«, sagte Max. Elli, Heta und Otto stimmten zu. Ellis Mann zog ein mürrisches Gesicht. Was wollte die fremde Frau, wieso blieb sie zu Schwiegermutters Beerdigung? Er mochte keine Ausländer, die Erlebnisse der Nachkriegsjahre, seine verlorene Heimat Schlesien konnte er nicht vergessen.

Am frühen Abend fuhr Max in die Kreisstadt. Sarah, er umarmte sie, küßte ihre Wange, sah Tränen in ihren Augen. »Mutter lebte lange, sie hat ein hohes Alter erreicht. Sarah, wir haben täglich damit gerechnet«, tröstete er sie. »Einmal die Klara wiedersehen, dann sterben, Mutters Wunsch hat sich erfüllt.«

Sie stieg in seinen Wagen, zusammen fuhren sie in das Dorf an der Jeetzel. Er zeigte ihr sein Grundstück mit dem kleinen Häuschen, wies auf die rohrgedeckte Kate, abseits in einem Birkenwäldchen. »Das war unsere zweite Heimat im Wendland, dort lebte Mutter mit Elli, Heta und Otto, als sie aus Bergfriede flohen.«

Er machte Sarah mit seiner Frau bekannt. »Lisa muß leider weg, hat heute abend eine Besprechung in ihrem Betrieb«, er sah zu Boden, »doch Elli, Heta und Otto werden kommen.«

Freundlich begrüßte sein Sohn Sarah Goldberg. »Haben Sie unsere Kreisstadt schon gesehen?« erkundigte er sich. »Alt, hübsch, fein«, Sarah war begeistert.

Max versprach, ihr das Wendland und die DDR-Grenze zu zeigen. »Mußt du zur Arbeit«, fragte sie. »Noch nicht, eine Woche Nachkur«, antwortete er.

Ein Auto hielt, zwei Frauen und ein Mann eilten ins Haus. »Sarah, Klara«, rief Heta, warf ihre Arme um die kleine Frau.

»Otto, Otto Pengel«, sagte der Mann verlegen, reichte Sarah die Hand.

»Otto, der kleine Ottek. Wie groß bist du geworden.« Sarah sah von Max auf seinen Bruder, sie waren sich zum Verwechseln ähnlich.

Der Sohn schenkte Wein ein, sie hoben ihre Gläser, zwischendurch schlug die Haustür. Max bemerkte: »Lisa muß noch zu einer Besprechung in den Betrieb.«

»Sarah«, Heta faßte sie um, »morgen kommst du zu mir, ich habe einen kleinen Bauernhof, wir leben wie in Steinfelde zwischen Kühen, Gänsen und Enten.«

Otto hörte verlegen zu. Max stieß seinen Bruder an. »Er ist Beamter, arbeitet in der Kreisstadt, wohnt auf unserem alten Grundstück neben der Kate. Aber in einer neuen Villa.«

Villa? Otto schmunzelte, »ein kleines Häuschen haben wir uns erbaut. Meine Frau ist auch berufstätig.«

Laut ging es im Hause zu, sie hatten sich viel zu erzählen. Immer wieder fragten die Kuchelka-Kinder: »Sarah, wo warst du geblieben? Warum hast du dich in den ganzen Jahren nicht gemeldet? Mama fragte stets nach dir.«

»Sie war in Bergfriede, hatte euch gesucht, der Hof des Bürgermeisters war leer, keiner wußte, wohin Mama vor den Russen geflohen war. Sie suchte uns bei der Landsmannschaft Ostpreußen. Auguste Kuchelka war nicht gemeldet, denn Mama hieß Pengel. Pengel«, wiederholte Max. »Auch Elli, Heta und Otto hießen nach Mutters Heirat Pengel. Ich durfte den Namen Kuchelka behalten.«

Sarah versprach, Heta und Otto am nächsten Tag zu besuchen. Max brachte sie in seinem Auto ins Hotel zurück. Spät am Abend saßen sie im Gästezimmer, Max erzählte, wie seine Mutter ins Wendland gekommen war.

Frieden in Bergfriede, der Krieg war beendet, Frau Kuchelka arbeitete bei Bauern im Dorfe, die Kinder sollten wieder zur Schule, nur Klara war verschwunden, das beunruhigte sie.

»Herrgott, Erbarmung, wo ist die Marjell geblieben? Fährt einfach mit einem Soldatenauto los«, schimpfte sie zum Bürgermeister.

Der Bauernsohn aus Masuren überlegte: »Vielleicht ist das die beste Lösung, schließlich wollte Klara zu ihren Eltern!«

»Herr Janzik, Herr Janzik, was mache ich allein mit den drei Kindern? Der Ludschu ist gefallen, der Max meldet sich nicht. Am liebsten würde ich die Stuten anspannen und zurück nach Steinfelde fahren.«

»Nach Ostpreußen«, der kriegsbeschädigte Bauernsohn winkte ab, »unser Masuren ist von den Russen und Polen besetzt, vorläufig gibt es kein Zurück.« Er trat dicht an Frau Kuchelka, sprach leise. »Die Amerikaner, Engländer und Franzosen wollen nach Berlin, dafür sollen sie die Altmark an die Russen übergeben.«

»Altmark, Altmark«, mit offenem Mund, ratlos sah Frau Kuchelka zum Bürgermeister.

»Unsere Gegend, Bergfriede, soll der Russe besetzen«, antwortete er.

»Herrje, Erbarmung, bis hierher sind wir mit dem Pferdewagen über die Straßen geklappert, haben uns bißchen erkubert, was nun? Die Soldaten erzählten davon, ich sagte zu Elli, die jungen Lorbasse machen Jux, reden bißchen dammlich.«

Der Bauernsohn aus Masuren hob seine Schultern. »Wir bleiben hier, meine Schwester will ihren Hof nicht verlassen. Der ehemalige Bürgermeister, auch andere Bauern wollen abhauen, vor den Russen weiter in den Westen fliehen.«

»Erbarmung, das auch noch«, stöhnte Frau Kuchelka, rannte über die Dorfstraße in ihre Kammer, erzählte den Kindern, was sie von Herrn Janzik erfahren hatte.

Ottek wollte hierbleiben, doch Elli und Heta waren für eine Weiterfahrt nach dem Westen. »Mama, weg von den Russen, lieber zu den Engländern, die sind nett und tun uns nichts«, meinte die Älteste. Heta erzählte von den jungen Soldaten. Sie wollten vor dem Russeneinmarsch abhauen, es wäre nicht weit bis zur Grenze ins Hannoversche.

Die Mutter redete zu ihren beiden Stuten auf der Weide, besah ihren Kastenwagen, sollte sie nochmals fliehen? Bei der Feldarbeit erkundigte sie sich bei den Bauern. Frau Selle, eine junge Bäuerin, sagte ganz offen: »Wenn der Russe kommen sollte, spanne ich alle Pferde vor die Wagen, fahre mit Schwiegereltern und Kindern nach dem Westen zu meinen Eltern ins Wendland. Frau Kuchelka, kommen Sie mit, es ist nicht weit, Ihre Stuten haben sich erholt, sie schaffen den kurzen Weg.«

Wieder abhauen, nicht zurück nach Ostpreußen. Frau Kuchelka überlegte täglich, dann war sie fest entschlossen, ihre Stuten anzuspannen und Frau Selle nachzufahren. Sie behielt den Selle-Hof ständig im Auge, wußte, die Bäuerin hatte Verbindungen, erzählte von ihrem Vater, der sie an der Grenze abholen wollte. Abends flüsterte die Bäuerin über den Gartenzaun: »Morgen mittag fahren wir ab. Sofort pakken, der Russe wird einmarschieren.«

Aufgeregt rannten die Kuchelka-Kinder durch die Kammer, packten die große Pelzjacke und ihre Winterkleidung auf den Kastenwagen. Der ehemalige Bürgermeister schenkte ihnen Weizen und Mehl, seine Frau weinte, ihr Sohn, der frühere HJ-Führer, ging mit gesenktem Kopf über den Hof. Auch sie wollten Bergfriede verlassen.

Morgens standen die ehemaligen deutschen Soldaten in Gruppen auf der Dorfstraße, schimpften auf den Engländer, der sie angeblich den Russen überlassen wollte, stellten ihre Rucksäcke zur Flucht bereit.

Die Mittagssonne schien warm, als vom Selle-Hof drei Fuhrwerke auf die Dorfstraße rollten. Hinter jedem Wagen folgten Milchkühe an Stricken zusammengebunden. »Wir haben keinen Platz, nehmen Sie die paar Hühner mit«, die Bäuerin stellte zwei Säcke auf den Kuchelka-Wagen. Erich Janzik winkte der Kolonne nach. Ottek heulte, wollte im Dorf bleiben.

Die Mutter saß vorn an der Leine, die Kinder hinten im Kastenwagen. Die beiden Stuten hielten Anschluß an die vorderen Fuhrwerke. Sie kamen durch das Dorf, weitere Bauernwagen schlossen sich an. Radfahrer, Frauen mit Kinderwagen, ehemalige deutsche Soldaten zogen in Gruppen in Richtung Westen. Dazwischen fuhren englische Militärfahrzeuge. Reger Betrieb herrschte auf der Chaussee. »Nach Oebisfelde«, las Elli auf einem Straßenschild. Die Fuhrwerke bogen rechts ab. Frau Kuchelka folgte. Weiter ging es über eine Landstraße. Langsam bewegte sich die Wagenkolonne. Die Töchter der Bäuerin rannten zwischen den Fuhrwerken und trieben die Kühe an. »Ihr müßt ihnen helfen«, sagte die Mutter. Elli, Heta und Ottek stiegen vom Wagen, gingen hinter den Kühen her.

Die Sonne stand tief am Himmel, als sie über eine Holzbrücke fuhren. Auf der Wiese rechts und links standen englische Militärfahrzeuge. Ein Baumstamm als Schlagbaum wurde angefahren. »Wir sind im Land Hannover-Braunschweig, das wird die neue Zonengrenze«, rief die Bäuerin. Sie fuhren in einen Feldweg und machten Pause. Die Töchter umarmten ihre Mutter, lachten. »Wir sind in der englischen Zone, sind vor dem Russen abgehauen. Elli«, erzählten sie, »wir fahren zu unseren Großeltern ins Wendland.« Die Schwiegereltern gingen von Wagen zu Wagen, sprachen mit den Pferden und den Kühen, blickten sehnsüchtig ostwärts. Warum mußten sie ihre Heimat verlassen? »Bis zum nächsten Dorf, dort werden die Kühe abgeholt«, rief die Bäuerin Frau Kuchelka zu.

Die Kolonne fuhr langsam weiter. Am Ende des Dorfes vor dem größten Bauernhof machten sie halt. Frau Selle eilte ins Haus, Vater und Sohn begleiteten sie zum Tor, öffneten, die Fuhrwerke rollten auf den Hof. »Heute abend, es kann spät werden, kommt mein Vater, die Kühe werden verladen. In aller Frühe fahren wir weiter.«

»Die Hühner?« Frau Kuchelka zeigte auf die Säcke.

»Die können Sie behalten, ein Andenken an Bergfriede, meine Eltern haben genug Federvieh«, die Bäuerin hob lachend ihre Hand, ging mit den Mädchen ins Haus.

Frau Kuchelka fütterte und tränkte die Stuten, wandte sich an die Schwiegereltern, erzählte von ihrer Heimat in Ostpreußen, lobte die freundlichen Menschen im Dorf Bergfriede. »Wir wollten bleiben, doch die Schwiegertochter und die Mädchen hatten furchtbare Angst vor den Russen. Nur die Kühe und Pferde haben wir mitgenommen, alles andere blieb zurück.« Betrübt, traurig erklangen die Worte des Schwiegervaters.

»Ottek, paß auf, daß die Hühner nicht ersticken.« Die Mutter holte ein Brotmesser, der Sohn schnitt Löcher in die Säcke. Bald guckten zehn Hühner- und ein Hahnenkopf heraus. Er hielt ihnen Brotstücke entgegen, sie pickten, wollten mehr. »Mama, das sind artige Hühner!«

Nachts schliefen die Mädchen auf Stroh hinten im Wagen, Ottek schlummerte bei der Mutter unter der Pelzdecke, plötzlich brummten Autos vor dem Hof. Frau Selle und ihre Töchter eilten zum Tor. »Vater, Großvater«, vernahm Frau Kuchelka. Die Bäuerin hielt ihren Vater umschlungen. Ein Jeep und ein riesiger Militärlastwagen fuhren auf den Hof. Ein amerikanischer Offizier und Soldaten stiegen aus. Die Mutter weckte ihre Töchter, Ottek hob seinen Kopf aus der Pelzdecke. »O je, das sind Schwarze, Neger, was wollen die hier?« wunderte sie sich. Die Kühe verschwanden auf dem Lastwagen, die Töchter stiegen in den Jeep, der Bauer aus dem Wendland verabschiedete sich von seiner Tochter und ihren Schwiegereltern. »Hast du genug Verpflegung«, er hielt seiner Tochter einen gefüllten Rucksack entgegen, sie faßte zu, stellte ihn Frau Kuchelka auf den Wagen. »Ich bin versorgt«, antwortete sie, wünschte ihren Töchtern gute Fahrt, der Jeep und der Armee-Lastwagen fuhren vom Hof und verschwanden in der Dunkelheit.

»So«, die Bäuerin stand bei Frau Kuchelka, »jetzt schlafen wir paar Stunden, bei Sonnenaufgang geht es weiter.«

»Heta, Elli, Ottek, habt Ihr den großen Lastwagen gesehen? Das waren amerikanische Soldaten, Schwarze, Neger, trieben die Kühe auf das Auto und brummten ab.« Die Kinder gaben keine Antwort, lagen im Stroh und schliefen.

Früh ging die Bäuerin zu ihren Pferden, half den Schwiegereltern, fuhr mit dem ersten Wagen los, ihr hinterher die Schwiegermutter, das dritte Fuhrwerk lenkte der Schwiegervater. Am Ende folgten die Kuchelkas. Nun ging es zügig voran. Erst als die Mittagssonne brannte, rasteten sie auf einem Bauernhof. Wieder wurde Frau Selle freundlich aufgenommen, die Pferde wurden getränkt und gefüttert. Sie erzählte aus Bergfriede, nannte ihr Ziel im Wendland. Eine Karte hielt sie auf ihren Knien, sprach von Städten und Dörfern, wollte nach zwei Übernachtungen im Wendland sein.

Frau Kuchelka setzte sich zu der jungen Bäuerin. »Sie stammen aus dem Wendland, wollen zu Ihren Eltern zurück. Ist Ihr Heimatdorf groß?«

»Kleiner als Bergfriede, nicht groß, ein paar Bauernhöfe, Arbeitersiedlungen, Katen, mit weiten Feldern und Wiesen, Wassergräben und Flüssen.«

»Wo werde ich mit den Kindern bleiben?« wollte Frau Kuchelka wissen.

»Es wird sich was finden. Wenn nicht, dann kommen Sie zu uns. Der Vater erzählte, der Hof wäre mit Flüchtlingen voll belegt, dazu haben sich die Amerikaner bei uns einquartiert. Wir finden was für Sie. Sie kriegen ein Dach über den Kopf«, versprach die Bäuerin.

Weiter rollten die vier Fuhrwerke über eine Asphaltstraße, eben war das Land, keine Anhöhe, kein Hügel, an den Straßenrändern Wald, nur Wald. Sie übernachteten auf einem einsam gelegenen Gutshof, fuhren durch Kleinstädte und Dörfer, Flüchtlingswagen kamen ihnen entgegen, Männer in grauen Uniformen, junge Frauen mit Kindern, ältere Leute vor Handwagen wanderten an ihnen vorbei. »Das sind alles Flüchtlinge, wir befinden uns an der Zonengrenze«, meinte die Bäuerin.

»Die Menschen rennen vor den Russen weg, herrje, herrje, der Krieg ist doch vorbei«, stöhnte Frau Kuchelka.

Mittags lächelte die junge Bäuerin zufrieden. »Heute abend sind wir am Ziel, die Strapazen gehen zu Ende.«

Elli, Heta und Ottek hielten nach allen Seiten Ausschau, reckten ihre Hälse, wie sah ihre neue Heimat aus? Die Sonne stand kurz vor dem Untergang, da bogen die Schwiegereltern mit ihren Fuhrwerken von der Straße ab.

»Unser Hof«, rief die Bäuerin, zeigte in einen Eichenwald, aus dem wuchtige Dächer emporragten. Sie lenkte ihr Fuhrwerk geradeaus weiter. Frau Kuchelka fuhr hinterher. Vor jedem Hof, Haus hielt die Bäuerin, sprach mit den Leuten, sie schien alle zu kennen. »Überall Flüchtlinge, das Dorf ist voll belegt«, hörte Frau Kuchelka, verstand manches nicht, die Bäuerin sprach platt. Nach dem alten Pengel fragte Frau Selle, die Frauen und Männer lachten, der ließe keinen in seine Kate.

Hinter dem letzten Haus bogen sie auf einen Feldweg. Vor

Hände der Bäuerin, bedankte sich, die Kinder fühlten sich hier wie zu Hause. Bald würden sie wieder zur Schule gehen. »Zum Herbst helfen wir auf Ihrem Gut bei der Kartoffelernte«, versprach sie.

Die drei Kinder mußten ins Nachbardorf zur Schule. Die Mutter war öfters vormittags allein. Herr Pengel pflügte seinen Acker oder fuhr Holz aus dem Wald ab. Er forderte von den Einheimischen und Flüchtlingen Zigaretten und Butter für seine Fuhren, besorgte den Kindern Schuhe und Kleider. Von einem Schweinchen redete Frau Kuchelka, das man zum Winter schlachten könnte. Bald liefen zwei kleine Ferkel in einer Bucht.

Nun verstand sie ihn, sie redeten miteinander, er sprach wieder hochdeutsch. Wenn die Kinder schliefen, saßen sie in der Küche zusammen, sie nannte seinen Vornamen, Ernst sagte sie zu ihm. Wenn die Bauern aufs Feld fuhren, blickten sie auf den sauberen Garten. »Ernst, hast du eine Magd?« fragten sie höhnisch.

Es wurde Herbst, die Mutter redete auf Elli ein, bis sie einen Brief an das Rote Kreuz nach Hannover schrieb, ihren Bruder Max und ihre Schwester Gerda suchen ließ. Vielleicht finden wir beide, meinte die Mutter. Im Dorf erkundigte sie sich bei anderen Flüchtlingen, doch aus dem Kreis Johannisburg fand sie keinen. An Klara dachte sie, wo war die Marjell geblieben? Ottek brachte seinen etwas älteren Schulfreund ins Haus, er stammte aus der russischen Zone, hatte ihm ein Fahrrad versprochen, wenn er mit über die Zonengrenze ginge, Seidenstrümpfe von seiner Oma herüberholte.

Die Mutter schimpfte: »Du bist noch viel zu klein, die Russen sperren dich ein.«

Doch der Sohn wollte sich ein Fahrrad verdienen.

»Nach Salzwedel ist es nicht weit, Sonnabendabend fahren wir über die Grenze, Sonntagfrüh kommen wir zurück, das geht prima«, erzählte sein Schulfreund.

So fuhren beide auf einem alten Fahrrad über die Zonengrenze. Die Mutter, Herr Pengel und die Schwestern bangten, doch sonntags mittags war der Sohn wohlbehalten zurück, legte der Mutter drei Paar Seidenstrümpfe auf den Tisch. »Mama, bei seiner Oma im Keller liegen noch haufenweise Strümpfe. Ich fahre nochmals hin.« Die Mutter versteckte die Seidenstrümpfe, Elli und Heta wären noch zu jung dafür, sie wollte sie gegen Kochtöpfe eintauschen.

Am nächsten Wochenende war Ottek mit seinem Fahrrad wieder unterwegs. In der Dämmerung schoben sie das Fahrrad am Stadtrand von Salzwedel durch ein Wäldchen.

Eine junge Frau stand auf Stöcken gestützt vor einer Baracke. »Jungchen, du kommst aus der englischen Zone, bringe mir Brot, paar Kartoffeln und einen Hering, ich habe Hunger«, bettelte sie.

»Ich sage das der Mama«, antwortete Ottek.

»Du redest so ostpreußisch, ich bin aus Masuren, Kreis Johannisburg«, rief die Frau dem Jungen nach.

Sonntags erzählte der Sohn, was er in Salzwedel erlebte. »Oh, weh, die Frau muß Hunger haben, bettelt um Brot, Kartoffeln und einen Hering. Heringe haben wir nicht, aber paar Stullen Brot kannst du ihr mitbringen«, versprach die Mutter.

»Mama, die hat mich so komisch angeguckt, als wenn sie mich kannte, vielleicht ist sie aus Steinfelde«, meinte der Sohn.

Die Schwestern kicherten. »Aus unserem Dorf? Nein, Ottek, wer soll das sein?«

Wieder stiegen beide Jungen auf ein Fahrrad, sausten durch Wiesen, Felder und Weiden über die Zonengrenze. Vor Salzwedel schoben sie das Rad durch das Wäldchen, kamen zur Baracke. Die Frau saß auf einer Bank. »Jungchen, Jungchen, hast du mir Kartoffeln mitgebracht«, bettelte sie Ottek an. Er stand vor ihr, leerte seine Taschen, legte die Stullen in ihren Schoß.

»Schönen Gruß von meiner Mama, wie heißen Sie, aus welchem Dorf stammen Sie?« fragte er.

Die junge Frau biß in eine Stulle, kaute, wollte was sagen, brachte nichts heraus. »Wie heißt deine Mutter?« kam es von ihren Lippen.

Ottek sah in ihre Augen. »Auguste Kuchelka, wir sind aus Steinfelde«, stotterte er.

Die Frau streckte ihre Arme aus, packte ihn an der Jacke. »Ich bin die Gerda, die Gerda Janzik, deine Schwester. Ottek, Ottek«, rief sie, hielt ihn umschlungen. Sein Schulfreund stand ratlos daneben.

»Ottek, Ottek, nehmt mich über die Grenze mit«, bettelte die Schwester.

Der Bruder löste sich aus der Umarmung, sah auf die beiden Stöcke. »Bist du krank, kannst du nicht laufen?« fragte er.

»Ich bin in einen Steinbruch abgestürzt, der Russe hat mich in die Ostzone entlassen. Ottek, Ottek, nehmt mich mit«, flehte sie.

»Das geht nicht, wir müssen zur Oma in die Stadt, wir kommen wieder«, der Schulfreund trat dazwischen. »Komm, komm«, er zog Ottek zum Fahrrad.

»Gerda, ich sage es sofort der Mama, wir holen dich ab«, Ottek winkte, stieg zu seinem Freund aufs Fahrrad, sie fuhren in die Stadt.

Ottek und sein Freund legten sich die Seidenstrümpfe zurecht. »Du, wir warten nicht bis frühmorgens, wir fahren sofort zurück. Ich muß der Mama von der Gerda erzählen.«

»Jetzt mitten in der Nacht?«

Die Großmutter war dagegen, doch Ottek ließ keine Ruhe. Paarweise versteckten sie die Strümpfe in ihren Jacken- und Hosentaschen, schoben sie in Schuhe und Socken, packten das Fahrrad und liefen zum Stadtrand. Der Mond stand hoch am Himmel, als Ottek mit auf das Rad stieg, sein Freund in die Pedalen trat, über einen Feldweg zur Grenze fuhr. Sie stiegen ab, horchten, schoben über einen Trampelpfad, umgingen einen Russenbunker, standen am Waldesrand und lauschten. Die Nacht blieb still, keine Streife der Volkspolizei, keine Flüchtlingskolonnen, erst bei Sonnenaufgang herrschte Betrieb an der Grenze. Endlich, sie standen vor einem Wassergraben, hoben das Rad hinüber, sie waren in der englischen Zone. Durch ein Sumpfgebiet kamen sie in einen Roßgarten, machten in einem Melkschuppen Pause. Ottek zitterte, noch nie war er in dunkler Nacht durch Wiesen und Felder gerannt. Sein Freund sah zum Himmel und trampelte zu, sie fuhren auf einer Chaussee ihrem Dorf zu. Es war weit nach Mitternacht, als sein Schulfreund ihn vor die Kate brachte. Ottek klopfte an die Tür.

»Mama, Mama«, rief er, weinte und schluchzte in der Küche. Die Mutter, die beiden Schwestern und Herr Pengel saßen um ihn. Ottek erzählte, die Mutter faltete die Hände.

»Die Gerda, meine Tochter lebt«, flehte sie zum Himmel.

Herr Pengel erhob sich. »Es ist Nacht, morgen früh reden wir weiter, geht schlafen«, er strich dem Kuchelka-Sohn über die Haare. »Ottek, nachts gehst du nicht mehr über die Zonengrenze, kannst in den Sümpfen und Flüssen ertrinken.« Müde ging Ottek ins Bett, sofort fielen ihm die Augen zu.

Seine Mutter fand keine Ruhe. Ihre Tochter Gerda brauchte Hilfe. Die Kinder waren in der Schule. Frau Kuchelka und Herr Pengel überlegten. Mit dem Pferdewagen über die Zonengrenze, nein, das wollte der Alte nicht. Die Russen könnten das Fuhrwerk beschlagnahmen. »Wir nehmen unsere Handwagen, der Ottek führt uns zu Gerda, wir holen sie zu uns.« Das wollten sie sofort tun.

Nachmittags brachte der Sohn seinen Schulfreund mit. Der kräftige, ältere Junge schlug vor: »Am Sonnabend fahren Otto und ich jeder auf einem Fahrrad nach Salzwedel. Ich packe Ihre Tochter auf mein Rad, Otto fährt vor, paßt auf, so bringen wir sie zur Grenze.«

»Prima, gut«, Frau Kuchelka war einverstanden, wollte mit dem Pferdewagen an der Grenze warten.

»Nein, nein, Mama, das geht nicht«, sagte der Sohn. »Über die Wiesen und Sümpfe kann man nicht fahren. Der Pferdewagen kann höchstens bis zum Melkschuppen.«

»Na gut, ich nehme unsere Torfkarre mit, werde die Gerda von der Grenze zum Pferdewagen schieben.«

Sie sprachen die ganze Zeit über Gerda. »Meine arme, kranke Tochter«, jammerte die Mutter, bis es Sonnabend wurde.

Ottek nahm sein altes Damenrad, sein Freund stieg auf Pengels Fahrrad, vor dem Pferdewagen fuhren sie zur Grenze. Vorn im Kastenwagen saß Frau Kuchelka neben Herrn Pengel, hinten Elli und Heta auf der Torfkarre. Als der Schlagbaum in Sicht kam, bogen sie rechts ab, fuhren auf einem Feldweg bis zum Roßgarten mit der Melkbude, hielten zwischen Weiden- und Erlenbüschen.

»Hier müssen Sie warten«, rief der Schulfreund, dann verschwanden Ottek und er zwischen den Büschen und Zäunen.

»Vorsicht, Otto, die Volkspolizei und die Russen sind

unterwegs«, mahnte er. Sie hielten am Grenzfluß und horchten. Flüchtlinge, mit Koffern und Säcken beladen, kamen ihnen entgegen.

»Die Luft ist rein, doch Vorsicht am Russenbunker«, rief ihnen eine junge Frau zu. Sie kannten den Trampelpfad mit den verdeckten Abzweigungen, kamen zügig voran, hielten im Wäldchen am Stadtrand. Linksherum zur Baracke, Ottek ging vor, sah um den Giebel zum Barackeneingang, auf der Bank saßen Frauen und Kinder. Gerda, seine Schwester wollte sich erheben, fiel zurück, suchte ihre Stöcke.

»Ottek«, sie hielt ihn an der Jacke fest, er reichte ihr eingepackte Stullen.

»Gerda, wir nehmen dich mit. Kannst du auf das Rad steigen?«

Frauen und Kinder umstanden die beiden Jungen.

»Frau Janzik, Ihre Pferdedecke«, sagte eine ältere Frau.

»Wir brauchen nichts, du sollst alles hierlassen, hat die Mama gesagt«, antwortete der Bruder.

»Erst etwas in den Mund«, Gerda öffnete das Päckchen, biß in eine Schnitte, gab es an die Kinder weiter. Auf Stöcken gestützt erhob sie sich, die Frauen halfen, sie saß auf dem Herrenrad. »Ich schreibe euch«, sagte Gerda und winkte, der Schulfreund fuhr ab, Ottek hinterher.

Kühl wehte der Herbstwind über die Wiesen und Felder, sie sprangen ab, schoben, stiegen wieder auf und fuhren zur Grenze. Gerda hielt sich am Lenker fest, ihre Beine und der Rücken taten weh, sie preßte die Lippen zusammen und schwieg. In einem Birkenwäldchen half Ottek seiner Schwester vom Rad, sie setzen sie ins Gras, schleppten zuerst die Räder über den Grenzgraben, schoben sie ein Stück weiter, versteckten sie in den Weidenbüschen. Ottek und sein Freund schlichen in das Wäldchen zurück, einer links, einer rechts, so schleppten sie Gerda über den Graben. Erst bei den Fahrrädern setzten sie sie ins Gras. »Ottek, fahr los«, rief sein Freund. Gerda lag am Boden, ihr Bruder sauste per Rad zum Pferdewagen. Er schmiß das Rad an den Straßenrand.

»Mama, komm«, der Sohn ging vor, die Mutter schob die Torfkarre hinterher.

»Ottek, langsam, renn nicht so«, die Mutter schwitzte, ihre Schuhe wurden naß auf dem feuchten Trampelpfad. Der

Vollmond stand am Himmel, als sie sich über ihre Tochter beugte. »Gerda, meine Gerda«, die Mutter kniete im feuchten Gras. »Mama, Mama«, klang es leise durch die Nacht.

Ottek kam zum Pferdewagen. »Sie kommen.«

»Der Weg ist naß und schwer.« Ernst Pengel übergab ihm die Pferdeleine, ging Frau Kuchelka entgegen.

»Ernst, gut daß du kommst, ich kann nicht mehr«, stöhnte sie.

Gerda saß hinten im Pferdewagen, neben ihr Elli, Heta und die Mutter. Ernst Pengel lenkte die Pferde zur Kate zurück. Hinter dem Wagen schoben Ottek und sein Freund die Räder. »Das hat prima geklappt, die Russen und Volkspolizisten haben uns nicht gesehen«, freuten sie sich.

Brot, Wurst, Butter und Milch standen auf dem Küchentisch, Gerda wollte zugreifen, essen. »Mama, ich kann nicht, wir haben von Brennesseln gelebt, um Kartoffeln gebettelt, es waren furchtbare Monate.« Sie hielt ihren Bruder umschlungen, streichelte das Haar und seine Wangen. »Ottek, der liebe Gott hat dich zur Baracke geschickt.« Gerda weinte, hielt ihren Bruder krampfhaft in den Armen.

Gerda war wieder bei der Mutter.

Sarah schwieg.

Max sah auf die Uhr. »Ich muß heim, hole dich morgen ab, zeige dir, wie die Heta und der Otto leben, wir fahren an die Elbe, besuchen Gerda in einem Pflegeheim. Wie gefällt dir das Hotel, die Stadt?« fragte er.

Sarah antwortete nicht. In Gedanken war sie bei Mama Auguste, bald sollte sie am Grabe der fremden Frau stehen, der sie viel zu danken hatte. »Bis morgen«, Max küßte ihre Wange, ging zu seinem Auto.

Max steuerte seinen Wagen, Sarah saß auf dem Beifahrersitz. Langsam fuhr er um das Dorf an der Jeetzel. Abseits der Straße, zwischen Erlen und Birken, stand die Pengel-Kate. Hier landete seine Mutter nach der Flucht aus Bergfriede. Dicht an der Straße standen zwei einzelne Häuser. Das eine gehörte seiner Schwester Elli, das andere seiner Tochter. Hinter der Kate, umgeben von Tannen und Kiefern, leuchtete die weiße Villa seines Bruders Otto. Vor der Villa stiegen sie aus, die Schwägerin hieß sie willkommen, erwähnte den Tod ihrer Schwiegermutter, sprach vom Begräbnis.

»Mama sehnte sich nach Ihnen, von Klara, Martha, den Herrschaften aus Berlin erzählte sie. In den letzten Jahren verwechselte sie einiges, wurde böse, wenn wir lachten, dammlige Marjell sagte sie zu mir.«

»Dammlige Marjell«, sprach Sarah vor sich hin. »Ja, ja, das war Mama Auguste.«

»Sarah, die drei Neubauten um die Kate, das ganze Stück Land bis zum Wald, vermachte Ernst Pengel meiner Mutter, er sorgte für sie, mochte uns Kinder, war für Otto und Heta ein richtiger Vater.«

»Und dein Haus?« Sie sah durch die Gegend.

Max zeigte rückwärts. »Am anderen Dorfrand, es steht auf dem Grundstück meiner Schwiegermutter.« Sie drehten mit dem Auto eine Runde durchs Dorf, er zeigte sein Haus, dann fuhren sie in das Nachbardorf, besuchten seine Schwester Heta. Ein Haus, ein Stall, eine Scheune. Hühner, Gänse und Enten auf der Wiese. Heta war auf ihrem Hof zufrieden. Ihr Mann und die Kinder begrüßten die Gäste. Sarah und Max mußten zum Mittagessen bleiben.

»Weiter«, Max fuhr durch die Kreisstadt, dann entlang der Jeetzel in nördlicher Richtung. Direkt an der Elbe machten sie halt, sahen über den Fluß, er zeigte auf den Sperrzaun und den Beobachtungsturm im Hintergrund. DDR, das andere Deutschland. Sie nahm sein Fernglas, eine große Kuhherde weidete hinter dem Drahtzaun, kein Pferdewagen, kein Bauer bei der Feldarbeit waren zu sehen. Sie stiegen ins Auto. »Wir fahren zur Gerda, sie sitzt im Rollstuhl, ist krank und schwach. Sarah, du erkennst sie nicht wieder.«

Max stellte das Auto auf einen Parkplatz. Zwischen hohen Pappeln stand das Alten- und Pflegeheim. Unten auf der Terrasse saßen Frauen und Männer in der Herbstsonne. Max blickte durch den Garten, seine Schwester entdeckte er nicht. Aus dem Nebengebäude schob ein junger, langhaariger Mann einen Rollstuhl. »Da kommt sie«, er faßte Sarah an einem Arm, sie gingen ihr entgegen.

»Max«, seine Schwester winkte, ihr Begleiter blieb stehen. »Max, Brüderlein«, Gerda streckte ihm beide Hände entgegen, er umarmte sie. »Sarah Goldberg, das ist die Klara, die im Kriege bei uns in Steinfelde war. Ich habe sie bei meiner Kur im Schwarzwald zufällig getroffen.«

Sarah Goldberg zögerte, musterte den jungen Mann, richtete ihre Augen auf die grauhaarige Frau mit dem faltigen Gesicht und den eingefallenen Wangen.

»Frau Goldberg«, Gerda hob ihre rechte Hand. »Guten Tag, Frau Goldberg«, flüsterte sie.

Sarah trat einen Schritt zurück. War das die Gerda Janzik, die Tochter von Mama Auguste, die in Steinfelde eine braune Uniform trug, Reichsarbeitsdienstführerin war, sich freiwillig an die Front nach Rußland gemeldet hatte. »Unser Führer, der größte Feldherr aller Zeiten, bringt uns den Sieg. Mama, das sind Volksfeinde, die da miesmachen, der Führer liebt nur die arische Rasse«, dröhnte es in Sarahs Ohren. Lange stand sie vor dem Rollstuhl.

Max griff ihren Arm, der junge Mann schob Gerda zur Terrasse. In der Herbstsonne saß Sarah neben dem Rollstuhl. Gerda faltete ihre Hände. »Sarah, bitte vergiß, ich war jung, kannte nichts anderes. Man hatte uns ausgenutzt, ich habe ein Leben lang gelitten.« Sarah legte beide Hände in den Rollstuhl, drückte Gerdas Arme.

Max unterbrach die Stille, erhob sich. »Wir sehen uns morgen bei der Beerdigung.«

Schweigend gingen sie zum Auto. Der Motor summte, still saßen sie nebeneinander. »Gerda bewegt sich seit Kriegsende auf Krücken, nun sitzt sie in einem Rollstuhl. Ihr Begleiter ist ein Zivildienstleistender«, sagte er.

Sie schwieg.

Max fuhr in das Dorf an der Jeetzel zurück, lud sie zu sich ein. »Du weißt es, meine Frau ist in der Stadt, doch mein Sohn ist im Hause.« Sie spazierten um das Haus, er zeigte ihr den Garten. Der Sohn stellte das Abendessen auf den Tisch. Wieder beschäftigten sie sich mit der Vergangenheit, den Jahren nach dem Kriege.

Max Kuchelka lag in Göttingen in einem Lazarett, der Krieg war zu Ende, die Stadt von englischen Truppen besetzt. Sein rechtes Bein lag in Gips, der Arm in einer Schiene, das Gesicht war von einem Verband umgeben. Ärzte und Schwestern standen vor seinem Bett, bangten um sein junges Leben, doch davon merkte er nichts. Irgendwie war ihm alles gleich, doch sterben wollte er nicht. »Er trinkt Apfelsaft, wird sich erholen«, hörte Max seine Kameraden reden, doch antworten konnte er nicht, sein Gesicht tat furchtbar weh.

Es wurde Herbst, die Blätter fielen von den Bäumen, da saß er erstmals im Bett und blickte durch das Fenster. Die junge Krankenschwester lachte, doch einen Spiegel brachte sie ihm nicht. Die Wunden an Arm und Bein verheilten. Er unternahm die ersten Gehversuche. Ein Kamerad reichte ihm einen Taschenspiegel. Max sah hinein, fiel auf das Bett und heulte. Wie grausam war sein Gesicht entstellt, er erkannte sich nicht wieder.

»Du, Kleiner«, sagte der Assistenzarzt, »wir werden dich zurechtflicken, du bekommst eine Nasenplastik, deine Lippen, Wangen und das Ohr werden gerichtet. Dir stehen noch viele Operationen bevor.« Max schaute auf seine Kameraden, die mit Verbänden an Nasen, Wangen und Ohren herumliefen, von plastischen Operationen sprachen.

Die junge Krankenschwester erkundigte sich nach seinem Elternhaus, seinen Verwandten, er antwortete: »Ich bin aus Ostpreußen, Johannisburg, weiß nichts von meinen Eltern.« Breit ostpreußisch redete er, seine Kameraden grinsten. »Der Lorbaß, das Jungchen aus Masuren«, lästerten sie.

In der Universitätsklinik kam er erstmals unter das Messer, ein Rollappen wurde auf seiner Brust angelegt, durch eine weitere Operation auf die Nase übertragen. Fest eingegipst lag er im Bett, schob sich trockenes Brot in den Mund, trank aus einer Schnabeltasse Kaffee. »Hunger, Hunger«, immer wieder verspürte er Durst und Hunger.

Wieder eine Operation, an der Nase hing eine runde Wurst aus seiner Brusthaut. Max erholte sich, vorläufig ließ man ihn in Ruhe, das Weihnachtsfest stand vor der Tür. Die erste Weihnacht fern seiner Heimat, er war allein, hatte keine Verwandten und Bekannten. Draußen lag Schnee, es wurde bitterkalt, ein eisiger Wind wehte um den Stadtwall.

»Hast du niemanden, bleibst Weihnachten und Silvester im Lazarett, dann feiern wir gemeinsam«, schlug die junge Krankenschwester vor, kniff Max in den Oberarm. Er blickte über die Betten, glattgezogen lagen die Zudecken da, seine Kameraden waren in Weihnachtsurlaub.

»Das Jungchen kommt am Heiligen Abend zu uns, meine Frau kocht Brotsuppe, Grenadier Kuchelka, Sie sind bei uns eingeladen«, sagte der ehemalige Oberleutnant der Panzer im Befehlston.

Seine Frau und zwei Kinder saßen am Tisch und aßen Nudelsuppe. »Brotsuppe«, wiederholte die junge Frau, »wir haben kein Brot.«

Das entstellte Gesicht des ehemaligen Offiziers errötete, eine Panzerabwehrgranate hatte seine Nase und die Ohren weggebrannt.

»Ich bleibe im Lazarett, die Kameraden besorgen einen Tannenbaum, ich darf mit meiner Nase sowieso nicht nach draußen«, antwortete Max.

»Wir feiern gemeinsam, am Silvesterabend gehen wir zusammen zum Tanzen«, rief die Krankenschwester und lächelte zu ihm hinüber.

»Tanzen«, er stotterte, »ich war noch nie auf einem Tanzboden.«

»Opa«, sagten die Kameraden zu dem älteren Landesschützen, der im Keller wohnte, täglich Krankenschwestern und Ärzten zur Hand ging. Opa Nagusch sprach breit ostpreußisch, wollte im Lazarett bleiben, hier hatte er Arbeit und Essen. Seine Frau wohnte auf einem Dorf bei Göttingen, sie hungerte, er brachte ihr Brot und Margarine. Schon vor Wochen hörte Max den Alten in seiner Heimatsprache reden, beobachtete ihn, traute sich nicht, Opa Nagusch anzusprechen. Mittags setzte sich der Landesschütze an sein Bett, wiegte seine Kopf hin und her. »Sag mal, Jungchen, bist du vielleicht aus Steinfelde? Ist deine Mutter die Auguste Kuchelka?«

Max sprang auf. »Ja, ja, das ist meine Mama.«

»Na, so was. Oh, nein, nein, nein. Herrje, jeden Tag rennen wir an uns vorbei, und keiner sagt ein Wortchen. Deine Mutter wohnt im Wendland, nicht weit von der Elbe, dicht an der Zonengrenze.«

»Herr Nagusch«, Max faßte an seinen Oberarm. »Meine Mutter soll an der Elbe sein? Herr Nagusch, wo, wie heißt das Dorf?«

»Langsam, langsam mit den jungen Pferdchen, heute abend gehe ich nach Hause, morgen früh bekommst du die Adresse.«

Max hörte zu, Opa Nagusch erzählte. »Meine Frau ist aus Monethen, ihre Schwester war ins Hannoversche geflohen, schrieb mehrmals: »Bei uns im Dorf wohnt auch die Auguste Kuchelka aus Steinfelde.«

Max rannte durch das Zimmer, fragte den Oberleutnant um Rat. »Warm einpacken, über das Gesicht einen Kopfschützer ziehen, Fahrkarte kaufen und hin«, befahl der ehemalige Offizier.

Am nächsten Tag packte Opa Nagusch die Anschrift auf seinen Nachttisch. Max fand keine Worte. In einem Dorf bei Lüchow wohnte seine Mutter. Er ging in das Geschäftszimmer, sprach mit der Oberschwester und dem Arzt, durfte fahren, brauchte erst im Januar wiederkommen. Die junge Krankenschwester war ihm behilflich.

In einem schwarzgefärbten Soldatenmantel, eine Pelzmütze auf dem Kopf, um den Hals und das Gesicht einen Kopfschützer, seinen Brotbeutel unter dem Arm, so rannte Max in aller Frühe zum Bahnhof. Geld hatte er genug, rauchte nicht, verkaufte seine Zigarettenkarten. Lange überlegte der Bahnbeamte, dann hielt er eine Fahrkarte in den Händen. »Fahren Sie bis Lüneburg, von dort müssen Sie weitersehen«, empfahl der Mann am Schalter.

Der Frühzug war überfüllt, ein Mann in grauer Soldatenuniform zog ihn durchs Fenster. Einen Platz für einen Schwerverwundeten, rief er. Max saß in einer Ecke, um ihn drängten Kinder, Frauen und Männer, an seinen Füßen lagen Gepäckstücke. »Mama, der Onkel hat eine komische Nase«, rief ein Kind, zeigte auf ihn. Max errötete, hielt eine Hand vor sein Gesicht. »Erdbeernase«, lachte der kleine Junge, wollte an seinen Rollappen. »Ein Kriegsverwundeter«, versuchte die Mutter den Jungen aufzuklären, er ließ Max nicht aus den Augen.

Am Nachmittag stieg er in Lüneburg aus, zog den Kopfschützer über die Nase, erkundigte sich nach der Weiterfahrt.

Er hatte Glück, bald saß er im Zug und fuhr ostwärts. »Lüchow, Lüchow«, rief der Schaffner. Max faßte seinen Brotbeutel und stieg aus. Er fragte einen Bahnbeamten, nannte das Dorf an der Jeetzel, dorthin gab es keine Zugverbindung, der Mann riet ihm, zu Fuß über die Chaussee zu gehen. Max aß eine Schnitte Brot, trank Wasser im Wartesaal, fragte nochmals nach dem Weg und ging zur Stadt hinaus.

Leer lag die gerade Straße vor ihm, er schritt zu, zog seine Mütze fest ins Gesicht, der Schnee knirschte unter seinen Stiefeln. Verdammt kalt, er steckte seine Hände tief in die Manteltaschen, sah die ersten Häuser, kam in ein Dorf. Weiter, bis vor das nächste Dorf, dann rechts ab, antwortete ein Bauer auf seine Frage, verschwand eilig in seiner Scheune. Max blickte über Wiesen und Felder, eine einsame Gegend mit Wald und Sümpfen, durchzogen von Gräben und Roßgärten. Nun sah er die ersten Häuser, folgte der Abzweigung nach rechts, am Horizont erblickte er einen Gutshof, davor einzelne Bauerngehöfte.

Es dämmerte, da hörte er Kinder reden, blieb stehen, sah Mädchen und Jungen auf einem Teich Hockey spielen. »Jungs, wo wohnt hier Frau Auguste Kuchelka?« fragte er. »Drüben in der Kate«, ein Mädchen hob ihren Stock und zeigte über das verschneite Feld. »Du, der will zu euch«, sie stieß einen Jungen an. Max sah, wie der seine Schlittschuhe abschnallte und über die Felder zur Kate rannte.

Weiter marschierte er entlang der Straße, bog in den Feldweg und ging auf das Haus zu. Ottek rannte über das verschneite Feld, riß die Tür auf. »Mama, Mama, ein Mann, ein Soldat, sieht wie ein Kriegsgefangener aus, fragte, wo wir wohnen.«

»Hier auf der Straße bei Schnee und Eis, ein entlassener Kriegsgefangener. Ottek, warum hast du den Mann nicht mitgebracht, vielleicht ist das ein Junge aus Steinfelde.«

Die Mutter blickte durch das Sprossenfenster, der fremde Mann öffnete das Gartentürchen, ging direkt auf den Hauseingang zu. Frau Kuchelka machte die Tür auf. »Mama, Mama«, rief Max, schob seinen Kopfschützer hoch.

»Max! Oh Gott, Erbarmung, der Max.« Er hielt seine Mutter in den Armen.

»Mama, Mama«, flüsterte er. Max begrüßte Elli und Heta, reichte seinem Bruder die Hand. »Ottek, warum bist du abgehauen? Dachtest, ich wäre der Weihnachtsmann«, er schlug auf seinen Rücken, »Junge, du bist gewachsen.«

»Gerda, Schwester«, er begrüßte sie, sie saß am Tisch, neben ihr standen zwei Krücken.

»Ihr seid beide kaputt«, die Mutter drehte sich zum Herd, wischte über ihre feuchten Augen. Max blickte durch die Küche, als suche er jemanden. »Vater, ist Vater nicht da?«

»Beim Volkssturm gefallen«, sagte Ottek vorlaut.

»Papa gefallen«, Max setzte sich auf einen Stuhl.

»Herr Pengel hat uns in sein Haus aufgenommen. Ernst, komm, begrüß den Jungen«, rief die Mutter.

Max drückte dem fremden Mann die Hand, er kam ihm älter als sein Vater vor.

»Papa ist gefallen«, Max saß am Küchentisch, hielt den Kopf in beiden Händen, keiner rührte sich, kein Wort fiel.

»Komm, Junge, iß was, du hast bestimmt Hunger«, unterbrach die Mutter die Stille.

»Morgens nicht gefrühstückt, in Lüneburg auf dem Bahnhof habe ich eine Schnitte Brot gegessen und Wasser getrunken, Kohldampf, Hunger«, er trank Kaffee, griff zum Brot, schnitt es klein, steckte es vorsichtig in den Mund.

Abends lag Max auf einem Strohsack in der Küche, deckte sich mit der Pelzdecke zu, war in Gedanken bei seinem Vater. »Junge, du bleibst zu Hause, ich gehe zum Volkssturm. Wenn es brenzlig wird, haue ich ab, steige bei euch auf den Wagen und fahre mit.« Das war sein Vater. Er blieb beim Volkssturm, hatte keine Möglichkeit, abzuhauen, zu früh traf ihn die Kugel eines Tieffliegers.

Am nächsten Morgen bewegte sich Max durch die Kate, merkte, daß die Mutter auf sein Gesicht schaute, sich abdrehte und weinte. Gerda fragte er nach ihrem Schicksal, erfuhr, daß sie in Rußland in einem Steinbruch abgestürzt war. »Was macht die Schule«, wollte er von Elli und Heta wissen. Die Schwestern waren zufrieden. Im Frühjahr sollte die Älteste konfirmiert werden, anschließend als Kindermädchen auf das Gut gehen, später dort kochen lernen. »Ich war per Rad über die Zonengrenze gesaust, die Volkspolizisten und Russen haben mich nicht bekommen, ich habe die

Gerda zu uns gebracht«, rühmte sich Ottek. Die Schwester nickte. »Das hat er gemacht. Das werde ich ihm nie vergessen.«

Ernst Pengel faßte den Kuchelka-Sohn an einem Arm. »Zieh dir was über, komm mit«, sie gingen durch den Holzschuppen in den Stall. Max riß beide Arme hoch, dort standen seine Stuten, die Meta und die Lotte. »Meta, Lotte«, er umarmte ihre Hälse, sie bewegten die Köpfe, als begrüßten sie ihn.

»Die beiden sind zuverlässig, ich rücke Stämme im Wald, fahre Torf und Holz ab, doch nur gegen Naturalien, Geld ist nichts wert«, erzählte Herr Pengel. »Wenn du aus dem Lazarett entlassen wirst, kannst du mich bei der Arbeit ablösen, ich bin alt, habe genug in meinem Leben geschuftet.«

Max zeigte auf seinen Rollappen an der Nase.

»Mir stehen noch viele Operationen bevor, das kann noch Jahre dauern«, antwortete er.

Ernst Pengel zeigte Max das eine Schwein, die Hühner, Enten, Gänse und die Vorräte im Keller. Die Mutter kam dazu. »Wir haben ein kleines Schweinchen geschlachtet, darf keiner erfahren, Junge, zu essen haben wir genug.«

Am Heiligen Abend saßen die Kuchelkas und Ernst Pengel am Tannenbaum, es gab Tee mit Rum und Pfefferkuchen. Sie sangen Weihnachtslieder, Max blickte betrübt zu Boden, dachte an seinen Vater. Mutters Augen streiften Gerda und Max, sie drehte sich zur Seite und weinte. Ottek und die beiden Schwestern alberten, als wären sie in Steinfelde.

Neujahr war vorbei, Max packte seinen Brotbeutel, mußte ins Lazarett zurück. »Max, Junge«, sagte Ernst Pengel, »ich bringe dich mit dem Pferdewagen zum Bahnhof.« Die beiden verstanden sich, wie Vater und Sohn sprachen sie miteinander. Die Mutter packte ihm Brot, Butter und Speck ein. »Junge, wenn du Hunger hast, schreibe, ich schicke dir sofort ein Paket.«

In Lüneburg stieg er um, die Züge hatten Verspätung, erst am Abend kam er in Göttingen an. »Das Jungchen, der Lorbaß ist wieder da«, freundlich begrüßte ihn die Nachtschwester.

Beim Frühstück packte Max seine Verpflegung aus, jeder Stubenkamerad erhielt eine Scheibe Brot und ein Stückchen Speck. »Wo hast du das her?« klang es von allen Seiten. »Meine Mutter wohnt auf dem Lande, wir haben schwarz geschlachtet«, grinste er. Der ehemalige Oberleutnant mit dem verbrannten Gesicht nahm nach dem Frühstück Haltung an. »Grenadier Kuchelka, darf ich Sie um eine Schwarte für meine Familie bitten«, flehte er. »Schwarte.« Max gab ihm ein Stück Speck und legte Landbrot dazu.

»Sarah, das war Weihnachten 1945. Was war ich froh, meine Mutter gefunden zu haben!«

»Zufälle, der Ottek trifft Gerda an der Zonengrenze, dir erzählt ein Landsmann von deiner Mutter. Max, das war Glück, wirklich, da kann man nur von Glück reden«, antwortete sie.

»Und du? Was war mit deinen Eltern?« wollte er wissen.

Sie lehnte sich an ihn. »Später Max, ich muß ins Hotel zurück.«

☆

In der Friedhofskapelle sprach der Pfarrer von einem langen, bewegten Leben, von einer gläubigen Christin, einer hilfsbereiten Frau, die arm war, doch anderen half, ihr letztes Stück Brot teilte, für ihre Kinder bis ins hohe Alter rackerte. »Ihr Leben war voller Mühe und Arbeit. Bereits in ihrer Heimat Masuren erlitt sie schwere Schicksalsschläge, verlor ihren Mann in den letzten Kriegsmonaten, mußte zweimal fliehen, zuerst von Ostpreußen bis in die Mark Brandenburg, dann weiter in das Wendland. Sie sorgte für ihren verwundeten Sohn, holte mit einer Schubkarre ihre schwerkranke Tochter über die Zonengrenze. Ja, sie tat noch mehr. In ihrem Dorf in Masuren versteckte sie ein fremdes Kind, brachte es heil nach dem Westen.«

Ein Schluchzen und Raunen ging durch die Trauergemeinde. Die Frau im Rollstuhl hielt ein Taschentuch vors Gesicht. Gerda weinte. Neben Max schluchzte Sarah laut auf. Max legte seinen Arm um ihre Schulter.

Die wenigen Fremden horchten auf, sie kannten die behinderte Tochter im Rollstuhl, doch wer war die schwarzhaarige Frau neben dem Sohn, war das das fremde Mädchen aus Masuren? Sogar die Enkel und Urenkel sahen sich um. Als sich die Trauergemeinde erhob und dem Sarg folgte, schob Max den Rollstuhl, rechts begleitete ihn seine Frau, links daneben Sarah Goldberg. Am Grab stand Sarah neben dem Rollstuhl, drückte Gerda beide Hände. »Mama«, schluchzten sie gemeinsam. Gerda blickte auf den Sarg, richtete ihre Augen auf Sarah, spürte einen festen Händedruck. »Sarah, vergiß, was damals geschah«, flehte sie.

Die Trauernden trafen sich im Hause der Tochter Elli, der

Pfarrer saß inmitten der Verwandten, bei ihm der Hausbesitzer Karl-Friedrich. Alles Verwandtschaft, der Pfarrer sah durch das Doppelzimmer, groß war die Familie der Verstorbenen. »Enkel und Urenkel«, sagte Elli, blickte auf Sarah Goldberg, nickte freundlich. »Auch sie gehört zu uns.«

Max saß am Ende der langen Tischreihe zwischen seiner Frau und Sarah, daneben sein Sohn und die verheiratete Tochter, gegenüber der Bruder Otto mit seiner Familie. Die Kaffeetafel verlief ruhig, erst der Wein lockerte die Stimmung. Vor dem Essen ergriff Karl-Friedrich das Wort, lobte seine verstorbene Schwiegermutter, sprach vom Wohlstand der Kuchelka-Kinder, den sie allein ihrer Mutter zu verdanken hätten. »Sie blieb ihrer Heimat treu, es war ihr nicht vergönnt, nach Ostpreußen zurückzukehren, treudeutsch waren ihre Gedanken und Taten, eine Bäuerin von preußischer Tradition und Ehre. Nie wollte sie auf die Ostgebiete, auf Ostpreußen, Pommern und Schlesien verzichten.« Er unterbrach, blickte zum Ende der Tafel, als säßen dort die heimatlosen Verzichter.

Otto beugte sich zu seinem Bruder herüber. »Der Rucksack-Berliner, die Breslauer Lerge, der Waschmaschinen-Karl trillert Herbstgesänge.«

Seine Frau und die Kinder kicherten, Max sah auf seinen Sohn, der schüttelte den Kopf. »Genug, Karl-Friedrich, hör auf, Abstauber, Abkassierer«, flüsterte Max.

Fragend stieß Sarah Max an. »Der hat in seinem Leben nie regelmäßig gearbeitet, hat der Mutter das ganze Land abgeschwatzt, Heta und ich bekamen nichts, Otto kam mit Krach und Streit zu seinem Bauplatz. Ach ja, meiner Tochter schenkte er großzügig ein Eckchen im Sumpf. Gerda verfrachtete er ins Altenheim.«

Als der Schwager aufhörte, erhoben sich Max und sein Sohn, der Bruder mit seiner Familie folgte. Otto ging zum Rollstuhl. »Gerda, ich fahre dich mit meinem Wagen nach Hause!« Sarah drückte ihr beide Hände. »Vor meiner Abreise komme ich noch mal bei dir vorbei«, versprach sie.

Sarah saß auf dem Beifahrersitz, der Motor summte, Max steuerte seinen Wagen zur Kreisstadt.

»Mutter hat nun Ruhe. Sarah, willst du abfahren? Bleib noch paar Tage. Ich nehme Urlaub, zeige dir das Wendland, die Elbe, die DDR-Grenze, die Lüneburger Heide, Hamburg, die Ost- und Nordsee.« Er griff ihre Hand, drückte fest zu.

Sie überlegte, die Zeit im Schwarzwald war um, sollte sie nach Höchenschwand zurück oder ab Hamburg einen Flug nach Amerika buchen? »Max, ich denke nach. Der Tag war anstrengend, doch ich könnte noch einige Zeit bleiben.«

»Prima, Sarah, ich beantrage Urlaub, fahre dich durch die Gegend. Du mußt die Lüneburger Heide kennenlernen.«

Sie kamen zur Stadt, er parkte vor ihrem Hotel, begleitete sie in ihr Appartement. »Mama hat ein hohes Alter erreicht.«

»Schade, ich hätte sie zu mir nach Amerika eingeladen. Furchtbar, warum fand ich sie nicht. Ich habe Briefe und Karten geschrieben, bei der Landsmannschaft angefragt. Max, ich war mit meinem Mann in Masuren. Bis Monethen durften wir, Steinfelde gab es nicht mehr, nur Wald, Gestrüpp, auf den ehemaligen Feldern übten russische Soldaten. Ich sah von der Eisenbahnlinie auf den grünen Grund, dachte an Mama Auguste.«

»Sarah, davon hast du mir nichts erzählt. Zu wenig weiß ich von dir, was geschah in den vier Jahrzehnten?«

Sie lächelte: »Probleme!«

»Probleme«, wiederholte er, »die hatte auch Mutter. Glaubst du, bei uns war das Leben glatt verlaufen?« Er setzte sich zu ihr, zog sie an sich, dachte an die Jahre nach dem Kriege. In der Universitätsstadt Göttingen hatte er in einem Lazarett gelegen.

»Mutter, ich habe Hunger«, schrieb Max in das Dorf an der Jeetzel, sofort traf ein Paket ein, doch die Verpflegung reichte nicht. Er verschenkte Brot und Speck an seine Stubenkameraden. Nach neuen Operationen lag er ein paar Tage zu Bett, trank Kaffee aus einer Schnabeltasse, steckte sich trockene Brotstücke in den Mund. Ein karges Essen, die Brotscheiben wurden zugeteilt.

Mit verbundenem Gesicht und auf wackeligen Beinen spazierte er durch die Stadt, verkaufte auf dem Schwarzmarkt seine Zigarettenkarten. Englische Militärpolizisten schwangen ihre Holzknüppel, trieben ihn von der Straße. Ehemalige Fremdarbeiter und Fremdarbeiterinnen johlten hinter ihm her. »Nazi, Hitlerek, Verbrecher«, riefen sie. Am Stadtwald überfielen sie ihn, zogen an seiner langen Nase, fast rissen sie ihm den Rollappen aus dem Gesicht. Noch eine Operation, dann wollte er zur Mutter fahren.

Max wartete vor dem Operationsraum, eine Trage rollte an ihm vorbei. »Ihr Hunde quält mich, weil ich bei der SS war«, jammerte der Frischoperierte. »Halt die Klappe, sei froh, daß wir dich wieder zusammenflicken, sonst rennst du wie ein Gespenst ohne Nase herum«, antwortete der junge Arzt.

»Kuchelka«, vernahm Max. Er rollte auf einer Trage in den Operationsraum. Unter einer grellen Lampe ragte seine Nase dem Licht entgegen. »Warst du auch bei der Waffen-SS?« fragte ein Arzt. »Infanterie«, murmelte er. Sein Arm wurde langgezogen, er spürte einen Stich, der Kopf fiel zur Seite, die Vollnarkose wirkte. Max erwachte, er lag auf dem Korridor, versuchte sich aufzurichten, sackte wieder zusammen. Eine Krankenschwester stand bei ihm. »Wach endlich auf, du bist der Letzte, mußt zu Fuß ins Lazarett zurück.« Die Krankenschwester führte ihn eine Treppe hinunter. »Rechts herum mußt du, kennst doch den Weg«, rief sie und war verschwunden.

Er hielt sich am Gartenzaun fest. »Du schaffst es, du mußt es schaffen«, brummte es in seinem Kopf. Langsam, Schritt für Schritt, bewegte er sich weiter. Den Kopf vorgebeugt, die Augen auf die Straße gerichtet, ging er von Zaun zu Zaun. Wieder schaffte Max ein Stück, hielt sich an einem Lattenzaun fest, sah die Holzbrücke, dahinter in einem Park das Lazarett. Er drückte den Kopfverband aus seinen Augen.

Was erblickte er da? Auf der Brücke standen Frauen und Männer, prosteten sich zu. Herrgott, die Fremdarbeiter. Max lehnte sich gegen einen Baum und überlegte. Zurück? Nein, das schaffte er nicht, er mußte über die Brücke. Entlang dem Geländer schlich er an der Gruppe vorbei.

»Nazi, Hitlerek«, vernahm er eine junge Frau rufen, blickte zur Seite, sah ein junges Mädchen mit weißer Bluse, blauem Rock und weißen Kniestrümpfen. Wie ein BDM-Mädchen, nur die Halbschuhe waren hellbraun. Er spürte einen Tritt in den Rücken, die weißen Kniestrümpfe und die braunen Schuhe tanzten vor seinen Augen. Max lag im flachen Bach, auf der Brücke johlten und lärmten die Fremdarbeiter, er kroch die Böschung hoch, da war sie wieder bei ihm. »Nazi, Hitlerek«, hörte er, erhielt Fußtritte.

Langsam kroch Max durch den Park, am Lazaretteingang fiel er zu Boden. »Herrje, herrje, Erbarmung, das Jungchen«, Opa Nagusch stand bei ihm, half Max in sein Zimmer. Nach dieser Operation lag er lange zu Bett, seine Glieder taten weh, kurz vor Ostern fuhr Max ins Wendland.

☆

Die Mutter und seine Geschwister staunten, das zerschossene Ohr war gerichtet, die Hautverpflanzung paßte sich dem Gesicht an, eine neue Nase wurde sichtbar.

Elli war aus dem Hause, arbeitete als Kindermädchen auf dem Gut. Die Mutter ging mit ernstem Gesicht durch Haus und Garten, sie hatte Probleme.

»Mama, was ist, kann ich dir helfen?« fragte der Sohn.

Die Mutter zögerte, dann sagte sie: »Es gehört sich nicht, mit Herrn Pengel unter einem Dach zu leben, das ist Sünde, ich will den Vater für tot erklären lassen und den Ernst heiraten.«

Max sah von seiner Mutter zu Gerda. Sie war dafür, das wäre für alle die beste Lösung. Schließlich sorgte Ernst für die ganze Familie. Noch mehr erfuhr er. Mutter habe bereits einiges veranlaßt, Zeugen sollten bestätigen, daß Vater tot war, nach einer Heirat würden seine beiden jüngeren Geschwister und sein Bruder Otto Pengel heißen. »Pengel, Pengel«, flüsterte Max, »dann bin ich der letzte Kuchelka.«

taten im Kriege. Angeblich war er bei der Waffen-SS, trug einen Blutgruppenstempel unter dem Oberarm, wurde deshalb in der amerikanischen Zone verfolgt, mußte bis ins Wendland fliehen. Zuerst arbeitete Karl-Friedrich bei einem Bauern, klaute und schacherte, dann mietete er sich einen Laden in der Stadt, richtete eine Tauschzentrale ein. Max sollte ihm behilflich sein, Botengänge und Schwarzfahrten ausführen, doch dazu zeigte er keine Lust. Wenn Elli einen Sonntag frei hatte, war auch der Schlesier in der Kate, brachte ihr Schokolade und Seidenstrümpfe, sie durfte mit ihm zum Tanzen. Weder Max noch Gerda mochten den Angeber, doch Mutter lobte ihn bei jeder Gelegenheit, sprach vom zukünftigen Schwiegersohn.

So verging das Frühjahr, es wurde Sommer, und plötzlich über Nacht war das neue Geld da. Vierzig DM pro Kopf brachte Ernst Pengel nach Hause, die Mutter nahm das Geld an sich. Es gehörte ihr, sie versorgte die Familie. Max meldete sich beim Arbeitsamt, wurde registriert, erhielt eine Stempelkarte, mußte jede Woche zweimal vorsprechen, den Arbeitslosennachweis abstempeln lassen, erhielt die Woche zehn DM. Er fragte nach Arbeit, der junge Mann in einer gefärbten Soldatenuniform zeigte auf die lange Schlange, es waren alles arbeitssuchende Frauen und Männer.

Max half seiner Mutter in Haus und Garten, fuhr mit dem Pferdewagen zum Wochenmarkt, die Mutter bot Gemüse, Eier und Kartoffeln an, eine feste Arbeit fand er nicht.

Die Mutter ging auf das Gut, sprach mit Frau Selle, bot ihren Sohn als Gespannführer an, doch die Stellen waren besetzt. Sie erfuhr, daß man mit ihrer Tochter Elli nicht zufrieden war, sie hätte nur ihren Freund im Kopf. Mürrisch ging die Mutter durch die Kate, blickte vorwurfsvoll auf Gerda und Max, schimpfte vor sich hin. Sie müsse, wie in Steinfelde, rackern, ihre Kinder wären krank oder hätten keine Lust zur Arbeit. Ernst Pengel beruhigte sie. Es stempelten viele Frauen und Männer, für Gerda wollte er beim Fürsorgeamt Unterstützung beantragen. »Kommt nicht in Frage, ich bettele nicht um Almosen«, seine Frau war dagegen.

Auf einem Motorrad fuhr Karl-Friedrich vor, stellte Koffer und Kartons mit Kurzwaren auf den Tisch, seine Tauschzentrale war eingegangen, er nun reisender Kaufmann, Vertreter nannte er sich. Karl-Friedrich reiste von Dorf zu Dorf, fuhr zu den abgelegenen Höfen, handelte mit Stoffen, Wäsche und Kurzwaren. Großzügig schenkte er Frau Pengel Stoff für eine neue Bluse. Sie lobte den Flüchtling, der nicht stempelte, sich geschickt nach allen Seiten drehte, wie ein masurischer Kaddig im Wind. »Ja, der Karl-Friedrich, das ist ein tüchtiger, forscher Mann«, hörte Max täglich. Im kalten Spätherbst wickelte er sich einen Schal um sein Gesicht und rodete Zuckerrüben. Seine Schwester Gerda kniete auf dem naßkalten Boden, warf die Rüben auf einen Haufen. Beide wollten etwas Geld verdienen.

Zu Weihnachten versammelte sich die ganze Familie in der Küche, am Tannenbaum brannten Kerzen, die Stimmung war bedrückt, Karl-Friedrich hielt Ellis Hand, sie weinte. Was sollte nun werden, Elli erwartete ein Kind. »Ihr müßt so schnell wie möglich heiraten«, bestimmte die Mutter, wollte nach dem Fest mit Elli zum Jugendamt gehen und um eine Heiratsgenehmigung bitten. Die Behörde war einverstanden, mit Einwilligung der Eltern durfte die minderjährige Tochter heiraten. Elli ging nicht mehr aufs Gut, sondern bereitete ihre Hochzeit vor. Ihre Mutter und Karl-Friedrich erledigten die Formalitäten beim Bürgermeister und beim Standesbeamten. Noch vor Ostern wurde der Hochzeitstermin festgesetzt.

In der Kate wurde geputzt und gescheuert, die Gardinen gewaschen, das Fest vorbereitet. Elli wollte in Weiß heiraten, für das Hochzeitskleid sorgte Karl-Friedrich. »Mein Schwiegersohn ist selbständiger Kaufmann«, lobte ihn Frau Pengel in der Nachbarschaft.

Mit zwei Kutschen fuhr die Hochzeitsgesellschaft zur Kirche in das Nachbardorf. Danach wurde in der Kate gefeiert. Eine Flüchtlingsfrau aus Pommern half in der Küche, es gab reichlich zu essen und zu trinken. Ellis Freundinnen vom Gut und Karl-Friedrichs ehemalige Schwarzhändlerkameraden amüsierten sich, die Schwester Heta brachte ihren Bauernsohn mit. Neben Max saß ein Mädchen aus dem Nachbardorf, Lisa arbeitete als Verkäuferin in der Kreisstadt. Ihre Mutter und Frau Pengel hatten sich bei der Arbeit auf dem Gut kennengelernt. Abends spazierte die Gesellschaft über den Feldweg um die Kate, bewunderte den sauberen Gemüsegarten.

Nachts begleitete Max seine Partnerin ins Nachbardorf. Lange stand er vor dem Hauseingang neben Lisa, fand keine Worte, drückte dem Mädchen die Hand und wanderte zurück.

Elli blieb in der Kate, ihr Mann bewohnte ein Zimmer im Dorf, auf eine gemeinsame Wohnung bestand vorläufig keine Aussicht. Max fuhr jeden Dienstag und Donnerstag zum Arbeitsamt, ließ seine Arbeitslosenkarte abstempeln, erhielt jede Woche zehn DM. Frauen und Männer standen in einer Schlange bis weit über den Hof, fragten nach Arbeit, schimpften auf das gerine Arbeitslosengeld. Zu Hause zeigte Gerda auf ihre kaputten Schuhe, er zuckte mit der Schulter, sein Geld reichte nicht. Elli ging hochschwanger, doch stets lustig durch Haus und Garten, sie stellte ihre Aussteuer zusammen, sollte nach der Geburt des Kindes eine kleine Wohnung im Dorf erhalten. Ihr Mann sprach von einem Motorradanhänger, tuschelte mit der Schwiegermutter, von Geld war die Rede. Ottek verschwand nach der Schule in die Wiesen und Felder, er suchte Wildenteneier, fing Hechte in den Gräben, sollte im nächsten Jahr zur Mittelschule gehen.

»Max, Max«, rief die Mutter und zeigte mit der Hand zur Zonengrenze ins Nachbardorf. Zollgrenzschutzleute wären neu angekommen, gingen Streife entlang der Zonengrenze, er sollte sich beim Arbeitsamt erkundigen, das wäre doch etwas für ihn. Max drehte sich ab. Arbeiten wollte er, doch wieder Soldat werden, ein Gewehr tragen, nein. Was sagten die alten Kameraden im Lazarett? »Uns haben sie verraten, verhauen, der Dank des Vaterlandes sei dir gewiß. Nie wieder Soldat, nie wieder eine Waffe anfassen.«

Als er nach den Gesichtsoperationen mit starken Schmerzen sich trockene Brotstücke in den Mund schob und Wasser trank, vor dem nächsten Eingriff zitterte, da schwor er mehrmals, niemals wieder zu den Soldaten zu gehen. Immer gegen Diktatur und Krieg eintreten. Von den Grenzschutzbeamten wußte er, einmal sah er eine Drei-Mann-Streife. Der Anführer trug eine Pistole am Koppel und ein Fernglas um den Hals. Seine Begleiter, jeder ein Gewehr über den Rükken. Sie hatten grüne Uniformen mit Schulterklappen. Wie

Infanteristen sahen sie aus. Abends saßen sie in der Gastwirtschaft und sangen Soldatenlieder. Als er kürzlich per Rad nach Hause fuhr, lag einer ihrer Führer betrunken im Straßengraben. Auf seinen Schulterklappen glänzten Sterne, er könnte Oberfeldwebel, vielleicht Spieß, bei der Wehrmacht gewesen sein. Nein, nein, nein, sich wieder anbrüllen lassen, ein Gewehr tragen wollte er nicht. Die Mutter setzte ihm immer wieder zu, er sollte endlich zu arbeiten anfangen.

In der Kate weinte das Kleinkind, sein Schwager machte abfällige Bemerkungen, die Schwester Gerda zog ein betrübtes Gesicht. Und Ottek war in den Wiesen und Feldern. Eine schwere, traurige Zeit. Max wußte nicht weiter. Frühmorgens fuhr er per Rad zum Arbeitsamt, wieder wies man ihn ab. Keine Arbeit, Geld gab es erst nächste Woche. Langsam trat er in die Pedale, trampelte aus der Stadt zur Jeetzel, sah in das rieselnde Wasser. Was nun, wohin, in der Tasche keinen Pfennig. Links ging es nach Hause, Max bog nach rechts ab, fuhr entlang der Jeetzel nach Norden. Er hielt, fuhr weiter, sah über die Felder und Wiesen, eine friedliche Landschaft lag vor ihm, die Bauern bei der Feldarbeit, ein Schäfer bei seiner Herde. Fuhrwerke, Radfahrer und einzelne Autos auf den Straßen.

Die Mittagssonne brannte, da stand er auf einem Hang, sah auf den breiten Fluß, die Elbe lag vor ihm. Er schob das Fahrrad ans Wasser, setzte sich neben einen Weidenbusch, verspürte Hunger. Seine Taschen waren leer, kein Brot, kein Geld, er pflückte Sauerampfer, kaute, spuckte wieder aus, hielt seinen Kopf in beide Hände gestützt. Was nun? Er schloß die Augen, arbeitslos, kein Geld, keine Kleidung, sah auf seine geflickte Soldatenhose, faltete die Hände. »Herrgott, warum kriege ich keine Arbeit? Herrgott im Himmel«, schrie er. »Keine Arbeit, kein Geld«, Tränen rannen über seine Wangen, laut heulte, schluchzte er. Max sah über die Elbe, am anderen Ufer lag die Ostzone. Sollte er in den Fluß gehen, seinem Leben ein Ende machen? Er zog seine Arbeitsschuhe aus, löste den Hosenriemen, sein Vater fiel ihm ein. »Junge, bleibe zu Hause, ich gehe zum Volkssturm«, summte es in seinen Ohren. Müde sank er ins Gras. »Junge, bleibe zu Hause, ich gehe zum Volkssturm, werde abhauen, auf das Fuhrwerk steigen und mit euch fliehen.« »Papa, Papa«, schallte es an der Elbe.

Max riß die Augen auf, ein Hund schupperte an seinen Füßen, ein älterer Mann stand vor ihm.

»Flüchtling?« fragte der Alte.

Max nickte.

»Ohne Arbeit, weißt nicht weiter, hast heute noch nichts gegessen«, er reichte ihm ein Paket Stullen und setzte sich zu ihm ins Gras. Max griff zu, aß, sah vom Hund auf den Fremden. »Wie nach dem Ersten Weltkrieg, damals kamen wir heim, keine Arbeit, kein Brot, wir klauten, um zu überleben. Eine bessere Zukunft versprach uns der Hitler. Nun ist das Dorf voll von Flüchtlingen, es dauert noch paar Jahre, dann gibt es genug zu tun.«

»Noch paar Jahre«, Max erschrak, noch länger warten, nein, er wollte arbeiten und Geld verdienen.

»Komm, fahre zu deiner Mutter zurück.« Max schob das Fahrrad, der Alte erzählte, er hörte zu. Am Dorfrand drückte er ihm die Hand. »Danke, danke«, flüsterte er, stieg auf sein Fahrrad und fuhr zur Jeetzel.

Langsam lenkte er das Rad über Wiesen und Felder, mied die Dörfer, rastete am Fluß, trank Wasser an einem Drainagerohr, aß die letzte, geschenkte Stulle, wollte erst in der Dämmerung bei der Kate sein, wie ein Hund durch die Hintertür schleichen, keiner sollte ihn sehen. Die Sonne versank hinter dem Waldesrand, da stand er an der Chaussee, wollte auf sein Rad steigen. »Max«, vernahm er, eine Frau stieg vom Fahrrad, reichte ihm die Hand. »Lisa«, er zog seine Jacke zurecht.

»So spät, wo kommst du her?« das Mädchen musterte seine gefärbte Soldatenuniform, sagte »Du« zu ihm.

»Ich, ich«, er stotterte.

Sie lächelte. »Hast du Ärger zu Hause, traust dich nicht heim, dann komme zu mir, die Mutter ist nicht da.«

Sie schoben ihre Räder, Lisa sprach darauf zu, sie kam aus der Kreisstadt von ihrer Freundin. Vor dem Dorf stiegen sie auf, sie griff an seinen Lenker, zog ihn weiter, als sie in die Nähe der Kate kamen. Sie traten zu, fuhren über die Chaussee ins nächste Dorf. Am Dorfrand im ersten Haus wohnte Lisa, sie schob sein Rad in den Schuppen, führte ihn durch den Keller ins Haus. Ein einfaches, kleines Häuschen, noch kleiner als die Kate von Ernst Pengel, stellte Max fest.

»Möchtest du einen Cognac?« Lisa stellte zwei Gläser auf den Tisch, sie prosteten sich zu. »Noch einen?«.

Sie schmiegte sich an ihn, saß auf seinem Schoß und küßte seinen Mund. »Lisa«, flüsterte er, hielt sie krampfhaft umschlungen, sein erster Kuß, die erste Frau in seinen Armen. Sie zog ihn in ihr Zimmer, die Kleider lagen auf den Dielen, Max bei ihr im Bett, sie küßte, streichelte und liebte ihn. »Lisa, Lisa«, er umschlang sie, als wollte er sie nie aus seinen Armen lassen. »Lisa, ich liebe dich. Lisa, meine Lisa«, flüsterte er.

Am frühen Morgen ließ sie ihn aus dem Haus, er stieg auf sein Fahrrad und trampelte zurück ins Dorf. Lisa, das war seine Lisa, er wollte sie heiraten und eine Familie gründen. Die Mutter öffnete die Tür, schimpfte, nannte ihn Herumtreiber.

Er warf sich auf den Strohsack und schlief. »Wo warst du?« fragten seine Schwestern und der Bruder.

Max schwieg, ging durch die Felder spazieren, dachte an seine Lisa, wollte sie wiedersehen. Wiedersehen, zu ihr gehen, er traute sich nicht, sie hatte nichts davon gesagt. Gelegentlich traf er sie, Lisa lächelte, winkte, fuhr weiter, war stets in Eile. Seine Schwestern erzählten, sie hätte einen Freund in der Kreisstadt, das wollte Max nicht glauben. Es war seine Lisa, er liebte sie.

Im Spätherbst stand er beim Arbeitsamt, der Sachbearbeiter bot ihm eine Arbeit an, der Zollgrenzschutz suchte wieder Leute. »Jawohl«, sagte er, füllte ein Formblatt aus, wurde zu einer Prüfung bestellt. Er saß mit anderen Arbeitslosen in einem Saal, löste Rechenaufgaben, schrieb ein Diktat, beantwortete einen Fragebogen. Noch vor Weihnachten erfuhr er, er habe die Prüfung bestanden.

Die Mutter war zufrieden, froh verlief das Weihnachtsfest, Elli sprach von einer kleinen Wohnung, Karl-Friedrich erwähnte, er bekäme eine neue Stellung als Waschmaschinenvertreter, wollte sich ein Auto kaufen. Heta kam in Begleitung ihres Bauernsohnes, eine Verlobung und Hochzeit standen bevor. Die Mutter sprach vom Lastenausgleich und einer Versorgungsrente für Gerda, bangte um ihren Mann, denn Ernst Pengel kränkelte.

Max wartete, wurde im März zu einer Zollschule an der

Ostsee einberufen. In seiner gefärbten Soldatenuniform meldete er sich in der ehemaligen Marinekaserne, mit mehreren Kollegen lag er auf einer Stube, wurde nochmals geprüft, eingekleidet, täglich für den Zonengrenzdienst ausgebildet, erhielt Unterricht nach der Reichsabgabenodnung. Von Branntweinmonopol, Verbrauchssteuern, Zollinland und Zollausland hörte er erstmals in seinem Leben.

Nach einigen Wochen konnte er seinen Einsatzort vorschlagen. Die Kollegen schmunzelten, als er die Wendlandgrenze nannte. Keiner von ihnen wollte an die Elbe, die meisten meldeten sich in die Kurorte Bad Harzburg und Braunlage, andere wollten an der Ostseegrenze bleiben. Der Beamte im Geschäftszimmer notierte, nannte seinen Einsatzort, Max kam in die Nähe seines Dorfes, freute sich, konnte per Rad nach Hause fahren, vielleicht auch seine Lisa besuchen. Er erhielt einen Gehaltsvorschuß, fuhr in grüner Uniform mit einem Seesack auf dem Rücken ins Wendland zurück.

In Lüchow wurden sie von einem Beamten der Mot-Staffel abgeholt und direkt in ein Dorf an der Grenze gefahren.

»Drei Neue!« rief der Kollege zum Postenführer. Ein älterer Zollsekretär stellte sich vor, begrüßte sie, führte Max und seine Kollegen in eine Gemeinschaftsunterkunft. In Betten übereinander wohnten zehn Mann auf einem ehemaligen Getreidespeicher. Zu Mittag aßen sie in einer Gastwirtschaft, ansonsten mußte jeder für seine Verpflegung selbst sorgen.

Sofort wurden die neuen Kollegen zum Dienst eingeteilt. Max trug ein englisches Gewehr mit Lochvisier auf seinem Rücken, marschierte als dritter Mann hinter der Doppelstreife, wurde mit dem Grenzverlauf bekanntgemacht. Sein Streifenführer trug eine Pistole am Koppel, vor der Brust ein Fernglas, erzählte von seinen Heldentaten im Kriege, er hatte das Abitur, war Offizier in der ehemaligen Wehrmacht gewesen.

Mit dem Postenführer duzte er sich, doch zu den anderen Vorgesetzten sagte er: »Jawohl, Herr zbV. Jawohl, Herr Inspektor« und stand stramm wie ein Soldat, legte die rechte Hand zackig an seine Mütze und meldete dem Zollgrenzkommissar: »Streife mit drei Mann im Grenzdienst, keine besonderen Vorkommnisse.«

»Zollgrenzdienstanwärter Kuchelka«, meldete sich Max, zog den Gewehrriemen an, reckte sich, war vor dem Beamten zbV, dem ehemaligen Spieß, gewarnt. »Ihr jungen Spunde tragt euer Gewehr wie eine Forke über dem Rücken. Euch fehlt eine militärische Grundausbildung«, fluchte der.

Der Gehilfe und der Zollgrenzkommissar grienten, auch sie waren für eine zackige Meldung, nahmen dabei Haltung an. Der unregelmäßige Tag- und Nachtdienst fiel Max schwer. Am Tage konnte er nicht schlafen, die Kollegen bewegten sich in der Unterkunft. Zum Nachtdienst zog er seinen grünen Wintermantel an, wickelte einen Schal um sein Gesicht. Kalte Frühjahrsnebel zogen aus den Wiesen und Sümpfen.

»Du bist der Jüngste bei uns, warst du noch im Kriege, oder bist du bei der Arbeit verunglückt?« fragten die Kollegen, starrten auf seine Gesichtsverletzung. »Mich holten sie vom Flüchtlingswagen. Ich mußte in den letzten Kriegsmonaten an der Oder kämpfen«, gab er zur Anwort.

Bald erhielt er das erste Monatsgehalt, kaufte sich auf Raten ein neues Fahrrad, fuhr an einem dienstfreien Tag zu seiner Mutter. Sie erschrak. »Junge, wie siehst du aus? Hast du nichts zum Essen?« stellte Brot und Butter auf den Tisch.

»Mama, das macht der unregelmäßige Tag- und Nachtdienst, immer nur fünf oder sechs Stunden, an manchem Tag muß ich zweimal zum Dienst und morgens wieder auf Streife.« Er brachte Gerda Schokolade und Kekse mit, schenkte Ottek fünf DM, wollte sich vom nächsten Gehalt einen Anzug kaufen. Nach Lisa erkundigte er sich, hörte, sie ginge viel aus.

Max erhielt monatlich sein kleines Gehalt, dazu Fahrradgeld, verrichtete bei Tag und Nacht, an Sonn- und Feiertagen Grenzdienst. Zwanzig Mann, mit Postenführer und Stellvertreter, gehörten zur Grenzaufsichtsstelle. Die Streifenwege waren im Dienstbuch vorgeschrieben, Dienstantritt und Dienstende mußte er durch Unterschrift vollziehen. Mal zu Fuß, mal per Rad bewegte er sich durch das Gelände, trug auf dem Rücken ein Gewehr, war immer zweiter oder dritter Mann, zum Streifenführer zu jung und unerfahren. Wenn sein Streifenführer Meldung machte, stand auch er stramm, meldete sich mit Zollgrenzdienstanwärter Kuchelka.

Er stand ein wenig abseits, wenn seine Kollegen die Grenzgänger kontrollierten, Handelsware beschlagnahmten, ihre Aufgriffe zählten. Waren es doch meist arme Leute, die über die Zonengrenze gingen, sackweise Majoran in den Westen schleppten, dafür Margarine und Heringe in die Ostzone zurückbrachten. Einige waren bekannt, kamen jede Woche, wurden als Schmuggler verzeichnet.

Auf der Brücke über dem kleinen Grenzfluß unterhielt sich sein Streifenführer mit der Volkspolizei. Die Kameraden der anderen Seite waren noch ärmer, fragten nach Verpflegung und Zigaretten. Öfters kam eine Russenstreife dazu. Vor deren Maschinenpistolen wich er zurück, hielt angemessenen Abstand, dachte an seinen Einsatz am Oderbrückenkopf. Vielleicht war einer von ihnen der Schütze, der im Hohlweg, als er verwundet am Boden lag, aus kürzester Entfernung auf seinen Kopf schoß.

Im Sommer fand er den Grenzdienst erträglich, ging sparsam mit seinem Gehalt um, bezahlte das Fahrrad, kaufte sich Schuhe und Bekleidung. In der kalten Jahreszeit trug er einen Kopfschützer um sein Gesicht, die Nasenplastik, seine vernarbten Lippen, Wangen und das zerschossene Ohr waren frostempfindlich. Bei strenger Kälte und hohem Schnee marschierte er hinter seinem Streifenführer, stand nach Mitternacht am Kontrollpunkt, suchte Schutz hinter Büschen und Bäumen, wich nicht vom Streifenweg, denn irgendein Vorgesetzter war stets auf Kontrollfahrt. »Hundewetter!« rief der Beamte zbV, nahm Uhrzeit und Kontrolle, fuhr mit seiner Beiwagenmaschine ins Dorf. Sechs Stunden bei grausiger Kälte auf Streife, täglich zu unregelmäßiger Zeit.

Die Gemeinschaftsunterkunft war mäßig geheizt, sein Gesicht glühte, die Nasenplastik war vom Frost gerötet, er war am Verzweifeln. Mehrmals wollte Max aufhören, dem Grenzkommissar sagen, er könne den Außendienst nicht ertragen. Doch wohin sollte er, wieder arbeitslos bei seiner Mutter in der Kate sitzen? Was hörte er von seinem Beamten zbV bei jeder passenden Gelegenheit? Wer den Dienst nicht nach Vorschrift versieht, keine Lust bei der Grenzüberwachung zeige, der könne jederzeit gehen, andere warteten bereits auf seine freie Planstelle.

Auf dem Schießstand ging es militärisch zu. Nächster Schütze, Zollgrenzschutzanwärter Kuchelka, meldete er sich, bekam Patronen ausgehändigt, zog den Karabiner an die Schulter und feuerte. Anschließend stand er stramm, meldete dem zbV sein Ergebnis. Mit dem Gewehr schoß er ganz gut, doch wenn er eine Pistole in den Händen hielt, zitterten seine Knie und Arme, die Pappkameraden traf er nicht. »Kuchelka, drei Runden um den Schießstand!« rief der Beamte zbV. Die Kameraden feixten, riefen »Kuchelka«, auch wenn ein anderer vorbeischoß. »Kuchelka! Kuchelka!« schallte es durch das Schießstandsgelände. Max lächelte verlegen, schwieg, fühlte sich von seinen Kollegen auf den Arm genommen.

In voller Uniform rannte er hinter seinen Kameraden her, der Dienstsport war nicht seine Stärke. Beim Üben von Polizeigriffen packte er zu, ließ sich nicht zu Boden werfen, kämpfte, zeigte seine Kräfte. »Steifer Bock«, bemerkte der Übungsleiter, sofort lästerten die Kollegen. »Kuchelka! Kuchelka!« klang es über den Sportplatz.

Der Kommissar schmunzelte, der Beamte zbV tuschelte mit dem Gehilfen. »Kein ehemaliger Soldat, war beim Volkssturm oder bei der Heimatflak. K 7, hat die Geschoß-Spitzen geölt. Kein Streifenführer, wird weiterhin einen Karabiner auf dem Rücken schleppen!«

»Kein Streifenführer!« hörte Max, hielt sich zurück, wollte nicht auffallen. Doch er merkte, mußte zu den schlechtesten Zeiten zum Dienst, oft für seine Kollegen einspringen, wenn sie erkrankten oder überraschend dienstfrei nahmen.

Wenn er mit seinen Kollegen zum Tanzen ging, saß er abseits, traute sich nicht, ein Mädchen aufzufordern, fühlte sich beobachtet, war gehemmt.

Max dachte an Lisa, er mochte sie. Lisa war sein erstes Mädchen, das er küßte, bei dem er bleiben durfte, Liebe erfahren hatte.

Die Stunden bei ihr vergaß er nicht, fuhr an seinen dienstfreien Tagen ins Dorf, wartete vor dem Haus, bis sie von der Arbeit heimkam. »Max, du, komm rein«, begrüßte sie ihn. Er durfte sich in der Küche setzen, fand keinen Kontakt zu ihrer Mutter, merkte, sie mochte ihn nicht. Lisa war immer in Eile, sprach von Arbeit, Sport, Tanzen, Vergnügen. »Du mußt an den Wochenenden zum Dienst, also gehe ich allein«, gab sie ihm zu verstehen. Verlegen verabschiedete er sich, blickte in ihre Augen. »Ich liebe dich, Lisa, ich mag dich«, wollte er sagen, sein Mund blieb stumm.

An seinen dienstfreien Tagen fuhr Max per Rad zur Mutter. Vor der Kate stand ein Auto. »Karl-Friedrich ist Vertreter für Waschmaschinen, das Geld für das Auto gab ihm die Mutter«, erzählte Gerda. Der Schwager führte ihm den Goggo vor. Max war begeistert, bewunderte das Auto.

»Max, Max«, die älteste Schwester zeigte auf ihren Rentenbescheid, hatte die erste Zahlung bereits erhalten.

»Aha, daher hat der Ottek ein neues Fahrrad.« Sein Bruder fuhr vor, mit dem neuen Rad, hatte prima Halbschuhe und einen neuen Anzug an. Max staunte.

Gerda zog ihn zur Seite. »Er hat es verdient, mich aus Salzwedel über die Zonengrenze geschleppt, die Mutter gibt das ganze Geld dem Karl-Friedrich, sogar von meiner Rente steckt sie ihm immer etwas zu.«

Max suchte seine Mutter, sie rannte über die Wiesen und durch den Garten, stöhnte über die schwere Arbeit, lobte ihren Schwiegersohn, der Vertreter sei und ein Auto besitze.

Ernst Pengel bewegte sich am Stock, in der Küche versorgte Elli ihren Sohn, im Wohnzimmer saß sein Schwager, tat, als ob die Kate ihm gehörte. Seine Mutter verstand er nicht mehr, nur noch zu Gerda und Otto zog es ihn hin. »Ich gehe zur Mittelschule, anschließend mache ich eine Verwaltungslehre, werde Beamter«, verkündete sein Bruder stolz. »Prima«, Max freute sich, Otto brachte gute Zeugnisse heim. »Auf Wiedersehen, Ernst, Mama, Gerda, Elli und Otto«, rief er, schwang sich auf sein Fahrrad und verschwand, seinen Schwager übersah er.

Gerda erhält Geld, Max überlegte, bat aufgrund seiner Kriegsverwundung um Zahlung einer Rente. Er mußte nach Hannover zur Untersuchung, wartete lange, hielt einen Bescheid in der Hand, eine kleine Versehrtenrente wurde ihm zugesprochen. Nun schloß er einen Bausparvertrag ab, wollte ihn später verkaufen, dafür ein Auto anschaffen.

Er besuchte seine Schwester Heta auf einem Bauernhof im Nachbardorf. »Wir heiraten im Herbst, du bist zur Hochzeit eingeladen!« erfuhr er.

»Du kommst, ein Mädchen besorgen wir dir«, lachte sein zukünftiger Schwager.

»Ein Mädchen, ich bringe die Lisa mit«, antwortete Max. Wieder stand er vor dem Haus und wartete auf sie. Sie nahm ihn mit hinein, er begrüßte ihre Mutter, lud Lisa als seine Tischdame zur Hochzeit ein. Sie kannte seine Schwester Heta, war sofort einverstanden. Ihre Mutter winkte sie ins Nebenzimmer. »Den Schussel willst du begleiten«, vernahm er, errötete, tat, als wenn er nichts gehört hätte. Lisa versprach, mitzukommen, hatte es wieder eilig, wollte abends per Rad in die Kreisstadt. »Prima, sie kommt mit«, freute er sich, wartete auf ein Wiedersehen bei Hetas Hochzeit.

Mit mehreren Kutschen fuhren sie ins Nachbardorf zur kirchlichen Trauung. Neben Max saß Lisa. »Ein hübsches Paar«, meinte die Schwester. Er im schwarzen Anzug, sie in einem langen Kleid. Abends tanzten sie in der Bauernstube. Karl-Friedrich schwebte von Dame zu Dame. Max hatte Schwierigkeiten, doch Lisa zeigte Geduld, führte, er tanzte mehrmals.

Nachts stiegen beide auf ihre Räder, er begleitete sie nach Hause. Vor der Haustür hielt er sie umschlungen, küßte ihren Mund. »Lisa, meine Lisa«, flüsterte er. Sie zog ihn um das Haus in den Holzschuppen. »Still, ruhig, die Mutter darf nichts hören«, mahnte sie. Wieder hielt er sie krampfhaft in seinen Armen, streichelte ihren Busen. »Lisa, meine Lisa.« »Komm«, sie lehnte sich auf einen Holzstapel, er wollte sie nehmen, lieben, die Aufregung war zu groß, ihr Körper zitterte, er streichelte ihre Wangen, sie lächelte. »Mit dir ist auch nichts los«, hörte er, dann war sie ins Haus verschwunden.

☆

Frühjahr, Sommer und Winter vergingen. Max war nun schon im dritten Jahr an der Grenze. Seine verheirateten Kollegen brachten ihre Frauen und Kinder in die Grenzdörfer, wohnten beengt, warteten auf größere Wohnungen. Die Ledigen gingen zu den Dorffesten, waren befreundet, manche verlobt mit Bauerntöchtern. An Heiraten, eine Wohnung besorgen, eine Familie gründen, dachte er, fühlte sich einsam, hatte keine Freundin, nur Lisa traf er ab und zu. Zu

Hause in der Kate regierte sein Schwager. Mutter bearbeitete den Acker um das Haus, half auf den Höfen, rannte auf das Gut und sammelte Kartoffeln. Flüchtlinge und Einheimische kannten sie, redeten von einer arbeitsamen Frau, manche nannten sie eine rackernde Masurin, die alles an sich raffte, nie genug bekam, inzwischen mehr besaß als zu Hause in ihrer kalten Heimat. Ernst Pengel versorgte die Kuh, paar Schweine und Hühner. Gerda bewegte sich in einem Rollstuhl, und Otto ging zur Mittelschule.

Max hielt es nicht lange in der Kate aus, stieg wieder auf sein Rad und fuhr zur Grenze in seine Gemeinschaftsunterkunft. Beim Streifengang hörte er die Kollegen über Wohnungen reden. Im Nachbardorf lief ein Bauvorhaben, im Herbst sollten die ersten Dienstwohnungen bezugsfertig sein. Nur Verheiratete, in erster Linie Trennungsentschädigungsempfänger könnten berücksichtigt werden. Bewerber sollten sich in eine Liste beim Kommissariat eintragen. »Ich bin verlobt, heirate demnächst, muß im Herbst eine Wohnung haben«, erzählte sein Streifenführer. Sogar Grenzstreifen aus dem Nachbarkommissariat erkundigten sich, Neubauwohnungen waren gefragt. Max überlegte, eine Dienstwohnung kriegen, eine eigene Familie gründen, er könnte die Gemeinschaftsunterkunft verlassen, brauchte nicht mehr zu seiner Mutter. Er hatte gespart, das Geld würde für Möbel und Wäsche reichen. Ja, eine Dienstwohnung wollte er haben. »Du mußt verheiratet sein, möglichst Kinder haben, sonst wirst du nicht berücksichtigt«, hörte er immer wieder.

Mitten in der Woche bekam Max seinen dienstfreien Tag, vormittags stieg er aufs Fahrrad, fuhr ziellos durch die Gegend. Zur Kreisstadt, zum Erlensee oder zur Mutter, unschlüssig trampelte er durch das Nachbardorf, sah im hohen Gras am Waldesrand ein Mädchen sitzen. Es winkte, er hielt, schob das Rad.

»Lisa, du?« rief Max überrascht. Sie reichte ihm die Hand, er setzte sich daneben. »Bist du nicht zur Arbeit, hast du Urlaub?«

Sie blickte zu Boden. »Arbeitslos, ich stemple, Mutter hat einen Freund, soll ich zu Hause sitzen und zusehen, was sie im Bett treiben?« Lisa zog ihren Rock über die Knie, sah hoch.

»Ich wurde entlassen, zum Bauern als Magd habe ich keine Lust, vielleicht gehe ich nach drüben, finde in Salzwedel was.«

»Lisa«, er streichelte ihre Hand, küßte den Mund. »Lisa, Lisa«, flüsterte Max, hielt sie in seinen Armen. Sie wehrte sich nicht, er küßte ihre Brüste.

»Max, vorsichtig, paß auf, nur kein Kind, paß auf, jetzt will ich kein Kind«, bat sie.

»Lisa, meine Lisa, ich liebe dich«, sie lagen umschlungen im hohen Gras. Wieder liebte er sie. »Lisa, meine Lisa«, Max küßte ihre Ohrläppchen, streckte ermattet seine Beine lang.

Sie schwieg, er dachte lange nach, begann leise zu reden. Man müßte heiraten, eine Wohnung bekommen, Kinder haben, eine richtige Familie sein. Er lag auf dem Rücken, seine Nase zeigte zu den Wolken, und er sprach weiter: »In unserem Nachbardorf werden Dienstwohnungen gebaut, in drei Monaten sind sie bezugsfertig. Einige sind noch frei, doch man muß verheiratet sein, dem Kommissariat eine Heiratsurkunde vorlegen.« Er drehte seinen Kopf zur Seite. »Verheiratet müßte man sein, könnte eine Dienstwohnung haben, eine Familie gründen.« Langsam sprach er vor sich hin.

Lisa stützte sich auf beide Hände. »Ist das dein Ernst, möchtest du heiraten?« fragte sie.

Er legte seinen Arm um ihre Schulter. »Ja, Lisa, ich möchte heiraten. Eine Familie, ein Haus haben.«

Lange lagen sie im Gras, redeten über ihre gemeinsame Zukunft, wollten sofort zur Kreisstadt fahren, Ringe kaufen, sich heimlich verloben. Dann zum Bürgermeister gehen, ihr Aufgebot beantragen, schnellstens standesamtlich heiraten, er die Urkunde beim Kommissariat abgeben und eine Wohnung beantragen. Gemeinsam fuhren sie zu ihrer Mutter. »Heiraten kannst du, aber nicht bei mir wohnen, wir haben keinen Platz«, die Mutter zeigte auf ihren Freund. »Mama, nur vorübergehend in meinem Zimmer, Max bekommt eine Dienstwohnung«, bat die Tochter. Am nächsten Tag kaufte er in der Kreisstadt zwei Ringe, in einer Konditorei bei Kaffee und Kuchen steckten sie sich die Verlobungsringe gegenseitig auf die Finger. Er drückte ihr einen Kuß auf die Lippen. Allein fuhr Max zu seiner Mutter in die Kate. »Du willst die

Lisa, die Herumtreiberin, heiraten, bist du bedammelt?« schimpfte sie. Er eilte fort, die Worte trafen ihn wie ein Schlag ins Kreuz.

Zusammen mit Lisa beantragte er das Aufgebot. Der Bürgermeister und Standesbeamte setzte den Trauungstermin fest. »Wir heiraten erst einmal nur standesamtlich. Max braucht dringend die Heiratsurkunde, später lassen wir uns kirchlich trauen«, erzählte Lisa ihrer Mutter.

Max tat verschwiegen, versteckte seine linke Hand mit dem Verlobungsring, keiner sollte es merken. Nur seinen beiden engsten Freunden vertraute er sich an, bat sie, Trauzeugen zu sein. Per Rad fuhren sie zum Standesamt, der Bürgermeister traute sie.

»Wir heiraten, bekommen bald eine Dienstwohnung«, verkündete Lisa stolz. Bei Kaffee und Kuchen saßen sie im Hause ihrer Mutter, sprachen von einer späteren Hochzeitsfeier nach der kirchlichen Trauung in ihrer Dienstwohnung. Die Nacht durfte Max bei seiner Frau schlafen, danach wohnte er weiter in der Gemeinschaftsunterkunft.

Mit seiner Heiratsurkunde in den Händen meldete er sich im Geschäftszimmer des Kommissariats.

»Die Lisa hast du geheiratet«, sagte der Schreiber, grinste, sah auf seinen Kollegen am Schreibtisch.

»Die Vopo-Lisa«, laut lachten beide durch das Geschäftszimmer. Er wurde in die Liste für Wohnungssuchende eingetragen.

Der Kollege vom Geschäftszimmer zog ihn am Ärmel. »Sei vorsichtig, vielleicht ist das Kind nicht von dir«, mahnte er.

Der Beamte zbV kam dazu. »Der Herr Kuchelka hat geheiratet, ich dachte, Sie wüßten gar nicht, daß es zweierlei Menschen gibt.« Er tuschelte mit dem Kollegen. »Er mußte wohl heiraten, hat einen angesetzt«, hörte Max sie flüstern. Bald sprach es sich im ganzen Kommissariatsbezirk herum, der Kuchelka mußte heiraten.

Eine Dienstwohnung wurde ihm zugewiesen, er wartete auf den Einzugstermin. Endlich konnte er seine Lisa ständig bei sich haben. Im Spätherbst zogen sie ein, eine Wohnküche, ein Schlafzimmer, ein kleines Kinderzimmer und Bad. Die ledigen Kollegen beneideten ihn. Das gemeinsame Geld reichte nicht. Im leeren Kinderzimmer stand als einziges

Möbelstück sein Gewehr in einer Ecke, auf dem Stuhl lagen Koppel und Pistole. Max freute sich auf ein glückliches Zuhause. Nun wurde er auch als Streifenführer eingeteilt, denn neue, jüngere Kollegen kamen zur Grenze.

☆

Der kalte Winter war um, der Frühling und Sommer vergingen, da wurde Lisa schwanger. Er freute sich auf das erste Kind, noch vor dem Weihnachtsfest wurde seine Tochter geboren. In der Wohnung hantierte seine Schwiegermutter, half Lisa, das Kind zu versorgen, er griff mit zu, war überall behilflich, doch zu seiner Schwiegermutter fand er keinen freundlichen Kontakt. Seine Tochter lag noch in der Wiege, da wurde Lisa wieder schwanger. Im Spätherbst gebar sie einen Jungen. »Nun ist genug, sage ihm Bescheid, keine weiteren Kinder«, gab die Schwiegermutter ihrer Tochter mürrisch zu verstehen.

Max war froh, als sie wieder nach Hause fuhr. Zwei kleine Kinder in der Wohnung, dazu unregelmäßigen Dienst, er magerte ab, war stets müde, so daß ihn der Beamte zbV ermahnte, er sollte sich einen Kringel Wurst um den Hals hängen, seinen Grenzdienst ordnungsgemäß verrichten.

Max ging seiner Frau zur Hand, half im Haushalt, schob den Kinderwagen oder trug seine Tochter auf der Schulter, wenn sie durch das Dorf spazierten. »Ein tüchtiger Familienvater«, lobten die Kollegenfrauen. Die Streifenkameraden grinsten, machten abfällige Bemerkungen über seine Frau, sprachen von der scharfen Lisa.

Ein unruhige Zeit mit Mißgunst, Zwietracht bis Haß begann im Kollegenkreis. Von Beurteilungen, Lehrgängen, Beförderungen und Aufstieg war die Rede. Ältere Kollegen kamen von Lehrgängen zurück, rühmten sich mit ihren Zensuren, hatten ihre Abschlußprüfungen mit Gut und Sehr gut bestanden. Die ersten Abwanderungen zur Bundeswehr und Bundeswehrverwaltung begannen. Kollegen, die bisher im Grenzdienst ein Gewehr trugen, kamen als Offiziere an den Wochenenden zu ihren Familien, gaben mit ihrem hohen Gehalt an, fuhren neue Personenwagen. Es war die Zeit des Wirtschaftswunders und des Aufbaus der Bundeswehr.

Nun war auch Max an der Reihe, den Vorbereitungslehrgang machte er mit Genügend, den Assistentenlehrgang mit Befriedigend, wurde zum Beamten auf Lebenszeit bestellt. »Genügend, befriedigend, du wirst nie befördert, kommst nicht in den Aufstieg, wir müssen von deinem kleinen Gehalt leben«, murrte seine Frau. Er zuckte mit der Schulter, dachte an seinen Lehrer Masuch in Steinfelde, er hatte in der Dorfschule zu wenig lernen können.

Einmal kam seine Schwiegermutter zu Besuch, zeigte auf die neuen Autos vor dem Haus, zog ihre Tochter in die Küche und schimpfte auf ihren Schwiegersohn. Breit ostpreußisch sprach sie seiner Mutter nach. »Maxek, Maxku, der Dammlak, der Masur aus der kalten Heimat. Lisa, du hast einen Schussel geheiratet«, vernahm er, ging mit gesenktem Haupt aus dem Haus.

An seinen dienstfreien Tagen half er auf den Bauernhöfen, im Frühjahr und Herbst machte er Zuckerrüben, hackte und rodete, verdiente Geld nebenbei. Für ein Auto sparte er, wollte sich später ein Haus bauen. Es gab Versetzungen und Abordnungen, einige Kollegen zogen um, neue wurden eingestellt, ein neuer Postenführer übernahm die Grenzaufsichtsstelle. Max wurde als Streifenführer eingeteilt. Dem Beamten zbV gefiel es nicht, Kuchelka, den Namen wollte er nicht hören.

Der Postenführer blieb stur. »Bei uns im Kommissariat in der GAST Eckertal war es so. Abwechselnd wurde jeder mal Streifenführer, keine Bevorzugung, bei mir wird jeder gleich behandelt.«

»Ja, ja, bei euch im Harz, auf Streife gehen durch Bad Harzburg, gemeinsam mit den Kurgästen mit der Schwebebahn in die Berge fahren. Im Winter sich an den Hängen bräunen, Skilaufen, das ganze Kommissariat sollte man in die Wendlandsümpfe versetzen«, schimpfte er.

Max mochte den Postenführer, der tolle Geschichten aus seiner Grenzdienstzeit im Harz erzählte. Durch eine Beförderung war er in das Wendland versetzt worden. »Ich brauche das Geld, sonst wäre ich in Eckertal geblieben«, gab er offen zu. »Scheißgegend, ein grausames Gelände, wie haben sie uns verhauen«, waren seine Bemerkungen bei jedem Streifengang.

Mehr Geld forderte Lisa. »Laß dich abordnen, wir bekommen Trennungsentschädigung«, schlug sie vor. Er zögerte, wollte seine Familie nicht allein lassen. Lisa sah aus dem Stubenfenster, gerade kam der zbV zur Grenzaufsichtsstelle, sie winkte, er grüßte freundlich, sie lachten und scherzten. Von mehr Geld, Trennungsentschädigung, sprach sie, er nickte, wollte die Sache in die Hand nehmen.

»Max, du mußt zum Kommissariat«, sagte der Postenführer, er stieg aufs Fahrrad, meldete sich im Geschäftszimmer. Der Kollege am Schreibtisch blickte zur Seite und griente. Der Gehilfe händigte ihm eine Abordnungsverfügung aus. »Sie sind dran, jeder muß mal auf anderen Dienststellen aushelfen. Kuchelka, machen Sie mir keine Sorgen, nicht auffallen, pünktlich zum Dienst erscheinen!«

»Ich bin abgeordnet, muß für ein halbes Jahr an den Grenzübergang in Helmstedt«, erzählte er seiner Frau. Lisa streichelte seine Wange. »Du kommst an den dienstfreien Tagen zu Besuch, erhältst Trennungsentschädigung, wir haben mehr Geld«, sofort packte sie seine Sachen

In einer Baracke direkt unter hohen Kiefern hatte Max ein Zimmer, verrichtete Schichtdienst am Grenzübergang, abwechselnd Früh-, Spät- und Nachtdienst. »Kuchelka, bist du versetzt oder abgeordnet?« fragten die Kollegen. Einige waren aus seinem Kommissariat, andere kannte er von den Lehrgängen. Er stand am Schlagbaum, zählte die Personenwagen, winkte einige zur Seite, sie wurden überprüft. Auf der Rampe fertigte er Lkw-Ladungen ab, zählte eingeführte Socken und Seidenstrümpfe aus der Ostzone, wurde stets einem älteren Beamten zugeteilt.

An seinen dienstfreien Tagen fuhr er per Anhalter nach Hause. Manchmal hatte er Glück, wurde mit dem Auto bis vor die Haustür gefahren. »Du bist schon wieder da, solltest besser das Fahrgeld sparen«, sagte Lisa. Seine Kinder riefen: »Papa, Papa«, warteten auf Bonbons und Schokolade. Wieder in Helmstedt, überlegte er, was hatte seine Frau? Mit den Kollegen lachte und scherzte sie, zu ihm verhielt sie sich abweisend, brachte das die Trennung mit sich?

☆

Seine Abordnung war abgelaufen, Max verrichtete wieder Grenzdienst. Er besuchte seine Mutter, hörte, daß Ernst Pengel verstorben war. »Schade, daß ich nichts davon gewußt habe, ich wäre zur Beerdigung gekommen«, gab er seinem Schwager zu verstehen. Karl-Friedrich tat, als wenn nun alles ihm gehörte. An der Straße wollte er ein Haus bauen.

Sein Bruder Otto hatte seine Ausbildungszeit beendet, war inzwischen Inspektor zur Anstellung. »Prima, Otto, du hast es geschafft«, freute sich Max. Gerda saß traurig im Rollstuhl, sie hatte Ärger mit ihrem Schwager. Die Mutter war ständig bei der Arbeit, versorgte Schweine, Hühner und Gänse, erzählte vom Hausbau. Probleme, überall Probleme, Max stieg auf sein Rad und eilte fort.

»Zollassistent Kuchelka auf Streife, keine besonderen Vorkommnisse«, meldete er seinem Vorgesetzten. Ein neuer Kommissar, ein junger Inspektor als Gehilfe, jüngere Kollegen wurden befördert und übernahmen als Postenführer die Grenzaufsichtsstelle. Einige gingen in den Aufstieg zum gehobenen Dienst, ältere wurden in den Innendienst versetzt, doch der Beamte zbV blieb.

Dienstsport, Max und seine Kollegen legten ihre Uniformen an einen Roßgartenzaun, spielten auf der Weide Faustball. Hoch flog der Ball über die Leine, die Kollegen amüsierten sich, er sollte Schlagmann spielen. »Die Kühe«, rief eine vorbeikommende Streife. Da sah er die Bescherung, seine Uniformjacke, auch die Hose eines Kollegen, waren zerfressen. »Kuchelka, wieder der Kuchelka, läßt sich von den Kühen die Dienstkleidung klauen«, motzte der Beamte zbV.

Und noch etwas geschah, was ihn in Schwierigkeiten brachte. Zum Nachmittagsdienst zog er seinen Lodenumhang über, vergaß das Koppel mit Pistole umzuschnallen. Sein Kollege machte ihn darauf aufmerksam. »Lisa, Lisa«, rief Max zum Fenster hoch, »wirf mir mein Koppel mit Pistole herunter.« Seine Frau ließ das Koppel aus dem ersten Stock fallen, er griff daneben, und schon krachte es. Ein Schuß löste sich, durchschlug seine Pistolentasche und prallte gegen die Hauswand. »Kuchelka, Sie müssen morgen früh zum Kommissariat«, befahl der Beamte zbV, »wie können Sie bloß Ihre Beretta durchgeladen und einfach ungesichert am Koppel tragen?«

Am nächsten Morgen saß Max im Geschäftszimmer, ein Protokoll sollte aufgenommen werden.

»Die Pistole war gesichert, ich verstehe nicht, warum sie losging«, beteuerte er.

»Kuchelka, na, klar, wieder der Kuchelka, die Dienstjacke von den Kühen zerfressen lassen, Koppel und Pistole zum Dienst vergessen, mit durchgeladener und nicht gesicherter Waffe herumlaufen. Herr Kommissar, den Mann versetzen«, tobte der Beamte zbV.

Max atmete auf, sein Postenführer stand im Geschäftszimmer, begrüßte den Kommissar, den Gehilfen, wandte sich an den zbV.

»Der Kuchelka ist schuldlos, die Beretta kann im gesicherten Zustand losgehen, das hat eine Untersuchung ergeben, bei uns in Bad Harzburg schoß sich ein Kollege dadurch in die Hand.«

Der zbV holte tief Luft, richtete sich hoch. »Bei euch in Bad Harzburg: Der Kommissar spielt Handball, der Gehilfe fährt mit der Schwebebahn zum Burgberg, der zbV ist im Kurkonzert, die Postenführer liegen am Butterberg auf der Bärenhaut, heben die Schnapsflasche in Richtung Grenze und das alles im Dienst«, rief er.

Die Kollegen im Geschäftszimmer lachten laut auf. Der Kommissar schüttelte den Kopf. »Lassen Sie den Postenführer erzählen«, fuhr er dazwischen.

»Es war beim Dienstsport, ein Handballspiel Bad Harzburg gegen das Kommissariat Schladen. Die Streifen aus Lochtum, Eckertal, Bettingerode und Taternbruch fuhren zum Sportplatz Waldhöhe. Die Schladener kamen mit zwei Kombis. Im Umkleideraum foppten die Kollegen aus dem Nachbarkommissariat ihre Gegner. Ulli und sein Bruder wollten unbedingt gewinnen. Gegenüber saßen der lange Heinz, der flinke Juppe, der Kurt aus Taternbruch, Bernhard der Katnesen Jodler, daneben stand Schorsch, nahm sein Koppel ab, wickelte den Riemen um die Pistole, steckte beides in eine Aktentasche, legte den gefalteten Regenumhang dazu, setzte sich und stellte die Aktentasche auf die Dielen. Plötzlich krachte es, die Aktentasche qualmte, Blut floß aus seiner Hand, dicht an seinem Kopf vorbei zischte das Geschoß in die Holzdecke. Günther von der MOT fuhr ihn ins Krankenhaus. Was tobte damals unser zbV. ›Nicht gesichert, Dienstvergehen, bestrafen, Mißachtung der Dienstanweisung!‹

Schosch, ein ehemaliger Infanterist, Nahkampfspangenträger, schlug zurück. Im Kriege auf Stoßtrupp ist er mit ungesicherter Pistole gegangen, aber nicht hier an der Grenze. Die Beretta wurde eingeschickt, die Untersuchung ergab, daß sie in gesichertem Zustand losgegangen war. Und warum? Weil an der Pistole herumgefeilt wurde.« Der Postenführer blickte vom Kommissar zu seinem zbV. »Unser zbV hatte sich danach bei Schorsch entschuldigt.«

Der Kommissar sprach mit seinem Gehilfen. »Erledigt, Kuchelka, Sie können gehen«, sagte er.

Max drückte seinem Postenführer zum Dank die Hand. »Nicht immer alles gefallen lassen, die Beretta wird sowieso bald abgeschafft, wir kriegen neue Pistolen«, erzählte sein Vorgesetzter.

Beim Spätdienst postierte Max an einer Straßenkreuzung, überraschend kamen zwei Fahrradstreifen dazu. »Kuchelka, wieder Kuchelka«, lästerte ein Kollege von der Nachbar-GAST. »Halt die Schnauze«, rief Max' Streifenführer. »Roter Hans, Sozi«, schallte es ihm entgegen, dann fuhren die Kollegen ab.

»Hau dem Postenjäger auf die Nase, das war der Liebling aller Vorgesetzten, hat eine gute Beurteilung, besondere Fähigkeiten, er trägt zu!« Sie marschierten nebeneinander, der Streifenführer erzählte: »Mein Vater war Sozialdemokrat, ich bin in der Gewerkschaft. Du«, er schlug Max auf die Schulter, »zbV Gehilfe und Kommissar sind im Beamtenbund, beim Hauptzollamt und der Oberfinanzdirektion spricht man nur vom Beamtenbund. Als Gewerkschaftler bin ich Außenseiter, als rot verschrien.« Schweigend ging Max Kuchelka neben seinem Kollegen. Beamtenbund, Gewerkschaft, noch war er nicht organisiert, hatte kein Geld für den monatlichen Beitrag.

Wieder wurde Max abgeordnet, diesmal kam er zur Güterabfertigungsstelle Vorsfelde. Im Schichtdienst kontrollierte er den Zugverkehr zur Ostzone, wohnte möbliert bei einem

Kollegen, an seinen dienstfreien Tagen fuhr er zur Familie. Lisa langweilte sich, die Kinder gingen zur Schule, sie wollte wieder arbeiten, bemühte sich um eine Stelle in der Kreisstadt. »Deine Kollegen wurden befördert, kriegen mehr Geld, fahren Autos und bauen Häuser, wir sind die Ärmsten«, meinte sie.

Wieder in Vorsfelde schrieb Max an seine Bausparkasse, verkaufte den ersten Bausparvertrag, kaufte sich dafür ein Auto. »Der Kuchelka mit einem neuen Wagen«, staunten die Kollegen. »Habt ihr in der Lotterie gewonnen?« fragten sie seine Frau.

Stolz sprach Max mit seiner Frau und den Kindern: »Wenn die beiden anderen Bausparverträge zugeteilt werden, bauen wir uns ein Haus.«

»Weißt du, was das kostet? Bauplatz, Architektengebühren, Baugenehmigung, Anliegerkosten, Maurer und Material.« Lisa arbeitete in einem Architektenbüro, es war die Zeit der Hochkonjunktur im Baugewerbe.

Max sparte, erkundigte sich nach Förderungsmitteln und Flüchtlingsdarlehen, rechnete, wollte bauen, Lisa und seiner Schwiegermutter zeigen, daß er tüchtig war. Diensteifrig ging er in Vorsfelde an die Arbeit, hoffte auf eine bessere Beurteilung.

Als seine Abordnungszeit um war, meldete er sich beim Kommissariat zurück. Im Geschäftszimmer saß eine Frau als Schreibkraft, die Kollegen waren versetzt, wurden für den gehobenen Dienst ausgebildet. Ein neuer junger Beamter zbV stellte sich vor. Max war erleichtert, der alte Kommißkopp war fort. Er faßte Mut, erkundigte sich beim Kommissar nach seiner Beförderng. »Kuchelka, es fehlen Planstellen. Um eine Stelle zum Sekretär bewerben sich zwanzig Mann.« Er zog einen Ordner aus seinem Schreibtisch. Laut las er vor: »Max Kuchelka zum Postenführer nicht geeignet. Mein Vorgänger, Ihr Postenführer, der zbV, haben das geschrieben.« Max blickte entsetzt zu Boden. »Nicht den Kopf hängen lassen, bald werden neue Beurteilungen gefertigt, vielleicht schickt mir Vorsfelde was Besseres über Sie«, sprach ihm der Kommissar Mut zu. »Zum Postenführer nicht geeignet, ich kann als Assistent in Pension gehen, das hat mir der zbV eingebrockt.« Er stieg in sein Auto und fuhr heim.

Im Grenzdienst murrten seine unzufriedenen Kollegen. Keine Planstellen, keine Aussicht auf Beförderng, stritten untereinander, sprachen von ungerechten Beurteilungen, meinten, es gäbe kein Leistungsprinzip an der Zonengrenze. Einige suchten sich Arbeit in der freien Wirtschaft, andere zogen mit ihren Familien an die Westgrenze, hofften dort auf eine bessere Zukunft. Max machte weiterhin Grenzdienst, für eine Ablösung in den Innendienst war er zu jung.

Tochter und Sohn gingen zur Realschule, Lisa war berufstätig, nun sollte das Haus gebaut werden. »Den Bauplatz kriegen wir umsonst, wir stellen das Haus auf das Grundstück meiner Mutter«, schlug Lisa vor. Max war einverstanden. Die Kinder freuten sich. Von dort wäre der Schulweg kürzer, sie würden direkt am Waldesrand wohnen. Die Finanzierung stand, Lisa veranlaßte das Erforderliche, der Hausbau ging zügig voran. Die Kollegen beobachteten die Baustelle. »Der Kuchelka baut sich eine Villa«, sprach man im Kommissariat. Einige redeten ganz offen, »seine Frau hat einen reichen Freund, der finanziert das Ganze«. Lisa war nicht schuldlos an dem Gerede. Sie ließ sich in einem Porsche heimfahren, kam an manchen Tagen erst nachts heim. »Wir haben viel zu tun«, redete sie sich raus.

Zum Frühjahr zogen sie in das Haus, die Kinder waren begeistert. Max zeigte ein mürrisches Gesicht, seine Schwiegermutter mischte sich ein, tat, als ob ihr das Haus gehöre, beeinflußte seine Kinder gegen ihn. Einmal faßte er Mut, sagte ihr die Meinung, sie sollte seine Familie in Ruhe lassen. »Mein Grundstück, Lisas Geld, der Ottek ist Inspektor, du wirst ein dammliger Masur bleiben, du Kanalpenner«, schimpfte sie ihn aus.

Er besuchte seine Mutter, direkt an der Straße stand ein Neubau, das Haus seines Schwagers. Abseits, zwischen Kiefern und Tannen, baute gerade sein Bruder. In der Kate hantierte die Mutter. »Komm, Max, setz dich, hast zu Hause keine Ruhe.« Sie tröstete ihren Sohn, kannte seine familiären Verhältnisse. Max erfuhr, daß Gerda wegzog, eine Behindertenwohnung in der Stadt erhalten hatte. Sein Schwager verkündete stolz, das ganze Pengel-Grundstück gehöre nur ihm. Enttäuscht ging Max zu seinem Bruder. »Ich wollte vor Gericht gehen, da erhielt ich diesen Bauplatz. Du, der Karl-

Friedrich hat der Mutter das ganze Grundstück abgeschwatzt«, erzählte er Max. »Du mußt klagen, der Pflichtanteil steht dir zu, du bist der Sohn«, schlug Otto vor. »Ich möchte meine Ruhe haben«, Max wandte sich ab und fuhr heim.

Im Dienst auf Einzelstreife dachte er täglich über seine Probleme nach. Eine Lösung, einen Ausweg fand er nicht. »Laß dich scheiden«, schlug sein bester Freund vor. »Die beiden Kinder, das Haus, ich habe jahrelang gespart. Nun soll ich meine Familie, meinen Besitz aufgeben?« Nein, das wollte er nicht.

Seine Kinder waren inzwischen groß geworden. Sein Jahrgang wurde in den Innendienst abgelöst. An die Grenzkontrollstelle Helmstedt wurde er versetzt, trat seinen Dienst an, erhielt Trennungsentschädigung, fuhr in seiner Freizeit nach Hause. Eine Wohnung wurde ihm zugewiesen, er bereitete seinen Umzug vor, doch Lisa weigerte sich, mitzugehen. »Ich verlasse nicht das Haus, habe in der Stadt eine feste Arbeit, du kannst ja umziehen«, gab sie ihm zu verstehen. Auch seine Kinder wollten im Wendland bleiben, wiesen auf ihre Lehrstellen, den Verwandten- und Bekanntenkreis hin. Er lehnte die Wohnung ab, bekam keine weitere Trennungsentschädigung, lebte von seinem Gehalt.

Max verrichtete gewissenhaft seinen Dienst, war bei den Kollegen beliebt, erhielt eine bessere Beurteilung. Dann stand er im Dienstzimmer des Leiters, erhielt eine Urkunde, wurde zum Sekretär befördert. »Regeln Sie Ihre familiäre Angelegenheit. Dauernd können Sie ohne Trennungsentschädigung nicht durchhalten«, empfahl der Vorgesetzte.

Er ging zu einem Anwalt. »Meine Frau hat einen Freund, was soll ich tun, mich scheiden lassen?« Der junge Jurist lächelte. »Wir haben ein neues Recht. Ein Freund ist kein Scheidungsgrund. Ehebruch nicht mehr strafbar.« Was nun? Max war ratlos. Lisa kam ihm immer rätselhafter vor. Mal war sie nett, lustig und freundlich, dann wieder abweisend und streitsüchtig. Von ihrer Mutter wurde sie beeinflußt. »Sekretär, was ist das schon?« Sogar der kleine Ottek habe Karriere gemacht, wäre Abteilungsleiter bei der Kreisverwaltung. »Dein Schussel bringt es zu nichts«, hetzte sie.

Der Vorgesetzte in Helmstedt hatte Verständnis, wollte

ihm behilflich sein, telefonierte mit dem Hauptzollamt, Max wurde nach Vorsfelde versetzt, erhielt wieder Trennungsgeld. »Kuchelka, Sie sind da«, sein Dienststellenleiter war informiert, verhielt sich neutral. Lange erhielt Max Trennungsentschädigung, dann mußte er sich entscheiden. Keine Wohnung, kein Geld, wieder lebte er von seinem Gehalt. Es wurden unruhige Jahre, zwischen Wohnung und Dienstort reiste er hin und her, fand seine Frau selten im Hause, die Tochter war zu ihrem Freund gezogen, nur der Sohn begrüßte seinen Vater.

Max fuhr zum Hauptzollamt, sprach mit dem Personalrat, bat um Hilfe. Vielleicht könnte man ihn an ein Zollamt in der Nähe seines Wohnsitzes versetzen. Der Vorsitzende wollte mit dem Personalsachbearbeiter Rücksprache halten. Die Freude war groß, als er seine Versetzung in den Händen hielt. Nun glaubte Max, die richtige Arbeitsstelle gefunden zu haben.

Er wurde in die neuen Aufgaben eingeführt, verrichtete Tagesdienst, hatte die Wochenenden frei. Früh fuhr er mit dem Auto zur Arbeit und abends in sein Haus zurück. Monatelang war er der Neue, wanderte durch die verschiedenen Sachgebiete, durchlief alle Abteilungen, die Kollegen zeigten Zurückhaltung, nur das Allernotwendigste erfuhr er, wunderte sich, bangten sie um ihre Posten? Einige schwiegen, ließen ihn arbeiten, legten die Unterlagen dem Vorgesetzten vor, wenn sie Bearbeitungsfehler entdeckten. Der Amtsleiter nahm die Dinge gelassen hin. Zollsekretär Kuchelka sollte sich einarbeiten. Max wurde mißtrauisch, glaubte, die Kollegen hätten etwas gegen ihn, wurde nervös, machte Rechenfehler, und wieder ging es von Zimmer zu Zimmer. »Der Kuchelka, den Mist verzapft der Sekretär Kuchelka.« Nun glaubte jeder der Kollegen, seine Vorgänge kontrollieren zu müssen, ihn zu bevormunden, dem Vorgesetzten zu zeigen, daß er besser sei.

Max war am Verzweifeln, plötzlich pochte sein Herz unregelmäßg, er rang nach Luft, stürzte beim Treppensteigen, mußte einen Arzt aufsuchen. Für eine längere Zeit wurde er krankgeschrieben, ging an der Jeetzel spazieren, sollte jede Aufregung vermeiden. »Organisch sind Sie gesund«, sagte der Arzt nach vielen Untersuchungen, »doch Ihr Nervensystem ist gestört, durcheinander geraten. Haben sie Ärger in der Familie oder im Beruf?« »Beides«, antwortete er offen, der Arzt schrieb ihn weiterhin krank. Nach vielen Monaten meldete er sich wieder gesund beim Zollamt.

»Luftveränderung wird Ihnen guttun«, sagte der Amtsleiter, »Sie werden in den Westen, nach Duisburg in den Hafen versetzt.« Wieder fuhr er zum Hauptzollamt, erkundigte sich beim Personalsachbearbeiter und Personalrat, wies auf seine Familie und das Haus hin, wollte in Wendland bleiben. »Sie können weiterhin freiwillig Grenzdienst verrichten«, schlug man ihm vor, er überlegte, unterschrieb, meldete sich bei seinem Kommissariat und tat wieder Dienst an der Grenze. Die Aufgaben eines Postenführers wurden ihm übertragen, nun waren es noch knapp zwei Jahre, dann ging er in Pension.

»Max«, Sarah war aufgestanden und schritt durch das Zimmer. »Du hast geheiratet, um eine Wohnung zu bekommen, eine Frau für das ganze Leben genommen, die du wenig kanntest, sie liebt einen anderen, du läßt dich nicht scheiden, weil dein Haus verkauft werden müßte, im Beruf schoben sie dich hin und her. Max, hast du nie zurückgeschlagen, dich einmal im Leben durchgesetzt? Wie damals dein Vater in Steinfelde! Jawohl, Herr Ortsbauernführer, wird sofort erledigt, Herr Bürgermeister. Jawohl, ich muß zum Volkssturm! Er starb, die Parteigenossen überlebten.«

Max zeigte Sarah das Wendland, sie wanderten durch die Rundlingsdörfer, fuhren in die Kreisstadt, besuchten die Kleinstädte an der Elbe. Er brachte sie in das Dorf an der Grenze. Hier lag seine Arbeitsstelle, noch ein paar Tage Urlaub, dann zog er wieder seine Uniform an.

Nachdenklich saß sie im Auto neben ihm, als er über Feldwege und schmale Asphaltstraßen entlang der Grenze fuhr. Wiesen, Weiden, Äcker und Sümpfe, dahinter die Grenze mit dem hohen Stahlgitterzaun, auf der Brücke über dem schmalen Grenzfluß stiegen sie aus, standen direkt vor dem Sperrzaun, blickten auf den gepflügten Kontrollstreifen, auf die Alarmzäune und einen Beobachtungsturm im Vorgelände. Sarah fand keine Worte. Mitten in Deutschland Zäune, Sperren, Beobachtungstürme, eine bewachte Grenze. Von der Berliner Mauer wurde in Amerika berichtet, vom Grenzzaun von Nord bis Süd sprach keiner. »Kriegsfolgen«, flüsterte sie, hielt beide Hände vor ihre Augen, als wolle sie die grausame Wirklichkeit nicht wahrhaben.

Weiter steuerte er den Wagen der Grenze entlang, ein Kombi stellte sich ihnen in den Weg. Uniformierte gaben das Haltesignal, mit umgehängten Funkgeräten, Pistolen unter den Anoraks begrüßten die Zöllner ihren Kollegen. Er machte sie mit Sarah bekannt. »Eine Deutsch-Amerikanerin«, sie reichten ihr ein Fernglas, wiesen über den Grenzzaun, sie sollte in das DDR-Gebiet blicken. »Deutschland, Großdeutschland«, murmelte Sarah, preßte ihre Lippen zusammen und schwieg. »Großdeutschland«, der junge Streifenführer zog seine Stirn in Falten. »Hier, die Bundesrepublik, drüben die DDR«, er hob seine Hand gen Osten, »drüben liegt meine Heimat, mein Elternhaus.«

Sie fuhren ins Inland, kamen nach Gorleben. Ein hoher Zaun umgab das Werksgelände. An einer Brücke Atomgegnerplakate, auf einem Pfeiler das Zeichen der RAF, daneben weit sichtbar das Hakenkreuz. In Großbuchstaben: »Wir sind wieder da!«

»Wir sind wieder da«, wiederholte Sarah, wies auf das Hakenkreuz.

»Ein paar irregeführte junge Leute, Sarah, wir sind eine Demokratie, hier macht jeder was er will, die Schmierereien nehmen kein Ende. Sarah, es sind einige, ganz wenige, nur ein paar«, Max sah in ihre dunklen Augen. Ihre Hände zitterten.

Er trat auf das Gaspedal, weg, fort, steuerte den Wagen zurück zur Bundesstraße, fuhr durch die Kreisstadt, raste in die Kurstadt an der Elbe. »Sarah, ein Erholungsgebiet, eine Kurstadt, direkt an der Elbe.« Ihre Gesichtszüge lockerten sich, sie lächelte. »Sonnenschein wie im Dorf am Himmel, ein sonniger Spätherbsttag an der Elbe.« »Ein selten schöner Tag«, antwortete Max.

Sie fuhren auf der Elbuferstraße, er lenkte den Wagen auf einen Parkplatz. Sie setzten sich auf die Bank am Hang, vor ihnen Wiesen und Weiden, im Tal das Wasser der Elbe. Jenseits auf den Wiesen weidete eine riesige Kuhherde. Kein Hirte, kein Bauer, keine Landarbeiter auf den Feldern. Max hob sein Fernglas. »Sarah, dort auf dem Deich, das ist der Grenzzaun mit dem Beobachtungsturm, dahinter siehst du das Land der DDR.« Er drehte den Kopf westwärts. »Und hier die Bundesrepublik, das Wendland, meine neue Heimat. Du«, er faßte ihre Hände, »ich mag das Wendland mit den Wäldern, Wiesen, Weiden und Feldern. Erinnert mich immer wieder an meine Heimat Steinfelde.« Er legte seinen Arm um ihre Schulter. »Sarah, hast du nach dem Kriege eine neue Heimat gefunden?«

Sie hob ihren Kopf, blickte über die Elbe, ostwärts richteten sich ihre Augen. »Berlin war und ist meine Heimat. Max, dort bin ich aufgewachsen, meine Eltern, Großeltern und Verwandten waren Berliner. Max, der grausame Krieg vernichtete meine Familie, meine Verwandten und mein Elternhaus.« Sie wischte über ihre feuchten Augen.

»Ich muß fort, weg, ich fliege zurück! Mein Leben nach

dem Kriege war voller Unruhe, Hetze und Rastlosigkeit. Eine neue Heimat blieb mir versagt. Mama Auguste fand ich nicht in Bergfriede, Berlin war ein Schutthaufen, wir reisten nach Holland zurück, die Suche nach meinen Eltern und Verwandten begann. Für mich eine Zeit voller Bangen und Hoffen, meine Tante aus Amerika meldete sich, reiste im Frühjahr zu mir, gemeinsam fuhren wir von Amsterdam nach Paris und Wien, nochmals kamen wir nach Berlin, forschten nach dem Leidensweg meiner Eltern.

Meine Tante opferte ihr letztes Geld, wir reisten nach Polen, suchten in Auschwitz, Max, ich kann den Namen nicht mehr hören. Irgendwo erfuhren wir die Wahrheit, meine Eltern wurden umgebracht. Den letzten Brief von Tante Martha habe ich nicht vergessen. ›Verlasse das Land, fliehe weit weg über das Wasser.‹

Meine Tante nahm mich mit nach Amerika, ich ging zur Schule, wurde beschützt, versorgt, verwöhnt, sollte die Kriegserlebnisse vergessen. Wir fanden weitläufige Verwandte, sie redeten von Naziverbrechen, ich traute mich nicht, von Mama Auguste zu erzählen.

Das Land der Kriegsverbrecher, Nazis, wollte keiner betreten. In den Jahren bei meiner Tante dachte ich öfters an Masuren. Auguste Kuchelka aus Steinfelde, Kreis Johannisburg, vergaß ich nicht.

Durch meine Verwandten lernte ich einen ehemaligen Offizier kennen, wir heirateten, verlebten ein ruhiges Jahr voller Glück und Zufriedenheit. Mein Mann war älter als ich, war einer der ersten Offiziere, die nach Bergen-Belsen einmarschierten. Was er da sah, erlebte, darüber schwieg er. Doch gemeinsam mit seinen ehemaligen Kameraden schwor er, die Naziverbrecher sollten bestraft werden. Zuerst nahm er mich mit, wir reisten nach England, Holland, Belgien und Frankreich, wohnten in Österreich, kamen nach Amerika zurück. Später flog er mit seinen Kameraden um die Welt, ließ mich allein, die Staaten Südamerikas waren sein Ziel. Abgehetzt kam er heim, brauchte lange Zeit, sich zu erholen, und raste wieder los. Rastlos, voller Ruhelosigkeit wartete ich auf ihn, schweigend stand er wieder vor mir, ich war am Verzweifeln, unsere Ehe schien zu zerbrechen.

Ich sprach von Deutschland, meiner Heimat Berlin,

erzählte von guten Menschen in Masuren, nannte Mama Auguste. Er erwähnte Polen, von Deutschland, ob BRD oder DDR, sprach er nicht. Unsere Zeitungen berichteten vom Wirtschaftswunder in der Bundesrepublik, vom zunehmenden Wohlstand in Westeuropa, lobten die arbeitsamen Deutschen, die aus Trümmern ein neues Land schufen. Ich bat und bettelte, wollte nach Berlin, von dort aus Masuren besuchen. Mein Mann breitete eine Landkarte aus, nannte polnische Städte und Landschaften, wir flogen bis Amsterdam, reisten mit einem Schiff nach Danzig, mit einem Bus weiter nach Allenstein in unser vorgebuchtes Hotel.

Bundesrepublik, DDR und Berlin waren für meinen Mann kein Thema. In Allenstein stritten wir furchtbar, er wollte nach Warschau und Auschwitz, ich nach Masuren, das Dorf Steinfelde besuchen, vielleicht war Mama Auguste zurückgekehrt. Wir trennten uns, mein Mann fuhr nach Auschwitz, ich blieb in Allenstein, ein befreundetes Ehepaar war bei mir.

Ich erkundigte mich im Reisebüro. Steinfelde, das Dorf war unbekannt. Dein Großvater fiel mir ein, was erzählte er mir am grünen Grund: ›Osranken, so hieß früher unser Dorf.‹ Wir mieteten uns ein Taxi, der Fahrer suchte in seiner Straßenkarte, plötzlich hörte ich Monethi und Osranki. Ich atmete auf, hinter Monethen lag Osranken, mein Steinfelde, dahin wollte ich. Wieder gab es Schwierigkeiten, bis Monethi wollte er fahren, nach Osranki wäre der Weg gesperrt, dort begann ein Truppenübungsplatz. Ich zahlte in Dollar, drückte ihm eine Packung Zigaretten in die Hand, die Taxe rollte über Chausseen und Landstraßen, durch kleine Städte und einsame Dörfer. Monethi las ich am Ortsrand, mein Herz pochte, als wir durch das Dorf fuhren, das Taxi Richtung Osranki brummte. Auf der Anhöhe, direkt über den Eisenbahnschienen, hielt der Fahrer, zeigte auf ein Warnschild, hier begann das Sperrgebiet.

Wir standen auf dem Kiesberg, rechts die alten, hohen Erlenbäume, links, bis weit ins Tal ehemalige Felder und Wiesen mit Erlen und Kiefern zugewachsen, dahinter der grüne Grund. Fremd kam mir die Gegend vor, ich zeigte auf die Baumreihe entlang der Chaussee, suchte im Hintergrund die Dächer von Steinfelde. Nichts, nur Erlen und Kiefern vor meinen Augen. Ich sprach mit dem Ehepaar, versuchte in

Englisch, Polnisch und Deutsch dem Taxifahrer zu erklären, hier habe ich im letzten Weltkrieg gewohnt, dort unten im Dorf versteckte mich Mama Auguste.

Der Kraftfahrer schüttelte seinen Kopf, machte eine nichtssagende Handbewegung, als wenn ich die damaligen Kriegsereignisse vergessen sollte. Ich stand auf den Schienen, am Straßenrand das Taxi mit Fahrer, daneben das Ehepaar, ich ging einige Schritte zur Seite, setze mich auf einen Chausseestein, bedeckte mein Gesicht mit beiden Händen und schloß die Augen.

☆

Aus Brennen wurden wir mit einem Pferdefuhrwerk abgeholt, neben mir saß Tante Martha. ›Ducke dich, wir kommen gleich ins Dorf‹, sagte eine fremde Frau. Eine arme Bauernfamilie, kein Licht, kein Wasser, zwei Waschschüsseln für Kinder, Eltern und den Großvater. ›Klara‹, riefen sie mich, ›versteck dich, schleiche hinter die Scheune, ducke dich‹, vernahm ich von allen Seiten. Der älteste Sohn in Waffen-SS-Uniform, die Tochter Reichsarbeitsdienstführerin. ›Ist das Mädchen arischer Abstammung?‹ fragte sie. Lehrer Masuch, der Schulrat, wieder mußte ich mich ducken, verstecken, kam zur Försterei und wieder zurück nach Steinfelde.

›Mama Auguste‹, sagte ich nun zu der fremden Frau. Aus einem Roggenfeld am Kiefernhang beobachtete ich die Chaussee, uniformierte Mädchen und Jungen fuhren per Rad zum Dienst, der Polizist kam ins Dorf, schwarzgekleidete Bäuerinnen fuhren auf die Felder. Soldatenfahrzeuge sausten über die Chaussee. Der Opa brachte mich in ein Versteck am grünen Grund. Ich blickte über die Wiesen und Felder. Hier auf den Schienen rollten Personen- und Güterzüge. Wir badeten im warmen Wasser des Roweks. Es war der letzte Sommer vor der Flucht.

☆

Meine Hände glitten herunter, grell schien die Sonne, die gleiche wie damals am Kiefernberg und grünen Grund. Ich erhob mich und schritt zum Taxi, der Motor brummte, wir kamen nach Monethen. Der Fahrer erkundigte sich bei den Dorfbewohnern, erfuhr, in den ersten Jahren nach Kriegsende wurde Osranki zum Sperrgebiet. Still saß ich im Taxi und schaute auf die Landschaft. Steinfelde, das Dorf am Rande der Johannisburger Heide, gab es nicht mehr.

Zurück nach Allenstein steuerte der Fahrer, meine Bekannten fragten, erwarteten Antworten, ich schwieg, war in Gedanken bei Mama Auguste, traute mich nicht, ihnen die Wahrheit zu sagen, wollte die Frau weiterhin suchen.

Mein Mann redete nur von Auschwitz, übersah Land und Leute. Ich war froh, als wir die Rückreise antraten. Mit dem Bus bis Danzig, mit dem Schiff bis Amsterdam, weiter mit einem Flugzeug nach Amerika. Wieder ließ er mich allein, diesmal wollten seine Leute erfolgreich zuschlagen, das brauchte viel Zeit, und mein Mann nahm sie sich.

Ich erzählte meiner Freundin über die Kriegsjahre in Ostpreußen, berichtete ihr meine gesamten Erlebnisse, wollte Frau Kuchelka in der Bundesrepublik suchen lassen. Fernsehen und Zeitschriften berichteten über Landsmannschaften und Heimatorganisationen, doch mein Mann durfte es nie erfahren. Ich bat um Zustimmung, unter ihrer Anschrift an die Landsmannschaft Ostpreußen nach Bonn zu schreiben. Sie weigerte sich, erst nach Jahren war sie einverstanden. Ich schrieb, wartete, erhielt Antwort, Frau Auguste Kuchelka war nicht registriert.

Mein Mann erfuhr davon, es gab Ärger und Streit. Max, obwohl so viele Jahre vergangen waren, er konnte die Geschehnisse des letzten Krieges nicht vergessen, und er wollte es nicht. Gerechtigkeit, Strafe für begangene Verbrechen, dafür opferte er sich, das war sein Leben. Manchmal glaubte ich, er wollte Rache und Vergeltung, doch nein, nein, nein, er war gutmütig, solche Worte hörte ich nicht. Ich war am Verzweifeln, war das eine Ehe? Ich suchte Abwechslung, reiste durch Amerika, war allein.

Müde, verbraucht, von Krankheit gezeichnet, kam er von einer Reise zurück. ›Wir haben es geschafft, wir haben ihn‹, ein zufriedenes Lächeln zog über seine Mundwinkel. Er sah zu mir hoch, sackte zu Boden. Ich schrie um Hilfe, weinte, der Arzt kam, es war zu spät, mein Mann verstarb.« Sarah unterbrach, sah über die Elbe, blickte zum Himmel.

»Max, ich ordnete seinen Nachlaß, stellte fest, daß wir arm waren, er opferte sein ganzes Vermögen, hatte es auf seinen Reisen verbraucht. Bekannte und Verwandte halfen mir, noch mal von vorn anzufangen. Ich sollte vergessen, entspannen, irgendwo Urlaub machen. Sie boten mir eine Kur in der Bundesrepublik Deutschland an, ich sagte sofort zu, wir flogen nach Frankfurt, reisten in den Schwarzwald weiter, so kam ich nach Höchenschwand. Höchenschwand«, sie griff seinen Arm, »und du warst zur gleichen Zeit im *Tannenhof*.«

Sie wanderten durch den Wald an der Elbuferstraße. »Max, warst du nie wieder in deiner Heimat Masuren, hast du Steinfelde nach dem Kriege nicht gesehen? Mama wollte doch in ihre Heimat zurück, was geschah nach der Flucht, wo sind die Dorfbewohner geblieben?«

»Sarah, du kennst mein Leben, ich mußte all die Jahre arbeiten, für Frau und Kinder sorgen, hatte keine Zeit und kein Geld für Reisen. Mutter erfuhr von Aussiedlern, daß Steinfelde zu einem Truppenübungsplatz wurde, die letzten Bewohner fliehen mußten, die Häuser in Trümmern versanken, die Felder und Weiden sich zu Waldgebieten verwandelten. In den ersten Nachkriegsjahren sprach Mutter täglich von ihrer Heimat. Später bearbeitete sie das Land von Ernst Pengel, bekam Geld in die Hände, es ging ihr besser als in Steinfelde. Das Dorf an der Jeetzel wurde ihre neue Heimat.

Elli und mein Schwager Karl-Friedrich machten eine Urlaubsfahrt per Auto durch Masuren, wohnten bei einer Familie in Neuendorf, Kreis Lyck. Mit ihrem Auto kamen sie nur bis Monethen, weiter durften sie nicht, versuchten, von Lyck über Mostolten nach Steinfelde zu kommen, doch ein Dorf davor, in Kotten, war Endstation. Sie liehen sich in Neuendorf Fahrräder, zahlten Geld an einen polnischen Bauernsohn, er begleitete sie per Rad über Baitenberg, entlang der Eisenbahnlinie, über den Feldweg am ehemaligen Steinwerk vorbei, nach Steinfelde.

Du, sie entdeckten nur Häuserreste, Schutt und Trümmer, von Unkraut und Dornen umgeben, nur das Steinpflaster der Dorfstraße und Löcher vom ehemaligen Brunnen erinnerten daran, daß hier mal Menschen wohnten. Unseren Hof, mit Haus, Stall und Scheune fanden sie nicht, nur das Birkenwäldchen gegenüber in den Sümpfen erkannten sie. Elli suchte am Dorfausgang nach Kotten den ehemaligen Friedhof. Die Grabsteine waren fort, die Gräber verfallen. Die Grabstelle ihrer Großeltern fand sie nicht, fuhr nochmals über das Steinpflaster in Richtung Monethen, wollte zum grünen Grund sehen, Erlen- und Birkenwälder versperrten ihr die Sicht. Enttäuscht über die grausame Wildnis stiegen Elli und Karl-Friedrich auf ihre Räder und flüchteten in Richtung Baitenberg. Der Pole war vorher abgehauen, sprach von Gespenstern, bösen Geistern, vom Teufel in Osranki. Soldaten übten seit Kriegsende in den Häusern und Ruinen, im Winter heulten Wölfe, auf dem Friedhof am Stawek schwebten weiße Gestalten über das Eis.«

Sarah hielt krampfhaft seinen Arm und lauschte.

»Wieder im Wendland, gaben Elli und Karl-Friedrich ihre Erlebnisse weiter. Mutter wollte davon nichts hören, lehnte eine Fahrt nach Masuren strikt ab. Sie war in ihrer Kate im Dorf an der Jeetzel zufrieden.«

Sarah und Max wanderten zur Elbe. Er erzählte von den Bewohnern aus Steinfelde.

»Die meisten Bauernsöhne fielen in Rußland, auf der Flucht wurden einige Fuhrwerke von den russischen Truppen überrollt, Frauen mit Kindern und alte Männer kehrten ins Dorf zurück, erlebten grausame Zeiten. Zuerst unter den Russen, dann den polnischen Neusiedlern. Banditen zogen durch die Gegend, plünderten, raubten den Frauen ihre letzte Habe, und schossen auf die Wehrlosen. Sarah, du kanntest doch die beiden alten Jablonskis, sie wohnten an der Straße zur Johannisburger Heide, dicht am Kanal.«

Sie stand vor ihm. »Bei Oma und Opa Jablonski habe ich mich versteckt. Was passierte, was ist mit ihnen geschehen?«

»Die Jablonskis fuhren mit ihrem Einspännerwagen dem Treck hinterher. Als sie keine braune Uniformen mehr sahen, machten sie kehrt, das Fuhrwerk rollte auf dem gleichen Weg nach Steinfelde zurück. In der Dämmerung kamen sie ins leere Dorf, nur die alte Frau Sawatzki, versteckt in einem Wrukenkeller, sah den Wagen über das Steinpflaster klappern. Vor ihrem Haus stiegen sie vom Fuhrwerk, öffneten das Tor, wollten auf den Hof. Zur gleichen Zeit marschierte eine russische Nachschubkolonne über den Kanal, ein paar Soldaten umstellten das Fuhrwerk, warfen das Gepäck in den Schnee, suchten nach Wertgegenständen. Die beiden Jablonskis stellten sich davor. ›Wir sind arm, laßt uns die Sachen, haut ab‹, schimpfte der Alte. Eine Maschinenpistole ratterte, beide fielen tot in den Schnee.«

Sarah hielt eine Hand vor ihr Gesicht. »O je, o je, die netten, immer hilfsbereiten, alten Jablonskis.«

»Die zurückgekehrten Deutschen mußten unter den Polen schwer arbeiten, wurden später nach Brennen verfrachtet, arbeiteten dort auf einem Sägewerk. Die Älteren blieben, verstarben, wurden in ihrer Heimat begraben. Die Jüngeren kamen in die DDR oder Bundesrepublik, einige wanderten nach Übersee aus, leben nun verstreut in aller Welt.«

Sie standen auf dem Parkplatz an der Elbuferstraße, richteten ihre Augen weit über die Elbe. Dort fern im Osten, am Rande der Johannisburger Heide, lag Steinfelde, das Dorf in Masuren. Es war seine Heimat, er dachte an die Jahre seiner Kindheit, wie einfach, richtig arm war sein Leben. Später trug er eine braune Uniform, hob die Hand zum Gruß, der Krieg begann, sie mußten fliehen, die Heimat verlassen.

Sie dachte an die Jahre bei Mama Auguste. »Verstecke dich, duck dich«, dröhnte es in Sarahs Ohren.

Sarahs letzter Tag im Wendland. Max holte sie ab, sie fuhren auf den Bauernhof zu seiner Schwester Heta. Laut und fröhlich nahmen sie Abschied. »Grüße Amerika«, rief ihr Heta nach, als sie den Hof verließ. Zu Ottos Villa lenkte Max seinen Wagen. Klara war überrascht. Dem kleinen Ottek ging es gut. Sie sah Vermögen und Wohlstand in seinem Haus. Elli führte sie nochmals um das Haus, zeigte auf die abseits gelegene Kate. »Hier fand Mutter ein neues Zuhause, das Dorf an der Jeetzel wurde ihr zur Heimat.« Karl-Friedrich war nicht zu sehen, als sich die beiden Frauen umarmten, Tränen aus den Augen wischten. »Komm bald wieder«, sagte Elli zum Abschied.

Sie warteten im Pflegeheim. »Sarah«, rief Gerda und streckte ihr beide Hände entgegen. Ein junger Mann schob den Rollstuhl auf die Terrasse, Sarah bückte sich hinunter, hielt Gerda umschlungen. »Gute Besserung, bleibe gesund, ich muß über den Ozean«, verabschiedete sie sich.

»Zur Gärtnerei, dann zum Friedhof«, flüsterte Sarah, als sie neben Max im Auto saß. Er antwortete nicht, seine Hände umfaßten das Lenkrad, er trat auf das Gaspedal, hielt vor riesigen Gewächshäusern. Mit einem Rosenstrauß in den Händen stieg sie wieder ein. Er fuhr zu, das Buchenwäldchen auf der Anhöhe kam immer näher. »Mama, Mama Auguste«, Sarah kniete vor den verwelkten Blumen und Kränzen, legte die Rosen auf das Grab.

Max griff zu, führte sie zur Bank. Sarah, er streichelte ihre Wangen, sie öffnete die Augen. »Mama Auguste«, Tränen verschlangen ihre Worte. Sie blickten schweigend auf das Grab. Ihre Gedanken weilten fern im Osten, sie dachten an die gemeinsamen Erlebnisse in den letzten Kriegsjahren. Ostpreußen, Masuren, das Dorf Steinfelde, der kleine Bauernhof mit Mama Auguste und Papa Ludschu lagen vor ihnen. Tränen, immer wieder Tränen, perlten über Sarahs Wangen. Max erhob sich, reichte ihr seinen Arm. Nochmals verbeugten sie sich vor dem Grab.

Still saß Sarah neben ihm, er fuhr zur Kreisstadt, brachte sie ins Hotel. Nach dem gemeinsamen Abendessen begleitete er sie in ihr Appartement. Bis spät in der Nacht saßen sie zusammen, sprachen über Vergangenheit und Zukunft. Max hielt sie in seinen Armen, küßte ihre Lippen. »Kommst du zu mir nach Amerika?« fragte sie zögernd. Er preßte seine Lippen auf ihren Mund. »Sarah, wenn ich pensioniert bin, besuche ich dich«, versprach er.

Spät kehrte er heim, mußte früh aufstehen, um Sarah zum Flugplatz zu fahren. Der Motor summte, sie fuhren auf der Bundesstraße westwärts. Sie zeigte auf die Landschaft, fragte, er antwortete kurz, bedrückend lag der Abschied über ihnen.

Sie überquerten den Elbe-Seitenkanal, durchfuhren die Heide-Stadt, er steuerte den Wagen zur Autobahn. Hamburg, die Weltstadt an der Elbe, er lenkte zum Flughafen, hielt auf dem Parkplatz. Sie übergaben das Gepäck, er warf seine Arme um ihren Hals. »Sarah, wenn ich pensioniert werde, komme ich über den Ozean in deine Heimat.« Sie schluchzte: »Heimat, Heimat«, wandte sich ab, eilte zum Flugzeug. Er stand in der Halle, sah sie die Treppen hochsteigen, winkte.

»Sarah, ich komme, wenn ich pensioniert bin, fliege ich zu dir!«